ro
ro
ro

Horst Evers

Der König von Berlin

Kriminalroman

Rowohlt
Taschenbuch Verlag

4. Auflage März 2014

Veröffentlicht im Rowohlt Taschenbuch Verlag,
Reinbek bei Hamburg, Januar 2014
Copyright © 2012 by Rowohlt · Berlin Verlag GmbH, Berlin
Umschlaggestaltung any.way, Cathrin Günther,
nach einem Entwurf von Frank Ortmann
(Umschlagabbildung: Hans Baltzer, Berlin)
Satz aus der Minion Pro, InDesign,
bei Pinkuin Satz und Datentechnik, Berlin
Druck und Bindung CPI books GmbH, Leck
Printed in Germany
ISBN 978 3 499 25952 4

Für Jürgen

Erster Tag

Die Leiche lag mitten im Sandkasten.

Kein Wunder, dass die Frau am Telefon so laut gewesen war. Lucy, ihre fünfjährige Tochter, war wohl nach dem Frühstück zum Spielen in den Hof, hatte die Schutzplane vom Sandkasten gezogen und den leblosen Körper entdeckt. Andere Kinder hätten die Leiche womöglich zuerst erforscht, sich die Augen angeschaut, gefühlt, wie kalt und schwer sie ist, ob hart oder weich. Aber so war Lucy nicht. Lucy war eher eines dieser «Ich-laufe-am-besten-mal-rot-an-und-schreie-dann-so-laut-ich-kann»-Kinder. Und Lucy konnte sehr laut schreien. Auch schrill und hoch. Gerade noch so in den Grenzen des menschlichen Wahrnehmungsvermögens. Lucy wusste, wie gut sie schreien konnte. Es strengte sie nicht an, es machte ihr Freude, gab ihr das Gefühl, etwas Besonderes zu sein. Das ist natürlich ein kostbares Gut bei einem Kind. Einmal, im Flugzeug, war es ihr sogar gelungen, so lange und eindrucksvoll zu schreien, bis sie zur Belohnung den Piloten im Cockpit besuchen durfte. Daher war die Frau so laut gewesen, wenngleich sie routiniert im Übertönen ihres Kindes schien, wie manche Bauarbeiter, die auch die Fähigkeit entwickelt haben, in unmittelbarer Nähe des Presslufthammers zu telefonieren.

Toni Karhan tippte mit dem Fuß gegen die Leiche. Der mittelgroße, schwarzhaarige, schlanke, aber kräftige Mann im unauffällig-eleganten Anzug wusste, was er tat. Er war einer der Besten, vielleicht sogar der Allerbeste in seinem Fach. Er hatte noch beim Alten gelernt. Beim großen Alten. Der hatte ihm alle Tricks beigebracht. Alle Tricks, doch nicht alles, was er wusste.

Toni konnte mit seiner Fußspitze mehr über eine Leiche erfahren als andere mit einem ganzen Labor. Er trat noch mal leicht gegen den leblosen Körper. «Ist seit höchstens vierundzwanzig Stunden tot. Vergiftet.»

Frau Kreutzer, Lucys Mutter, lachte verächtlich: «Na, ganz toll. Vergiftet. Das hätte ich mir vielleicht auch noch gerade so zusammenreimen können. Glückwunsch!»

Georg Wolters nahm Toni zur Seite. «Vierundzwanzig Stunden? Bist du dir da wirklich sicher? Ich meine, die sieht doch schon ziemlich aufgedunsen und fertig aus.»

«Ganz sicher.»

«Also, ich hätte gedacht, die liegt länger. Und das kriegst du raus, indem du nur einmal kurz mit dem Fuß dagegentippst? Wahnsinn.»

Toni schaute ihn ausdruckslos an. «Gewicht, Geräusch, Konsistenz. Das alles sagt viel über Todesursache und Todeszeitpunkt. Aber ganz sicher, dass sie hier nicht länger liegt als einen Tag, ich bin, weil ich habe gefragt Kind, wann es zuletzt hat gespielt in Sandkasten.» Die Einweghandschuhe schnalzten, als Toni sie gegen ihren ausdrücklichen Widerstand über seine Hände zubbelte. Dann holte er einen Schraubenzieher aus der Tasche, beugte sich hinunter und untersuchte das Gebiss.

Georg war unzufrieden. «Aber warum ist das Biest denn schon so verrottet nach höchstens vierundzwanzig Stunden?»

Toni strich vorsichtig über das Fell. «War schlimmes Gift. Nicht gut.»

Toni war in sein eigentliches, binäres Sprachsystem zurückgekehrt. Im Prinzip konnte er damit alles bewältigen, was an notwendiger Meinungsäußerung anfiel. Was für einen Computer die 1 und die 0 war, war für Toni «gut» und «nicht gut». Wobei er einen großen, einen gewaltigen Vorteil gegenüber Computern besaß. Er hatte noch eine dritte Option: die vielgenutzte Möglichkeit des «ist egal». Sie schenkte ihm ungeheure Freiheit. Wahrscheinlich ist es genau diese Freiheit, sich nicht permanent zwischen 1 und 0 entscheiden zu müssen, sondern Dinge egal finden zu können, die den Unterschied zwischen Mensch und Maschine, vielleicht sogar das Wunder des Lebens selbst ausmacht.

Ansonsten war Tonis spärliches Ausreizen seiner sprachlichen Möglichkeiten einem pragmatischen Beschluss geschuldet. Eigentlich war sein Deutsch exzellent. In seiner Familie und seiner Heimatstadt Breslau war häufig Deutsch gesprochen worden. Als er vor zehn Jahren zum Studium nach Berlin kam, perfektionierte er es, indem er zahllose Bücher las. Während das Lesen ihm bis heute große Freude bereitet, konnte er sich für das Sprechen nie so richtig begeistern. Im Gegenteil, sein aus Romanen und Dramen erworbener Wortschatz und Satzbau haben die Menschen in Berlin immer mehr irritiert, als dass sie ihm Vorteile verschafft hätten. Als er dann sein Talent als Kammerjäger entdeckte, wurde ihm schnell klar, wie außerordentlich dienlich es seinem Status und seinen Karrierechancen war, als geheimnisvolles osteuropäisches Ungezieferbekämpfungsgenie mit apartem Akzent und karger Syntax aufzutreten. Ein unsicherer Ex-Student, der sich mit perfektem Deutsch und gewählter Ausdrucksweise anzubiedern versuchte, hätte davon nur träumen können. Er sprach nur das Allernötigste, unbeholfen und gebrochen, zugleich aber würdevoll und mysteriös. Georg bewunderte seinen polnischen Kammerjägerlehrmeister dafür, wie er nach Belieben zwischen den Sprachcodes hin- und herzuschalten vermochte. Wenn sie zu zweit im Wagen oder im Büro saßen, redete Toni normal und fließend. Nur im Kundengespräch nutzte er seine osteuropäische Kunstsprache mitsamt dem binären Gut-Nichtgut-System, ergänzt durch das raffinierte «Ist egal».

Lucys Mutter hatte sich mittlerweile wieder gefangen. Weniger wütend war sie deshalb aber noch lange nicht. Nachdem sie ihre Tochter hoch in die Wohnung geschickt hatte, fuhr sie Toni an: «Die Ratte ist vergiftet worden? Was wollen Sie eigentlich damit sagen? Heißt das, irgendjemand hat in unserem Innenhof einfach mal Gift ausgelegt?»

Georg versuchte, sie zu beruhigen. «Das muss nicht hier im Hof gewesen sein. Das kann auch von einem Hof zwei, drei, vier, fünf Häuser weiter kommen. Wahrscheinlich haben die Ratten ein unterirdisches Tunnelsystem angelegt, das mehrere Höfe miteinander verbindet.»

«Unterirdisches Tunnelsystem? Na großartig! Und was macht das für einen Unterschied? Hier spielen überall Kinder. In allen Höfen! Da kann man doch nicht einfach ein paar Kilo Gift verteilen! Hallo? Geht's noch?»

Die Frau hatte sich jetzt ordentlich in Rage geredet. Georg hätte ihr gern gesagt, wie unerhört attraktiv er sie in ihrer Wut fand. Die aufgerissenen Augen, die Zornesröte, dazu die roten gelockten Haare, der zierliche, aber vor Energie nur so strotzende Körper, das gefiel ihm schon sehr. Dennoch entschied er sich für eine professionelle Antwort. «Die Leute sind verunsichert. Die vielen Ratten in diesem Jahr, an allen Ecken kommen sie an die Oberfläche. Da bleibt es nicht aus, dass der ein oder andere in Panik gerät und unüberlegte, dumme Sachen macht.»

«Ja, aber das kann es ja wohl nicht sein: in der ganzen Stadt Gift auszukippen!»

Nun mischte sich auch Toni ein. «Natürlich nicht. Wenn hier jeder Amateur verstreut Gift, wie und wo er will, ist nicht gut.»

Lucys Mutter riss theatralisch die Hände in die Luft und ließ sie dann auf ihre Oberschenkel klatschen. Zu Georgs Freude schienen nun auch ihre Ohren vor Wut zu glühen.

«Natürlich», sie blies Toni die Worte ins Gesicht, «natürlich ist das nicht gut für Sie, wenn hier Amateure Gift streuen! Schließlich wollen Sie das ja tun! Sie, die Profis! Und sich das teuer bezahlen lassen!»

Toni schaute sie ernst an. «Wir tun, was wir tun müssen. Seriös. Professionell. Verantwortungsbewusst. Steht so auch auf Homepage: www.die-anderen-haustiere.de. Bezahlen muss sowieso Hausverwaltung. Dürfen die gar nicht ablehnen. Aber wenn Sie nicht wollen Gift, wir können die Ratten auch bekämpfen biologisch, ganz natürlich, ist gut.»

«Was?» Man konnte die Verblüffung seiner Kontrahentin nicht überhören. Damit hatte Toni sie offensichtlich aus dem Tritt gebracht. «Ganz natürlich? Ich meine, biologisch? Das können Sie wirklich? Ohne Gift?»

«Ja, ist zwar etwas teurer, aber ist möglich. Ganz biologisch, ohne Gift. Ist egal.»

«Ach so», die Stimme von Lucys Mutter beruhigte sich, die Gesichtsmuskeln steuerten fast schon auf ein Lächeln zu, «entschuldigen Sie, das wusste ich nicht. Und das funktioniert bestimmt? Also, die Ratten werden sicher verschwinden?»

«Garantiert. Ist gut, bisschen teurer, aber gut.»

«Ach, ich denke, das wird die Verwaltung schon zahlen, bei den ganzen Kindern hier. Das müssen die doch auch einsehen. Wie genau funktioniert diese biologische Bekämpfung denn?»

Tonis Miene wurde noch ernster. «Mit Schlangen.»

«Was?»

«Schlangen. Wir setzen hier fünfzehn bis zwanzig Schlangen aus, die fressen Ratten. Dann ist gut.»

«Ach. Und was wird dann mit den Schlangen?»

«Krokodile. Beste biologische Bekämpfung von Schlangen sind Krokodile, aber dafür müssten wir dann hier in den Hinterhöfen anlegen Sumpf. Würde vermutlich teuer. Muss man sehen, was sagt Hausverwaltung. Ist egal.»

Mit Freude registrierte Georg, wie die Zornesröte ins Gesicht von Lucys Mutter zurückkehrte. Eigentlich hatte er diese Aushilfsstelle als Kammerjäger ja angenommen, weil ihm vor Jahren mal irgendjemand erzählt hatte, was für gute Karten Kammerjäger bei Frauen hätten. Die Frauen seien aufgewühlt wegen der Gefahr durch Ratten, Insekten oder sonstiges Ungeziefer, und der Kammerjäger erschiene ihnen wie eine Art Held oder Retter. Die Mischung aus emotionaler Ausnahmesituation, Dankbarkeit und Bewunderung gäbe den Frauen nicht selten etwas Flatterhaftes, sodass für einen erfahrenen Kammerjäger, Interesse vorausgesetzt, alles Weitere also mehr oder weniger Routine sei …

Lauter so Zeug war in seinem Kopf gewesen, aber die bisherigen sechs Monate in diesem Beruf hatten Georg dann doch gelehrt, dass die erotische Anziehungskraft von Kammerjägern wohl nicht mehr als ein moderner oder uralter Mythos war.

Der Beruf des Kammerjägers schien ohnehin voller Mythen und Geheimnisse zu stecken. Max, einer der beiden Söhne des Alten, hatte ihn in diese Geheimnisse eingeführt. Georg hatte nicht schlecht gestaunt, als ihm der Juniorchef höchstpersönlich mitteilte, sie würden jetzt als Erstes losziehen und vernünftige Arbeitskleidung besorgen. Denn das sei mit das Wichtigste. Noch mehr wunderte er sich, als sie dann nicht zu irgendeinem Kammerjägerausstattungs-Spezialgeschäft fuhren oder wenigstens zu John Glet, der ersten Adresse für Arbeitskleidung in Berlin, sondern zu Peek & Cloppenburg am Tauentzien, um ihm dort drei elegante, aber unauffällige Anzüge in Dunkelgrau, Hellgrau und Blaugrau zu kaufen. Dazu eine Reihe Businesshemden, die man im Sommer ruhig einmal ohne Jackett tragen konnte. An diesem Tag lernte Georg, dass die wichtigste Eigenschaft eines Kammerjägers Unauffälligkeit ist. Niemand möchte, dass alle Nachbarn es mitbekommen, wenn ein Kammerjägerfahrzeug vor der Tür steht. Daher waren sämtliche Dienstfahrzeuge auch unauffällige Mittelklassewagen ohne jeden Hinweis auf die Firma.

«Gut zehn Millionen Ratten gibt es im Großraum Berlin», hatte der Juniorchef ihm erklärt. «Dazu noch jede Menge andere Nager, die zum Teil mit den Wanderratten, der einzigen echten Rattenart, die in der Stadt vorkommt, verwechselt werden. Wegen Insekten, Ungeziefer oder Schädlingen werden wir natürlich auch gerufen. Ein gigantischer Markt, auf dem sich mehr als sechzig Firmen tummeln, die tagtäglich rund um die Uhr im Einsatz sind. Ist Ihnen schon mal aufgefallen, dass Sie trotzdem niemals ein Kammerjägerfahr-

zeug in der Stadt sehen? Alles andere – Feuerwehr, Kranken-
wagen, Klempner, Elektriker, Baufirmen – sieht man. Aber
Kammerjäger nie. Und warum? Weil sie unsichtbar bleiben
wollen. Niemand möchte sie vor dem Haus stehen haben.
Deshalb darf nichts, weder das Fahrzeug noch die Kleidung,
noch die Ausrüstung, den Kammerjäger verraten. Manchmal, wenn in amerikanischen Filmen Kammerjäger, oft Ex-
Militärs mit sadistischer Lust am Töten, Geländefahrzeuge
mit großen Leuchtkakerlaken obendrauf haben oder Kanis-
ter voller Gift, das sie mit Pump-Guns versprühen, könnte
ich mich bekleckern vor Lachen. Nichts könnte weiter weg
von der Wirklichkeit sein. Mein Vater», hatte der Juniorchef
seine Einführung damals beendet, «mein Vater sagte immer:
Ein guter Kammerjäger kommt immer wie ein Pornoheft,
also im neutralen Schutzumschlag.» Dann hatte er gelacht,
bevor er Georg noch zweifelhafte Komplimente machte.
Georg sei perfekt geeignet für den Kammerjägerberuf, weil
er schon von Natur aus so unauffällig sei, mittelgroß, mittel-
schwer, mittelalt, mittelsportlich, das Haar mittelblond und
mittelschütter.

Toni, der mit Georgs fachlicher Ausbildung beauftragt
wurde, erzählte ihm später, dass der Alte früher immer behauptet hatte, sie seien die eigentlichen «Men in Black».
Die große, unsichtbare Geheimorganisation – das seien die
Kammerjäger, genau genommen die «Men in Grey», und
der ganze Film eine Parabel über sie. Es gehe da, so der Alte,
überhaupt nicht um eine geheime Behörde, die außerirdi-
sche Aktivitäten auf der Erde kontrolliere, sondern einfach
nur um ihren Kammerjägeralltag. Aber den Film von echten Kammerjägern handeln zu lassen, sei politisch-gesell-
schaftlich schlicht zu brisant gewesen. Eine Einschätzung,

die Georg, nachdem er sich «Men in Black» daraufhin noch einmal angesehen hatte, gar nicht so abwegig fand.

Nun jedoch verspürte er ganz andere Gefühle, eben Frau Kreutzer, Lucys Mutter, betreffend, die ihn auf beinah animalische Weise anzog. Wie sie wieder die Hände hochriss und auf die Oberschenkel klatschen ließ! Fast, als versuche sie zu fliegen, doch sie hob nicht ab, sondern stampfte, bebend vor Zorn, mit ihren Flipflops durch den Innenhof, stieß dazu unverständliche Wort- und Satzfetzen aus, wie: «Ohhrr! Nääähhh! Glaubsjanich! Weheeinerlacht! Näärrhh!», bis sie plötzlich im Erdboden versank. Ein letzter, ungewöhnlich lauter Schrei, dann war Stille.

Toni, der das Schauspiel ungerührt verfolgt hatte, fand als Erster seine Sprache wieder. Betont sachlich wandte er sich an Georg: «Frau Kreutzer hat entdeckt Tunnelsystem von Ratten. Spart uns Arbeit, ist gut. Aber jetzt Ratten sind gewarnt. Ist egal.»

Die Entdeckerin des Tunnelsystems fand ihre Lage allerdings alles andere als gut. Bis zur Hüfte steckte sie im Boden, zappelte und schimpfte und versuchte, so schnell wie möglich aus dem Rattentunnel herauszukommen. Georg begriff, wie günstig die Gelegenheit war, unauffällig Körperkontakt herzustellen und ein paar Heldenpunkte zu sammeln, rannte zu der erregten Frau und zog sie aus dem Rattenloch. Nur ihre Flipflops blieben im Erdreich gefangen.

Lucy, die alles aus der Wohnung im zweiten Stock verfolgt hatte, riss das Fenster auf und brüllte nach ihrer Mutter. Diese wiederum sprach hektisch, aber auch viel leiser, als Georg erwartet hatte: «Da war was da unten. Irgendwas war da. Ich hab's genau gespürt, da war was an meinem Fuß. Da war was!»

Dann schrie sie zu ihrer Tochter hinauf, sie solle aufhören

zu schreien. Woraufhin die Tochter schrie, sie schreie gar nicht, die Mutter schreie und solle mal damit aufhören, was wiederum die Mutter veranlasste, der Tochter zuzuschreien, sie, die Tochter, würde sehr wohl schreien, was diese natürlich schreiend bestritt.

Toni verfolgte interessiert dieses wie geprobt wirkende Zwiegespräch und überlegte, ob er nicht auch eine Familie gründen solle, bis ihn Georg, der nach den Flipflops grub, zu sich herüberwinkte.

«Schau dir das hier mal an. Da ist tatsächlich was.»

Beim Näherkommen roch Toni, dass es etwas sehr viel Größeres als eine verwesende Ratte sein musste. Ein Flipflop steckte in einem blauen Müllbeutel, den Frau Kreutzer mit ihrem Gestrampel aufgerissen hatte. Georg öffnete den Müllbeutel noch weiter. Was Toni wegen des Geruchs schon vermutet hatte, wurde nun zur Gewissheit. Kurz und präzise fasste er die Situation zusammen: «Nicht gut.»

Es standen bereits reichlich Polizeiwagen vor dem Haus, als Hauptkommissar Carsten Lanner in der Tempelherrenstraße in Kreuzberg eintraf. Hier war es immer schwer, einen Parkplatz zu bekommen, aber jetzt war selbst der Bürgersteig vollgeparkt. Lanner stellte den Wagen am Landwehrkanal ab und lief einige hundert Meter zurück. Auf die zwei Minuten kam es auch nicht mehr an. Außerdem taten ihm die paar Schritte sicher gut. Er hatte wieder ein wenig zugenommen, sodass sein natürliches Hosenbundwohlfühlgefühl nun genau in der Mitte zweier Gürtellöcher lag und er sich jeden Morgen zwischen bequem und ambitioniert entscheiden musste. Wenn er nur noch das bequeme Gürtelloch benutzte, würden Maßnahmen erforderlich werden. Lebensqualität verringernde Maßnahmen, denn dieses Gürtelloch markierte die Grenze zwischen sportlich und vollschlank. Und er hoffte sehr, noch eine Weile sportlich auszusehen, ohne dafür Sport treiben zu müssen.

«Na, guck mal einer an! Unser Dorfsheriff ist ja auch schon da.»

Der kleine dreieckige Mann mit dem großen roten, kurzgeschorenen runden Kopf gackerte vor sich hin. Lanner stöhnte leise. Manfred Kolbe von der Spurensicherung erwartete ihn bereits vor dem Haus. Wenn er denn irgendeine Art von Autorität besessen hätte, Kolbe hätte sie mit Freude untergraben.

«Was hat denn wieder so lange gedauert? Kühe auf der Straße?»

«Nein, Ochsen! Also, genau genommen nur einer, und der versperrt mir erst jetzt den Weg.»

Kolbe brauchte ungefähr eine halbe Sekunde, dann sprang er richtig an. «Boaaarrhh, der war gut. Aber richtig gut. Ich hab's ja immer gesagt. Aus dem Dorfsheriff wird noch was. Hab ich immer gesagt. Manch anderer meinte, der packt das nicht. Also Berlin, das packt der nicht. Ich nenne keine Namen, aber da sind schon einige, die das denken. Doch ich hab immer gesagt, lasst den mal, der hat's faustdick hinter den Ohren, der Dorfsheriff. Das hab ich gesagt.»

Es war ein drolliges Bild. Der kleine, dicke Berliner Brummkreisel Kolbe führte den gut einen Meter achtzig großen, in dieser Minute eher vollschlanken, mittelgescheitelten, braunhaarigen Lanner durch das Vorderhaus in den Innenhof. Wie ein stolzes Kind, das etwas zeigen möchte.

Lanner wirkte angestrengt. Wie immer, wenn er mit Kolbe oder einem anderen altgedienten Berliner Kollegen zu tun hatte. Wenn er ehrlich war, dachte er manchmal sogar selbst, er packe das nicht. Also, dieses ganze Berlin. Dabei war es genau das, was er immer gewollt hatte. Unbedingt. Zur Kripo, in die Mordkommission einer großen Stadt. Wie im «Tatort». Nur deshalb war er doch Polizist geworden. Und wie hart hatte er dafür gearbeitet. Der Riesenfall in seinem niedersächsischen Heimatdorf, den er im Alleingang gelöst hatte. Er wurde befördert und versetzt. Schon Hannover oder Bremen wäre ein Schritt gewesen, aber Berlin, das war der Hauptgewinn. Die Erfüllung seiner Träume. Mit Mitte dreißig Hauptkommissar, und das nicht irgendwo, sondern in der Hauptstadt. Wenn sie ihn jetzt sehen könnten in seiner alten Schule, da würde keiner mehr lachen. Doch ihn konnte ja leider keiner sehen. Obwohl er dafür immerhin auch keinen von den anderen sehen musste.

So richtig rund lief es allerdings nicht. Er hätte schon am ersten Tag misstrauisch werden können, als er in Berlin ankam, im Ostteil der Stadt am alten Mauerstreifen entlangfuhr und plötzlich ein großes Transparent sah: «Wen Gott bestrafen will, dem erfüllt er seine Wünsche.» Von da an kam ihm fast alles quer.

Die neuen Kollegen nahmen ihn einfach nicht für voll. Sie hatten schon das gesamte Arsenal der Neulingsverarsche auf ihn abgefeuert, glaubte er, und doch fiel ihnen jeden zweiten Tag noch was Neues ein. Das Getuschel hinter seinem Rücken, wenn er, das unerfahrene Huhn vom Lande, etwas sagte, der dämliche Spitzname Dorfsheriff, den er sich auch noch selbst eingebrockt hatte, weil er meinte, es sei witzig, sich mit dem Satz vorzustellen: «Berlin, aufgepasst, der neue

Dorfsheriff ist da!» Es gibt Sätze, bei denen weiß man schon, bevor man sie zu Ende gesprochen hat: Es war ein Fehler, sie überhaupt anzufangen. Dazu die Schikane mit dem Dienstwagen. Er hielt es zumindest für reine Schikane, dass er immer noch mit einem alten grün-weißen Streifenwagen durch Berlin fahren musste. Verdammt, er war Hauptkommissar der Kriminalpolizei. Er hatte Anspruch auf einen richtigen Dienstwagen, einen zivilen, mit Navi. Vor allem mit Navi! Es ist so demütigend, mit einem alten grün-weißen Streifenwagen nach dem Weg fragen zu müssen. Gerade in Berlin. Denn die Berliner finden es quasi konkurrenzlos witzig, einen Polizisten, der sich in ihrer Stadt offensichtlich nicht auskennt und vielleicht auch einen leicht norddeutschen Dialekt spricht, mal richtig in die Walachei fahren zu lassen. Deshalb war er wieder so spät dran. Weil die Berliner, die er nach dem Weg gefragt hatte, ihn ein bisschen die große, fremde Stadt angucken schickten. Vermutlich hatten sie ihre Freude.

Im Innenhof war nur noch ein Beamter, der mit zwei Männern sprach. Lanner schaute Kolbe überrascht an. «Wo sind denn Ihre ganzen Leute?»

«Wir sind hier erst mal fertig. Die Leiche oder das, was davon noch übrig ist, haben wir in dem Plastikbeutel beisammen, und der Rest ist abgesperrt. Es läuft uns nichts weg.»

Der junge Hauptkommissar atmete tief durch. Im Grunde seines Herzens war Kolbe wahrscheinlich nicht mal verkehrt, aber es war auch klar, dass es auf ewig so weitergehen würde, wenn sich Lanner jetzt nicht endlich Respekt verschaffte. Wie eine Espressomaschine, die kontrolliert Dampf ablässt, zischte er: «Jetzt hören Sie mir mal gut zu. Das ist *mein* Fall.

Ich leite die Ermittlungen, und hier hat niemand ‹erst mal fertig› zu sein, bevor nicht der leitende Hauptkommissar den Fundort gesehen hat. Ist das klar?»

Kolbe versuchte ein Lächeln. «Na ja, ich dachte …»

Jetzt kam der Dampf stoßweise aus Lanner: «Sie sollen nicht denken. Sie sollen Spuren sichern. Und wenn Sie etwas herausfinden, dann sollen Sie mir das mitteilen. Ganz einfach. Und ich gebe Ihnen noch eine ganz einfache Anweisung: Ich will bis spätestens morgen früh wissen, wer der Tote ist und woran er gestorben ist. Würden Sie sich bitte allein darauf konzentrieren, denn das, und nur das, ist Ihre Aufgabe, Herr Kolbe!»

Das hatte gesessen. Lanner konnte förmlich hören, wie es in Kolbes rundem Kopf rumpelte und arbeitete. Im Tonfall eines ertappten Kindes murmelte er: «Entschuldigen Sie, Herr Lanner, ich wollte nicht vorgreifen. Wissen Sie, ich bin manchmal wohl allzu zupackend. Überfalle die Leute, sagt meine Frau. Wie 'ne Dampfwalze, sagt sie, aber ich mein das nicht so. Kommt nicht wieder vor.»

Lanner nickte. Er fühlte sich schlecht. Sein Auftritt war großkotzig und theatralisch gewesen. Das wusste er, und er schämte sich deswegen, aber immerhin hatte es seinen Zweck erfüllt. In ein paar Wochen würde er sich vielleicht bei Kolbe entschuldigen, wahrscheinlich würden sie dann über die ganze Geschichte lachen.

«Herr Lanner?»

Kolbe wollte offensichtlich noch etwas loswerden, und Lanner bemühte sich wieder um einen normalen Ton. «Gibt's noch was?»

«Na ja», Kolbe suchte offenkundig nach den passenden Worten, «wegen der Sache mit der Identität …»

«Ich weiß», Lanner hatte sich jetzt wieder gefangen, «das ist bei einer monate- oder gar jahrealten Leiche sicher nicht ganz einfach. Sie müssen deshalb natürlich nicht die Nacht durcharbeiten. Geben Sie mir einfach so schnell wie möglich Bescheid.»

Kolbe schien erleichtert. «Oh, vielen Dank, da bin ich froh. Meine Frau hätte sich nämlich gar nicht gefreut, wenn ich die Nacht im Labor hätte zubringen müssen, wo sie doch heute ins Kino will und ich …»

«Schon gut.» Lanner drehte sich um und machte sich auf den Weg zu dem Beamten, der mit den beiden Männern sprach.

«Herr Lanner?» Kolbe war ihm hinterhergeschlichen.

«Was denn jetzt noch?»

«Na ja, nur weil Sie meinten, so schnell wie möglich Bescheid. Ich wollte Ihnen noch sagen, der Tote heißt Ansgar Kaminski, hatte hier im Haus im zweiten Stock eine Zweieinhalbzimmerwohnung und ist mit hoher Wahrscheinlichkeit durch einen harten Schlag auf den Kopf gestorben.»

Kolbe grinste. Lanner nicht. «Wie haben Sie das so schnell herausgefunden? Hat jemand im Haus den Toten erkannt?»

«Nee, da gibt es nix mehr zu erkennen.» Kolbe hatte sichtlich Spaß. Es sah aus, als hüpfe er bei jedem Satz. «Nur am Schädel kann man sehen, dass der aber so richtig eine verpasst gekriegt hat. Aber so richtig.»

Lanner versuchte, Kolbes Triumphzug zu stoppen, irgendwie zu punkten. «Verstehe, Sie sind die Vermisstenmeldungen durchgegangen. Kaminski wurde hier im Haus vermisst, und Sie haben eins und eins zusammengezählt. Gar nicht dumm. Kompliment.»

«Nee, der war auch nicht vermisst gemeldet. Die Leute im

Haus haben schon gesagt, dass die den bestimmt ein halbes Jahr nicht mehr gesehen haben. Ist ihnen aber erst jetzt aufgefallen, wo sie mitgekriegt haben, dass der die ganze Zeit tot im Garten lag.»

Die Fröhlichkeit in Kolbes Stimme ließ Lanner aufgeben. Instinktiv wusste er, dass er verloren hatte. Er hatte von Anfang an verloren. Resigniert gab er dem Spurensicherer die gewünschte Vorlage: «Also gut, wie haben Sie dann so schnell die Identität des Toten herausbekommen?»

Kolbe hielt kurz inne, und er genoss es, kurz innezuhalten, bevor er endlich sagen konnte, was schon seit der Geschichte mit dem Ochsen in ihm schlummerte. «Wissen Sie, Herr Hauptkommissar Lanner, hier in der Stadt haben wir doch noch etwas andere Möglichkeiten als auf dem Land. Das mag alles ein wenig verwirrend für Sie sein, aber Sie werden sich schon daran gewöhnen. Sie sollen ja ein besonders guter Polizist sein.»

«Wie haben Sie es so schnell rausgefunden?», zischte Lanner.

«Durch die Zähne natürlich.»

Lanner verdrehte die Augen. «Quatsch, so etwas dauert Tage.»

Kolbe hob einen Finger und ließ ihn dann verneinend hin- und herwackeln. «Früher vielleicht oder in Niedersachsen. Aber hier haben wir einfach sein Gebiss eingescannt ...»

«Sie haben einen Kieferscanner in Ihrer Ausrüstung?»

«Hatten wir mal. Ist aber viel zu kompliziert und aufwendig. Mittlerweile machen wir das einfach mit dem iPhone. Da gibt es sehr gute Kieferorthopädie-Apps. Viel besser würde ein Zahnarzt das in seiner Praxis auch nicht hinkriegen. Das Gute am Smartphone-Scan ist aber vor allem die Geschwindigkeit. Die Daten gehen sofort an alle Berliner Zahnarztpraxen, damit die sie mit ihren Patientendaten vergleichen können. Und da unser Herr Kaminski natürlich in Berlin zum Zahnarzt gegangen ist, hatten wir nach nicht einmal zehn Minuten eine SMS mit seiner Identität und Adresse. Ich hab mir dann vom Präsidium die Erlaubnis geben lassen, mein Team gleich weiter in die Wohnung zu schicken. Ich weiß, das war nicht richtig, ich hätte Sie fragen müssen, aber Sie waren ja noch unterwegs. Sie werden sicher gute Gründe gehabt haben, so lange für den kurzen Weg hierher zu brauchen. Das geht mich auch nichts an. Aber wissen Sie, hier in Berlin geht alles viel hektischer zu. Wir haben leider nicht so viel Zeit wie auf dem Land. Die Verbrecher sind hier auch viel schneller, da muss man irgendwie mithalten.»

Kolbe strahlte, und Lanner starrte in die leere Grube, wo mal die Leiche gelegen hatte.

«Herr Lanner?»

«Was?»

Wenn es so etwas wie vollkommenes Glück überhaupt geben kann, dann war es wohl das, was Kolbe jetzt durch die Augen tanzte. «Ich wollte fragen, ob ich mich dann wieder in die Wohnung begeben darf. Ich meine, da wären noch einige Spuren zu sichern, und das, und nur das, ist ja meine Aufgabe.»

Lanner fühlte sich unendlich müde. «Herr Kolbe, kann ich davon ausgehen, dass Sie diese Geschichte im Laufe der nächsten drei bis vier Wochen jedem einzelnen Polizisten zwischen Salzwedel und Schwedt erzählen werden?»

Jetzt wäre Kolbe um ein Haar geplatzt, aber es gelang ihm

gerade noch so, wegzuhüpfen. Dabei sang er fröhlich vor sich hin: «Ich freu mich so! Ich freu mich so!»

Lanner atmete durch und versuchte, das Gespräch gleich wieder zu vergessen. Er ging in die andere Ecke des Hofs, zu dem Beamten mit den zwei Männern. Der junge Wachtmeister freute sich, ihn zu sehen. «Ah, Sie sind Kommissar Lanner, nehme ich an. Ich bin Wachtmeister Schürrmann.»

«Angenehm», murmelte Lanner und stellte erfreut fest, dass er nicht mal gelogen hatte.

«Das hier sind die Kammerjäger, die die Leiche im Prinzip gefunden haben. Herr Karhan und Herr Wolters.»

Carsten Lanner und Georg Wolters starrten sich an. Fast reflexartig überlegten beide, ob sie sich jetzt prügeln sollten, dann jedoch lächelten sie verlegen, und Lanner rief hilflos aus: «Na, wenn das nicht der Georg Wolters ist!»

Georg hätte gern etwas Schlagfertiges geantwortet, sagte aber stattdessen: «Carsten, der Lannerweiler, ich fass es nicht.»

Dann standen beide da und schwiegen. Wachtmeister Schürrmann hielt es als Erster nicht mehr aus. «Also, wenn Sie mich benötigen, ich bin dann im Prinzip unten im Vorderhaus, den Zugang absichern.» Zügig, fast flüchtend, verließ er den Garten.

Toni setzte sich auf die Hollywoodschaukel. «Georg, rede du ruhig mit Kommissar, ist gut.»

Lanner lächelte. «Georg Wolters, wie lang ist das her? Fünfzehn Jahre?»

Georg löste sich jetzt auch. «Mindestens. Mann, du hast ja richtig Karriere gemacht. Kommissar in Berlin. Nicht schlecht, Herr Specht.»

«Ja, läuft nicht schlecht, ich kann nicht klagen.» Lanner

griff sich lässig ans Kinn. «War ja zuerst bei der Polizei in Cloppenburg, aber dann, wie das so geht, Beförderung, Versetzung, und auf einmal biste Hauptkommissar in Berlin.»

Na klar, dachte Georg, wie das so geht, der alte Streber Lanner. Als wenn der einfach so auf seine Beförderung gewartet hätte. «Na ja, ich denk mal, Hauptkommissar in Berlin wird aber doch nu bestimmt nicht jeder. Und erst recht nicht jeder Polizist aus Cloppenburg.»

Lanner schaute verlegen zu Boden. «Ja klar, stimmt, bisschen Leistung musste auch bringen. Die brauchten hier halt einen, verstehste? Und du? Wie läuft's denn bei dir so? Du bist doch schon länger in Berlin, oder?»

«Sofort nach der Schule bin ich hierher. Nö, bei mir läuft es eigentlich auch ganz gut.» Georg war klar, dass er, der ungelernte Hilfskammerjäger, auf den ersten Blick womöglich gar nicht so den Eindruck machte, als liefe es ganz gut. Er wusste aber auch nicht, was er sonst sagen sollte. «Weißte, dieser ganze verkopfte Kram mit Studium und so. Ich hatte irgendwann das Gefühl, das bin nicht wirklich ich. Damit bewirke ich doch nichts. Ich wollte etwas Richtiges, etwas Sinnvolles tun.»

Lanner nickte verständnisvoll. «Du meinst, so etwas wie Tiere vergiften?»

Georg zuckte kurz, egal, da musste er durch. «Klar, Tiere vergiften, das klingt jetzt erst mal nicht so wahnsinnig konstruktiv. Aber nur auf den ersten Blick. Genau genommen sind wir so eine Art Gärtner, also Veterinärgärtner. Die Landschaftsgärtner beschneiden die Bäume und mähen das Gras, und wir mähen halt sozusagen den Tierbestand der Stadt. Wenn es uns nicht gäbe, würde hier alles wuchern. Die Stadt würde in einer Rattenflut versinken.»

Lanner zog die Augenbraue hoch. «Na, im Moment sieht es aber so aus, als würde die Stadt in einer Rattenflut versinken, obwohl es euch gibt.»

«Du meinst die Plage? Mach dir keine Sorgen. Es ist ganz normal, dass die Population im Herbst ansteigt, und dieses Mal ist es eben ein bisschen heftig, weil die im Sommer so gute Bedingungen, so viel Nahrung hatten. Dann vermehren die sich besonders stark. Aber wir kriegen das schon wieder unter Kontrolle.»

«Klar.» Lanner grinste. «Wenn du das sagst.»

Beinah verärgert bemerkte Lanner, wie sich eine wohlige Wärme einstellte. Georg Wolters, der blöde Arsch, eine der nervigsten, unerfreulichsten Figuren seiner ohnehin an deprimierenden Erinnerungen so reichen Schulzeit, stand vor ihm, und sein rätselhafter Körper verirrte sich in relative Glücksgefühle. Georg war für ihn wie ein Stück Heimat, etwas Vertrautes in dieser Riesenstadt. Jemand, der dieselbe Sprache zu sprechen schien. Wahrscheinlich immer noch ein Arsch, aber immerhin ein vertrauter Arsch, besser als nichts. Oder zumindest besser als die unberechenbaren Berliner Ärsche.

«Ist ja auch egal, Georg. Hauptsache, du fühlst dich wohl bei deiner Berufung. Und ihr habt die Leiche gefunden?»

«Genau genommen hat Frau Kreutzer ihn gefunden, den Herrn Kaminski. Ich finde es würdevoller, seinen Namen zu nennen, wo ihr schon das Glück hattet, den so schnell rauszufinden.»

Lanner räusperte sich. «Glück? Ich würde mal sagen, mit Glück hat das wenig zu tun. Das war astreine, hochmoderne Polizeiarbeit. Mit der Kieferorthopädie-App im iPhone, das geht dann direkt in die Zahnarztpraxen, und wenn der Tote Berliner ist, haben wir in Nullkommanix den Namen.»

Georg schaute ihn fragend an. «Eine Kieferorthopädie-App?»

Jetzt erwachte auch Toni in seiner Hollywoodschaukel. «Ist Blödsinn. Gibt keine solche App. Wüsste ich, wenn es gäbe. Gibt aber nicht. Ist Blödsinn.»

Georg nickte. «Also, wie ich das mitgekriegt habe, waren die so schnell, weil der alles bei sich hatte. Portemonnaie, Ausweis, Schlüssel. Sogar sein Handy. War alles im Müllsack. Deshalb wussten die sofort den Namen.»

Lanners Blick wurde leer. Gern hätte er etwas gesagt, aber eine kognitive Lähmung verhinderte jedwede Regung in Gesicht und Hirn.

Toni wertete die Fakten aus: «Wenn war Raubüberfall, Täter waren ganz schön schlampig.»

Lanner hörte ihn längst nicht mehr. Was er hingegen vernahm, war das plötzliche, laute, mehrstimmige Lachen in der Wohnung im zweiten Stock. Wahrscheinlich hatte Kolbe der versammelten Kollegenschar gerade mit viel Tamtam die komplette Geschichte erzählt. Es würde nicht das letzte Mal gewesen sein. Mehr noch: Wenn es überhaupt eine Sache auf der ganzen Welt gab, die amtlich sicher war, dann, dass dies für einige Jahre Kolbes Lieblingsanekdote werden würde.

Als Lanner zu Kaminskis Wohnung kam, fiel ihm gleich das rausgebohrte Sicherheitsschloss auf. Kolbe stand im Flur. Lanner beschloss, so zu tun, als habe es das unselige Gespräch im Hof nie gegeben, und deutete auf das Loch in der Tür: «Ich dachte, der Tote hätte alle Schlüssel bei sich gehabt?»

Der Spurensicherer begriff sofort, dass sich Lanner mittlerweile die echten Informationen besorgt hatte. Er nickte dem Hauptkommissar anerkennend zu, als habe der irgendeine schwierige Prüfung bestanden. «Der eine Schlüssel hat dann doch gefehlt. Warum auch immer. Weiß nicht, ob das was zu bedeuten hat.»

«Hm, muss ich mir das selbst notieren, oder schreiben Sie das ausnahmsweise mal in den Bericht?»

Kolbe wirkte beleidigt. «Natürlich steht das im Bericht. Die Späße sind eine Sache, das gehört dazu. Aber die eigentliche Arbeit kommt dabei niemals zu kurz. Die Berichte sind immer eins a und topkorrekt. Können Sie sich drauf verlassen. Wir sind schließlich Preußen hier.» Der kleine Mann schaute Lanner eindringlich an. Von dem Schalk, der sonst in seinem Blick irrlichterte, war nichts zu sehen. Vermutlich war dieses preußische Glaubensbekenntnis wirklich sein heiliger Ernst.

Ein Schnauzbart, dachte Lanner. Im Rheinland hätte so jemand einen Schnauzbart mit nach oben gezwirbelten Enden. Dazu vielleicht eine Fliege, und er würde mit derselben ironiefreien Ernsthaftigkeit über seine rheinische Natur sprechen. Deren Gefangener er ist, wenngleich er sich natürlich pudelwohl in dieser Gefangenschaft fühlt.

Kolbe führte ihn in das große Zimmer, wo noch zwei andere Spurensicherer beschäftigt waren. «Anhand des Staubs und der verdorrten Pflanzen können wir bereits sagen, dass seit knapp einem halben Jahr niemand mehr in der Wohnung war. Oder wenn, dann nur jemand, der Pflanzen hasst und keinen Staub aufwirbelt.»

Lanner schaute zu den beiden Beamten, die größere Papierstapel durchsahen. «Mir will nicht in den Kopf, wie einer einfach so verschwinden kann, ohne dass ihn irgendjemand vermisst.»

Kolbe zuckte die Schultern. «Wieso nicht? Würde Sie denn wer vermissen?»

«Also, ich denke, wenn ich nicht zur Arbeit erscheinen würde, würden die mich schon suchen.»

Kolbe lachte. «Na, da würde ich mich an Ihrer Stelle aber nicht drauf verlassen.»

Das Stöhnen des Kommissars war lautlos. Ein Stöhnen mit den Augen, aber es entging Kolbe nicht.

«Jetzt seien Sie doch nicht gleich wieder eingeschnappt. Sie müssen auch mal über sich selber lachen. Hier in Berlin lacht man viel über sich selber. Das gehört zu unsrem Savoir-vivre. Das befreit, tut gut. Wenn Sie nicht über sich lachen können, werden Sie mit dieser Stadt immer Probleme haben. Und Sie haben es ja auch noch besonders einfach, weil man über Sie so gut, so leicht und so viel lachen kann.» Wiehernd drehte er sich weg. «Außerdem geht's mir doch nicht anders. Wenn bei mir das Gehalt weiter pünktlich käme, würde mich aus der Familie wahrscheinlich auch keiner suchen.» Er tippte einen der Beamten an. «Herr Liebig, erzählen Sie dem ernsten Herrn Hauptkommissar doch, was wir bislang haben.»

Liebig richtete sich auf und suchte in diversen Taschen nach seinen Notizen. Als er sie nicht sofort fand, fing er schon mal an zu reden. «Die Wohnung war ungewöhnlich aufgeräumt. Kein dreckiges Geschirr, keine Wäsche, nicht einmal rumliegende Zeitschriften. Ganz so, als hätte Kaminski verreisen wollen. Auch keine Kampfspuren, hier wurde er jedenfalls nicht umgebracht …» Liebig fingerte jetzt hektisch an seiner Kleidung rum.

«Ist das alles?» Kolbes Stimme war plötzlich ungewohnt scharf.

«Nein, natürlich nicht.» Liebig suchte gleichzeitig nach Worten und nach seinem Block. «Nur in einem der Schränke hier war Kleidung, alle anderen Schränke sind mit Papier vollgestopft. Haufenweise Ausdrucke, Manuskripte. Krimis, Liebesromane, Biographien vor allem. Aber eben nicht als Bücher, sondern nur auf DIN-A4-Blättern. Als hätte er sich all diese Bücher ausgeliehen und dann selbst noch mal abgetippt.» Liebig zog den Kittel aus, um seine Taschen besser abtasten zu können, wahrscheinlich zum zwanzigsten Mal.

Lanner wollte ihn erlösen. «Vielen Dank, das war ein guter Überblick.»

«Herr Liebig ist noch nicht fertig!» Es klang fast so, als würde Kolbe seinen Spurensicherer anbrüllen. Liebig hörte auf zu suchen und schaute ihn verzweifelt an. Kolbe bellte: «Private Dinge?»

«Ach ja, genau, das ist sehr ungewöhnlich.» Liebigs Stimme klang immer verzagter. «In der ganzen Wohnung gibt es so gut wie keine privaten Dinge. Keine Fotos, kein Schmuck, keine Erinnerungsstücke, nichts in der Art. Alles, was wir gefunden haben, war eine Liste mit zehn Telefonnummern.» Er stoppte und blickte fragend zu seinem Vorgesetzten.

Kolbe griff in seine Kitteltasche, holte einen Notizblock raus und warf ihn Liebig hin. Dann fiel er plötzlich wieder in seinen gewohnten, jovial-kumpelhaften Ton: «Merken Sie sich das, Liebig, die zweitwichtigste Regel für einen jungen Spurensicherer: Niemals den Notizblock offen liegenlassen, es könnte immer ein Arschlochvorgesetzter vorbeikommen, ihn einstecken und dann auf Ihre Kosten den dicken Larry machen.»

Liebig griff schnell nach seinem Block. «Kommt nicht wieder vor.»

Sein Chef grunzte zufrieden. «Ich weiß. Außerdem spricht für Sie, dass Sie die wichtigste Regel eingehalten haben.»

Der junge Spurensicherer rieb sich verlegen die Nase. Kolbe schaute zu Lanner rüber, der das Kunststück wiederholte, mit den Augen zu stöhnen. «Schon klar. Sie wollen jetzt wahrscheinlich, dass ich Sie frage, welches denn die wichtigste Regel für einen jungen Spurensicherer ist.»

Kolbe griente. «Vermutlich ist es genau diese schnelle Auffassungsgabe, die Ihnen den Ruf eingebracht hat, ein ganz hervorragender Kommissar zu sein. Also?»

Im Tonfall eines müden Kindes, das sich des lieben Friedens willen, aber ohne echte innere Einsicht entschuldigt, murmelte Lanner: «Und was ist die wichtigste Regel für junge Spurensicherer?»

Kolbe nahm Haltung an, als habe er ein bedeutendes Geheimnis zu lüften. «Den Clou, den absoluten Höhepunkt, immer dem Chef zu überlassen.»

Jetzt griff die Dramaturgie doch noch beim Kommissar. Ohne seine Neugier zu verbergen, fragte er: «Es gibt noch mehr? Also einen Clou bei dieser Geschichte? Hier in der Wohnung?»

«Allerdings.» Kolbe ging einen Schritt zum Fenster, um seinen Bauch in die Sonne zu drehen. «Wir haben noch etwas gefunden. Etwas, was in so einer Berliner Mietwohnung nun wirklich mehr als ungewöhnlich ist.»

«Nämlich?»

«Geld.»

«Geld?»

«Obwohl, das trifft es nicht mal genau.» Kolbe genoss es

sichtlich, das ganze Ausmaß der Ungeheuerlichkeit zu umreißen. «Man muss sagen: viel Geld. Und zwar in bar. Jede Menge. Überall, in jeder Ecke. In Umschlägen, Tütchen, Dosen, manchmal auch lose. In der ganzen Wohnung ist Geld versteckt.» Plötzlich wirkte Kolbe wie jemand, der nach einem traumatischen Erlebnis dringend die polizeiliche psychologische Betreuung in Anspruch nehmen sollte. «Also, ich hab ja schon viel in Kreuzberger Wohnungen gesehen. Schlimme Sachen auch. Aber so was, darauf ist man echt nicht gefasst.»

Lanner blickte ihn mitfühlend an. «Wie viel ist es denn?»

Kolbe drehte sich um und brüllte: «Liebig! Wie ist der aktuelle Stand?»

«Also bis jetzt gute hundertsechzigtausend, alles in gebrauchten, mittelgroßen Scheinen. Tendenz steigend.»

Claire Matthes schnitt den Nusskuchen in sechs streichholzschachtelgroße Teile. Dann machte sie es mit dem Bienenstich und dem Apfelkuchen genauso. «Schauen Sie, Julia, wenn Sie jetzt die Stückchen schön auf einem Teller drapieren, dann werden Sie merken, wie zufrieden die Jungs sind.»

Julia Jäger, die junge Sekretärin, sah aufmerksam zu, und doch war ein leichter Widerwille zu spüren. «Ich weiß nicht. Als ich mich als Chefsekretärin beworben habe, hatte ich mir ein etwas anderes Aufgabenfeld vorgestellt als das Arrangieren von Kuchentellern.»

«Ach was, ich hab den beiden Jungs schon die Windeln gewechselt, kenne sie seit vierzig Jahren. Glauben Sie mir, was den Kuchen angeht, sind die wie ihr Vater.» Die kleine, mittlerweile vierundsechzig Jahre alte erste Chefsekretärin zog ihr apartes grünes Wollseidekostüm gerade und streckte den schlanken Körper. «Junge Frauen, die mehrere Sprachen sprechen, irrsinnig schnell mit dem Computer sind und verboten gut aussehen, finden Sie jede Woche, die lassen sich ohne weiteres austauschen. Aber eine Sekretärin, die weiß, wie er seinen Kuchen am liebsten isst, wird ein Chef irgendwann mehr lieben als jeden anderen Menschen auf der Welt. Also auf eine besondere Weise lieben. Nicht körperlich natürlich. Wenn eine Liebe körperlich wird, geht in der Regel der Respekt verloren. Insbesondere zwischen Chef und Sekretärin.»

Julia strich sich über ihre glatten, braunen, schulterlangen Haare. Bei diesen Worten huschte vor ihrem inneren Auge eine Zukunft vorbei, vor der sie sich stets gefürchtet hatte. Sie schwieg, um Claire Matthes nicht zu verletzen. Auch war sie froh, diese Stelle bekommen zu haben. Trotz ihrer fast dreißig Jahre hatte sie recht wenig Berufserfahrung, und außerdem war sie Mutter einer vierjährigen Tochter, eine Kombination, die es ihr auf dem Arbeitsmarkt nicht leichtmachte.

«Es ist im Prinzip ganz einfach», Frau Matthes war längst wieder mit dem Kuchen beschäftigt, «Sie müssen die Stücke nur in Form einer Schnecke legen. Von innen nach außen. Die Sorten immer abwechselnd.»

Direkt nachdem Julia den Innensenator zu den beiden Brüdern durchgestellt hatte, half sie Claire Matthes, den Kuchen herzurichten. Der würde nach dem Telefonat helfen, hatte sie gesagt. Seit Tagen ging das jetzt schon so. Zwei-, drei-, manchmal viermal am Tag rief der Innensenator an. Oder die Gesundheitssenatorin. Oder der Schulsenator. Oder der Polizeipräsident. Oder alle gleichzeitig. Natürlich ging es jedes Mal um die Rattenplage, die die Brüder einfach nicht in den Griff bekamen. Im Gegenteil, die Fälle von Rattenbefall mehrten sich rasant, von Tag zu Tag. Gut einen Monat nach dem Tod des Alten hatte es angefangen. Seitdem schien die Rattenpopulation in der Stadt förmlich zu explodieren. Es waren nur noch fünf Tage bis zur Senatswahl, und der Opposition war es gelungen, die Ratten zum Wahlkampfthema zu machen. Der Regierende Bürgermeister war dumm genug gewesen, den Berlinern in einer leicht melodramatisch-heroischen Rede sein Wort zu geben, er werde das Rattenproblem lösen. Schließlich sei das hier Berlin, hatte er gesagt, Berlin sei ganz andere Probleme gewohnt, wegen so ein paar Ratten wäre den Berlinern nicht bange. Er war sogar gelobt worden für seine selbstbewusste, mutige Rede. Jetzt allerdings, wo so ziemlich allen Berlinern doch angst und bange wurde, wuchs die Nervosität beim Bürgermeister und seinen Senatoren. Mehrfach täglich brüllten sie die Machallik-Brüder am Telefon an, und mittlerweile kamen sie auch schon mal persönlich vorbei, um Dampf abzulassen. Claire Matthes wusste, dass sich die Herren und Damen Senatoren das beim alten Machallik niemals getraut hätten. Vor dem hatten sie Respekt gehabt.

Die Geschichten vom alten Machallik kannte jeder. Mehr als einmal hatte er im Suff geprahlt, die Ratten würden ihn rächen, falls ihm etwas zustoße. Er war ein Unikum gewesen, ein Berliner Original. Laut, leutselig und ausgestattet mit einem durch nichts zu erschütternden Größenwahn. Kurz, er war wie die Stadt selbst.

Anfang der fünfziger Jahre hatte Machallik seine Kammerjägerfirma gegründet. Schnell stieg er zum größten und wichtigsten Schädlingsbekämpfer Berlins auf. Exzellente Kontakte zu Politik und Wirtschaft ließen ihn eine der einflussreichsten Persönlichkeiten der Stadt werden, auch wenn ihn kaum ein normaler Berliner kannte. Die Mächtigen liebten oder fürchteten ihn – oder beides. Jedenfalls begünstigten sie seinen Aufstieg. Es hieß, Erwin Machallik, der Kammerjäger, der Gott der Ratten, der König der wahren Berliner Unterwelt, würde alle, wirklich alle Geheimnisse der Stadt kennen. Womöglich war dieser Umstand auch sein Geschäftsmodell.

Seine Frau hingegen, die zwei Jahre vor dem alten Machallik gestorben war, hatte kurz vor ihrem Tod den beiden Söhnen mitgeteilt, ihr Vater sei weder ein Gott noch ein König, eigentlich nicht mal ein gerissener Geschäftsmann, sondern alles in allem einfach nur ein riesengroßes Arschloch. Dies sei die einzig wirklich sichere Erkenntnis, die sie nach über vierzig Jahren Ehe habe gewinnen können.

Als Julia Jäger den Kuchen in Helmut und Max Machalliks Büro brachte, saßen die beiden schweigend vor dem riesigen Fernseher. Der war noch vom alten Machallik, aber eigentlich war das gesamte Büro noch so, wie es der Firmengründer hinterlassen hatte. Das Chefbüro hatte keinen Schreibtisch. Wenn Erwin Machallik mal was zu unterzeichnen hatte, erledigte er dies am Schreibtisch der Sekretärin. In seinem Büro befanden sich nur ein Couchtisch, zwei Sofas, von denen eines zum Bett umgebaut werden konnte, fünf schwere Sessel, eine absurd große Bar mit Tresen aus rotem Buchenholz und ebendieser riesige Fernseher, der als einziger Einrichtungsgegenstand im Raum nicht aus schwarzem Leder oder holzvertäfelt war und fast irritierend modern wirkte. Das Ganze erinnerte mehr an einen Siebziger-Jahre-Partykeller als an die Chefetage eines führenden Berliner Unternehmens.

Die Brüder starrten auf den Fernsehschirm, obwohl der schwarz war. Wahrscheinlich hatten sie ihn ausgeschaltet oder die DVD gestoppt, als ihre Sekretärin klingelte. Sie musste tatsächlich klingeln. Denn wie jeder ordentliche Größenwahn beinhaltete auch der von Erwin Machallik eine respektable Portion Paranoia: Er hatte sein Büro nicht nur schalldicht und abhörsicher gemacht, sondern die Wände komplett aus verkleidetem Titanstahl anfertigen lassen, samt einer gewaltigen Sicherheitstür, die wie der Zugang zu einem Safe aussah. Es war praktisch ein Panic Room, und das, obwohl schon das gesamte Untergeschoss des großen Bürohauses in der Potsdamer Straße wie ein Luftschutzbunker gebaut und gesichert war. Eine Maßnahme, mit der Erwin Machallik wohl seine Kindheitstraumata aus dem Zweiten Weltkrieg, die Angst vor Luftangriffen und Überfällen, kompensieren wollte.

«Frau Matthes schickt mich mit dem Kuchen.»

Während Helmut Machallik weiter wie gebannt auf den dunklen Bildschirm starrte, lächelte Max der jungen Sekretärin zu. «Vielen Dank, Frau Jäger. Ich sehe, Frau Matthes hat Ihnen auch gesagt, wie Sie den Kuchen anordnen sollen.»

«Ja, das schien ihr sehr wichtig zu sein. Ich wollte ihr nicht widersprechen.»

Max Machallik nahm Frau Jäger das Tablett mit dem Kuchenteller und den beiden Tassen heißer Schokolade ab. «Frau Matthes kennt uns schon, seit wir kleine Jungs waren. Es fällt ihr wohl immer noch schwer, zu akzeptieren, dass wir erwachsen sind, ja nicht einmal mehr so richtig jung. Aber wir hängen an ihr, und sie meint es gut. Tatsächlich freue ich mich jedes Mal, wenn die Kuchenteile wie eine Schnecke angeordnet sind. Und mein Bruder auch.»

Helmut machte ein Geräusch. Ob dieses allerdings eher bestätigender oder ablehnender Natur war, vermochte die junge Sekretärin nicht zu entschlüsseln.

Es war die Idee des Vaters gewesen, Helmut und Max nach den beiden Torschützen des Wunders von Bern zu nennen, was viele Jahre später die Mutter zu der Bemerkung verleitete, das Aussuchen der Namen sei der einzige Moment seines Lebens gewesen, in dem Erwin Machallik über seine Söhne nachgedacht, ja sich überhaupt für sie interessiert hätte.

Nachdem er seinem Bruder den Kuchenteller gereicht hatte, wandte sich Max Machallik wieder Frau Jäger zu. «Sie müssen verstehen. Wir schätzen und respektieren Frau Matthes wirklich sehr. Sie ist schon länger in der Firma, als wir auf der Welt sind. Wir könnten es niemals übers Herz bringen, sie nach Hause, also in Rente zu schicken. Aber mit den heutigen vielfältigen Aufgaben einer Sekretärin ist sie natürlich vollkommen überfordert. Deshalb sind Sie nun da. Ich hoffe, es stört Sie nicht, sich die Chefsekretärinnenstelle mit Frau Matthes zu teilen. Also zumindest pro forma.»

Julia Jäger wusste, dass schon mehrere Versuche unternommen worden waren, Frau Matthes eine junge Sekretärin an die Seite zu stellen. Bislang hatte keine von ihnen länger als vier Wochen durchgehalten. Außerdem war ihr völlig klar, dass es qualifiziertere und erfahrenere Bewerberinnen gab. Warum Frau Matthes ausgerechnet sie ausgesucht hatte, war ihr nach wie vor ein Rätsel. Möglicherweise war es sogar alles andere als ein Kompliment, von Frau Matthes ausgewählt worden zu sein.

Als sie Helmut Machallik die Trinkschokolade neben den Kuchenteller stellte, gab er erneut ein Geräusch von sich, und obwohl dieses Geräusch bei weitem nicht die phonetischen

Mindestanforderungen für ein Wort oder gar einen Satz erfüllte, spürte sie doch deutlich, dass es bereits viel freundlicher, beinah warmherzig klang. Auch Max Machallik hatte das bemerkt und wirkte ein wenig erleichtert. «Wir freuen uns jedenfalls beide sehr, dass Sie hier sind, und sind guter Hoffnung, dass Sie es auch lange bleiben.»

Die junge Sekretärin lächelte dem etwas fülligen Max Machallik und seinem richtig dicken Bruder zu. Dann bedankte sie sich und verließ den Raum. Nachdem die schwere Stahltür ins Schloss gefallen war, stöhnte Helmut Machallik verächtlich auf: «Flirtest du etwa mit der Kleinen?»

Max versuchte, souverän zu reagieren, konnte aber nicht verhindern, dass die Röte auf seinen Wangen bis zur Halbglatze hochkroch. «Ich wollte nur nett sein, und dir würde ein bisschen mehr Freundlichkeit auch nicht schaden. Wir suchen jetzt schon lang genug eine neue Sekretärin, weiß Gott, und die Frau Jäger scheint wirklich patent zu sein.»

«Na ja, zumindest macht sie guten Kakao und Kuchen.» Helmut kicherte, verschluckte sich und hustete ein paar Kuchenkrümel auf sein Hemd. Ärgerlich wischte er sie weg und rieb sich dabei einige Flecken ein.

«Ist ja auch egal», sagte Max und ließ sich zurück in den Sessel fallen. «Lass uns jetzt den Rest der Aufnahme angucken.»

Helmut stieß die Fernbedienung angewidert von der Lehne. «Wozu denn? Als wenn wir die verdammte Aufnahme nicht schon hundertmal gesehen hätten. Ich habe keine Lust mehr auf diesen Mist!»

«Du weißt genau, es ist vielleicht unsere einzige Chance. Irgendwo könnte Vater einen Hinweis versteckt haben.»

«Die Aufnahme ist nur der endgültige Beweis, dass Mama

recht hatte. Papa war ein Riesenarschloch und außerdem nicht ganz dicht.»

Max guckte in seinen Kakao. Sein Bruder lag nicht ganz falsch. Wahrlich nicht. Das Video auf der DVD ging schon gut los: Erwin Machallik, mittelmäßig betrunken, sitzt in einem der Sessel in ebendiesem Büro und grölt in die Kamera. Bezeichnet das, was dann folgt, als sein Testament. Entstanden war das Video wohl kurz vor seinem Tod vor knapp zwei Monaten. Also vielleicht ein paar Tage, womöglich aber auch mehrere Wochen, bevor er vergiftet wurde. Ganz genau ließ sich das nicht sagen. Auch war unklar, wer die Aufnahme gemacht hatte, ob jemand hinter der Kamera gestanden oder ob Erwin Machallik diese selbst auf einem Stativ befestigt hatte.

Natürlich war es kein Testament im juristischen Sinne. Erwin Machalliks wahres Vermächtnis war sehr viel bedeutender als Besitz, Anteile und Geld. Dieses Video sollte davon künden. Das ruft er zumindest in der Eingangssequenz. Drei Kopien würde er anfertigen, und seine Söhne hatten das Gefühl, er habe diese Anzahl erst während seiner Ansprache endgültig festgelegt. Jedenfalls denkt er vor und nach diesem Satz längere Zeit nach. Überhaupt wirkt seine Rede wahrlich nicht wie ein sorgsam vorbereitetes Vermächtnis, eher wie ein improvisierter Rundumschlag.

Eine Kopie hatte für die Brüder in einem Bankschließfach gelegen, eine hatte der Regierende Bürgermeister bekommen, und wo sich die dritte Kopie befand, war unklar. Obwohl mittlerweile auch der Innensenator, die Gesundheitssenatorin und der Polizeipräsident die DVD gesehen hatten, war noch nichts bis zur Presse vorgedrungen. Das war in der Tat ungewöhnlich für eine Stadt wie Berlin, wo es normalerweise selbst bei Dingen, die nachweislich überhaupt nie geschehen sind, irgendwo eine undichte Stelle gibt, durch die etwas zur Presse durchsickert. Ja, sogar bei Dingen, die nicht nur nie passiert sind, sondern darüber hinaus auch niemanden interessieren, finden sich immer noch einige, die gern, oft und lange darüber reden. Und dieses Video hätte viele Leute und insbesondere die Presse brennend interessiert.

Allein die ersten zwanzig Minuten, die ausschließlich aus wüsten, ordinären Beschimpfungen so ziemlich aller bekannteren Persönlichkeiten des Berliner Lebens bestanden, unterbrochen nur durch die Enthüllung vieler Affären Machalliks mit den Gattinnen von Politikern, Sportlern, Diplomaten, hochrangigen Beamten und Topmanagern, waren schon spektakulär. Er legte dar, von etlichen Kindern der Führungselite dieser Stadt der Vater zu sein, und entschuldigte sich dann immer wieder wortreich, leider nicht alle seine Affären erwähnen zu können, da er bedauerlicherweise nie Buch geführt und einige Beziehungen einfach vergessen habe, was er jedoch den Frauen gegenüber nicht als Respektlosigkeit verstanden wissen wollte, es sei sein Fehler, wenn er sich nicht erinnere, allein sein Fehler. Mit dem in diesen zwanzig Minuten enthaltenen Material hätten sämtliche Berliner Blätter ein halbes Jahr ihre Titelseiten füllen können. Doch der Höhepunkt, das eigentliche Vermächtnis des Königs der Berliner Unterwelt, kam in der zweiten Hälfte des Videos. Es sollte all die Affären in den Schatten stellen.

«Lass uns trotzdem noch mal das Ende anschauen. Vielleicht haben wir irgendetwas übersehen.» Max schien unverdrossen.

Helmut stopfte sich noch ein Stück Kuchen in den Mund, bevor er antwortete. Eine Angewohnheit, die er von seinem

Vater hatte und die Max wirklich an ihm hasste. Begleitet von einem Krümelregen, stieß er seine Sätze aus: «Was, bitte, können wir denn da noch übersehen haben? Der alte Wichser beschreibt genüsslich, wie die Ratten ihn rächen und die Stadt übernehmen, falls ihm etwas zustößt. Schritt für Schritt, mit genauer Angabe der Tage. Ich kann es auswendig.»

«Und bislang sind alle seine Prophezeiungen eingetroffen.»

«Na und? Meinst du echt, der Alte kann aus dem Grab heraus die Ratten dirigieren? Bist du jetzt auch verrückt geworden – so wie der Bürgermeister und sein bekloppter Innensenator?»

«Nein, aber alle machen sich Sorgen, Helmut. Und du solltest dir auch Sorgen machen. Begreifst du das denn nicht? Unser Vater hat in dieser Stadt so etwas wie eine Bombe gelegt. Eine Rattenbombe, die hochgeht, wenn man sie nicht alle ein, zwei oder drei Monate entschärft. Davon hat er all die Jahre gesprochen, deshalb immer sein Gerede, wenn er mal stirbt, werden die Ratten ihn rächen.»

«Ja, ja, ja, ich bin nicht blöd, aber wieso muss ich mir dauernd dieses Scheißvideo angucken?»

«Weil wir dort vielleicht den Hinweis finden, wie wir die Bombe entschärfen können. Wenn uns das nicht gelingt, werden wir diejenigen sein, die man hängt.»

Helmut drehte sich beleidigt weg. Er wusste, dass sein Bruder recht hatte, aber was konnten sie, konnte er denn dafür?

Max versuchte, wieder einen ruhigeren Ton zu finden. «Vater ist seit einundfünfzig Tagen tot. Er sagt in dem Video, die Zahl der Rattenalarme wird sich fünfundzwanzig Tage nach seinem Tod verdoppeln.» Max atmete tief durch. «Sie

43

hat sich vierundzwanzig Tage nach dem Tod verdoppelt. Nach vierunddreißig Tagen sollte sie sich verdreifachen. Das war nach fünfunddreißig Tagen der Fall. Nach vierzig Tagen verfünffachen, was an Tag einundvierzig erreicht wurde, und gestern hat sie sich verzehnfacht, was haargenau seiner Voraussage entsprach. Glaubst du wirklich, das alles ist Zufall?» Zum Ende hin hatte Max seine Stimme doch wieder erhoben und geriet in ein leicht hysterisches Krächzen, was ihm offenkundig unangenehm war.

Helmut dagegen machte erneut ein Geräusch. Diesmal jedoch eins, das man ohne Zweifel als übellaunig deuten konnte. Er griff sich die Fernbedienung und drückte auf «Play».

Auf dem gigantischen Bildschirm erschien das Gesicht ihres mittlerweile sturzbetrunkenen Vaters. «Und dann …», brüllte er aus dem Fernseher, «… nach genau fünfundfünfzig Tagen, werden die Ratten ihren Angriff auf Berlin starten …», er lachte und würgte ein wenig, «… ganze Heerscharen, und dieser Angriff wird der Beginn eines Krieges sein … Ein Krieg, nach dem die Stadt nie wieder so sein wird, wie wir sie kennen …», eine längere Pause, als müsse er aufstoßen, «… das wird meine Rache …», er fällt aus dem Bild, «… sein!» Beim letzten Wort hört man nur noch ein leichtes Gluckern oder Gurgeln, dann endet die Aufnahme.

«Na ja», Helmut nahm sich wieder ein Stück Kuchen, «einen Hinweis kann ich nicht erkennen, nur eine subtile Warnung vor den Gefahren des Alkohols. Wir können die Dinge drehen und wenden, wie wir wollen, aber wenn's blöd läuft, haben wir noch ungefähr drei Tage, um uns irgendwas anderes zu überlegen.»

Max schaute ihn erschöpft an. «Und was genau könnte das bitte schön sein?»

Helmut wollte eigentlich die Schultern zucken, aber weil er sich im tiefen Sessel so unglücklich festgesessen hatte, kriegte er seine Arme und Schultern einfach nicht bewegt. Er zog stattdessen kurz die Augenbrauen hoch, was in etwa den gleichen visuellen Effekt hatte. «Keine Ahnung, irgendetwas überlegen eben, oder vielleicht denken wir auch nur mal darüber nach, wie wir uns hier einigermaßen geschmeidig verdünnisieren können.»

Georg Wolters hatte von diesem Tag die Schnauze voll. Wieder war es fast acht Uhr geworden, bis er endlich in die Yorckstraße nach Hause kam. Natürlich hatte die Zentrale Toni und ihn die Zeit, die sie in der Tempelherrenstraße mit der Hinterhofleiche verplempert hatten, nacharbeiten lassen. Vier Einsätze hatten sie noch fahren müssen. Selbstverständlich alles Notfälle. Seit Wochen gab es praktisch nur noch Notfälle. Dabei überall dieselben angestrengten und genervten Gesichter. Die Rattenplage setzte die Leute gehörig unter Stress, und sie, die völlig überforderte Kavallerie, waren natürlich die Ersten, die das abbekamen.

Als ob das alles nicht schon genug wäre, musste er dann auch noch Carsten Lanner treffen, ausgerechnet Lanner, den größten Schlauberger unter der Sonne. Dem hatte er nun wirklich nicht als Kammerjägergehilfe begegnen wollen. Bloß gut, dass es ihm völlig egal war, was der blöde Lanner über ihn dachte. Immerhin hatte Frau Kreutzer, die hochattraktiv-wütende Mutter aus dem Haus mit der Leiche, tatsächlich eine SMS geschickt und gefragt, ob er morgen Abend Zeit hätte. Das war der einzige Lichtblick dieses verfickten Tages gewesen. Womöglich hatte die aber auch nur geschrieben, weil sie sich bei der derzeitigen Lage von der Bekanntschaft mit einem Kammerjäger Vorteile erhoffte. Doch das war Georg im Grunde egal. Er hatte kein Problem damit, wenn Frauen ihn nur wegen seines Berufs begehrten. Er hätte beispielsweise auch kein Problem gehabt, wenn Frauen nur wegen seines Geldes – das er nicht besaß – mit ihm hätten zusammen sein wollen. Dass es nur wegen des Geldes wäre, wäre dann nicht sein Problem, sondern eben das der Frauen. Er wäre ja wegen der Frauen mit den Frauen zusammen, für ihn wäre also alles gut. Wobei er es grundsätzlich vorgezogen hätte, wegen seines Geldes geliebt zu werden und nicht wegen seines Berufs. Nicht aufgrund der Qualität der Liebe, sondern einfach, weil er lieber irrsinnig viel Geld gehabt hätte, als Kammerjäger zu sein.

Als Georg gerade in seinen Briefkasten guckte, erwischte ihn Frau Adler, die aus dem Innenhof kam. «Na, du bist aber wieder spät dran, Herr Wolters.»

«Ich weiß, Frau Adler, aber Sie machen sich keine Vorstellung, was bei uns zurzeit los ist.»

«Doch, doch, kann ich mir denken. Claire hat mir so einiges erzählt.»

Frau Adler, die Besitzerin des Hauses, in dem Georg wohnte, war mit Claire Matthes befreundet. Dadurch war er an seinen Job gekommen. Denn Frau Adler, die sowohl die ehemalige Apotheke bewohnte als auch die sehr große angeschlossene Wohnung, die sich über zwei Stockwerke bis runter ins ausgebaute Souterrain erstreckte, hatte sich von Anfang an um Georg Wolters, diesen verhuschten jungen Mann, gekümmert.

«Ich bring dir gleich die Sachen, dann kannste direkt anfangen zu kochen.»

Georg stöhnte. Es war Bestandteil seines recht ungewöhnlichen Mietvertrages, dass er eine eher symbolische Miete zahlte, dafür aber montags, mittwochs und donnerstags für Frau Adler kochen musste. Sie entschied, was es gab, und kaufte alles ein. Er kochte dann in seiner Wohnung und brachte ihr, wenn es fertig war, das Essen hinunter. Natürlich durfte er sich selbst auch davon nehmen. Georg hatte ohnehin den Verdacht, dass die fürsorgliche Frau Adler mit diesem Passus im Mietvertrag sicherstellen wollte, dass er mindestens drei warme Mahlzeiten die Woche bekam. Offiziell sagte Frau Adler aber, sie habe in ihrem Leben genug gekocht, das reiche ihr jetzt. Sie wolle allerdings schon jeden Tag warm essen und sei einfach kein Restaurant- oder Fertiggerichtetyp. Da sei dies die beste Lösung. In Anbetracht der enormen Portionen, die sie verlangte, vermutete Georg, sie würde die Hälfte einfrieren und das Essen an den Tagen, an denen er nicht kochte, aufwärmen.

«Können wir heute nicht mal den Pizzaservice kommen lassen? Oder Sie gehen kurz ins ‹Yorckschlösschen›, die haben frische Pfifferlinge. Ich bin wirklich sehr müde.»

Frau Adler wedelte nur kurz und resolut mit dem Zeigefinger. «Nein, nein, kommt überhaupt nicht in Frage. Dein Freund ist auch ganz hungrig. Es gibt Nudeln mit Pesto und frischem Salat. Das geht ja nun wirklich ganz schnell …»

Georg stutzte. «Was haben Sie gerade gesagt?»

«Nudeln und Pesto. Das Pesto ist schon fertig, hab ich bei Yalmar gekauft …»

«Nein, ich meine, vor den Nudeln. Wer ist hungrig?»

«Na, dein Freund. Mit dem hab ich doch die ganze Zeit im

Innenhof gesessen und über dich geredet. Der ist sehr interessiert an dir und deinem Leben.»

Die Tür zum Hof ging auf, und Carsten Lanner trat in den Flur. Er versuchte, Georgs entsetztes Gesicht zu ignorieren und freundlich zu gucken. «Mensch, Georg, da biste ja endlich. Die Frau Adler hier war so nett, mich im Garten mit Tee zu bewirten.»

Die Stille hielt an, bis Lanner und Georg in der Wohnung waren und das Nudelwasser auf dem Herd stand.

«Warum hast du ihr gesagt, wir seien Freunde?»

«Was hätte ich ihr denn sonst sagen sollen? Dass ich von der Polizei bin und dir ein paar Fragen stellen will?»

«Das wäre mir lieber gewesen.»

«Die Frau mag dich wirklich gern, sie sorgt sich um dich.»

Georg schüttete den Salat in die Spüle, um ihn zu waschen. «Und was, bitte schön, geht dich das an? Was fällt dir ein, hierherzukommen und die arme Frau über mich auszuhorchen?»

«Das war nicht meine Absicht.»

«Nicht? Was war denn dann deine Absicht?»

Lanner setzte sich. «Ich weiß es nicht. Vielleicht einfach mal wieder mit jemandem zu reden, der im selben Ort aufgewachsen ist. Der nachvollziehen kann, wie diese Stadt und alles hier einen müde machen kann. Der dieselbe Sprache spricht.»

Georg hielt kurz inne. Das war nicht der Carsten Lanner, den er kannte. Wenn er ihn, den alten Schluffi Georg Wolters, als Vertrauten betrachtete, dann ging es ihm wohl wirklich nicht gut. Georg nahm sich eine Schale für die Soße. «Gibt es irgendwas, gegen das du allergisch bist oder was du in der Salatsoße partout nicht magst?»

Lanner brauchte einen Moment, um die Frage zu verstehen. «Na ja, um ehrlich zu sein, ich finde jede Form von Essig ziemlich furchtbar.»

Georg nickte und gab einen gewaltigen Schuss Apfelessig in die Soßenschale. «Läuft wohl nicht so bei der Berliner Polizei, wie du dir das vorgestellt hast, was?»

«Überhaupt nicht.»

«Dachte mir schon so was, nach dem, was ich in dem Leichenhof beobachtet habe.»

Lanner wand sich auf seinem Stuhl. «Weißt du, es ist einfach eine ungewohnt schwierige und stressige Situation, wenn man nicht richtig ernst genommen und ständig veräppelt wird.»

Georg grunzte vor Vergnügen. «Ungewohnt? Für dich? Carsten, bitte, dich hat nie jemand ernst genommen. Wir haben dich immer alle veräppelt. Die gesamte Schulzeit hindurch.»

Lanner sprang auf. «Willst du nicht endlich mal mit diesem Quatsch aufhören, diesen ständigen Versuchen, mich zu verunsichern? Ich war beliebt. Ein wenig gefürchtet vielleicht, aber auch beliebt. Immerhin war ich Schülersprecher.»

Georg lachte. «Ja, genau. Mann, wir haben dich absichtlich gewählt, damit wir dir idiotische Aufträge und Forderungen aufhalsen konnten. Weißt du noch, als du für den Antrag der Schülerschaft kämpfen musstest, die Hälfte der Lehrerparkplätze in ein großes Kräuterbeet umzuwandeln? Das war damals meine Idee, dich mit diesem schwachsinnigen Vorschlag zu beschäftigen.»

Lanner sank langsam zurück auf den Stuhl. «Aber am Ende haben sie zwei der Lehrerparkplätze in ein Kräuterbeet umgewandelt.»

«Stimmt, wir konnten es kaum glauben. Nachdem du dich wirklich zwei Jahre lang mit dieser Forderung lächerlich gemacht, alle Lehrer genervt und uns viel Freude bereitet hast, haben die doch tatsächlich irgendwann zwei Parkplätze hergegeben. Die müssen dich gehasst haben.»

Ein paar Minuten lang sagten beide nichts mehr. Georg machte den Salat an und schüttete die Nudeln in das kochende Wasser, während Lanner ausgiebig den Küchenboden betrachtete. Erst als Georg zwei Flaschen Bier öffnete und sich zu Lanner an den Küchentisch setzte, nahm dieser das Gespräch wieder auf. «Und, wie ist es bei dir so gelaufen? Also in den letzten Jahren.»

«Siehste doch. Tagsüber vergifte ich Ratten, abends koche ich für meine Vermieterin, und nachts schlafe ich allein. Immer. Kurz gesagt: Ich lebe meinen Traum.»

«Bist du nicht eigentlich nach Berlin, um zu studieren?»

«Klar, ich hab ja auch lange studiert. Mehr als fünfzehn Jahre.»

«Was denn?»

«Alles. Ich hab praktisch alles studiert.»

«Nein, ich meinte: welches Fach?»

«Das meinte ich auch. Ich habe praktisch alle Fächer studiert. Germanistik, Romanistik, Amerikanistik, Geschichte, Mathematik, BWL, Politik und was weiß ich nicht noch. Ich war überall mal eingeschrieben, allerdings immer nur für zwei, drei Semester. Sogar Medizin habe ich gemacht, wenn auch nur als Gasthörer.»

«Hat dich denn kein einziges dieser Fächer richtig interessiert?»

«Doch, alle. Aber ein anderes Fach, natürlich eins, was ich gerade nicht studiert habe, hat mich eben noch etwas mehr interessiert. In der Regel, bis ich es dann studiert habe, danach hat mich quasi sofort wieder etwas anderes noch mal mehr interessiert. Ich habe gut fünfzehn Jahre studiert und in dieser Zeit überlegt, was ich eigentlich werden möchte, nur um dann am Ende Kammerjäger zu werden, also etwas, was ich ganz sicher nicht wollte.»

Georg hörte seine eigenen Worte und konnte es kaum fassen. Was redete er da? Und warum? Warum erzählte er ausgerechnet dem dämlichen Lanner die unangenehmen Wahrheiten über sein Leben, die er normalerweise sogar vor sich selbst geheim zu halten versuchte? Vermutlich, weil er sonst niemandem so ein langweiliges, selbstmitleidiges Gerede zumuten wollte. Nur Lanner, dieser Blödmann, der hatte es nicht anders verdient, der hatte sich selbst hierher eingeladen und ging ihm jetzt auf die Nerven, dafür konnte er auch ruhig mit Georgs todlangweiliger Lebensgeschichte traktiert werden. Er würde ihn nutzen als Mülleimer für sein Scheißleben, und dann würde er diesen Mülleimer, also Lanner, runterbringen, und weg wäre er und sein eigenes deprimierendes Gerede mit ihm.

Lanner hingegen schien überrumpelt von Georgs Offenheit. Er versuchte, sich an die psychologische Schulung zu erinnern, die er während seiner Ausbildung gemacht hatte. «Aber du hast doch sicherlich trotzdem viel gelernt während deines Studiums. Es geht ja nicht nur um den Abschluss, es geht auch um die Erfahrungen. Vielleicht kannst du nichts so richtig, aber dafür hast du immerhin auf fast allen Gebieten so eine grundsätzliche Ahnung. Daraus wird sich irgendwann schon etwas ergeben, du darfst nur nicht den Glauben, die Hoffnung verlieren.»

Spätestens nach diesem Satz war Georg klar, der Mülleimer würde sich wehren. Er würde ihn nicht so einfach von der Erbärmlichkeit seines Lebens erzählen lassen. Er würde mit Verständnis und Trost zurückschlagen. Und wenn es etwas gab, was seine Existenz noch unerfreulicher erscheinen lassen konnte, dann waren es Ratschläge oder mutmachende Worte von Carsten Lanner. Es durfte auf keinen Fall die gegenseitige Verachtung abhandenkommen, also zischte er: «Na, das sagt der Richtige!»

«Bitte?» Lanner wirkte irritiert.

«Na hier, ‹Hoffnung nicht verlieren›, ‹irgendwann wird sich schon was ergeben›, und das von einem, der seit seinem zehnten Lebensjahr einen genauen und straffen Karriereplan verfolgt. Wie lange hattest du denn schon vor, Hauptkommissar zu werden?»

«Seit ungefähr zwanzig Jahren, aber was hat das mit dir zu tun?»

«Nichts. Gar nichts. Du hast überhaupt gar nichts mit mir zu tun. Und das ist auch gut so.»

Im letzten Moment war es Georg gelungen, zum üblichen Umgang zurückzufinden, woraufhin sich aber auch Lanner entschloss, auf weiteres taktisches Höflichkeitsgeplänkel zu verzichten und die Katze aus dem Sack zu lassen: «Wir könnten aber mehr miteinander zu tun haben, und wahrscheinlich hätten wir auch viele Vorteile davon.»

Der Überraschungsangriff war gelungen. Georg versuchte nicht einmal, sein Interesse zu verbergen. «Was für Vorteile?»

«Für dich Geld, eine interessante Aufgabe und Ruhm. Für mich Anerkennung und eine erhebliche Verbesserung meines Arbeitsalltags.»

«Läuft es darauf hinaus, dass ich für dich arbeiten soll?»

«Allerdings, als verdeckter Ermittler sozusagen.»

Georg versuchte, ruhig und gelassen zu wirken, aber die Begeisterung funkelte schon längst in seinen Augen. «Worum geht's genau?»

«Um deinen Job bei der Kammerjägerfirma Machallik. Du weißt vermutlich, woran der alte Machallik gestorben ist?»

«Ja klar, hat sich selbst versehentlich mit einem eigens für die Firma neu entwickelten Rattengift vergiftet. Im Anschluss an einen Empfang, wo er das Mittel vorgestellt hat oder vorstellen wollte. Tragische Geschichte, ein Missverständnis, ein Unfall wohl.»

Lanner gönnte sich ein ironisches Grinsen. «Ein Versehen, ganz genau. Das zumindest ist die offizielle Version.»

«Gibt es denn auch eine inoffizielle?»

«Für mich schon. Machallik war mein erster Fall hier. Ich habe nie an ein Versehen geglaubt. Bis heute nicht.»

«Du meinst, er wurde absichtlich vergiftet?»

«Also, die Vorstellung, er habe irrtümlich sein eigenes Gift geschluckt, ist meines Erachtens blanker Unsinn. Aber was noch irritierender war: Nachdem ich drei Tage ermittelt hatte, nicht mehr, nur die drei Tage, wurde ich plötzlich zum Polizeipräsidenten bestellt. Der sagte, dass der Fall die Boulevardpresse und die ganze Stadt verrückt mache und deshalb abzuschließen sei; man müsse sich endlich wieder auf die richtigen Verbrechen konzentrieren. So eine Situation gerate in einer Stadt wie Berlin nämlich schnell außer Kontrolle. Da wären Entscheidungen und Ergebnisse gefragt. Es sei eben ein tragisches Unglück gewesen, und daher solle auf das Ganze unverzüglich ein Deckel drauf.»

Georg machte große Augen. «Hast du dich denn nicht geweigert?»

«Hätte ich das getan, wäre meine Laufbahn als Kommissar in Berlin schon wieder beendet gewesen. Vielleicht nicht sofort, aber du kannst mir glauben, man hätte dafür gesorgt, dass ich hier kein Bein mehr auf den Boden kriege.»

«Ich dachte, die versauen dir jetzt trotzdem dein Leben.»

«Das ist vergleichsweise Pipifax und wird sofort aufhören, wenn ich einen richtig großen Fall löse. Als ich in Cloppenburg praktisch im Alleingang, als niemand an mich glauben wollte, Hühnerbaron Dierksen überführt habe, hat das alles verändert, daraus wurde letztlich mein Ticket nach Berlin. Diesem Fall verdanke ich die Beförderung zum Hauptkommissar. Verstehst du? Ich brauche hier nur den einen großen Fall. Wenn ich zum Beispiel beweisen könnte, dass Machallik doch ermordet wurde, und am besten auch gleich den Mörder liefere, dann kann mir keiner mehr was. Das Problem ist nur: Ich darf in diesem Fall nicht mehr ermitteln, der Polizeipräsident hat es mir ausdrücklich verboten. Was immer ich noch unternehme, es ist reine Privatsache. Ich kriege da nichts mehr. Selbst den Obduktionsbericht konnte ich nur durch ein Dienstvergehen, also heimlich, noch mal einsehen.»

Bei dem Gedanken, für Carsten Lanner zu arbeiten, fühlte sich Georg alles andere als wohl. Andererseits konnte er es sich nicht leisten, wählerisch zu sein. Eine solche Möglichkeit, zu Geld wie auch zu aufregenden Erlebnissen zu kommen, würde sich wahrscheinlich nicht so schnell wieder bieten. Während er zum Herd ging, um die mittlerweile verkochten Nudeln abzugießen, fragte er: «Und was genau wäre jetzt mein Part bei der ‹Carsten-Lanner-wird-zum-großen-Helden-von-Berlin-Geschichte›?»

Lanner überhörte mit etwas Mühe die Spitze. «Na, du sitzt doch mittendrin in der Firma. Ich garantiere dir, da liegt irgendwo der Schlüssel zu diesem Fall. Die alte Sekretärin zum Beispiel, die Erwin Machallik verehrt hat, glaubt auch nicht an einen Unfall, wollte mir aber aus irgendeinem Grund nicht alles sagen, was sie weiß oder vermutet. Vielleicht würde sie mit dir oder Frau Adler reden. Die beiden sind doch befreundet. Und was ist mit den Söhnen? Traust du denen? Warum diese Rattenplage nach dem Tod vom alten Machallik, gibt es da irgendein Geheimnis, irgendein Rätsel? Wer außer den Söhnen profitiert noch von Machalliks Tod? Die Konkurrenz? Gibt es auffällige Personen, die in jüngster Zeit bei euch ein und aus gehen? Wenn wir diese Fragen beantworten, können wir auch die Todesumstände aufklären. Das spüre ich genau.»

Georg schmunzelte spöttisch, während er die wirklich sehr große Portion für Frau Adler abfüllte. «Sagt dir das alles deine hochsensible Polizistennase?»

«Genau, die sagt mir das. Allerdings. Aber ohne deine Hilfe, ohne die Insiderinformationen, die nur du mir besorgen kannst, werde ich wahrscheinlich nie etwas beweisen können.»

Plötzlich wurde Georg klar, wie erfreulich die Situation für ihn war. Er lachte. «Das heißt ja, ich bin mehr oder weniger unbezahlbar für dich.»

Lanner blieb ernst und sagte leise, aber bestimmt: «Zehntausend, du bekommst zehntausend Euro von mir, wenn ich mit deiner Hilfe den Fall löse.»

Georg hörte auf zu lachen. Die beiden schauten sich an, mindestens eine halbe oder Dreiviertelminute lang, bis kein Zweifel mehr bestand, dass sie es wirklich ernst meinten. Der Vertrag war geschlossen, weiterer Worte bedurfte es nicht, so norddeutsch waren sie dann eben doch. Als Georg schließlich zwei Teller auf den Tisch stellte, befanden sie sich bereits in einem Arbeitsverhältnis, weshalb er direkt mal nach einem Vorschuss fragte. Lanner zählte fünfhundert Euro auf den Küchentisch. «Mehr hat mir der Automat nicht gegeben, aber das sollte reichen.»

Georg nickte, zählte das Geld und steckte es ein.

Lanner erklärte nun genauer, was er wissen wollte. «Das Wichtigste ist für mich erst mal, mehr über den Abend des Todes zu erfahren. Da lässt dieser Mann ein revolutionäres Rattengift entwickeln. Speziell für seine Firma. Ein Gift, das ungleich wirksamer ist als alle anderen bisherigen Mittel, zugleich aber den Ratten einen schmerzlosen Tod beschert, weil es ein Halluzinogen enthält, das sie in einem ungeheuren Glücksrausch sanft und zufrieden sterben lässt. Machalliks großer Traum, sein Vermächtnis, der Ausdruck seines tiefen Respekts für die Ratten, die Tiere, die er sein Leben lang bekämpft hat und denen er alles verdankt. Und anlässlich dieser spektakulären Neuentwicklung lädt er fast das gesamte Führungspersonal der Stadt ein, vom Polizeipräsidenten bis zu den Bauunternehmern, vom Bürgermeister bis zum Oppositionsführer, vom Hertha-Trainer bis zum Berlinale-Chef, praktisch alle waren da. Nicht zu vergessen die Chefs der anderen Kammerjägerunternehmen. Bis heute war es unmöglich, eine genaue Gästeliste zu bekommen, aber wahrscheinlich hätte mehr als die Hälfte der Gäste einen guten Grund gehabt, den Alten zu vergiften. Zudem hat er Gratisproben verteilen lassen. Jede Menge Gratisproben seines neuen revolutionären Gifts. Jeder hatte Zugang. Angesichts dieser Umstände fällt es mir schwer, zu glauben, Machallik habe versehentlich sein eigenes Gift getrunken. Ich bin sicher, die Söhne oder die Sekretärin wissen mehr.»

Georg ging zum Herd zurück und nahm den Topf. «Ich bring Frau Adler mal gerade ihre Nudeln und den Salat. Danach können wir alles beim Essen besprechen.» Kurz vor der Tür drehte er sich um. «Das ist irgendwie krass. Ich meine, auf einmal bin ich Undercoveragent. Von dir engagiert. Mit Sonderauftrag, quasi so wie Kiefer Sutherland als Jack Bauer in ‹24›, schon der Hammer, oder?»

Lanner lächelte. «Jack Bauer, na ja. Also offen gestanden sehe ich dich eigentlich eher so wie Evelyn Hamann in ‹Adelheid und ihre Mörder›.»

Georg ärgerte sich nur kurz. Schon auf der Treppe wurde ihm klar, mit etwas Glück könnten sie trotz ihrer Zusammenarbeit Feinde bleiben. Oder sich zumindest die gegenseitige Verachtung bewahren. Alles in allem keine schlechten Aussichten.

Routiniert jagten seine Blicke über den Bildschirm. Die farbigen Punkte huschten über die Karten, während er die Bezirke durchklickte. Die Meldungen über die Kammerjägereinsätze waren spät gekommen heute. Es wurden immer mehr, von Tag zu Tag. Wie erwartet. Sowieso lief alles wie erwartet.

Er war müde. Na, wunderbar, die Nacht hatte gerade erst begonnen, und er war schon wieder müde. Immerhin störte ihn der Raum heute nicht. Es hatte zuletzt Tage und Nächte gegeben, wo er ihm wie ein Verlies vorgekommen war. Ein riesiges Verlies, aber was war schon Größe? Als Thor auf die Erde verbannt wurde, kam ihm der ganze Planet wie ein Gefängnis vor. Thor, der Gott des Donners, quasi ein Kollege.

Außerdem hatte sie natürlich wieder genervt. Sie nervte ständig, die Göttin des Donners. Er grinste. Sie meckerte immer mehr. Eine Zeitlang hatte er gedacht, es sei endlich vorbei, dieses ständige Gemecker, sie hätte es begriffen, sich abgefunden, es eingesehen. Aber dann hatte sie doch wieder angefangen. Leider. Wahrscheinlich konnte sie gar nicht anders. Es war so unnötig und auch eine unglaubliche Zeitverschwendung, aber so was konnte man ihr nicht erklären, mit dem Logischen hatte sie es ja nicht so. Er liebte sie doch. Natürlich tat er das. Das musste sie doch langsam mal wissen. Sicher wusste sie das. Warum konnte sie dann nicht einfach mit dem Gemecker aufhören?

Dieses Warten, bis der Computer endlich die neuen Aufträge berechnet hatte. Immer dieses Warten.

In der Online-BZ gab es einen Artikel zu den Ratten. Wieder überlegte jemand, woher sie wohl kamen, so viele, so plötzlich, warum? Er schmunzelte. Zauberei war das nun wirklich keine. Die Hauptarbeit machten die Ratten selbst. Die durchschnittliche Tragezeit einer Ratte beträgt einundzwanzig Tage, dann wirft sie acht bis vierzehn Junge, die nach nur zwei Monaten geschlechtsreif sind. Die Rattenmutter kann nicht einmal dreißig Minuten nach der Geburt schon wieder schwanger werden. Ist sie hitzig, was alle vier bis fünf Tage für rund sechs Stunden der Fall ist, hat sie in dieser Zeit zweihundertmal Sex. Eine Schwangerschaft ist da praktisch selbstverständlich. Stellt man den Ratten ausreichend Futter und erträgliche Bedingungen zur Verfügung, kann man die Population innerhalb von rund drei Monaten ungefähr verfünfzigfachen. Über das Berliner Stadtgebiet verteilt gibt es wahrscheinlich gut zehn Millionen Ratten. Da musste man kein Mathematiker sein …

Der Computer rechnete immer noch. Die nächste Schlacht im Online-Universum von World of Warcraft ging in einer Stunde los. Für die Herausforderungen, die dort warteten, brauchte es seine volle Aufmerksamkeit. Das verlangten die anderen Spieler von ihm, zu Recht, und auf ihn konnte man sich immer verlassen. Ratmaster Big war der zuverlässigste Spieler überhaupt und immer «on». Ihn konnte niemand linken. Viele hatten das schon versucht, weiß Gott, und alle, wirklich alle hatten es bereut. Bitter bereut. Er war ein gutmütiger, weiser und loyaler Waffenbruder, aber wer ihm blöde kam, wurde ausgelöscht. Ohne Gnade, da gab es keinen Verhandlungsspielraum. Das wussten alle. Einmal zu weich, und der über Jahre erarbeitete Respekt wäre dahin. Er wäre manchmal gerne nachgiebiger, aber es ging nicht, er durfte das nicht. Man muss auch den eigenen Schmerz, den die Vernichtung eines anderen erzeugen kann, aushalten.

Nur noch fünfzig Minuten bis zum Raid, dem Feldzug, und vorher mussten noch die Aufträge raus. Die Berliner Kammerjägerfirmen erwarteten sie morgen früh. Vorher musste er sie aber noch nach Korea schicken, damit sie von dort über die ganze Welt durch Hunderte Accounts und IP-Adressen gejagt werden konnten, bis sie wirklich niemand mehr zu ihm zurückverfolgen konnte, dann gingen sie wieder nach Berlin, zu der vermeintlichen Senatsstelle, von der aus die zweiundsechzig Kammerjägerfirmen ihre «städtischen» Aufträge bekamen. Das lief alles längst vollautomatisch. Nur die Aufträge berechnen und auf den Weg nach Korea bringen musste er noch selbst. Wobei er auch hierfür schon vor langer Zeit entsprechende Programme geschrieben hatte. Wenn er an einem bestimmten Punkt in der Stadt eine bestimmte Menge Gift streuen ließ oder eine bestimmte

Menge Futter zur Verfügung stellte, ergab sich daraus nach einer bestimmten Anzahl von Tagen eine relativ präzise zu berechnende Menge an toten Ratten oder eben an Rattenzuwachs. Für all dies hatte er längst Kurven und Diagramme. Alle Einzelheiten hatte ihm der alte Machallik zwar nicht verraten, aber er wusste genug, er hatte die völlige Macht. Er gab die Richtung vor und erteilte den Kammerjägerfirmen im Namen der Stadt die Aufträge, die nötig waren, um seine Vorstellungen umzusetzen. Das war die Ordnung der Dinge.

Er schaute nach dem Wetter. Früher hatte er sich links oben auf dem Bildschirm ein kleines Fenster eingerichtet, um stets zu wissen, wie das Wetter ist. Jetzt ließ er auf einem der anderen Bildschirme manchmal eine Citycam aus der Innenstadt laufen, einfach so, um quasi auch mal draußen gewesen zu sein. Er schaltete zu einem halblegalen Sportstreamer, Baseball in Kuba, ein Fußballspiel in Brasilien.

Endlich, der Computer war fertig. Fünfundzwanzig Minuten vor Beginn des Raids. Das reichte gerade noch, um die neuen Aufträge rauszuschicken. Dann würde er sich mit den Gefährten den Quests eines virtuellen Universums stellen. Die reale Welt hingegen trieb er in einen Kampf gegen die Ratten, und er war gespannt, wie die Stadt sich schlagen würde. Vorher würde sie sogar noch die Kammerjägerfirmen bezahlen. Wie immer. Die Firmen, die nichtsahnend die Handlangerdienste für ihn verrichteten. Keiner kannte die Zusammenhänge. Die kannte nur er. Jeden Tag wuchs die Zahl der Ratten, alle drängten sie in die Innenstadt, und niemand außer ihm wusste, warum. Der alte Machallik wäre zufrieden gewesen. Aber der alte Machallik war ja nicht mehr. Natürlich folgte er dem Plan, doch er war jetzt frei, vollkommen frei.

Das Einzige, was er zu fürchten hatte, war ihr Gemecker, ihr ständiges Gemecker. Aber das würde sicher auch irgendwann wieder aufhören.

Die Aufträge waren raus und jagten nun um die Welt, Millionen von Kilometern, bis sie in wenigen Sekunden wieder in Berlin ankommen würden.

Endlich konnte er entspannt seinen Feldzug beginnen.

Zweiter Tag

Als Lanner gegen 9 Uhr ins Präsidium kam, fühlte er sich wie ein nasser Lappen, den man zum Trocknen in die Sonne gehängt hatte. Bier war das Einzige, was Georg Wolters ausreichend im Haus gehabt hatte. Am Morgen war keins mehr übrig gewesen. Die beiden hatten sich auf eine wesentliche zivilisatorische Errungenschaft des menschlichen Miteinanders in Norddeutschland besonnen: Man muss sich gar nicht besonders mögen, um gemeinsam zu trinken. Eine bahnbrechende Erkenntnis, die Norddeutschland nach dem Preußisch-Dänischen Krieg 1864 befriedet hat und bis heute einigermaßen im Gleichgewicht hält.

Sicherlich wäre Lanners Kater zahmer gewesen, hätte er wenigstens einen Teller Nudeln gegessen. Doch aus Furcht vor dem nächsten Gürtelloch verzichtete er nach 18 Uhr auf Kohlenhydrate, dies war, wie seine Mutter irgendwo gelesen hatte, die einzig wirksame Diät, auf die sich derzeit alle Experten – also Schauspieler, Komödianten, Frauenzeitschrifts-Kolumnistinnen, Fernsehköche und die lustigen Schlankmacher-Mentaltrainer – einigen konnten. Obwohl Lanner manchmal auch am Sinn der Regel zweifelte. Wenn er etwa wieder mal um Viertel vor sechs an eine Imbissbude stürmte, um hastig eine große Portion wehrlose Pommes in sich reinzuschaufeln. Die mussten ja vor 18 Uhr vertilgt sein, wenn er nicht noch dicker werden wollte. Der diesem Tun innewohnende Selbstbetrug war ihm zwar bewusst, aber wenn er sich auch noch den Selbstbetrug verboten hätte, dann wäre er vermutlich gar nicht mehr zu motivieren gewesen, die strengen Regeln für ein gesundes Leben zu befolgen.

Immerhin war er pünktlich im Präsidium, das war ja schon etwas. Es war ihm alles andere als leichtgefallen, sich aus der Symbiose mit seiner Schlafcouch zu lösen. Ohne medizinische Hilfe wohlgemerkt. Die Schlafcouch war seit Monaten keine Couch mehr. Lanner hatte es noch immer nicht geschafft, sich ein richtiges Bett zu besorgen. Von einem richtigen Tisch, einem richtigen Schrank oder einem richtigen Sessel ganz zu schweigen. Nach wie vor behalf er sich mit Kartons und einem halb bis drei viertel aufgebauten Regal. Dabei gab es direkt vor seiner Haustür gigantische Möbelhäuser. Er hatte sich bereits dabei ertappt, wie er an ihm interessierte Frauen schon bei der zartesten Anbahnung abblitzen ließ, nur weil er fürchtete, er müsse im Falle näheren Kontakts über kurz oder lang seine Wohnung aufräumen und vor allem einrichten. Den Aufwand wäre ihm die Sache dann doch nicht wert.

Eigentlich hätte er sich gern für cool gehalten, weil er auf so bourgeoisen Quatsch wie Wohnungseinrichtung verzichtete, aber leider ging ihm dieses coole Wohnen in Wirklichkeit ziemlich auf die Nerven. Wie heute Morgen, als er verzweifelt nach einem frischen Hemd suchen musste, ein gebügeltes war ohnehin illusorisch. In diesem Punkt würde er bald eine Entscheidung treffen müssen: entweder die Hemden in eine Reinigung mit Bügelservice geben oder viele trendige Pullover und T-Shirts kaufen, die man gut unter dem Sakko tragen konnte, so wie es die lässigen jungen «Tatort»-Ermittler machten.

Er hatte also gesucht und irgendwann tatsächlich ein okayes hellgraues Hemd gefunden. Im Karton mit den Küchensachen. Hellgrau war eine Superfarbe für Hemden, zumindest, wenn man nur selten zum Waschen und nie zum Bügeln kam.

Wo er dann schon mal in der Küche war, hatte er gleich noch ein großes Stück von der Mettrauchwurst gegessen, die ihm seine Mutter geschickt hatte. Im Stehen, an der Arbeitsfläche, wie immer. Die kleine Resopalplatte der Einbauküche war so ziemlich der einzige Einrichtungsgegenstand, den er wirklich benutzte. Dort zu stehen und Mettrauchwurst aus Cloppenburg zu essen, das waren kurze, unbeschwerte Momente des Glücks. Bislang die einzigen, die er in Berlin empfand. Würde seine Mutter irgendwann aufhören, ihm alle vierzehn Tage Essenspakete zu schicken, dann müsste er in Berlin eine Quelle für Mettrauchwurst suchen. Oder einmal im Monat nach Cloppenburg fahren.

Zum Glück ging es ihr gut. Das hatte er gemerkt, als er den Anrufbeantworter abhörte. Vier Nachrichten von seiner Mutter, eine vom Vater, der aber nur sagte, er solle doch mal rangehen, wenn Mutter anrufe, sie mache sich Sorgen, er solle aber Mutter keinesfalls sagen, dass er, Vater, deshalb angerufen habe, er sei extra hinters Haus gegangen, damit Mutter nichts merke. Später hatte Mutter noch mal aufs Band gesprochen, er solle zurückrufen, es sei nur wegen Vater, weil, der mache sich Sorgen, er sage nichts, aber sie wisse natürlich, dass er sich Sorgen mache, aber er solle Vater auf gar keinen Fall sagen, dass sie ihm das gesagt habe.

Lanner lächelte, die beiden liebten ihn wirklich. Seine Mutter hielt sich trotz aller Sorge stets und streng an sein Verbot, ihn auf dem Handy anzurufen. Er könne ja im Einsatz sein und dann Ärger kriegen, hatte er ihr gesagt, und sie glaubte es tatsächlich oder hielt sich einfach so daran, ohne es zu glauben.

Der angenehme Geruch nach frischem Kaffee, den Lanner wahrnahm, als er sein Bürokabuff betrat, passte gut zu der leichten Unwirklichkeit, in die wohldosierter Restalkohol die Umwelt zu tauchen vermag. Es standen zwei dampfende Becher auf seinem Schreibtisch, doch bevor er sich richtig wundern konnte, klopfte es an der halboffenen Tür, und eine junge, sportlich-schlanke Frau streckte ihm eine sehr hübsche Hand zur Begrüßung entgegen.

«Ah, Herr Hauptkommissar Lanner, da sind Sie ja, freut mich, Carola Markowitz von der Wirtschaft. Ich hab uns Kaffee mitgebracht. Ist hoffentlich okay. Nehmen Sie Milch, Zucker oder beides? Ich hätte auch Tee mitbringen können, aber Herr Kolbe meinte, Sie seien Kaffeetrinker.»

Sie war eine agile Person mit kurzen, glatten blonden Haaren, und noch im Reden war sie an ihm vorbeigeschwebt, hatte sich auf einen Klappstuhl, den sie unter dem Arm getragen hatte, gesetzt und fischte nun Zucker- und Milchportiönchen aus ihrer Sakkotasche. Sie sah seltsam aus in dem viel zu großen Sakko, mit den abgewetzten Jeans und dem bordeauxfarbenen Rollkragenpullover. Diese Garderobe kannte Lanner eher von fünfzigjährigen Studienräten.

«Ich hab mir einen Stuhl aus dem Flur geholt, ist hoffentlich okay.» Die Frau strahlte ihn an.

Lanner schloss die Tür, ließ sich in seinen Bürosessel sinken und genoss das Aroma des wirklich köstlich duftenden Kaffees. «Wo haben Sie den Kaffee her?»

Carola Markowitz lächelte zufrieden, offensichtlich hatte

sie auf so eine Reaktion gehofft. «Ach, kein Ding, wir haben einen Vollautomaten in unserem Büro.»

Sie wusste, dass dieser Satz dem Hauptkommissar einen kleinen Stich versetzen würde. Sein Blick verriet ihr, was er in etwa dachte, irgendwas in der Art von ‹Na, der Wirtschaftskriminalität scheint es ja nicht schlecht zu gehen›. Doch Lanner hielt sich zurück und legte die gesamte Schärfe seines Neides in die Frage: «Und warum genau unterhalten Sie sich mit Herrn Kolbe darüber, ob ich Tee- oder Kaffeetrinker bin?»

«Ach, das war so nebenbei. Eigentlich wollte Herr Kolbe mir gestern nur von Ihrem Fall erzählen. Der mit dem Toten im Garten, er dachte, das könne mich interessieren. Und ich muss sagen, da hat er ins Schwarze getroffen. Ich konnte gar nicht mehr aufhören zu lesen, ich hab letzte Nacht keine Sekunde geschlafen, so aufgeregt war ich, bis zum Morgen hab ich mich durch das Material und die Dateien gefressen. Einen tollen Fall haben wir da.» Sie lachte.

Carsten Lanner wurde mit einem Schlag wach. «Einen kleinen Moment bitte, damit ich das auch wirklich richtig verstehe. Wollen Sie mir sagen, der Spurensicherer Kolbe unterrichtet eigenmächtig eine Kommissarin der Abteilung für Wirtschaftskriminalität von meinem Fall? Er gibt ihr ohne mein Wissen jede Menge, wahrscheinlich sogar das gesamte vertrauliche Beweismaterial zu dem Fall, zu *meinem* Fall? Und jetzt sitzt diese Kommissarin auch schon in meinem Büro, auf einem Stuhl, den sie gleich selbst mitgebracht hat, und spricht über *unseren* Fall?»

Carola Markowitz atmete hörbar enttäuscht aus. «Ach, Herr Kolbe hat mir schon gesagt, dass Sie wahrscheinlich so reagieren würden. Er meinte aber, ich solle Sie daran erinnern, dass Sie ihm ausdrücklich befohlen hätten, Ihnen so schnell wie möglich alle verfügbaren Informationen zum Kaminski-Fall zu beschaffen. Am besten noch heute Morgen.»

Wenn es etwas gab, was Lanner zu einem wirklich umfassend beschissenen Morgen fehlte, dann war es eine weitere Breitseite gut abgehangener Kolbe-Logik, selbst wenn sie aus dem Munde einer hübschen jungen Frau statt aus Kolbes Medizinballkopf kam. Da ihm keine sinnvolle Erwiderung einfiel, bellte er nur: «Ja und?»

Carola Markowitz blieb ruhig. «Ich bin diejenige, die Ihnen diese Informationen beschaffen wird, und zwar schnell.» Sie nahm einen Schluck Kaffee. Dass der ihr leicht die Zunge verbrannte und in der Kehle schmerzte, ließ sie sich nicht anmerken, sie hielt Lanners Blick selbstbewusst stand.

«Trotzdem kann es nicht angehen, dass Kolbe Sie eigenmächtig in die Ermittlungen holt. Das ist mein Fall, und ich treffe hier die Entscheidungen.»

«Selbstverständlich, deshalb habe ich bislang ja nur Herrn Kolbe unterstützt, also im Rahmen der Spurensicherung Daten gesichert und ausgewertet. Aber jetzt dachte ich, es wäre sinnvoller, wenn wir direkt zusammenarbeiten, ohne den Umweg über Herrn Kolbe nehmen zu müssen. Ich hatte gehofft, das wäre auch in Ihrem Sinne.»

Die Müdigkeit, die schon den ganzen Morgen ziellos durch Lanners Hirn schlich, schien sich nach diesem kurzen Argumentationsfeuerwerk nun feste Plätze sichern zu wollen und begann quasi, Handtücher auf Lanners Hirnzellen zu legen. Da er keine Lust auf weitere Niederlagen hatte, beschloss er, Markowitz einfach mal ihr Blatt spielen zu lassen. «Was genau haben Sie denn herausgefunden?»

Die junge Polizistin nickte erfreut und holte einen Laptop

aus einer Tasche, die offenbar schon die ganze Zeit neben dem Schreibtisch gestanden hatte. «Also, das ist wirklich der absolute Hammer. Ich habe natürlich noch längst nicht alles lesen können, bin aber überzeugt, dass wir es hier mit einer Sensation zu tun haben.» Sie vergewisserte sich, dass der Laptop auch startete, dann fuhr sie fort: «Die handschriftlichen Notizen und die vielen Ausdrucke sind nur die Spitze des Eisbergs. Auf den beiden Computern war so gut wie nichts zu finden, aber auf den über zweihundert USB-Sticks, die wir in der Wohnung fanden, sind derartige Textmassen gespeichert, da kann einem ganz schwindlig werden.»

Schwindlig war Lanner ohnehin schon. Er begriff, wie schwer es werden würde, dieser komplizierten Geschichte aufmerksam zu folgen. Hatte das überhaupt Sinn? Sollte er sich nicht einfach ein bisschen was erzählen lassen und dabei vor sich hin dösen? Dann würde er wenigstens den Kaffee genießen können. «Sie meinen also», versuchte er eine Interesse vortäuschende Zwischenfrage, «er hat Tausende von Büchern eingescannt?»

Carola Markowitz musterte ihn irritiert. «Nein, natürlich nicht Tausende, aber gut zweihundert. Und», sie beugte sich ein Stück nach vorne, «diese Werke hat er nicht eingescannt.» Sie machte eine Theaterpause und senkte die Stimme bis an den Rand des Flüsterns: «Er hat sie geschrieben.»

Nun war die Bombe geplatzt, sie lehnte sich zufrieden zurück, horchte der Explosion nach und wartete auf Lanners Reaktion. Der sagte nichts. Einige lange Augenblicke vergingen. Als Lanner endlich begriff, dass er jetzt dran war, geriet er in leichte Panik und befreite sich mit einem: «Hammer!»

Das reichte, um Carola Markowitz wieder in Gang zu werfen. «Ganz genau, das hab ich auch gedacht. Hammer.

Kaminski hat als Ghostwriter gearbeitet und in den letzten zehn Jahren gut zweihundert Bücher geschrieben. Ein Viertel davon war auf der Bestsellerliste. Krimis, Unterhaltungsromane, Promiautobiographien, Kochbücher oder seltsame Selbsthilfebücher von Fernsehberühmtheiten. Quer durch den Garten. Der hat alles geschrieben. Es sind sogar Reihen dabei. Wenn der Eindruck nicht täuscht, dann haben einige ziemlich erfolgreiche Autoren ihre Werke nicht selbst verfasst, sondern höchstens in groben Zügen entworfen oder am Ende ein bisschen überarbeitet.»

Sie machte wieder eine Pause. Als Lanner die Stille bemerkte, erschrak er kurz, um sich dann erneut mit dem bewährten «Hammer!» zu retten.

Markowitz war zufrieden: «Allerdings: Hammer! Und ich weiß auch genau, was Sie jetzt denken.»

Darauf war Lanner nun doch gespannt. Er hatte bislang eigentlich nur darüber nachgedacht, ob er im Büro wohl noch irgendwo Kopfschmerztabletten hatte, nun freute er sich richtig, zu erfahren, was er sonst so dachte.

«Sie denken», verriet sie ihm, «wie kann ein einzelner Mensch derart viel schreiben?»

Beeindruckend. Lanner musste zugeben, dass das wirklich etwas war, was er ohne weiteres hätte denken können.

«Die Antwort findet sich hier.» Markowitz drehte den Laptop zu ihm. Was Lanner sah, war ein weitverzweigtes Diagramm mit verwirrend vielen Kästchen, Kreisen, Spalten und Fenstern. «Ich habe das Prinzip noch nicht verstanden», fuhr Markowitz fort, «erst recht nicht die Einzelheiten und die genaue Funktionsweise. Aber alles deutet darauf hin, dass das hier eine Art Baukastensystem ist. Eine Gussform, wenn nicht sogar ein Computerprogramm zum Schreiben von Büchern. Es gibt sechs verschiedene Bausatzmodelle. Zumindest habe ich bisher sechs gefunden. ‹Krimi / Reihe›, ‹Krimi / einzeln›, ‹Unterhaltung / Liebe›, ‹Unterhaltung / Humor›, ‹Ratgeber / Sachbuch› und ‹Memoiren / Sachbuch›. Das sind die Titel, die Kaminski ihnen gegeben hat. Mit diesen Programmen hat er offensichtlich in kürzester Zeit unzählige Bücher fabrizieren können. Außerdem gibt es noch ein siebtes, allerdings deutlich anders aufgebautes Programm – für Promotionen. Wenn wir den USB-Stick mit den entsprechenden Doktorarbeiten finden, könnte diese Geschichte sogar noch eine politische Dimension bekommen … Jedenfalls war das Ganze ein hochlukratives Geschäft, an dem viele Leute ziemlich gut verdient haben dürften. Bei uns in der Wirtschaft gehen bei so was die Lichter an.»

Dieser Satz wiederum wirkte auch auf Lanner so, als habe jemand im sanften Dämmerlicht seines Hirns plötzlich einen 1000-Watt-Deckenfluter angeknipst. Wie nach einer abrupten Notanschaltung fuhr er schreiend hoch: «Heißt das, die Wirtschaftskriminalität will den Fall an sich reißen?»

Markowitz schüttelte genervt den Kopf. «Natürlich nicht. Aber wir könnten doch zusammenarbeiten. Auch ist noch lange nicht gesagt, dass Kaminskis Tod überhaupt etwas mit seiner Tätigkeit als Ghostwriter zu tun hat.»

Beruhigt sank der Hauptkommissar wieder in seinen Ruhepuls zurück und trank den letzten Schluck Kaffee. «Ist das denn eigentlich illegal, also, als Ghostwriter zu arbeiten?»

«Im Fall der Promotionen schon, bei den Romanen und Sachbüchern aber nicht. Natürlich wäre der Ruf der vermeintlichen Autoren ruiniert, wenn das Ganze rauskäme.»

«Da wäre also durchaus ein mögliches Mordmotiv. Vielleicht hat Kaminski jemanden erpresst.»

«Vielleicht. Andererseits, Herr Kolbe hat mir auch von den Zehntausenden von Euros erzählt, die in der ganzen Wohnung rumlagen. Das sieht mir doch eher nach jemandem aus, dem Geld nicht so wichtig war.»

Lanner schluckte. Über das Bargeld hatte Kolbe also auch geredet. Die Vertraulichkeit von Ermittlungsergebnissen schien ihm völlig gleichgültig zu sein, er hatte keinen Respekt vor dem Fall beziehungsweise vor dem die Untersuchungen leitenden Kommissar. Lanner versuchte, sich nichts anmerken zu lassen, und schwenkte bemüht in einen professionellen Ermittlungsmodus ein. «Genau, das viele Bargeld. Wahrscheinlich ist er immer cash bezahlt worden, um keinerlei Spuren in den Verlagen oder bei den vorgeblichen Autoren zu hinterlassen.»

«Das würde Sinn ergeben. Vielleicht hatte er auch am Tag seines Todes viel Bargeld bei sich. Vielleicht war es ein schlichter Raubmord.»

«Unwahrscheinlich, man hat ja Portemonnaie, Schlüssel und Handy bei ihm gefunden. Auch hat niemand versucht, in die Wohnung einzubrechen …» Lanner hielt kurz inne, um sich das zentrale Problem des Falls zu vergegenwärtigen: «Nein, nein, die große Frage, also das große Rätsel ist: Warum hat niemand sein Verschwinden bemerkt? Ich meine, bei seinem gewaltigen Auswurf müssen doch einige Verlage oder Autoren auf dem Trockenen gesessen haben.»

Carola Markowitz machte auf ihrem Stuhl vor Freude einen kleinen Hüpfer. «Genau darüber habe ich letzte Nacht auch nachgedacht, und ich habe sogar schon ein bisschen recherchiert. Da ist zum Beispiel die Bachinger-Reihe, mit diesem Torten-Kommissar in der Rhön, wo jeder Fall nach einer anderen Tortenspezialität benannt ist, weil dem knorrigen Bachinger die Lösung immer erst bei einem Stück der jeweiligen Torte dämmert, und nebenher erfährt man eine Menge über die Rhön und die hohe Kunst der Konditorei … Na, jedenfalls ist das Erscheinen des fünften Bandes, ‹Frankfurter Kranz›, gerade zum dritten Mal verschoben worden. Also, das ist ganz klar: Denen ist der Autor weggestorben, aber das dürfen sie natürlich nicht sagen, da es Kaminski offiziell überhaupt nicht gegeben hat.»

«Und außerdem wussten sie nicht mal, dass er tot ist, denn der war ja im Hinterhof vergraben», ergänzte Lanner. «Für die war Kaminski auf rätselhafte Weise verschwunden. Zumindest, wenn der Verlag nicht selbst was mit dem Mord zu tun hat, was unwahrscheinlich ist, da sie auf ein neues Buch von ihm warteten. Sicher haben die gehofft, er würde wieder auftauchen. Deshalb gibt es den fünften Band immer noch nicht.»

Jetzt konnte sich Markowitz nicht mehr bremsen: «Irrtum! Den gibt es sehr wohl.» Sie zog einen USB-Stick aus der Tasche. «Hier ist er. Der lag ganz offen auf Kaminskis Schreibtisch. Ich hab's gelesen, es fehlen nur noch ein paar Seiten.»

Lanner hätte die junge Frau am liebsten umarmt, hielt sich aber zurück und rief: «Ich will, dass das sofort gesichert und ausgedruckt wird!»

Lässig zog Carola Markowitz einen mittelstarken DIN-A4-Schnellhefter hervor. «Schon erledigt.»

Das Herz des Hauptkommissars schlug bis zum Hals. Wer hätte das gedacht! Womöglich war dieser mysteriöse Tote im Garten sein großer Berliner Fall. Wenn es ihm gelänge, das Knäuel aufzudröseln, wäre seine Position eine völlig andere. Diese Verlagsverschwörung aufzudecken würde ihm den nötigen Respekt verschaffen. Er hatte sich viel zu sehr auf den toten Kammerjäger, auf Machallik, kapriziert und dabei fast die bessere Chance übersehen.

«Dann holen Sie mich also ins Team?»

Nur mühsam, wie aus einem Nebel heraus, klang Markowitz' Stimme zu ihm durch. «Bitte?»

«Na, ich dachte, wo ich mich doch jetzt schon so weit in den Fall reingearbeitet und auch schon so viel rausgefunden habe, würde ich gern dabeibleiben. Außerdem könnte mein Fachwissen hier sehr nützlich sein. Denken Sie nicht?»

Lanner guckte angestrengt ins Nichts, was in seinem kleinen Büro gar nicht so einfach war. «Ich habe kein Team im eigentlichen Sinne. Es wäre wahrscheinlich auch nicht leicht, Sie aus der Wirtschaftsabteilung abzuziehen. Die würden sich bedanken, wenn ich ihnen mal eben so ihre Leute wegnehme …»

Markowitz fiel ihm ins Wort. «Also, Herr Kolbe meint, das wäre überhaupt kein Problem. Sie bräuchten auch mal wen, der mit Ihnen zusammenarbeitet. Der Ihnen ein bisschen die Stadt zeigt und erklärt. Ich bin hier geboren, und ich könnte meinerseits bestimmt auch viel von Ihnen lernen. Also, Herr Kolbe sagt, der Chef würde garantiert sofort zustimmen, wo der Fall doch ohnehin in die Wirtschaft mit reinragt.»

Lanner konnte es kaum fassen. Jetzt stellte Kolbe also auch noch die Ermittlungsteams zusammen. Zumindest sein, Lanners, Ermittlungsteam. Unvermittelt stand er auf, streckte Carola Markowitz die Hand hin und bemühte sich um einen freundlichen, aber formellen Ton: «Liebe Frau Markowitz, ich danke Ihnen wirklich sehr für die ganz hervorragende Arbeit. Sie haben ohne Frage die Ermittlungen ein gutes Stück vorangebracht. Ich werde Kriminaldirektor

Kunkeler ausführlich Ihre Verdienste schildern und mich für Sie einsetzen. Aber versprechen kann ich Ihnen natürlich leider nichts.» Dann griff er sich den DIN-A4-Hefter. «Den Ausdruck benötige ich. Ich halte Sie auf dem Laufenden.» Er ging zur Tür, öffnete sie und sah Carola Markowitz auffordernd an.

Die blickte fragend zurück. «Heißt das, Sie werfen mich raus?»

Lanner versuchte, ungezwungen zu lachen, was ihm nicht gelang. «Nein, natürlich nicht, wir werden das Gespräch in Kürze fortsetzen, aber jetzt habe ich keine Zeit mehr. Da warten noch ein paar andere Aufgaben, an die ich dringend ranmuss.»

Markowitz zuckte die Schultern, steckte den Laptop zurück in die Tasche, hängte sie sich um und griff nach dem Stuhl. Als Lanner sie enttäuscht zur Tür schlurfen sah, fühlte er sich doch ein wenig schäbig und wollte zum Abschied etwas Nettes sagen. «Und noch mal vielen Dank für den phantastischen Kaffee. Ich wünschte, der Mordkommission würde auch mal so ein Vollautomat spendiert.»

Carola Markowitz schüttelte den Kopf. «Um Gottes willen, der wurde uns nicht spendiert, den haben meine Kollegin Sabine Fellner und ich selbst gekauft und ins Büro gestellt. Aber das war die beste Investition unseres Lebens. Seitdem kennt und mag uns das ganze Präsidium, sämtliche Abteilungen. Deswegen hab ich ja überhaupt nur von dieser Geschichte erfahren, weil Herr Kolbe sich bei uns einen Kaffee geholt hat. Falls ich tatsächlich mit in Ihrem Team, also Ihrem Büro arbeiten sollte, werden wir als Erstes einen Vollautomaten hier reinstellen. Sie werden staunen, wie schnell wir der soziale Mittelpunkt der Abteilung sind. Alle werden uns lieben und besuchen, und wir werden über alles unterrichtet sein.» Lachend stellte sie den Stuhl in den Flur, winkte keck über die Schulter und federte den Gang hinunter.

Lanner schaute ihr nach, bis sie um die Ecke war. Dann trat er zurück in sein Kabuff, schloss die Tür und ließ sich in den Schreibtischsessel fallen. Konnte es wirklich so einfach sein? Während er verzweifelt überlegte, wie er im Alleingang einen richtig großen Fall aufklären könnte, möglichst unter Gefahr, um dann endlich die angemessene Anerkennung zu erhalten, stellten sich diese Damen einfach einen Kaffeeautomaten ins Büro. War das die ominöse weibliche soziale Intelligenz, dank der sie mit vergleichsweise geringem Aufwand allseits gemocht und sehr gut informiert wurden? Würden Frauen tatsächlich, wenn sie am Ruder wären, keine blutigen Kriege führen, sondern Konflikte mittels Kaffeemaschinen lösen? Und war das am Ende auch für ihn eine Möglichkeit?

Aber nein, so leicht konnte und wollte er es sich nicht machen. Es reichte ihm nicht, gemocht zu werden. Man sollte ihn schon auch bewundern! Oder zumindest sollte sich niemand mehr trauen dürfen, respektlos zu sein. Und dazu musste er eben einen großen Fall lösen. Und zwar im Alleingang, weil es sonst am Ende nur zu Streit über die Verteilung des Ruhms käme. Deshalb arbeitete er lieber und besser allein. Obwohl – im Machallik-Fall hatte er Georg mit ins Boot geholt, sogar von sich aus. Aber der zählte nicht so richtig. Mit Georg zusammenzuarbeiten war ja quasi wie Alleingang. Und die Markowitz? Er würde natürlich dafür sorgen, dass ihre Leistung die angemessene Würdigung erführe. Aber vorerst war es das Beste, wenn er die Fäden in der Hand behielt. Auch für sie. Er würde ihr das später einmal in Ruhe erklären.

Max Machallik war kurz weggedöst. Passierte ihm seit ein paar Wochen immer häufiger, dass er tagsüber einfach so wegdöste. Leider nicht nur im Büro. Da war es kein Problem. Aber er döste auch im Restaurant oder im Taxi weg, neulich sogar in der Umkleidekabine eines Kaufhauses. Das war wirklich peinlich gewesen. Erst hatte die Verkäuferin vor der Kabine gewartet, dass er mit dem anprobierten Anzug wieder rauskäme. Nach einiger Zeit hatte sie bemerkt beziehungsweise gehört, dass er eingeschlafen war, wollte ihn aber aus Höflichkeit nicht wecken, bis er dann richtig laut geschnarcht hatte und sie sich gezwungen sah, einen Kollegen zu holen.

Dieser Kollege war ausgerechnet der Geschäftsführer, der alte Schrader, ein Freund seines Vaters, und der hatte ihn, Max Machallik, schnarchend und in Unterhosen in der Umkleidekabine aufgefunden! Obwohl Schrader ihm lächelnd versicherte, diese delikate Angelegenheit absolut vertraulich zu behandeln, wusste bereits am Abend sein Bruder davon, am nächsten Tag der gesamte Bekanntenkreis.

Doch das war noch gar nichts im Vergleich zu dem Fauxpas, der ihm jüngst auf dieser Pressekonferenz unterlaufen war. Ein Riesentermin, eine Konferenz speziell zur Rattenplage, mit Bürgermeister, Innensenator, Polizeipräsident und allem Pipapo – und er nickt auf dem Podium ein! Schläft tief und fest während der Rede des Bürgermeisters. Oh, was war das für ein Geschenk für die Berliner Presse! Auf allen Zeitungen prangte riesig sein Foto, wie er selig schlummerte. Und daneben witzige Kommentare oder Bildunterschriften:

79

«Die mitreißende Rede unseres Bürgermeisters», «Berliner Aufbruchsstimmung!», «Erste Reaktionen auf die Vorschläge des Bürgermeisters» und «Dieser Mann soll uns von den Ratten befreien». Seitdem kannte ihn die ganze Stadt als den schlafenden Rattenjäger, und der Bürgermeister hasste ihn.

Er war dann zum Arzt gegangen, weil er fürchtete, dass es vielleicht so eine Art Burnout sei, diese ständige Müdigkeit, das permanente Wegdösen. Aber der Arzt hatte abgewunken. Seiner Meinung nach sei Burnout eine Variante der Depression. In der Hinsicht sei Max Machallik zwar eventuell auch gefährdet, aber was ihn da jetzt heimsuche, das sei nur Fluchtschlafen. Man kenne das von Kindern, die in Stresssituationen, wenn die Eltern streiten oder der Sonntagsbesuch bei der Tante anstünde, überfordert wären und in den Schlaf flöhen. Mittlerweile sei Fluchtschlafen jedoch auch immer häufiger bei Erwachsenen zu beobachten. Machen könne man wenig, da diese Müdigkeit ja keine körperlichen Ursachen habe, meinte der Arzt.

Vielleicht war Max aber auch nur wegen dieses verdammten Videos eingeschlafen. Dreimal hatte er es sich heute im Büro schon angesehen, zumindest so weit, bis er weggeschlummert war. Im Grunde wusste er natürlich, dass sein Bruder recht hatte – um das Rattenproblem in den Griff zu bekommen, würden sie irgendwann noch eine andere Strategie entwerfen müssen, als nur immer und immer wieder ein Video anzuschauen. In der Aufnahme war kein Hinweis zu finden, der eine Lösung andeutete, nirgendwo, ganz egal, ob man es wach oder schlafend ansah.

Langsam gestand Max sich ein: Es war ein absolutes Rätsel, wie sein Vater die Rattenpopulation der Stadt jahrzehntelang kontrolliert hatte. Ob er selbst zu bestimmten

Knotenpunkten gefahren war, um dort Gift, Futter oder beides zu streuen? Er wusste nicht einmal, woher die Aufträge der ominösen Senatsstelle kamen. Sicher nicht vom Senat, denn es gab dort keine entsprechende Stelle – was aber auch niemand so genau wusste. Diese Behörde, die gar nicht existierte, versorgte alle Berliner Kammerjägerfirmen mit Aufträgen. Helmut und er vermuteten, dass ihr Vater das ausgeheckt hatte. Die Spur der Mails, mit denen die Aufträge übermittelt wurden, ließ sich nicht zurückverfolgen. Sie verlor sich in asiatischen IP-Adressen. Man wurde beauftragt, führte aus, und die Stadt bezahlte. Vielleicht steckte auch nur ein Computerprogramm dahinter, das der alte Machallik irgendwann in Asien hatte entwickeln lassen, um die Rattenpopulation im Gleichgewicht zu halten. Und nun war plötzlich eine Winzigkeit schiefgegangen: beispielsweise, weil jemand gestorben war, der regelmäßig ein kleines Rädchen gedreht hatte. Ein kleines Rädchen, scheinbar unbedeutend, das aber, wenn es nicht gedreht wird, unerbittlich die Katastrophe einleitet. Es war, das wurde Max immer klarer, sinnlos, in dem Video einen Hinweis auf dieses Rädchen zu suchen. Er wusste ja noch nicht einmal, ob es so ein Rädchen überhaupt gab. Es war zum Verzweifeln oder eben zum Wegdösen. Oder beides.

Helmut war am Morgen bei einem der Außenteams mitgefahren, da hatte er von Zeit zu Zeit Spaß dran. Ratten, Mäuse oder Kakerlaken jagen. Einfach mal rauskommen. Sich in andrer Leute Gärten, Häuser oder Keller umschauen. Fallen aufstellen, Gift auslegen. Für Helmut war das eine willkommene Abwechslung, Entspannung pur. Er konnte so was genießen.

Gott, wie verschieden sie doch waren, sein Bruder und er.

Er hatte Helmuts und Vaters Begeisterung für die Ungezieferjagd nie so richtig teilen können. Wobei auch Helmut das Geschäft und die Ratten an sich nicht wirklich interessierten. Er hatte einfach Spaß am Jagen.

Max hingegen interessierte sich für rein gar nichts, was mit dem Kammerjägerberuf zu tun hatte, am allerwenigsten aber für Ratten. Wenn sein Vater Dinge sagte wie «Auch wenn wir die Ratte töten müssen, sollten wir nie vergessen, dass sie unser Freund ist, unser Verbündeter», dann hatte er auf Durchzug geschaltet. Max wollte die Ratte weder töten noch zum Freund. Er hätte einfach lieber einen anderen Beruf gehabt. Irgendetwas Bedeutsames, wirklich Wichtiges, Konstruktives. Zumindest konstruktiver als Tiere vergiften. Am besten aber einen Beruf ohne Verantwortung. Das wäre vielleicht das Entscheidende überhaupt. Diese gottverdammte Verantwortung, die ging ihm nämlich am meisten auf die Nerven.

Es klingelte. Max öffnete, und herein kam Frau Matthes mit den Mittagsschnittchen, die wie immer in der Form eines vierblättrigen Kleeblatts auf dem Teller lagen, mit Gurkensticks als Stengel.

Max war überrascht. «Ist denn Frau Jäger heute nicht da?»

Claire Matthes stellte den Schnittchenteller und die warme Milch ab. «Nein, die musste ihre Tochter aus der Kita holen. Die hat wohl Fieber, und ihr war schlecht, der Armen.»

«Frau Jäger hat eine Tochter?»

«Ja, natürlich. Das stand doch in den Bewerbungsunterlagen. Haben Sie sich die denn nicht angesehen?»

«Doch, selbstverständlich … Also, ich hab sie mehr überflogen, die Unterlagen.» Tatsächlich hatte er keinen einzigen Blick hineingeworfen, sondern sich ganz auf das Wort von

Frau Matthes verlassen. Die fand Julia Jägers Referenzen hervorragend. Und sein Bruder hatte gesagt, dass alles schwer in Ordnung sei oder so. Oder hatte er das zu Helmut gesagt? Na, irgendjemand hatte in jedem Fall noch zu irgendwem irgendetwas gesagt. «Ja, ja», er spielte kurz Nachdenken und Sich-Erinnern, «ich habe das in der Tat gelesen, aber dann sofort wieder vergessen, weil ich die Stelle ganz objektiv besetzen und nur nach beruflichen Qualifikationen gehen wollte.»

Frau Matthes lächelte. «Und da haben Sie wirklich gut dran getan. Alleinerziehende Mütter haben es schon schwer genug. Es ist nicht leicht, einen Arbeitgeber zu finden, der es akzeptiert, wenn eine Frau wegen der Kinder plötzlich wegmuss. Kein Wunder, dass so wenig Kinder auf die Welt kommen, so wie mit Müttern heute umgesprungen wird. Ich bin froh, in einem fortschrittlichen Betrieb zu arbeiten.»

Max räusperte sich. «Aber selbstverständlich. Ich meine, man hat als Unternehmer doch auch eine gesellschaftliche Verantwortung. Selbst in schweren Zeiten. Also, besonders in schweren Zeiten! Und im Moment haben wir ja weiß Gott eine schwere Zeit mit dieser Rattenplage. Aber selbst, wenn hier die Luft brennt, sollte ein krankes Kind immer Vorrang haben.» Er hielt inne. Der Blick seiner altgedienten Chefsekretärin verriet ihm, dass die Ansprache doch ein wenig zu pathetisch geraten war. Er schaltete ein paar Gänge zurück. «Soso, so ist das. Alleinerziehend, sagen Sie, ist die Frau Jäger. Das heißt, sie lebt wohl auch allein?»

«Nein, sie lebt mit ihrer Tochter.»

«Ja, das meine ich ja. Aber sonst, sonst lebt niemand mit den beiden zusammen?»

«Nein, und soweit ich weiß, hat sie wohl zurzeit auch

keinen Freund, nicht mal einen in Aussicht.» Claire Matthes erschrak. «Oh, entschuldigen Sie, Max. Das ist mir so rausgerutscht. Das hat mir die Frau Jäger nun wirklich vertraulich erzählt. Und ich plaudere das einfach so aus. Unglaublich, dass mir so was nach all den Berufsjahren noch passiert. Ich werde wohl doch alt.»

Ihr auch nicht mehr ganz junger Chef knuffte sie zärtlich in den Unterarm. «Ach, Frau Matthes, machen Sie sich mal keinen Kopp. Sie werden uns alle überleben. Und was Ihre Vertraulichkeiten mit Frau Jäger angeht, keine Angst, bei mir sind die gut aufgehoben. Ich hab das sowieso in einer halben Stunde wieder vergessen, bei all den Sorgen, die wir haben.» Schlagartig wich die Fröhlichkeit aus seinem Gesicht.

Die alte Sekretärin sah es, und es tat ihr leid. «Wissen Sie, Max, was Ihr Vater immer gemacht hat, wenn ihm die Sorgen und Probleme über den Kopf wuchsen?»

Max Machallik schaute sie irritiert an. «Die Sorgen über den Kopf wuchsen? Meinem Vater?»

«O ja, Ihrem Vater. Was meinen Sie, wie oft er genauso verzweifelt und niedergeschlagen wie Sie jetzt in diesem Büro stand. Wie oft er keinen Ausweg, keine Lösung mehr sah.»

«So etwas habe ich nie bei ihm erlebt.»

«Natürlich nicht. Sie waren ja Familie. Vor Ihnen hätte er niemals Schwäche gezeigt. Nicht das kleinste Wanken durfte die Familie mitbekommen. Aber ich war seine Sekretärin. Sie können sich nicht vorstellen, was ich hier alles gesehen, mit Ihrem Vater erlebt habe.»

Sie schien in Erinnerungen abzugleiten, während Max Machallik plötzlich eine Energie in sich aufsteigen spürte. Das war ein ungewohntes, ganz neues Gefühl, aber es fühlte sich ohne Frage gut an. Überraschend gut. «Und was genau hat mein Vater getan, wenn ihm alles zu viel wurde?»

Frau Matthes sah ihn an, verdutzt, als hätte sie ihn in dem Moment erst im Raum bemerkt. Dann aber antwortete sie souverän: «Na, ganz einfach, er hat die Probleme anderer aufgehalst.»

«Er hat was?»

«Na, er hat sie jemand anderem auf den Buckel geladen, einfach die Verantwortung für den ganzen Mist weggeschoben.»

«Einfach? Hat sich derjenige denn nicht geweigert?»

«Natürlich nicht. Das ging immer mit einer Beförderung oder Berufung einher. Das waren, auf den ersten Blick, richtig tolle Posten, die Ihr Vater da verteilt hat. Erinnern Sie sich noch an Herrn Kasten, den ‹Economy Guard and Supervisor› der Firma?»

«Selbstverständlich. Mein Vater musste ihn damals feuern wegen des totalen Steuer- und Finanzdesasters in der Buchhaltung. Ich werde nie vergessen, wie er getobt, wie er Herrn Kasten beschimpft und verflucht hat.»

«Ja», Frau Matthes lachte, «Ihr Vater hat das außerordentlich genossen. Er hatte Herrn Kasten erst ein Jahr vorher eingestellt, eben für diesen außergewöhnlich verantwortungsvollen Posten. Nachdem er bemerkt hatte, dass sich diese Buchhaltungskatastrophe nicht mehr vermeiden ließ. Also hat er sie noch eine Zeitlang verschleiert und mit viel Tamtam und Vorschusslorbeeren Herrn Kasten eingestellt. Dann hat er gewartet, bis Kasten alles um die Ohren flog, und ihn öffentlichkeitswirksam wieder rausgeworfen. Der große Erwin Machallik aber ging unbeschädigt aus der Sache hervor. Die ganze Schuld und Verantwortung hat er erfolgreich auf Herrn Kasten abwälzen können, wodurch er selbst ohne Kratzer blieb.» Die alte Frau strahlte, es gefiel ihr, diese Geschichte endlich mal erzählen zu können. Beziehungsweise, sie mal jemand anderem als nur ihrer Freundin Elvira Adler erzählen zu können.

Max jedoch wiegelte ab. «Na ja, so ganz ohne Kratzer … Er musste immerhin einen Haufen Strafen und Gebühren bezahlen. Das hätte die Firma fast in den Ruin getrieben.»

Frau Matthes freute sich über diesen Einwand. «Er hat sogar dem Herrn Kasten noch eine gehörige Abfindung gezahlt, damit der nicht öffentlich lamentiert. Wissen Sie, Geld war Ihrem Vater immer völlig egal, und der Ruin hat dieser Firma nie gedroht. Das hat er höchstens mal so dahingesagt, wie man das eben manchmal macht. Ihrem Vater war immer nur wichtig, dass sein Ruf keinen Schaden nimmt. Der große Machallik musste der große Machallik bleiben. Von Geschäftsfreunden gefürchtet, aber als absolut vertrauenswürdig geachtet. Deshalb durfte es nie jemand wissen, wenn er den Karren in den Dreck gefahren hatte. Ähnlich wie mit Herrn Kasten war es mit Herrn Dacher, den er als ‹Executive Territorial Chief› eingesetzt hatte. Für die Niederlassungen in Leipzig, Dresden und Erfurt, die er nach der Wende gegründet hatte, um sein Kammerjägerimperium auf den Osten auszudehnen. Als Ihr Vater merkte, dass diese Expansion in jeder Hinsicht ein Fiasko wird, hat er rechtzeitig Dacher engagiert, damit er, als die ganzen Dependancen schließen mussten, die komplette Schuld auf seinen Territoriumschef schieben konnte.»

Langsam bekam Max Machallik einen Eindruck, wie es sein Vater geschafft hatte, über Jahrzehnte ein erfolgreicher Geschäftsmann zu bleiben. Probleme, Misserfolge, Risiken –

er hatte einfach immer alles delegiert. Und selbst wenn es einer seiner ‹Spezialisten› doch mal geschafft hätte, die Dinge irgendwie in den Griff zu kriegen, wäre immer noch der große Machallik derjenige gewesen, der im richtigen Moment den richtigen Mann an die richtige Stelle gesetzt hat. Ein beeindruckender Trick. Max Machallik setzte sich auf die Lehne der Ledercouch und betrachtete versonnen das riesige, in Öl gemalte Skelett einer Ratte, das an der Wand hing. Genau so hatte er oft seinen Vater sitzen, das Bild betrachten und nachdenken sehen. «Frau Matthes, ich glaube, wir sind soeben auf das Erfolgsgeheimnis meines Vaters gestoßen.»

Claire Matthes nickte ihm sanft zu. Sie gönnte dem Jungen dieses kleine Triumphgefühl von Herzen. Auch deshalb dachte sie nicht im Traum daran, dem glücklichen Max zu verraten, dass er bislang nur einen Bruchteil des eigentlichen Geschäfts- und Erfolgsmodells seines Vaters begriffen hatte. Sie fasste lieber die Erkenntnisse des Juniorchefs geschickt zusammen: «Bedeutet dies, wir werden jetzt einen Chefrattenjäger ernennen? Einen Leiter der Operation? Einen absoluten Experten und Krisenmanager?»

Max schaute sie fragend an, dann sank er wieder in sich zusammen. «So jemanden zu finden dauert Wochen. Die Zeit haben wir nicht.»

«Ihr Vater hätte da nicht lange gesucht, der hätte sich einfach einen gebacken. Von möglichst weit her, am besten einen vorzeigbaren Kammerjäger mit Macherqualitäten. Aber natürlich auch wieder nicht zu klug, damit der nicht am Ende alles durchschaut und aushebelt. Diesen Mann hätte er dann zum weltweit anerkannten Spezialisten erklärt. Wenn man so einen nur mit genügend Bohei vorstellt, wird das niemand wirklich nachprüfen. Wer kennt sich schon im Kammerjägergeschäft aus? Und falls sich doch jemand genauer informieren will, wo kann er das? Die renommiertesten Fachleute in diesem Geschäft sind wir. Wenn Sie sagen, das ist ein führender Experte, dann ist er das auch.»

Max schaute immer noch auf das Rattenskelett. Er hatte in Frau Matthes bislang nur die tüdelige, ewige Sekretärin des Vaters gesehen. Im Prinzip war sie das ja auch, aber sie hatte mehr Zeit mit seinem Vater verbracht, kannte seine Tricks und das Geschäft besser als irgendjemand sonst. Ihr Vorschlag war verlockend, doch Max schüttelte den Kopf. «Tut mir leid, ich kann das nicht tun. Berlin leidet wirklich unter einer Rattenplage. Da kann ich nicht einfach jemanden einsetzen, der von der Stadt keine Ahnung hat. Das würde mir Berlin niemals verzeihen.» Er machte eine Pause. «Es sei denn …» Entschlossen sprang er auf, um allerdings sofort wieder wie angewurzelt stehen zu bleiben.

Augenblicke lang passierte gar nichts, bis Claire Matthes die Lähmung löste, indem sie ihrem Chef den Schnittchenteller hinhielt. Als der sie fragend ansah, erklärte sie: «Frischkäse mit Erdbeer- und Radieschenscheiben.»

Max Machallik legte den Kopf schräg und schenkte ihr einen Blick, als wären mit dieser Information über den Schnittchenbelag nun wirklich alle Fragen restlos geklärt. «Frau Matthes, wer ist unser bester Kammerjäger?»

«Das ist schon seit geraumer Zeit der Herr Karhan.»

«Toni Karhan. Natürlich. Hervorragender Mann. Zudem hat er diese Aura des Geheimnisvollen, der osteuropäischen Weisheit, gespeist von altüberliefertem Wissen, das man in keinem Buch findet. Ich würde mal sagen: Wenn irgendwer diese Rattenplage in den Griff bekommen kann, dann er. Wir sollten ihn mit sofortiger Wirkung zum Chef der ‹Taskforce zur Rattenbekämpfung› machen. Das heißt, Karhan wird Berlins oberster Rattenjäger.» Max Machalliks Wangen glühten, so sehr erhitzte ihn die Freude über seinen frisch gekürten Experten.

Claire Matthes zog Block und Stift aus der Rocktasche.

«Sehr schön, Frau Matthes, bitte notieren Sie: Wir müssen den Bürgermeister informieren und die Presse. Am besten kündigen wir für morgen früh eine Pressekonferenz an, um Toni Karhan zu präsentieren.»

«Um ganz sicherzugehen, dass Herr Karhan den Posten annimmt, empfiehlt es sich vielleicht auch, sein Gehalt deutlich zu erhöhen.»

Max Machallik klatschte in die Hände. «Aber selbstverständlich, wir werden es vervierfachen. Zudem statten wir ihn mit allen Befugnissen aus. Er kann vollkommen eigenständig entscheiden und ist nicht weisungsgebunden. Er bekommt alle Macht, aber auch die gesamte Verantwortung. Der Kampf gegen die Rattenplage in Berlin hat ab morgen einen Namen und ein Gesicht: Toni Karhan.»

Max fühlte sich großartig. Helmut würde sofort einverstanden sein, das wusste er genau. Wahrscheinlich würde sein Bruder gleich noch weiterdenken, etwa in die Richtung: ‹Wenn der Toni es tatsächlich schaffen sollte gegen die Ratten, dann schmeißen wir ihn kurz vor dem endgültigen Triumph raus und übernehmen selbst.› Und dann würde er schuldbewusst lachen, weil, so hätte er das ja gar nicht gemeint. Ihr Vater hätte es garantiert so gemacht, aber sie würden solche Spielchen nicht spielen. Das wäre der neue Stil, ihr Stil.

Sollte Toni Erfolg haben, könnte man ihm womöglich sogar das gesamte operative Geschäft übertragen. Max würde dann Präsident des Handballvereines werden können oder noch mal zur Universität gehen oder einfach nur zum Angeln. Er hatte zwar noch nie geangelt, aber ein Sport, bei dem man sitzen, schweigen und dösen kann, würde ihm liegen. Das wäre dann im Grunde wie sein Arbeitsleben, nur eben ohne diese verdammte Verantwortung. Von nun an würde alles besser. Bald bestünde seine Arbeit nur noch aus dem Einstellen und Feuern von Experten. Das war modernes Management.

Während Frau Matthes begann, die alles in die Wege leitenden Telefonate zu führen, griff Max nach Mantel, Hut und Tasche und verabschiedete sich. Er hatte die Lösung gefunden. Endlich! Wenn alles gutging, konnte er schon morgen um diese Zeit frei sein. Aber jetzt würde er erst mal im KaDeWe ein Geschenk für die kranke Tochter von Frau Jäger besorgen. Und natürlich Kuchen. Dann würde er einen Krankenbesuch machen, wie ein mitfühlender Chef das eben macht. Er war ein guter, menschlicher Chef. Einer, der sich für seine Leute interessiert. Auch wenn er von Zeit zu Zeit mal jemanden mit Verantwortung feuern musste. Frau Jäger würde er bestimmt nicht feuern, nur weil ihr Kind öfter krank war. Und es war ihm völlig egal, was sein Bruder oder sonst wer sagen würde, wenn rauskäme, was für ein mitfühlender Chef er ab jetzt sein wollte. Und für wen. Er hatte sich seit Monaten nicht mehr so wach gefühlt.

Dr. Jortz, der Leiter des Kellermann Verlages, wirkte wie ein vielbeschäftigter Mann, der vor allem damit beschäftigt war, wie ein vielbeschäftigter Mann zu wirken. Sein dunkelgrauer Anzug und die schwarzen Schuhe harmonierten mit dem Businesshemd, und obwohl er fast keine Haare mehr hatte, schien er irgendwie gut frisiert.

Als Lanner von der Sekretärin in das Büro geführt wurde, schaute Dr. Jortz nachdenklich aus dem Fenster, ein Manuskript in der einen, die Lesebrille in der anderen Hand. Ganz so, als wäre er mit Größerem, Dringenderem und Wichtigerem beschäftigt, habe aber als höflicher Mensch diese Unterbrechung gestattet. Lanner vermutete, dass Dr. Jortz seine Gäste häufig, wenn nicht in aller Regel so empfing. Es war für ihn wohl so was wie eine vertraute und sichere Eröffnungsvariante im Schach.

«Ihre Verspätung ist bedauerlich, Herr Lanner. Es war ohnehin schwierig, ein Zeitfenster für Sie frei zu machen. Durch Ihre Säumigkeit bleiben uns jetzt nur noch zehn Minuten.» Dr. Jortz sprach, ohne Lanner anzusehen. Erst danach drehte er sich langsam um, legte behutsam Manuskript und Brille auf den Schreibtisch, streckte Lanner die Hand hin und sagte: «Kaffee?»

Da Lanner sowieso eine Konfrontation anstrebte, nutzte er die unverhoffte Chance und überraschte Jortz mit einem unkonventionellen, leicht absurden Zug: «Angenehm, Lanner. Eigentlich wollte ich ja mit Dr. Jortz sprechen, aber wenn der noch beschäftigt ist, können natürlich auch wir so lange reden.»

Er schüttelte freudig die angebotene Hand, die jedoch schlagartig gelähmt schien. Dr. Jortz benötigte noch zwei, drei Sekunden, um Lanners Antwort zu begreifen und zu verarbeiten. Schließlich durchbrach seine Sekretärin die quälende Stille. «Oh, ich glaube, das war ein Missverständnis. Herr Dr. Jortz wollte nur fragen, ob Sie vielleicht einen Kaffee möchten. Also, Herr Dr. Jortz ist natürlich Herr Dr. Jortz, sozusagen. Sie verstehen?»

Sie fiel in ein unbeholfenes, künstliches Lachen, in welches Lanner einstimmte. «Um Gottes willen. Ich Tölpel. Wer heißt schon Kaffee? Entschuldigen Sie bitte, Herr Dr. Jortz, ich war wohl in Gedanken und nicht ganz bei der Sache. Nein, ich möchte keinen Kaffee, ich möchte einen Dr. Jortz, haha, wir haben ja nur zehn Minuten, und entschuldigen Sie bitte die Verspätung. Der Berliner Verkehr ist schwer einzuschätzen. Wissen Sie, auch mein Kalender ist voll, aber danke, dass Sie mich überhaupt so kurzfristig empfangen konnten. War bestimmt nicht einfach, den Termin freizuschaufeln.»

Dr. Jortz löste sich mühsam aus seiner Starre. Mit einem knappen Nicken entließ er die Sekretärin, dann fand er etwas rumpelnd seine Sprache wieder. «Ja, aber es ist ja gelungen. Und natürlich ist es für mich auch nichts Alltägliches, einen echten Hauptkommissar zu empfangen. Wo ich doch beruflich so viel mit fiktiven Kriminalern zu tun habe, da ist ein Kommissar aus Fleisch und Blut schon was Besonderes.»

«Das kann ich mir denken, Herr Dr. Jortz. Und Sie können sich vielleicht schon denken, warum ich gekommen bin.»

Jortz nahm wieder Façon an. «Nein, ehrlich gesagt nicht. Geht es vielleicht um ein unvorteilhaftes Bild der Polizei in einem unserer Bücher?»

«Ach was», Lanner versuchte noch mal ein Lachen, «das ist völlig in Ordnung. Wir sind ja tatsächlich alles recht kauzige Typen, die mit bodenständiger Genialität letzten Endes jeden noch so kniffligen Fall lösen. Das ist ganz gut getroffen.» Dr. Jortz runzelte die Stirn, aber Lanner hatte sich schon warmgeredet. «Oder alte, alkoholkranke Einzelgänger, die aus Leidenschaft für ihren Beruf Familie, Freunde und jegliche Hoffnung verloren haben, aber einfach nicht aufhören können, immer neue, noch bizarrere, noch brutalere Serienmörder zu jagen. Na ja, das ist nun mal unser Alltag. Und da tut es ganz gut, den Spiegel vorgehalten zu bekommen.» Lanner holte kurz Luft. Er trat auf Dr. Jortz zu und stand nun dicht vor ihm. «Aber nein, nein. Ich bin wegen einem Ihrer Autoren gekommen. Ansgar Kaminski, um genau zu sein. Er ist tot.»

Jortz schürzte die Lippen. Wieder herrschte Stille, und wieder war Lanner sehr zufrieden mit sich. Er hatte diesen selbstsicheren Doktor schön ins Wanken gebracht, ihn irritiert und verwirrt, wie es im Lehrbuch steht, und ihn dann im richtigen Moment umgestoßen. Dieser großspurige, intellektuell tuende Kaufmann war praktisch schon geknackt. Jetzt musste er nur noch den Druck aufrechterhalten, und Jortz würde auspacken.

«Wir haben keinen Autor namens Ansgar Kaminski.»

Lanner lachte zum ersten Mal richtig. «Na ja, das kommt darauf an, wie man Autor definiert. Ist ein Autor derjenige, dessen Name auf dem Buch steht, oder der, der es geschrieben hat?»

Dr. Jortz' Blick verfinsterte sich. Unübersehbar kostete es ihn viel Mühe, seine Erwiderung nicht zu schreien. «Was wollen Sie damit sagen?»

Lanner beugte sich vor und sagte möglichst leise, aber mit großer Intensität: «Ich *will* nicht etwas sagen. Ich sage Ihnen ganz direkt, dass wir in Kaminskis Wohnung die Manuskripte von unzähligen Büchern gefunden haben, die in den letzten zehn Jahren erschienen sind. Viele davon in Ihrem Verlag. Unter anderem die komplette, sehr erfolgreiche Bachinger-Reihe. Ihr Tortenkommissar aus der Rhön.»

Nun schob auch Dr. Jortz den Kopf nach vorne, so weit, dass die beiden fast mit den Nasenspitzen zusammenstießen. «Das ist absurd! Volker Jerrchow, und nur Volker Jerrchow, hat die Bachinger-Romane geschrieben. Ich habe sie selbst lektoriert.»

«Und warum hatte Kaminski dann die Manuskripte in seiner Wohnung?»

«Was weiß ich? Fans machen manchmal seltsame Dinge. Ganze Romane abzuschreiben ist da noch lange nicht das Eigenartigste.»

Beide Männer kostete es inzwischen höchste Konzentration, das Gesicht möglichst nah vor das des anderen zu halten, ohne mit den Nasen zusammenzustoßen. Wer jetzt den Kopf zurückzog, der hatte verloren.

«Was ist denn das Eigenartigste?»

«Was?»

«Na, was ist denn das Eigenartigste, was Fans machen?»

Auf Jortz' Halbglatze bildeten sich kleine Schweißtröpfchen.

«Was weiß denn ich? Keine Ahnung! Aber warum sollte dieser Kaminski die Romane, wenn er sie denn geschrieben hätte, nicht unter seinem Namen veröffentlichen? Warum gibt er sie dann Volker Jerrchow?»

«Vielleicht, weil die sich mit dem Namen und dem Gesicht eines mittelmäßig bekannten Schauspielers sehr viel besser verkaufen lassen? Vielleicht, weil dieser Schauspieler auch sehr viel geschickter Interviews geben kann? Vielleicht, weil Kaminski den ganzen Rummel gar nicht wollte? Vielleicht hat man deshalb den Schauspieler überhaupt erst ausgesucht? Quasi als Autorendarsteller? Vielleicht war all das die brillante Idee eines geschäftstüchtigen Verlegers?»

Plötzlich spürte Lanner ein Kribbeln in der Nase. Ein Niesreiz! Verdammt! Das wäre nicht gut, wenn er jetzt, Millimeter vor Dr. Jortz' Gesicht, niesen müsste. Dann hätte er verloren, und am Ende würde noch Kolbe davon erfahren und dann alle. Aber den Kopf zurückziehen konnte er auch nicht. Er musste durchhalten.

«Mein lieber Freund …» Dr. Jortz' Nase zuckte, offensichtlich kämpfte er ebenfalls mit einem Niesreiz. Das gab Lanner Hoffnung. «Mein lieber Freund und Kupferstecher. Sie handeln sich hier gerade mächtig großen Ärger ein, Herr Hauptkommissar. Wissen Ihre Vorgesetzten, was Sie hier treiben?»

Beide hatten mittlerweile Tränen in den Augen. Verzweifelt kämpften sie gegen das Jucken in den Nasen an.

«Ach ja? Wie groß ist der Ärger denn, den ich mir einhandle?»

«Riesengroß! Richtig riesengroß ist dieser Ärger!»

«Und woher soll der rühren? Kommt jetzt so was wie ‹Ich kenne die Frau des Polizeipräsidenten›?»

«Natürlich kenne ich Birte. Sie ist in meinem Lesezirkel. Aber was hat sie damit zu tun? Hat die auch Romane geschrieben?»

Beiden liefen Tränen über die Wangen, während die Nasen unkontrolliert zuckten. Sie wagten nicht mehr zu sprechen. Sie standen sich verkrampft gegenüber und versuchten verzweifelt, die Kontrolle über den Niesreiz zu behalten.

Bis ein Klopfen an der Tür diese Kontrolle zunichtemachte.

Frau Winkler, die Sekretärin von Dr. Jortz, sollte sich noch häufig fragen, was genau im Büro ihres Chefs geschehen war. Sie hatte geklopft, ein bellendes Geräusch gehört, das sie als ein «Ja» interpretiert hatte, um nach dem Öffnen der Tür die zwei Männer zu sehen, die sich beide die Stirn hielten und zugleich angewidert nach einem Taschentuch wühlten. Sie nutzten das von Frau Winkler hereingebrachte stille Wasser, um sich die Gesichter zu reinigen, die Wangen abzutupfen, und putzten sich dann die Nase. Danach bedankten sich beide höflich und baten sie, den Raum wieder zu verlassen. Eine Bitte, der Frau Winkler ausgesprochen gern, beinah hastig nachkam.

Als die Herren wieder unter sich waren, kehrten sie ohne Umschweife zu ihrem Konflikt zurück. Jortz sank auf seinen Bürosessel.

«Das wird Ihnen noch leidtun, Herr Hauptkommissar. Sehr leid! Das können Sie mir glauben.»

Lanner gab sich unbeeindruckt. «Herr Dr. Jortz, sehen Sie den Tatsachen ins Auge und begreifen Sie Ihre Situation. Und Ihre Chance. Für Sie ist noch nichts verloren. Im Gegenteil, genau jetzt können Sie entscheiden, ob Sie als Gewinner oder als Verlierer aus dieser Geschichte gehen. Packen Sie aus. Arbeiten Sie mit mir zusammen, und ich sorge dafür, dass Sie am Ende als Held dastehen. Als der, der mit mir diesen Sumpf trockengelegt hat. Ich kann das problemlos so hindrehen. Wenn Sie kooperieren.»

Dr. Jortz schaute ihn groß an. «Heißt das, Sie bieten mir so etwas wie eine Kronzeugenregelung an?»

«Besser. Viel besser. Wenn Sie mit mir zusammenarbeiten, werden Sie nicht nur ohne Strafe davonkommen, sondern eine Belohnung erhalten. Ich sagte doch: Sie werden ein Held sein! Nach dieser Geschichte können Sie selber einen Bestseller über das Ganze schreiben. Oder schreiben lassen, darauf kommt es dann auch nicht mehr an.»

Dr. Jortz erhob sich, ging zur Tür und öffnete sie. «Ich glaube, es ist besser, wenn Sie gehen. Und zwar ganz schnell.»

Lanner fand, er konnte jetzt wirklich gehen. Wortlos trat er aus dem Büro. Keiner reichte dem anderen die Hand. Als Frau Winkler ihm Jacke und Tasche brachte, drehte er sich noch einmal um: «Ach ja, wissen Sie, was das hier ist, Herr Jortz?» Er zog einen dicken Packen Papier aus der Tasche. «Das hier ist der fünfte Teil der Bachinger-Reihe, dessen Erscheinen Sie gerade zum dritten Mal verschoben haben. Frisch aus Kaminskis Computer. Ist quasi fertig, und ich finde, er ist richtig gut geworden. Wenn Sie auf mein Angebot eingehen, schenk ich Ihnen den!» Dann drehte er sich um, schob den Blätterstapel in die Tasche zurück und trat sicheren Schrittes durch die Tür. Keine Frage, Lanner hatte den Verlagschef endgültig mattgesetzt. Was für ein brillanter Schlusszug.

Dr. Jortz schaute ihm vom Fenster aus nach. Dann rief er Birtes Mann an.

Als Lanner in die Coffee Lounge vom «Style-Fish» am Tauentzien kam, war er natürlich wieder spät dran. Der Tauentzien war zwar endlich mal eine Straße, die er schnell gefunden hatte, dafür erwies sich hier die Parkplatzsuche als äußerst mühsam. Nach einer Viertelstunde erfolglosen Rumkurvens überlegte er, was eigentlich dagegen sprach, das Auto einfach auf dem Gehweg abzustellen. Es war schließlich ein Streifenwagen. Sicher würde es ihm wüste Beschimpfungen der Passanten einbringen, aber wenigstens hätte dieses unselige Gefährt dann einmal seine Lebensqualität erhöht. Er parkte auf dem breiten Bürgersteig und ärgerte sich, das nicht schon früher getan zu haben. Wahrscheinlich war er einfach zu höflich für diese Stadt.

Der «Style-Fish» war ein kleiner, schmaler Klamottenladen, spezialisiert auf eine Kundschaft, zu der Lanner nicht
gehörte, der er genau genommen sogar ziemlich fern war.
Ein Laden mit trendiger, recht preisgünstiger Mode für eine
eher junge Klientel aus aller Welt. Solche angesagten, un-
abhängigen Fashionstores gab es zwar mittlerweile reichlich
im schicken jungen Berlin, im sanierten Osten und in Mitte,
erst recht in Kreuzberg, aber hier zwischen KaDeWe und
Europa-Center, im Zentrum des knorrigen, alten West-
berlins, wirkte so ein Geschäft wie ein Rollmops auf der
Dessertkarte.

Der eigentliche Verkaufsraum lag im Untergeschoss, in
dessen hinterster Ecke sich wiederum eine kleine Coffee
Lounge befand, von der aus man, umtost von lauten und
harten Beats, jungen Mädchen beim Aussuchen und An-
probieren zugucken konnte.

Vor gut einer Dreiviertelstunde, kurz nachdem Lanner
aus dem Verlag raus war, hatte ihn Georg Wolters spontan zu
einem dringend notwendigen Treffen bestellt. In der «Style-
Fish»-Coffee Lounge. Lanner bemühte sich, nicht darüber
nachzudenken, warum er ausgerechnet diesen Ort gewählt
hatte. Georg verriet es ihm gleich nach seinem Eintreffen von
sich aus: Er kannte die Frau hinter dem Tresen und bekam
hier den Kaffee günstiger, manchmal sogar umsonst. Außerdem wäre diese Mini-Coffee-Lounge ein Ort, wo sie garantiert niemand vermuten und deshalb auch nicht beobachten
würde. Das wäre gewiss von Vorteil, raunte Georg im Stil
von Mister X, dem geheimnisvollen Buchstabendealer aus
der «Sesamstraße», denn was sie zu besprechen hätten, wäre
ja doch sehr vertraulich und ihre Zusammenarbeit ohnehin
streng geheim.

Lanner überlegte, ob er seinen Jugendfeind darauf aufmerksam machen sollte, dass es ein wenig unglücklich war, für ein vertrauliches Gespräch einen Ort zu wählen, an dem man sich nur durch lautes Schreien verständigen konnte, tat es dann aber nicht, weil er Georgs Begeisterung für die Detektivarbeit nicht sofort wieder bremsen wollte.

«Carsten! Stell dir vor! Mein Kollege …»

«Wie bitte?»

«Mein Kollege! Der Toni! Dem ist gerade mitgeteilt worden, dass er oberster Rattenjäger von Berlin wird!»

«Was wird er?»

«Oberster Rattenjäger! Ab morgen leitet der den Kampf gegen die Rattenplage!»

«Warum?»

«Weiß ich nicht! Auf alle Fälle ist Toni jetzt ganz wichtig! Gerade trifft er sich mit den Machallik-Brüdern, um alles zu besprechen! Und dann sitzt er im Zentrum der Macht!»

«Wieso? Jagt er dann nicht immer noch Ratten?»

«Schon, aber er arbeitet auch ganz eng mit dem Bürgermeister und dem Innensenator zusammen, weil die doch diejenigen sein wollen, die die Rattenplage besiegen! Gemeinsam mit Toni! Und ich werde direkt daneben sitzen, im Zentrum der Macht! Die Matthes hat ihm jede Menge Unterlagen gegeben. ‹Hintergründe über die Firma›, hat sie gesagt. Da ist bestimmt viel interessantes Zeug dabei, und wenn ich es geschickt anstelle, kann ich da sicher auch mal einen Blick …»

«Was?»

«Einen Blick! Das könnte ziemlich aufschlussreich sein!»

Lanner spürte, wie er aggressiv wurde. Vielleicht lag es an der lauten Musik, vielleicht am Schreien, vielleicht aber auch an Georgs Gerede vom «Zentrum der Macht». Außerdem machte es ihn nervös, wie zwei junge Frauen, die Klamotten anprobierten, ständig zu ihnen rüberguckten. «Verdammt, Georg! Und wegen so einer banalen Sache bestellst du mich in diesen Vorhof der Hölle?! Das hättest du mir am Telefon sagen können!»

«Weiß ich doch! Ich habe dich hierherbestellt, weil ich auch mit der Matthes gesprochen habe! Wir waren ja im Büro, Toni ist dann gleich weiter zu den Brüdern! Und ich blieb allein mit der Matthes! Da habe ich die Gelegenheit genutzt und sie mal unauffällig ausgehorcht!»

«Was hast du getan?»

«Na, eben mal so ein bisschen geplaudert über dies und das und den Abend, an dem Machallik vergiftet wurde.»

Lanner beugte sich, so weit es ging, zu Georg vor, auch um sich von den beiden Mädchen abzulenken, die sich mittlerweile offenkundig über Georg und ihn unterhielten. «Und was hast du rausgefunden?!»

«Gleich …» Auch Georg beugte sich noch etwas vor und machte den skurrilen Versuch, ihm quasi brüllend ins Ohr zu flüstern. «Sind dir die beiden Mädchen aufgefallen?»

«Allerdings.»

«Die gucken die ganze Zeit und reden. Denkst du, die wollen was von uns?»

«Was können die schon von uns wollen?»

«Na, das gibt es ja häufig, dass junge Frauen eher gestandene Männer bevorzugen! Könnte doch sein …»

«Klar, könnte aber auch sein, dass die uns für zwei Perverse halten, die ihnen beim Kleiderprobieren auf den Arsch gucken, und uns deshalb gleich den Wachschutz auf den Hals hetzen.»

«Ist das denn illegal, jungen Frauen im Klamottenladen auf den Arsch zu gucken?»

«Illegal nicht, nur unangenehm.»

«Hm …», Georg runzelte die Stirn, «ich persönlich wäre ja, wenn ich es mir aussuchen könnte, lieber illegal als unangenehm.»

Einen Moment lang schwiegen die beiden, schauten sich an und fanden sich, also jetzt mal so als Männer, schon ziemlich okay. Auch äußerlich. Dann unterbrach Lanner diesen schönen Moment gemeinsamer Selbstzufriedenheit. «Also, was hat die Alte gesagt?!»

«Wer?» Georg sammelte sich wieder. «Ach so, na ja, du hattest absolut recht. Die Matthes glaubt nicht an einen Unfall, nach wie vor nicht! Die macht auch kein Geheimnis draus. Mir gegenüber hat sie sofort gesagt, der alte Machallik sei garantiert ermordet worden!»

«Und weiß sie, wer es war?!»

«Vielleicht. Aber einen Verdacht hat sie sicher!»

«Was?»

«Einen Verdacht! Das hab ich gespürt. Ich bin dann aufs Ganze gegangen und hab vor mich hin geredet: Also diejenigen, die am meisten vom Tod des Alten profitiert hätten, seien ja die Brüder gewesen, und der Machallik habe die auch ständig gedemütigt und so …»

«Und?»

«Na, sie hat mich nur ganz groß und traurig angesehen und gesagt, so was dürfe man nicht mal denken. Niemals dürfe man so was denken.»

«Mehr nicht?»

«Nee, aber dann hat sie versucht, abzulenken. Hat unglaublich schnell eine ganze Latte von Leuten runtergebetet, die alle einen guten Grund gehabt hätten, den alten Machallik umzubringen. Konnte ich leider nicht mitschreiben, wäre ja aufgefallen. Ich habe aber gleich danach so viele Namen notiert, wie ich erinnern konnte. Ein paar waren einfach, wie Herr Kasten, der frühere Buchhalter, bei anderen bin ich mir nicht sicher, ob ich sie mir richtig gemerkt habe. Hier ist meine Liste. Vielleicht hilft sie dir ja!»

Er reichte Lanner einen Zettel rüber. Lanner schaute kurz drauf. Georg hatte echt eine Sauklaue. Seine Schrift war genauso undeutlich wie seine Stimme hier in dieser Modeladen-Disco. Die Liste war lang, acht Namen davon kannte er. Der alte Machallik musste wirklich viele Feinde gehabt haben.

«Einer von euch ist übrigens auch dabei!» Georg deutete aufs Papier. «Also, ein ehemaliger Polizist, mein ich. Bei dem bin ich mir sogar sicher, dass der Name stimmt, denn den hat sie noch mal herausgehoben als Verdächtigen. Rimschow, Hauptkommissar. Wurde wohl vorzeitig pensioniert, weil irgendwas vorgefallen ist, sollte nicht öffentlich werden. Wusste Frau Matthes aber auch nicht genau. Auf jeden Fall hat man sich dann geeinigt, dass er auf eigenen Wunsch aus dem Dienst ausscheidet. Angeblich aus gesundheitlichen Gründen. Typisch Berlin!»

«Was?»

«Typisch Berlin! Das muss ein richtig harter, bissiger Hund gewesen sein, wobei ich glaube, Frau Matthes mochte den irgendwie, so, wie sie ihn beschrieben hat. Machallik und dieser Rimschow haben sich wohl offen gehasst und bekämpft.»

Lanner dachte nach. Rimschow. Es war ihm nicht sofort eingefallen, wo er diesen Namen schon einmal gehört hatte.

Aber jetzt wusste er es wieder. Nämlich, als man ihm mitgeteilt hatte, auf wessen Stelle er in Berlin nachfolgen sollte. Wegen der Bandscheibe, hieß es, sei dieser Hauptkommissar Rimschow in Frühpension gegangen.

Während er noch überlegte, ob er Georg davon erzählen sollte, standen plötzlich die beiden jungen Frauen vor ihnen. Sie waren hübsch, schlank, keine zwanzig, die kleinere von beiden blond, die andere dunkelhaarig. Die Blonde begann schreiend das Gespräch: «Entschuldigen Sie, meine Freundin hier traut sich nicht zu fragen. Aber Sie können uns wahrscheinlich echt helfen!»

Lanner und Georg blickten sich verblüfft an und nickten den Mädchen dann zu, woraufhin die Mutigere direkt zur Sache kam.

«Die ist nämlich eingeladen, meine Freundin, bei den Eltern von ihrem Freund. Und das könnte echt was Ernstes werden mit dem Freund. Und deshalb will sie einen richtig guten Eindruck machen auf die Eltern, aber auch nicht unnormal brav. Also schon cool, und vielleicht auch ein bisschen heiß, aber trotzdem nichts, was die irgendwie schockt. Und jetzt ... also, wir wissen einfach nicht, was für so alte Leute wie Sie eigentlich cool ist, verstehen Sie?»

Den beiden Männern gelang das routinierte Kunststück, völlig verständnislos zu schauen und trotzdem glaubwürdig zu nicken, sodass sich nun auch die Dunkelhaarige zu reden traute: «Oder ob in Ihrem Alter überhaupt noch irgendwas cool ist, also ob Sie über so was überhaupt nachdenken oder sich nicht von coolen Klamotten sowieso genervt fühlen. Oder denken, man wäre doof und oberflächlich, weil man sich für Klamotten interessiert.»

Dann sagte rund eine halbe Minute niemand etwas. Nur

die unerbittlich laute Musik verhinderte, dass man das hilflose Schweigen als völlige Stille hätte bezeichnen können. Bis
es schließlich aus der Blonden herausbrach: «Also, finden
Leute Ihres Alters dieses Kleid hier zum Beispiel noch okay,
oder ist Ihnen das eher schon zu nuttig?»

Georg lachte. «Also, Männer unseres Alters finden bei
Frauen Ihres Alters ‹nuttig› als Kleiderordnung eigentlich
meistens ziemlich okay, wenn nicht sogar super. Aber die
Mutter von Ihrem Freund könnte das anders sehen, und
wenn die Missfallen signalisiert, wird der Vater sich nicht
trauen, so ein Kleid gut zu finden.»

Die beiden Mädchen lächelten sich wissend an. Anscheinend waren sie zufrieden mit dieser fachkundig klin-
genden Antwort. «Ja, so was Ähnliches haben wir uns schon
gedacht», steuerte die Dunkelhaarige bei. «Aber wir finden
hier einfach nicht das Richtige.» Sie blickte verzweifelt in den
Verkaufsraum.

Nun wollte auch Lanner sein Mode-Fachwissen nicht
länger verbergen. «Wenn jemand so hübsch ist wie Sie, ist
es ganz egal, was er anhat. Am besten, Sie ziehen sich ganz
natürlich an.»

Die jungen Frauen dankten ihm für diesen Rat mit einem
warmen, mitleidigen Blick und wandten sich dann demonstrativ an Georg: «Können Sie uns bitte helfen?»

«Unter einer Bedingung.» Georg lächelte. «Zufällig treffe auch ich heute Abend jemanden, eine Frau, die ich gern
beeindrucken würde. Sie ist zwar nicht so jung wie Sie, aber
es würde ihr, glaube ich, sehr gefallen, wenn ich frisch und
meinetwegen auch cool gekleidet wäre. Wenn ihr mir helft,
das hinzukriegen, ohne dass ich albern aussehe, helfe ich
euch auch bei eurem Problem.»

Die beiden Mädchen strahlten. «Deal!», rief die Blonde, während die Dunkelhaarige höflich zu Lanner schaute: «Wie lange wird Ihr Gespräch noch dauern?»

«Ach, wir sind hier fertig!», sagte Georg, noch bevor Lanner reagieren konnte, und sprang auf. Er zog seine Jacke über und brüllte: «Die Rechnung ist schon erledigt! Wenn was ist, du hast ja meine Nummer. Sonst melde ich mich morgen. Macht richtig Spaß, mit dir zusammenzuarbeiten. Tschüs!» Dann wandte er sich zu den jungen Frauen: «Als Erstes müssen wir den Laden wechseln ...», und schon waren die drei zwischen den Kleiderständern verschwunden.

Lanner ließ sich nicht anmerken, wie sitzengelassen er sich fühlte. Möglichst würdevoll trank er seinen mittlerweile kalten Kaffee aus, während Lady Gagas «Bad Romance» auf ihn eintrommelte. Wenn man nur auf die Musik achtete, war das hier gar kein so schlechter Ort. Beinah ein wenig spiritualisiert, legte er der Frau am Tresen noch ein Trinkgeld hin und ging zurück zu seinem Auto. Oder besser gesagt zu dem Platz, wo sein Auto einmal gestanden hatte. Es war weg. Offenbar hatte er es geschafft, dermaßen idiotisch zu parken, dass sich irgendein Kollege genötigt sah, den Streifenwagen abschleppen zu lassen.

Lanner war nicht einmal ärgerlich oder genervt, weil er jetzt mit der U-Bahn fahren musste. Er dachte nur: ‹Hoffentlich erfährt Kolbe nichts davon.›

Als Lanner seinen Streifenwagen im Hof des Präsidiums stehen sah, war ihm klar, dass nun eine weitere, höchst unerfreuliche Geschichte seinen Ruhm als dummes Huhn vom

Lande mehren würde. Ein Scherzbold hatte ein Kärtchen mit Schleife – «Für Herrn Hauptparkmeister Lanner» – unter den Scheibenwischer geklemmt.

Die Stimmung im Präsidium war noch seltsamer als sonst. Lanner hatte sich mittlerweile daran gewöhnt, dass die Kollegen ihm zur Begrüßung häufig nur zunickten und sich dann tuschelnd wegdrehten. Und heute hatte Kolbe garantiert jedem, wirklich jedem Beamten die Geschichte mit der Kieferorthopädie-App erzählt.

Doch die abgewandten Gesichter der Kollegen schienen noch einen anderen, über den Spott hinausgehenden Grund zu haben. Tiefe Betroffenheit, beinah etwas wie Mitgefühl lag in den Blicken. Lanner fühlte sich wie ein Patient, der auf dem Weg zum Arzt war, und alle, denen er dabei begegnete, wussten bereits von der niederschmetternden Diagnose, die ihn erwartete.

Er hatte sein Büro fast erreicht, als ein vornehm gekleideter, hochgewachsener Mann um die Ecke kam und federnd durch den Gang schritt. Als würde er nebenbei noch ein Meer im Flur teilen, bewegte er sich genau auf Lanner zu. Erst als er vor ihm stand, bemerkte Lanner: Dieser Mann war nicht größer als er selbst und genauso vollschlank, nur sein Schritt ließ ihn so hochgewachsen wirken, seine Haltung.

«Na, wenn das nicht der hochgelobte neue Hauptkommissar Lanner ist. Schön, dass ich Sie noch erwische, da hab ich die Möglichkeit, mich bei Ihnen persönlich für diesen famosen Auftrag zu bedanken.»

Mit einem eleganten Griff streifte er sich einen Handschuh ab und streckte Lanner seine gepflegte, offenkundig manikürte Rechte entgegen. Lanner nahm den wie eine Gnade dargebotenen Handschlag an und setzte gleichzeitig ein

Was-kann-ich-für-Sie-tun-und-warum-überhaupt-Gesicht auf.

«Gestatten, Dr. Kersting. Herr Dr. Jortz hat mich gebeten, ihn anwaltlich zu vertreten. Ich war gerade hier in der Nähe, da konnte ich schnell bei Ihrem Vorgesetzten vorbeischauen und die Sache bereinigen. So mag ich meine Arbeit, zügig, unkompliziert, eindeutig und wirklich gut bezahlt. Ach, ich wünschte, es gäbe mehr Polizisten wie Sie. Dann könnte man sich ganz auf Unterlassungsklagen spezialisieren.»

Jetzt begriff Lanner, warum ihn alle so mitleidig angesehen hatten. Bestimmt hatte dieser Anwalt wegen seines Besuchs im Verlag ein Riesenfass aufgemacht. Vermutlich würde er einigen Ärger kriegen, und es war nur noch eine Frage von Augenblicken, dass er zum Chef zitiert würde, um einen Monsteranschiss in Empfang zu nehmen. Doch zunächst redete Dr. Kersting in seiner fröhlichen, selbstbewussten Art weiter auf ihn ein.

«Aber vielleicht, Herr Lanner, gestatten Sie mir doch einen wohlgemeinten Rat. Sosehr ich diese leichten, lukrativen Aufträge auch schätze und davon profitiere – Sie sollten, meine ich, in Zukunft etwas klüger, etwas bedachter agieren. Denn Sie werden sich dergleichen nicht allzu häufig leisten können, und ich fände es wahrlich schade, einen so jungen und begabten Zulieferer gleich wieder zu verlieren. Außerdem sollen Sie ein wirklich talentierter Polizist sein, solche Leute kann Berlin gut gebrauchen. Also tun Sie sich selbst einen Gefallen und jagen lieber echte Verbrecher. Sonst könnten ganz schnell Sie mal der Gehetzte sein.»

Bislang hatte Lanner sich beherrschen können, doch jetzt purzelte es aus ihm heraus: «Mein lieber Herr Kersting, was genau wollen Sie mir damit sagen? Wollen Sie mir drohen?

Oder mir liebevoll verklickern, dass die wahren Verbrecher dieser Stadt für einen Kartoffelkommissar vom Lande wie mich eine Nummer zu groß sind? Dass ich mir nicht die Finger verbrennen soll? Mich vielleicht lieber aufs Ausstellen von Parktickets konzentriere? Ist es das, ja?»

Dr. Kersting lachte. «Uijuijui, Herr Lanner, Sie haben ja richtig Feuer. ‹Die wahren Verbrecher dieser Stadt› – Vorsicht, da bewegen Sie sich schon wieder in Steinwurfnähe zur nächsten Klage. Aber ich will mal Gnade vor Recht ergehen lassen. Sie haben schließlich fürs Erste genug Ärger. Passen Sie lieber auf sich auf. Ihr Vorgänger meinte auch, vor niemandem Respekt haben zu müssen. Ich fände es sehr schade, wenn Sie ihm auf diesem unglücklichen Weg folgten, zumal Sie für die Frühpensionierung doch wirklich noch viel zu jung sind.»

Er zog den Handschuh wieder an, schenkte Lanner ein spöttisches Lächeln und schritt ohne Abschiedsgruß weiter den Gang hinab. Kurz bevor er Richtung Haupthalle abbog, drehte er sich noch einmal um und rief: «Sie könnten eine gute, vielleicht sogar eine große Zukunft haben! Dafür müssten Sie aber begreifen, wie diese Stadt funktioniert, durch was und wen sie zusammengehalten wird. Dann können Sie hier auch Freunde finden, Freunde, die helfen können. Selbst in schwierigen Zeiten! Und in Berlin gibt es praktisch nur schwierige Zeiten – denken Sie mal drüber nach!»

«Fuck!» Erst nachdem er die Bürotür hinter sich geschlossen hatte, erlaubte sich Lanner eine Antwort, eine sehr kurze, wenig differenzierte: «Fuck! Fuck! Fuck! Fuck! Fuck! Fuck!» Er warf die Jacke über den Garderobenhaken, genauer gesagt gegen den Garderobenhaken, denn aus mysteriösen Gründen blieb sie nicht wie gewünscht hängen, sondern fiel zu Boden, was Lanner immerhin den willkommenen Anlass für ein weiteres «Fuck!» bot. Er gab die Jacke verloren und konzentrierte sich darauf, nicht auch noch selbst neben seinen Drehsessel zu fallen, sondern hinein, und seinen kurzen inneren Monolog mit einem konsequenten, zusammenfassenden «Fuck!» abzuschließen.

Das In-den-Sessel-geworfen-Sein ließ ihn wieder etwas klarer denken. Eigentlich ging ihn diese ganze Ghostwritergeschichte gar nichts an. Das war Sache der Wirtschaftsabteilung. Er hatte einen Mord aufzuklären. Sonst nichts. Punkt. Und dass der Verleger, dieser Dr. Jortz, nicht der Mörder war, stand fest. Deshalb hatte er ihn ja unter Druck gesetzt, ihn verunsichert – um zu sehen, wie er auf Stress reagiert. Dabei war klargeworden: Selbst wenn dieser Mann einen Mord verüben würde, könnte er die Leiche nie mit den eigenen Händen vergraben. Der hatte weder die Nerven noch die Hände für so was. Und vor allem hatte er kein Motiv, im Gegenteil: Kaminskis Tod würde ihm am allermeisten schaden. Ob er trotzdem was darüber wusste? Wohl nicht, sonst hätte er kaum so lange auf den fünften Band der Bachinger-Reihe gewartet.

Es klopfte, und Carola Markowitz kam in sein Kabuff. «Ich soll Sie holen. Der Chef will dringend mit Ihnen sprechen.»

Lanner wollte aufstehen und sich auf den Weg machen, doch Markowitz bedeutete ihm, sitzen zu bleiben. «An Ihrer Stelle würde ich noch ein wenig warten. Herr Kunkeler ist im Moment wirklich sehr, sehr sauer. Wenn Sie jetzt sofort gehen, wird er Sie garantiert zerfleischen.»

Lanner sank auf den Stuhl zurück. «Aber kriegen Sie nicht selbst Ärger, wenn Sie so lange brauchen, um mich zu finden?»

«Sie müssen nur sagen, Sie seien auf Toilette gewesen. Da kann ich ja nicht suchen.»

«Und wenn ich warte, wird der Chef dann nicht noch viel saurer?»

«Ach, später hat er die Wut wieder vergessen. Warten wird ihm immer schnell langweilig. Und dann schaut er sich irgendwas im Netz an oder liest Zeitung oder telefoniert, und bis der Grund des Ärgers endlich sein Büro erreicht, ist er schon wieder dermaßen abgelenkt und mit seinen Gedanken woanders, dass man beinah normal mit ihm reden kann. Man sollte ihn dann nur nicht durch unbedachte Worte noch mal daran erinnern, wie wütend er gewesen ist.»

Lanner war beeindruckt. «Also, Sie kennen sich ja hier wirklich gut aus.»

«Das ist eben so, wenn man neben dem Kaffeevollautomaten sitzt, das sagte ich ja schon.»

«Stimmt, hab ich vergessen.»

Lanner warf ihr einen freundlichen Blick zu, doch Carola Markowitz wirkte verhalten.

«Warum haben Sie das getan?»

«Warum habe ich was getan?»

«Das wissen Sie ganz genau. Warum sind Sie mit meinen Ermittlungsergebnissen einfach in den Kellermann Verlag gestürmt? Wie eine wilde Sau. Warum haben Sie mich außen vor gelassen? Sie haben gar nicht daran gedacht, mich in Ihr Team zu holen, stimmt's?»

Enttäuschung, Wut und eine feine Prise Verachtung funkelten in Markowitz' Augen. Lanner überlegte, ob er mit dem Wutausbruch von Kriminaldirektor Kunkeler nicht doch besser fahren würde. Da hätte er wenigstens nicht dieses lästige schlechte Gewissen. Er musste lächeln. Die

Möglichkeit, sich von zwei Anschissen einen aussuchen zu können, war auch irgendwie eine Form von Luxus, von Freiheit. Wer kann schon selbstbestimmt wählen, welche Art des Beschimpftwerdens gerade besser zur eigenen Lebenssituation und Stimmung passt? In Wahrheit aber hatte Markowitz diese Entscheidung bereits für ihn getroffen. Sie hatte ihn vor Kunkeler gerettet, um ihn selbst zur Schnecke zu machen. Das lag auf der Hand.

Lanner setzte zu seiner Verteidigung an: «Das mit dem Besuch bei Jortz war so eine Bauchentscheidung. Sie werden das auch noch lernen, manchmal gibt es Situationen in diesem Beruf, da muss man einfach auf seinen Bauch hören.»

Markowitz verdrehte die Augen. «Na klar! Der Bauch, der alte Laberkopp. Was der einem alles so einredet. Werd ich mal versuchen, auf den Bauch zu hören. Aber sagen Sie, gesetzt den Fall, Sie würden doch noch mein Chef: Müsste ich dann auch noch lernen, auf den Arsch zu hören?»

Ihr Blick wechselte vom Spöttischen ins Vernichtende. Lanner begriff, er musste die Strategie wechseln. Er überlegte, ob er ihr nicht einfach die Wahrheit sagen sollte, fand das aber dann doch zu respektlos. Einfach die Wahrheit zu sagen hatte immer so etwas Liebloses. Wenn man nicht einmal versuchte, die Wahrheit ein bisschen herzurichten, ein wenig zu schmücken, bedeutete dies doch auch, dass man nicht einmal bereit war, sich auch nur das kleinste bisschen Mühe für das Gegenüber zu machen. Häufig war, wer die Wahrheit sprach, einfach nur zu faul oder zu phantasielos zum Lügen. Solch ein anstandsloses Verhalten kam für Lanner nicht in Frage. Dafür schätzte er Markowitz längst zu sehr. Also log er aus Höflichkeit: «Ich wollte Sie da nicht mit reinziehen. Mir war völlig klar, dass es Ärger gibt, wenn ich bei Jortz reinstürme und ihn unter Druck setze. Deshalb hielt ich es für besser, das Ganze wie einen Alleingang aussehen zu lassen.»

«Aussehen lassen? Das war ein Alleingang, nichts anderes, und wenn er irgendwie aussah, dann nur ziemlich mies und idiotisch. Aber das Schlimmste ist: Sie haben dadurch diesen Kersting in die Sache reingezogen. Und dafür wird Sie der Chef und jeder andere, der mit diesem Fall zu tun hat, verfluchen. Und zwar zu Recht!»

Während des ganzen Gesprächs hatte sie an der Tür gelehnt, jetzt setzte sie sich auf die Fensterbank. Die tapfere Septembersonne leuchtete in ihrem blonden Haar. Wenn sie mir nicht gerade so enorm auf die Nerven gehen würde, wäre sie richtig hübsch, dachte Lanner. In jedem Fall brachte sie frischen Wind in sein Büro. Allein ihre Anwesenheit tat ihm auf eine seltsame, überraschende Weise gut.

«Dieser Dr. Kersting scheint ja ein echter Sympathieträger zu sein.»

«Kennen Sie ihn?»

«Er hat sich mir vor wenigen Minuten vorgestellt, und wenn ich es nicht besser wüsste, könnte ich meinen, er wollte mir drohen.»

«Sie wissen es ganz sicher nicht besser. Da ist größte Vorsicht geboten. Lassen Sie sich nicht von seinem arroganten, großkotzigen Auftreten täuschen. Er will damit nur von seiner Boshaftigkeit ablenken.» Markowitz drehte hastig den Kopf und blickte aus dem Fenster. Ganz so, als wolle sie nicht, dass Lanner ihr Gesicht sah.

«Aber er scheint über exzellente Beziehungen zu verfügen, der Herr Anwalt.»

Markowitz ließ ihre Stirn sanft gegen die Scheibe sinken.

«Über die besten der Stadt. Genau das macht ihn so unbesiegbar, so gefährlich. Überall hat er mächtige Freunde oder Klienten oder Leute, die ihm noch einen Gefallen schulden. Oder einfach Menschen, die nur keinen Ärger mit ihm haben wollen.»

«Ist dieser Dr. Kersting wirklich für die Frühpensionierung meines Vorgängers verantwortlich?»

«Von Walter?» Carola Markowitz schien kurz in Gedanken, kehrte aber schnell zurück. «Oje, warum Hauptkommissar Rimschow den Dienst quittiert hat, weiß niemand so genau. Sicher gab es einen Haufen guter Gründe, und bestimmt hat Dr. Kersting auch eine Rolle dabei gespielt, aber die Entscheidung hat Rimschow letztlich selbst getroffen. Ich glaube, er war einfach müde.»

«Vom Beruf?»

«Von diesem ewigen, nicht enden wollenden, aussichtslosen Kampf. Dem ständigen Gezerre und Geplärre und natürlich den immer neuen, nie heilenden Kratzern in der Seele.»

Lanner war beinah erschrocken, derart melodramatische Worte aus dem Munde einer so jungen und hübschen Frau zu hören. «Nie heilende Kratzer in der Seele, war das Rimschows Ausdrucksweise? Ist der so poetisch drauf?»

«Nein, das ist von Manfred, also Herrn Kolbe, der sagt das immer. Er und Walter Rimschow waren gut befreundet. Walter war ein Einzelgänger; wenn überhaupt, hat er sich nur Herrn Kolbe anvertraut.»

«Womit anvertraut?»

«Mit allem. All diesen schlimmen Erlebnissen. Aber der letzte Anstoß für Rimschows Rückzug war wohl der Fall Ziegler.» Sie stockte. Lanner versuchte ein aufforderndes Gesicht, um zu signalisieren, dass er die Geschichte gern hören würde. Markowitz dachte gut sichtbar nach, dann ließ sie die Schultern fallen, ganz so, als würde sie aufgeben, und begann vorsichtig zu erzählen. «Ein Mädchen war entführt worden, die dreizehnjährige Effi Ziegler, Tochter eines wohlhabenden Professorenpaares ...»

Es machte gleich klick bei Lanner. Der Fall Effi Ziegler hatte seinerzeit bundesweit für Aufsehen gesorgt. Es war ein vergleichsweise geringes Lösegeld gefordert worden, zweihunderttausend Euro, genau zugeschnitten auf die finanziellen Möglichkeiten der Zieglers. In Lanners Hirn lief parallel zu Markowitz' Zusammenfassung ein Erinnerungsfilm ab.

«Rimschow war damals der leitende Kommissar. Er war schnell überzeugt, dass der Täter kein Profi, sondern ein Einzeltäter aus dem weiteren Umfeld der Familie sein musste. Eine Annahme, die sich später als richtig herausstellte. Die Eltern waren bereit zu zahlen, sie wollten nur ihre Tochter zurück. Der Plan war, dass der Vater die Lösegeldübergabe nach den Bedingungen des Entführers durchführte und die Polizei sich dabei an dessen Fersen heftete, um so das Versteck des Mädchens ausfindig zu machen. Am Tag der Übergabe fuhr der Vater los, die zweihunderttausend Euro in einer dunklen Reisetasche, und wurde vom Entführer per SMS fast drei Stunden lang kreuz und quer durch Berlin geschickt. Sechsundzwanzig Prepaid-Handys hatte sich der Täter für diese Aktion besorgt. Schließlich beorderte er den Vater nach Potsdam und lotste ihn in einen Regionalexpress Richtung Magdeburg. Einige Zeit später, als der Zug auf freier Strecke war, rief er den Vater das erste Mal direkt an und befahl ihm, die Tasche aus dem Fenster zu werfen.»

Lanner nickte, das alles hatte damals haarklein in den Zeitungen gestanden, denn das Ende dieser Übergabeaktion war einigermaßen spektakulär gewesen.

«Nachdem der Entführer die Tasche gefunden und in sein Auto geworfen hatte, um sich, so schnell es ging, aus dem Staub zu machen, kam ihm auf der Landstraße ein achtzehnjähriger Führerscheinneuling mit unfassbar hoher Geschwindigkeit entgegen. Der verlor die Kontrolle über den Wagen, die Fahrzeuge touchierten einander, gerieten ins Schleudern und schossen rechts und links in den Acker. Zu ihrem Glück standen am Rand dieser brandenburgischen Landstraße grad mal keine Bäume. Natürlich waren die Kollegen gleich vor Ort. Der Entführer war leicht verletzt und bewusstlos, wodurch der Plan, sich von ihm zum Versteck führen zu lassen, hinfällig war. Er wurde festgenommen. Es war ...»

Jetzt fiel Lanner Markowitz ins Wort: «... ein vierundzwanzigjähriger Student des Professors, der sich von ihm ungerecht behandelt fühlte.»

«Es stellte sich übrigens später heraus, dass er vom Professor tatsächlich ungerecht beurteilt worden war, aber das interessierte zu dem Zeitpunkt selbstverständlich niemanden mehr. Der Student weigerte sich konsequent, das Versteck des Mädchens zu verraten.» Carola Markowitz schüttelte, während sie erzählte, fassungslos den Kopf. Sie war noch immer erschüttert über die Kaltherzigkeit des Entführers. «Er behauptete, er sei nur zufällig dort unterwegs gewesen, hätte die Tasche einfach so gefunden und mit der Entführung nicht das Geringste zu tun. Daher wisse er natürlich auch nichts über das Versteck. Die Handys, seine Beziehung zum Professor und all die anderen erdrückenden Beweise ignorierte er und behauptete frech, er sei es nicht gewesen. Selbst als ihm Rimschow eine Falle stellte und er versehentlich verriet, dass das Mädchen in einem Erdloch im Wald versteckt sei, gab der Kerl – Dennis Bolk hieß er – nicht auf. Ohne Sinn und Verstand leugnete er immer weiter, anderthalb Tage lang.»

Lanner erinnerte sich nur zu gut, was dann geschehen war. Aus dem ganzen Bundesgebiet wurden Polizisten abgezogen, um in den Brandenburger Wäldern nach Effi Ziegler zu suchen. Beinah wäre auch er damals nach Berlin beordert worden. Außerdem halfen jede Menge Freiwillige aus der Bevölkerung. Zu Tausenden streiften sie durch die Wälder. Aber von Effi Ziegler oder dem Versteck keine Spur.

Carola Markowitz schien das ganze Entsetzen von damals wieder gegenwärtig zu sein, als sie fast flüsterte: «Und dann, am Morgen, begann der Regen.»

Lanner wusste, dass man sich von Beginn an vor Regen gefürchtet hatte, da dieser den Zeitdruck, unter dem die Suchaktion ohnehin stand, noch mal erheblich erhöhen würde.

«Es war Sommer, aber trotzdem recht kühl, und in Erdlöchern ist es erst recht kalt, zumal nachts. Niemand wusste, ob Effi Ziegler irgendwie geschützt war, zudem hatte sie vermutlich seit mindestens sechsunddreißig Stunden, seit ihr Entführer gefasst worden war, nichts gegessen und getrunken. Und nun begann also der Regen. Regen, der auch noch dafür sorgen würde, dass in dem Erdloch wahrscheinlich innerhalb kurzer Zeit das Wasser stünde. Und wenn es ausgekleidet war, konnte es sich bei starkem Regen innerhalb weniger Stunden füllen. Rimschow hatte Bolk dieses Szenario wieder und wieder vor Augen geführt, ihn bekniet, endlich zu reden. Ihm hoch und heilig versprochen, sich für ihn einzusetzen, wenn er kooperieren würde. Er hatte ihm gedroht, ihm erklärt, dass es einen riesigen Unterschied zwischen Entführung und Mord gab, ihm ausgemalt, was mit Kindermördern im Gefängnis geschieht. Er hatte alles versucht, um das Mädchen zu retten. Aber Bolk blieb stur. Er blieb einfach stur und leugnete, irgendetwas mit der Entführung zu tun zu haben.» Markowitz' Handy piepte, sie griff in die Sakkotasche, schaltete es aus, nahm dann ohne zu fragen ein leidlich sauberes Glas aus dem kleinen Büroregal und goss sich aus der Wasserflasche auf dem Tisch ein. «Es regnete den halben Tag, und es regnete stark. Die meisten dachten, das Mädchen sei längst tot. Niemand sprach es aus, aber fast alle dachten es. Nur Rimschow nicht. Wie ein trotziges Kind, das den Eltern beweisen will, dass es den Weihnachtsmann doch gibt, weigerte er sich, die Hoffnung aufzugeben. Und dann passierte es.»

Sie stockte, Lanner war sofort ungeduldig. «Was passierte?»

Carola Markowitz holte eine Tablettenschachtel aus der Innentasche des Sakkos, drückte zwei Pillen heraus und spülte sie mit einem großen Schluck Wasser herunter. «Keine Ahnung.»

«Was?»

«Ehrlich gesagt habe ich keine Ahnung, was dann passierte, bis heute nicht. Ich weiß nur, es muss etwas passiert sein. Walter …, also Herr Rimschow hat allen befohlen, den Raum zu verlassen.»

Lanner schwante Düsteres. «Ach du Schande! Er blieb ganz allein mit dem Entführer im Vernehmungsraum?»

«Ja, ganz allein. Keine Mikrophone, keine Kameras, keine Kollegen. Nur die beiden. Ganz allein.»

«Und was ist dann geschehen?»

«Ich weiß es nicht. Niemand weiß, was zwischen den beiden damals im Vernehmungsraum passiert ist. Aber es muss etwas passiert sein. Denn plötzlich kam Rimschow rausgestürmt und hat dem Sondereinsatzkommando genau die Lage des Verstecks beschrieben. Es war in einer ganz anderen Ecke von Brandenburg. Wahrscheinlich hatte Bolk nie die Absicht, das Mädchen sofort zu befreien, sondern wollte erst einmal weit wegkommen, um später von wo auch immer aus das Versteck zu verraten. Also, hoffentlich war das sein Plan. Das Einsatzkommando fand Effi Ziegler im tiefsten Wald auf einem ehemaligen Truppenübungsgelände. Sie war mit den Füßen an einen Betonklotz gekettet, allerdings mit Wasser und Keksen versorgt. Der Regen war in das Loch geströmt, bis zur Hüfte stand sie schon im Wasser – wenige Stunden später, und sie wäre wahrscheinlich tot gewesen, ertrunken oder erfroren. Es musste noch Spezialwerkzeug herangeschafft werden, um sie von den Ketten zu befreien. Dann endlich wurde das völlig unterkühlte und traumatisierte Mädchen nach Berlin in ein Krankenhaus gebracht. Sie hatte sich mit dem Tod eigentlich schon abgefunden … Rimschow hatte recht behalten. Das Mädchen lebte, und er war es, der es gerettet hat.»

Lanner beugte sich vor und schaute Carola Markowitz irritiert an. «Das ist seltsam. Über eine heldenhafte Rolle des Hauptkommissars Rimschow in diesem Fall habe ich, soweit ich mich erinnere, offen gestanden nie etwas gelesen.»

Seine Kollegin lachte verächtlich auf. «Natürlich nicht, weil darüber ja auch nie etwas in den Zeitungen stand. Keine zwei Stunden nach der Rettung des Mädchens, noch bevor man eine Pressekonferenz hatte abhalten können, stand plötzlich Dr. Kersting im Präsidium und verkündete, dass er ab sofort die Verteidigung von Dennis Bolk übernehmen würde.»

«Hat Bolk ihn angerufen?»

«Nein, das muss jemand anderes gewesen sein. Irgendjemand, der sehr, sehr gut informiert war und geahnt hat, wie sehr sich Kersting für den Fall interessieren würde. Alle waren sehr überrascht: Der Staranwalt nahm sich einer kleinen, miesen Ratte von Kindesentführer an. Selbst Dennis Bolk schien überrascht. Wir nahmen an, Kersting sei an der riesigen Publicity interessiert, der Fall hatte bundesweit enormes Aufsehen erregt. Aber es stellte sich bald etwas ganz anderes heraus: Kersting schielte nicht auf die Öffentlichkeit, im Gegenteil, er versuchte sogar, sie zu meiden. Auch um Dennis Bolk ging es ihm nicht. Kersting ging es einzig und allein um Hauptkommissar Rimschow.»

«Kersting wusste also bereits, dass Rimschow Bolk auf eine nicht erlaubte Art und Weise ausgequetscht hatte?»

«Bis heute weiß eben niemand, was Rimschow mit Bolk gemacht hat. Auffällige Verletzungen hatte der Typ jedenfalls nicht. Rimschow hat nie etwas verraten, also zumindest uns, seinen Kollegen, nicht. Und dass Bolk schweigen konnte, war ja hinlänglich bekannt. Direkt darauf muss es irgendeine Art Deal gegeben haben: Rimschow wurde quasi aus dem Fall rausgeschrieben und für zwei Jahre vom Dienst freigestellt, bei vollen Bezügen allerdings. Erst kurz vor Ablauf der zwei Jahre hat er gekündigt, wodurch die Stelle neu besetzt werden konnte, mit Ihnen. Offiziell wurde behauptet, Bolk habe sich die ganze Zeit kooperativ verhalten, nur ein paar Ermittlungspannen hätten für die Verzögerung gesorgt. Dafür musste er dann wohl garantieren, keine Beschwerden wegen der Verhörmethoden zu haben. Vermutlich auch schriftlich.

Da Effi Ziegler überlebt hatte und Bolk nicht vorbestraft war, erhielt er am Ende nur eine Freiheitsstrafe von drei Jahren. Weitere drei Jahre wurden zur Bewährung ausgesetzt. Für die Eltern war das natürlich bitter, aber das Wichtigste für sie war, ihre Tochter lebend zurückzuhaben. Sie waren erleichtert – bis sie bemerkten, dass ein anderes Kind zu ihnen zurückgekommen war. Die körperlichen Wunden der Entführung waren nach drei Monaten verheilt, die seelischen jedoch blieben. Albträume, Panikattacken, Angstzustände, Verzweiflung. Effi Ziegler hat sich nie mehr davon erholt. Mehrmals versuchte sie, sich das Leben zu nehmen. Vor vier Monaten hat sie es geschafft. Kurz darauf hat Rimschow gekündigt.»

Eine hilflose Stille entstand nach Markowitz' letztem Satz. Lanner dachte an das, was ihm sein Ausbilder, Rolf Petersen, ein altgedienter, verbrauchter Kriminalkommissar aus Hamburg, der in Cloppenburg so was wie sein Gnadenbrot erhielt, mal gesagt hatte. Nicht die Brutalität, die Gewalt, Skrupellosigkeit oder Perversion, der man in diesem Beruf begegnet, sind es, die einen nachts nicht schlafen lassen. Es ist die Sinnlosigkeit. Obwohl Lanner wusste, dass es auf seine nächste Frage keine gute Antwort geben konnte, gelang es ihm nicht, sie sich zu untersagen. «Wie sind die Eltern damit klargekommen?»

Carola Markowitz schaute ihn an, als habe er gefragt, ob jemand nach einem Sturz aus dem achten Stock einen einigermaßen angenehmen Aufprall hatte. «Gar nicht natürlich. Die Mutter ist vollkommen zusammengebrochen. Sie befindet sich seitdem in einer geschlossenen Einrichtung. Manfred Kolbe hat sie mal besucht. Sie ist nicht ansprechbar, liegt den ganzen Tag nur apathisch da und starrt an die Zimmerdecke. Der Vater hat seine Stelle aufgegeben und das Haus verkauft. Jetzt versucht er, sich irgendwie ins Leben zurückzukämpfen.»

Sie stockte wieder, schien zu überlegen. Auch Lanner wusste nichts mehr zu sagen. Beide saßen noch eine Weile schweigend in seinem Büro, bis er die Stille nicht mehr ertrug. «Ich sollte dann mal besser zu Kunkeler gehen und mir meinen Anschiss abholen. Mittlerweile ist wohl genügend Zeit vergangen.»

Markowitz nickte ihm aufmunternd zu. Lanner stand auf und hörte sich zu seiner eigenen Überraschung sagen: «Ich werde Kunkeler übrigens dringend darum bitten, Sie mir im Kaminski-Fall an die Seite zu stellen. Ich werde ihm sagen, dass Sie von meinem Besuch bei Jortz nichts wussten und mir andernfalls sicherlich abgeraten hätten. Dass wir in diesem Fall ohne Ihren Fleiß, Ihre Ideen und Ihre Recherche niemals so weit wären. Und ich selbst», er zögerte, «wäre sehr froh, wenn Sie mir ein paar Geheimnisse und Regeln dieser Stadt verraten könnten. Ich werde ihm sagen, dass ich diesen Fall ohne Ihre Hilfe vermutlich gar nicht oder deutlich langsamer lösen werde.»

Bei diesen letzten, etwas pathetischen Worten musste Carola Markowitz lachen. Allerdings ohne Häme, sondern schlicht amüsiert. «Ohne mich würden Sie diesen Fall also vermutlich ‹deutlich langsamer› lösen?»

Nun war der Hauptkommissar doch ein wenig beschämt. «Na ja, oder eben gar nicht, hab ich doch gesagt. Jetzt drehen Sie mir nicht mit jedem Wort eine Goldwaage durch den Mund. Also, ich werde Kunkeler halt sagen, dass ich Sie dabeihaben will. Das wollten Sie doch.»

Die junge Frau knuffte ihm mit der Faust kumpelhaft

in die Schulter. «Klar, Herr Lanner, wir zwei sind jetzt ein Team. Genau genommen ist die Sache allerdings sowieso schon durch. Bevor Herr Kunkeler mich losgeschickt hat, Sie zu suchen, hat er mir nämlich mitgeteilt, dass er mich Ihnen an die Seite stellt. Um ein bisschen auf Sie aufzupassen, meinte er, damit Sie hier nicht alle jeden Tag zweimal wahnsinnig machen. Aber das mit ‹Wir hätten ohne Markowitz' Recherche und Ideen noch praktisch nichts in dem Fall›, das sagen Sie ihm mal ruhig trotzdem. Das find ich richtig gut. Ich werde dann solange, also während er Sie wegen Dr. Kersting anbrüllt, das Büro auf Zweierbelegung umrüsten. Das Ganze ein bisschen angenehmer und wohnlicher machen. Sie werden sehen, in zwei, drei Tagen sieht das hier alles völlig anders aus. Und was halten Sie davon, wenn wir nach Dienstschluss zusammen losziehen und einen Kaffeevollautomaten kaufen?»

Lanner nickte. «Ja, warum nicht?»

Leicht betäubt verließ er das Büro in Richtung Kriminaldirektor. Aber es war eigentlich eine gar nicht unangenehme Betäubung. Sie fühlte sich an, als käme sie von einer Genussdroge, von Wein oder Tabak vielleicht. Er hoffte, es würde keinen Kater geben.

Es war ein Gefühl wie Ferienanfang, wie der erste Urlaubstag in einem fremden Land. Das fremde Land war für Georg in diesem Fall die außerordentlich gut sitzende Hose und das leicht auffällige, kleinkreisgemusterte, in Blautönen gehaltene Baumwollhemd im Siebziger-Jahre-Schnitt, das die jungen Frauen mit großer Hingabe für ihn ausgesucht hatten. Er hätte es nie für möglich gehalten, wie stark Kleidung einen Mann, sogar ihn, verändern konnte.

Die Freude in Sabine Kreutzers Blick war nicht zu übersehen gewesen. Offenkundig war sie sehr zufrieden mit ihm, allein deshalb, weil er imstande war, sich vernünftig anzuziehen. Wie einfach das Leben sein konnte. Aber nicht nur sie, auch die Kellnerin, eine Frau im U-Bahnhof und sogar eine Straßenzeitungsverkäuferin hatten ihm bewundernde Blicke wegen seiner Kleidung zugeworfen. So etwas hatte er noch nicht erlebt. Ein gutes Gefühl, auch wenn er den Verdacht hatte, man würde ihn irgendwie verwechseln. Aber selbst wenn er nur kurzzeitig Gast in einem anderen Leben sein sollte – es gefiel ihm.

Was gab es Schöneres, als vor einem frischen, kühlen Bier im Lokal zu sitzen und sich auf die gute Mahlzeit zu freuen, die man gerade bestellt hatte? Selbstverständlich hatte er Hunger, aber ein Hunger, von dem man weiß, er wird in Kürze gestillt, ist ja eigentlich mehr Vorfreude als Hunger.

Dazu war er mit einer richtigen Frau hier, die auch tatsächlich zur Verabredung erschienen war, sogar pünktlich. Und sie sah wirklich toll aus, richtig heiß. Das war ein gutes Zeichen. Wie es auch schon ein gutes Zeichen gewesen war, dass sie seine Einladung ohne Zögern angenommen hatte. Und so schnell eine Möglichkeit fand, ihre Tochter, Lucy, bei einer Freundin übernachten zu lassen. Es war ihm nicht entgangen, dass sie das, vermeintlich nebenher, gleich am Anfang erwähnt hatte. Auch das war natürlich ein quasi sensationell gutes Zeichen. Eventuell würden sie sogar Sex haben. Schon heute Nacht. Das wäre dann allerdings wirklich ein Ding, denn so oft hatte er nun weiß Gott nicht Sex. Oder auch nur die Möglichkeit dazu.

Wie auch? Sein Leben war viel zu kompliziert – kompliziert im Sinne von unattraktiv, ihm fehlte schlicht die Zeit. Er war den ganzen Tag damit beschäftigt, Ratten zu jagen, an drei Abenden in der Woche kochte er für Frau Adler, und jetzt war er noch Geheimermittler für Carsten Lanner. Ständig musste er Zeug machen. Und wenn mal nicht, dann schlafen, das wollte ja auch erledigt sein. Aber heute würde alles anders. Also womöglich.

Natürlich machte ihm diese Aussicht auch Angst, wegen des Drucks. Gerade wenn er, also der Sex, nicht so häufig stattfindet, möchte man dann natürlich schon, dass er schön ist, irgendwie. Für alle Beteiligten. Oh, diese Verantwortung, immer diese verdammte Verantwortung. Wenn jemand ernsthaft behaupten wollte, Sex sei ganz einfach, die natürlichste Sache der Welt, dann wusste dieser jemand aber nichts vom Sex bei ihm, bei Georg Wolters. Na, er würde das schon hinkriegen, wenn sich denn überhaupt die Gelegenheit ergäbe. O Gott, wie er hoffte, dass sie sich ergäbe, und wie er gleichzeitig hoffte, alles möge dann bitte gutgehen.

Doch zunächst einmal würden sie essen. Einfach gut zusammen essen, mit Hunger. Was gab es Schöneres? Also außer Sex vielleicht, also höchstens Sex, wenn überhaupt. Aber Essen war eben auch so herrlich unkompliziert. Das hatte es dem Sex voraus. Was sollte da schon schiefgehen?

***

Nachdem Julia Jäger die Punkte noch einmal nachgerechnet hatte und damit endgültig feststand, dass ihre Tochter die Mau-Mau-Runde gewonnen hatte, brachte sie sie ins Bett. Max Machallik kümmerte sich derweil um den Abwasch. Er konnte es kaum glauben. Er hatte wirklich seine Sekretärin besucht, der kranken Tochter ein Versprechen gegeben, am Abend eingekauft und dann für alle drei Eierpfannkuchen mit Zucker, Zimt, Marmelade und Schokosoße gebacken. Es hatte ihm ungeheuren Spaß gemacht. Schon immer hatte er gern in der Küche gestanden. Kochen entspannte ihn, er kochte gut, seine Mutter hatte es ihm beigebracht, aber seit ihrem Tod wusste er nicht mehr, für wen er hätte kochen sollen. Die Tochter mochte ihn. Das merkte er. Nicht nur, weil er sie gewinnen ließ, wie Julia Jäger ihm schon leicht vorwurfsvoll unter die Nase gerieben hatte. Am liebsten hätte die Kleine ihn überredet, regelmäßig hier zu kochen, und er hätte womöglich gleich zugestimmt, wenn Julia nicht dazwischengegangen wäre. Eine Gemüselasagne irgendwann nächste Woche hatte sich das Kind zumindest erkämpft. Frisch und nicht Bio-Tiefkühlkost wie sonst immer von Mama, hatte es sich gefreut.

Max Machallik war zufrieden, vielleicht sogar ein wenig glücklich. Er würde, wenn die Kleine schliefe, noch mit Julia Jäger die halbvollen Weingläser leeren und dann zügig gehen. Um niemanden in Verlegenheit zu bringen, um den angenehmen Abend nicht zu gefährden, das warme Gefühl zu bewahren und nichts vorschnell zu zerreden. Er hatte ja Zeit. Für Abende wie diesen allemal. Abende, an denen er einfach mal etwas machen konnte, für das er gern die Verantwortung übernahm. Das Abendessen zum Beispiel.

Dieses Gefühl unangestrengter Zufriedenheit hätte er wohl noch eine Weile länger genossen, aber leider entschloss er sich beim Abwaschen, das Radio einzuschalten …

***

Mit großen Augen blätterte Toni Karhan in den Unterlagen, die ihm Frau Matthes gegeben hatte. Wie konnte sie ihm derart brisantes, aufschlussreiches Material einfach so in die Hand drücken? Er wusste, der alte Machallik hatte Geheimnisse gehabt. Jeder wusste das, aber diese Dimension überraschte ihn nun doch. Und warum waren die Brüder so schlecht organisiert und so ahnungslos? Konnte es sein, dass sie diese Unterlagen nie gesehen hatten? Oder waren sie einfach nur ausgezeichnete Schauspieler, die irgendein raffiniertes, doppeltes Spiel spielten?

Wie gehetzt sie gewirkt hatten, als sie ihn in seine neue Funktion einführten. Max, der angeblich noch einen wahnsinnig wichtigen, unaufschiebbaren Termin am Abend hatte, wahrscheinlich mit dem Bürgermeister und der versammelten Stadtelite in irgendeinem Saunaclub. Und Helmut, der fünfmal betonte, er sei heute acht Einsätze gefahren und einfach nur noch müde. Georg und er hatten seit Wochen jeden Tag zwischen fünfzehn und zwanzig Einsätze.

Toni dachte nach, lange und angestrengt. Er schloss die Augen und versuchte, die Stadt aus der Perspektive einer Ratte zu sehen. Einer Rättin am besten. Wie sie Hunger hatte. Den ganzen Tag schon hatte sie Hunger gehabt. Eigentlich hatte sie sowieso immer Hunger. Permanent. Auch wegen dieser lästigen Schwangerschaften. Wie ihr das auf die Nerven ging, dass sie schon wieder schwanger war. Im Prinzip war sie mehr oder weniger immer schwanger. Sie konnte sich schon gar nicht mehr erinnern, wann sie das letzte Mal nicht schwanger gewesen war. So war das eben. Alle paar Wochen kamen neue Junge aus ihr. Warum auch immer. Sie hatte sich längst damit abgefunden, obwohl sie es manchmal ungerecht fand. Die Typen hatten diesen Stress nicht. Die machten nun wirklich nichts anderes als den ganzen Tag fressen, Fressen suchen, Sex und schlafen. Cooles Leben. Das hätte ihr auch gereicht. Aber sie musste ja noch dauernd schwanger sein. Sicher, sie brauchten den Nachwuchs. Dringend brauchten sie die neuen Nasen, denn es gab viel zu wenig Fressen für die Kolonie. Also brauchten sie zusätzliche Nasen, damit die Fressen suchen konnten, wobei man für die neuen Nasen dann wieder noch mehr Fressen benötigte, und so weiter …

Manchmal hatte sie schon den Eindruck, dass diese ewige Wachstumsspirale zu nichts führen konnte – oder doch nur in eine Katastrophe. Aber dann dachte sie bald wieder an Sex oder ans Fressen, was ihr schon irgendwie wichtiger war. Wie allen anderen auch. Das war es doch, was das Schöne im Leben ausmachte, also Sex haben und fressen.

Wie gut das alles roch in der Stadt. Die vielen Futterstellen der Menschen. Aber es war oberstes Gesetz, niemals gleichzeitig mit den Menschen an einer Futterstelle zu fressen. Menschen mochten es nicht, wenn sie sich ihr Fressen mit Ratten teilen mussten. Das war allgemein bekannt. Sie konnten dann ziemlich bösartig und gefährlich werden. Es gab ältere Ratten, die behaupteten, die Menschen hätten mehr Angst vor ihnen als sie vor den Menschen, es sei eigentlich nur die Angst, die die Menschen so aggressiv und unberechenbar mache. Ein Mensch, der sich nicht bedroht fühle, würde niemals eine Ratte angreifen.

Aber das war ihr alles egal. Ihr waren diese Menschen einfach unheimlich. Außerdem hieß es, sie würden Krankheiten übertragen. Immer wieder hörte man von Familien, ganzen Kolonien, die sich an die Oberfläche, in die Lebensräume von Menschen gewagt hatten und dann allesamt von einer eigenartigen Krankheit dahingerafft wurden. Oft innerhalb weniger Tage. Und doch hatte sie Hunger. Wahnsinnigen Hunger! Sie waren einfach viel zu viele! So viele waren sie doch sonst nie gewesen! So viele! Und alle hatten sie Hunger! Riesengroßen Hunger! Der irgendwann alle Angst überbrüllt: Hunger! Hunger!! HUNGER!!!

Toni schreckte hoch. Er wusste plötzlich, es würde etwas geschehen. Etwas Größeres, Bedrohlicheres als ein paar Rattenlöcher in Hinterhöfen. Die Unterlagen, sein Bauchgefühl, die innere Stimme. Alles deutete darauf hin. Es würde nicht mehr lange dauern.

✳✳✳

Georg war sehr zufrieden, dass er ein Lokal am Hackeschen Markt ausgewählt hatte. Die Tische und Stühle der vielen Gaststätten, die den riesigen Platz wie ein einziges gigantisches Open-Air-Restaurant wirken ließen, die laue Spätsommernacht, die Weltläufigkeit des Publikums, die sanfte Gesprächsmusik aus fremden Sprachen von Gästen aus aller Herren Länder, der Duft der Speisen, der zart von Nachbartischen herüberwehte, und nicht zuletzt der dezente Gesang eines Straßenmusikers verliehen diesem Abend eine romantische Note. Die wenigen Ratten, die Georgs geschultes Auge zwischen den Büschen hin und her huschen sah, konnten diesen Frieden nicht stören.

Sabine Kreutzer erzählte von ihrer Tochter Lucy und dem Alltag an ihrer Schule, sie war Lehrerin. Georg freute sich, dass er alldem gern folgte. Auch das war Glück. Es war ja nicht selbstverständlich, dass man sich für das, was einem das Gegenüber erzählte, aufrichtig interessierte. Es wäre ihm äußerst peinlich, aber durchaus möglich gewesen, dass ihn Sabine Kreutzers Erzählungen kolossal gelangweilt hätten. Aber sie war eine charmante, gute Erzählerin. Zudem humorvoll, da war er sich nach der ersten Begegnung im Hof gar nicht sicher gewesen. Aber an dem Tag hatte sie unter Stress wegen der Ratten und ihrer Tochter gestanden, daher wohl auch dieser angestrengte, leicht schrille Ton in ihrer Stimme. Der war sehr unangenehm gewesen. An den konnte er sich noch gut erinnern. Der klang in etwa wie … wie … wie jetzt auch wieder!

«Da! Da! Da!»

Erst jetzt bemerkte Georg, dass Sabine Kreutzer ihre Erzählung unterbrochen hatte, mit vor Schreck geweiteten Augen panisch um sich blickte und mit den Armen sinnlos herumfuchtelte. Ihre unerfreuliche Überschlagsstimme dramatisierte die Dinge zusätzlich.

«Da! Da! Da!»

Georg nahm wahr, dass auch die anderen Gäste laut wurden. Sein Blick folgte Sabine Kreutzers umherirrendem Zeigefinger, doch das war schon gar nicht mehr notwendig. Georg erkannte, wie zwischen den schreiend aufspringenden Gästen kleine graue Torpedos über die Tische schossen. Gläser klirrten, Besteck wurde geworfen oder in die Tischplatten gerammt, Stühle krachten zu Boden, Tiere fiepten, Menschen brüllten. Immer mehr Ratten kamen plötzlich von überall her, von sämtlichen Ecken des Platzes – und alle drängten zu den Tischen, zu den Menschen, zur Nahrung.

«Tu was! Du musst was tun! Du bist Kammerjäger!» Georg hörte Sabine Kreutzer, die direkt in sein Ohr schrie, während er wie paralysiert auf den Kampf zwischen Mensch und Tier starrte. Er spürte ständig etwas über seine Schuhe huschen, seine Knöchel streifen, und war froh über die gutsitzende Hose, die so eng geschnitten war, dass unmöglich eine Ratte unten reinschlüpfen konnte. Er beobachtete das Heer der kleinen Angreifer, wie sie an den Gästen hoch auf die Tische sprangen, von umherschlagenden Armen durch die Luft geschleudert wurden, und dass erste Sturmkommandos ins Innere der Lokale vordrangen. Die Zahl der Ratten auf dem Platz wuchs und wuchs, und zwar in Windeseile. Georg hatte keine Ahnung, wann es enden würde, ob es überhaupt enden würde oder nicht alle hier in kürzester Zeit in einem Rattenmeer untergingen.

«Tu endlich was!» Die furchteinflößende Stimme seines Dates schrillte ihm im Ohr. Nun schubste Sabine Kreutzer ihn auch noch, in Richtung Epizentrum. Als er dennoch nichts unternahm, sprang sie auf den Tisch und übertönte alles mit ihrem detonierenden Organ: «LASSEN SIE IHN DURCH, ER IST KAMMERJÄGER!!!» Dann gab sie ihm einen Tritt.

Nach einem kurzen Schock spürte Georg, dass jetzt tatsächlich all die angstvollen Blicke auf ihn gerichtet waren. Es gab kein Entrinnen. Also atmete er kurz durch und brüllte dann: «Alle Lebensmittel zu den S-Bahn-Bögen! Dahin, wo die Ratten freien Abzug haben!» Er ruderte hektisch mit den Armen in Richtung der Bögen und brüllte es noch mal, wurde aber von Sabine Kreutzers Monstersopran übertönt. «Unter die S-Bahn! Alles Essen unter die S-Bahn!» Georg registrierte erfreut, wie die Kellner und einige Gäste seiner Anweisung folgten. Umtost von rasenden Ratten, wuchs sein Selbstbewusstsein. «Die anderen bauen aus den Tischen einen Fluchtkanal! In die andere Richtung, zur Kreuzung! Einen sicheren Fluchtkanal! Aus Tischen!»

Wieder machte Sabine Kreutzer den Lautsprecher für ihn, und tatsächlich begannen unverzüglich die Bauarbeiten. Der Fluchttunnel konnte erstaunlich schnell in Betrieb genommen werden. Georg eröffnete ihn mit einem: «Frauen und Kinder zuerst!»

«Und Senioren!» Ein älterer Herr hatte sich neben Georg aufgebaut.

«Was?»

«Senioren. Senioren sollten auch zuerst dürfen.»

Georg zuckte die Schultern. «Also meinetwegen. Frauen, Kinder und Senioren zuerst!»

«Und Behinderte?» Ein Rollstuhlfahrer tauchte neben ihm auf.

«Um Gottes willen, natürlich auch Behinderte! Also die Reihenfolge ist: Kinder, Behinderte, Frauen, Senioren!»

«Warum Frauen vor Senioren?»

«Ist doch egal!»

«Was ist mit weiblichen Senioren?»

«Direkt hinter den Behinderten!»

«Was kommt dann? Was kommt nach Senioren?»

«Wie, was kommt dann?» Georg wollte gerade darüber nachdenken, als ihm auch schon Studenten-, Presse- und BVG-Ausweise unter die Nase gehalten wurden, sogar einen Diplomatenpass sah er. Die Diskussion wurde jedoch jäh beendet. Es knallte laut im nächsten Lokal, dann brach Feuer aus. Eine Explosion. Das hatte einen doppelten positiven Effekt: Einerseits brachte es das Beste in einigen Gästen zum Vorschein, die sofort ihre Angst hintanstellten und nach eventuell Verletzten suchten, andererseits erschraken die Ratten so, dass sie sich in Massen zum mittlerweile erheblich angewachsenen Lebensmittelberg unter dem S-Bahn-Bogen orientierten. Nur wenige Augenblicke später war der Spuk genauso plötzlich wieder vorbei, wie er gekommen war.

Der Platz vor dem S-Bahnhof Hackescher Markt war eine einzige Trümmerwüste, durch deren Mitte der aus Tischen improvisierte Fluchtweg verlief. Nach wie vor hörte man Menschen schreien, wenn auch lange nicht mehr so laut, viele weinten auch. Sirenen ertönten, von überall her. Feuerwehrleute, Polizisten und Rettungssanitäter rannten über den Platz. Ein paar hundert Ratten räuberten noch herum, trollten sich aber auch bald. Wildfremde Menschen kamen zu Georg und bedankten sich, bis tatsächlich jemand mit einem Mikrophon und einer Kamera vor ihm stand.

***

Nachdem er die Bilder vom Hackeschen Markt und das Interview mit diesem Kammerjäger häufig genug gesehen hatte, widmete er sich wieder der Live-Berichterstattung im Radio und seinem Computer. Es war zum Kotzen. Die Trulla vom Nachrichtensender hatte diesem Wolters sogar noch ein Kompliment für sein Hemd und seine gutsitzende Hose gemacht. Was, bitte schön, hatte das noch mit Journalismus zu tun? Was weiß dieser Schwachkopf denn schon von Ratten? Er, nur er, Ratmaster Big, hatte das Recht und die Kompetenz, Interviews zu geben! Das Netz war mittlerweile voll mit Bildern: Trotz Angst und Panik hatten einige Gäste den Rattenangriff mit dem Smartphone gefilmt. Dumm für die Geschäftstüchtigen unter ihnen, die das Ganze vielleicht gern an Sender oder Zeitungen verkauft hätten, dass die Routinierten ihre Bilder schon aus Gewohnheit bei Facebook, YouTube etc. gratis eingestellt hatten. Sah alles gar nicht schlecht aus. Gekreische und Gerenne, wie in diesen modernen Katastrophenfilmen, die aus Handkameraperspektive gedreht werden. Verwackelte Bilder, Ausfälle, dann und wann eine Ratte, die auf die Kamera zuspringt. Könnte man so direkt ins Kino bringen.

Der Platz sah aus, als sei ein Tornado darüber hinweggefegt. Normalerweise hätte ihm das alles sehr gefallen. Die Panikbilder, das Chaos, das Geschrei. Gutes Entertainment. Coole Scheiße. Allerdings verstand er nicht genau, was da passiert war. Das war inakzeptabel. Ein derartiger Angriff der Ratten war überhaupt nicht vorgesehen. Zumindest noch nicht. Er hasste es, wenn sich Dinge seiner Kontrolle entzogen. Das durfte er nicht dulden.

Waren es doch mehr Ratten, als er berechnet hatte? Wenn ja, wie viele mochten es sein? Er würde alles noch einmal genau durchkalkulieren müssen. Die Simulationen neu bewerten. Eine verfickte Arbeit. Jetzt hätte er sich gern beraten, aber es gab niemanden mehr. Erwin Machallik war tot. Die Söhne waren unfähig und ein neuer Gott der Ratten, dem er dienen konnte, nicht in Aussicht.

Dennoch konnte er nicht so tun, als sei nichts passiert. Es war etwas passiert, und es würde noch sehr viel mehr passieren. Er musste jetzt die Nerven behalten. Es würde nicht mehr lange dauern. Er durfte nur nicht die Kontrolle verlieren. Er hatte die Macht. Er war der Herr über die Ratten und das Schicksal der Stadt. Er hoffte nur, die Ratten wussten das auch.

Dritter Tag

Am liebsten würde ich Ihnen eigenhändig in Ihre Rattenärsche treten!» Der Bürgermeister war gleich morgens ins
Büro der Machalliks gekommen, um den Brüdern seine Be-
urteilung der Ereignisse der letzten Nacht darzulegen. «Bis
auf den Mond würde ich Ihre Rattenärsche treten.»

Seine Beraterin Dr. Mierwald hätte ihm gern gesagt, dass
bei der Wendung «in Ihre Rattenärsche treten» «eigenhändig» ein höchst unglückliches Adverb war, stellte diesen Einwand jedoch wegen Geringfügigkeit hintenan. Stattdessen
versuchte sie, ihren Chef zu beruhigen. «Niemand ist ernsthaft zu Schaden gekommen. Eigentlich ist kaum etwas passiert.»

Der Regierende fuhr sie mit weit aufgerissenen Augen
an. «Nichts passiert? Ich glaube, es hackt! Mehr als sechzig
Verletzte. Davon viele mit Bisswunden, Rattenbisse wohlgemerkt! Der Stadt gehen die Tetanus-Impfvorräte aus. Und
das alles kurz vor der Wahl! Das nennen Sie nichts?»

Während Polizeipräsident Breissing unverhohlen grinste,
bemühte sich Kriminaldirektor Kunkeler, der wie Breissing
und Innensenator Kröske zu diesem morgendlichen Wutausbruch bestellt worden war, um Deeskalation. «Alle Verletzungen konnten schnell und fachkundig behandelt werden.
Niemand wird unter Spätfolgen leiden. Ein wenig irritiert
waren die Ärzte und Schwestern allerdings von der Tatsache,

dass einige der Bisswunden von Menschen stammten, doch das war wohl mehr der allgemeinen Unübersichtlichkeit der Situation geschuldet.»

Thomas Koppelberg, der nun schon fast zehn Jahre Bürgermeister von Berlin war, schüttelte den Kopf. Dann griff er sich aus einem Stapel Zeitungen zwei heraus und knallte sie auf die Ledercouch. «So, die Herrschaften. Wer immer noch denkt, es sei kein nennenswerter Schaden entstanden, dem empfehle ich, mal einen Blick hierauf zu werfen.»

Unter der riesigen, mit roten Blutstropfen dekorierten Schlagzeile «Angriff der Ratten!» waren einige wildgewordene Tiere zu sehen, deren Fotos man wohl irgendwo im Netz gefunden hatte. Wahrscheinlich Promomaterial eines reißerischen Horrorstreifens. Diesen Ratten hatte man ein angeknabbertes Ortsschild von Berlin und ein paar menschliche Gliedmaßen in die Mäuler montiert. Die andere Zeitung hatte eine ähnliche Schlagzeile, daneben allerdings ein recht großes Foto eines am Tauentzien auf dem Bürgersteig geparkten Streifenwagens. Die Unterzeile: «Und die Polizei geht derweil shoppen.»

Als Kriminaldirektor Kunkeler das kleine Passbild von Hauptkommissar Lanner neben dem parkenden Streifenwagen sah, verfinsterte sich seine Miene. Möglicherweise hatte er Lanner gestern nicht in der angemessenen Lautstärke angeschrien.

«In drei Tagen wird gewählt, und ausgerechnet jetzt fliegt uns die ganze Stadt um die Ohren!» Der Zorn des Bürgermeisters wich langsam einer verzweifelten Ratlosigkeit.

Jessica Mierwald versuchte, ihn aufzumuntern. «In einer Stadt wie Berlin passiert immer viel. Das sorgt für Überraschungen, kann uns gleichzeitig aber auch nutzen, weil sich womöglich schon in drei Tagen niemand mehr an die Ereignisse der letzten Nacht erinnert. Zumindest nicht, wenn wir es geschickt anstellen. Was in einer so großen Stadt geschieht, kann man ohnehin nicht kontrollieren, man kann höchstens beeinflussen, was wahrgenommen wird und was nicht. Vor allem aber, wie es wahrgenommen wird.»

Innensenator Kröske schmunzelte: «Wollen Sie damit etwa andeuten, wir könnten dafür sorgen, dass dieser Angriff der Ratten doch eher positiv wahrgenommen wird?»

«Das wohl nicht. Aber wir könnten dafür sorgen, dass er schnell von einer anderen Nachricht verdrängt wird. Hätte es den Angriff der Ratten nicht gegeben, wären wahrscheinlich der falsch geparkte Streifenwagen und zwei angezündete BMWs in Friedrichshain Topthema der Zeitungen gewesen. Die ganze Stadt würde über Vandalismus und die Zerstörungswut von Jugendlichen diskutieren, über die Perspektive unserer Jugend und die Perspektive von Berlin-Brandenburg insgesamt, und nebenbei natürlich auf die untätige und falsch parkende Polizei schimpfen.»

Koppelberg guckte sie schief an. «Ja und, was heißt das jetzt? Dass wir heute Nacht ein paar BMWs anzünden, um die Medien abzulenken?»

«Das wäre unelegant. Wir sollten einfach nur den Fokus auf die guten Nachrichten lenken, auf die Erfolgsmeldungen.»

Innensenator Kröske lachte laut auf. «Sensationell! Find ich 'ne richtig gute Idee, so richtig, richtig gut. Damit hat sich Frau Mierwald ihr pralles Beraterhonorar wieder einmal tüchtig verdient. Hat nur einen einzigen klitzekleinen Schwachpunkt, die dolle Idee: Es gibt leider keine guten Nachrichten oder gar Erfolgsmeldungen. Nüschte. Null.

Leer wie eine Flasche Eierlikör nach der Canastarunde. Es sei denn, die Herren Machallik haben noch was in petto, mit dem sie uns überraschen wollen.»

Alle Gesichter fuhren herum zu Max und Helmut Machallik. Die schauten sich erschrocken an. Das, wovor sie sich schon seit Minuten am allermeisten gefürchtet hatten, war eingetreten: Jemand hatte sie direkt angesprochen und verlangte wohl auch noch eine Antwort.

«Na ja, wir haben …», Max versuchte, Zeit zu gewinnen, wie ein Schüler, der verzweifelt hoffte, wenn er nur die ersten Worte lang genug dehnte, würde ihm wie durch ein Wunder bis zum Ende des Satzes die richtige Antwort noch einfallen, «… also, es ist …»

«Heute soll Toni Karhan als der neue Sonderbeauftragte für die Rattenbekämpfung vorgestellt werden.» Claire Matthes hatte das Wort ergriffen. Eigentlich wollte sie nur die beiden großen Platten mit den in Schmetterlingsform angeordneten Schnittchen hereinbringen, aber nun hielt sie es für angebracht, ihren junggebliebenen Chefs ein wenig zu assistieren.

«Genau», sagte Max, «für 12 Uhr ist eine große Pressekonferenz anberaumt. Darüber sind Sie doch informiert.»

Koppelberg schaute zu seinem Innensenator, ein Nicken signalisierte ihm, dass auch er, der Bürgermeister, von diesem Termin wusste. «Natürlich weiß ich davon, aber was hilft uns das?»

«Das ist hervorragend.» Jessica Mierwald strahlte, als habe sie soeben für Koppelberg die Wahl gewonnen. «Wir verkaufen das Ganze als den großen und entscheidenden Durchbruch: Das Rattenproblem ist praktisch gelöst.»

«Das ist doch Blödsinn!» Jetzt wagte sogar Helmut

Machallik einen Wortbeitrag. «Es ist überhaupt nichts gelöst. Was wir brauchen, ist mehr Gift und mehr Leute.»

«Eben nicht!» Dr. Mierwald lächelte Helmut Machallik auf solch gewinnende Weise an, dass dieser sofort das eben Gesagte vergaß und der jungen Frau, noch bevor sie fortfahren konnte, mit einem erfreuten Blick recht gab. «Meinetwegen können wir das mit den Leuten und dem Gift zusätzlich machen. Doch vor allem müssen wir jetzt endlich klarstellen, dass unsere bisherigen Bemühungen erfolgreich waren. Ich schlage folgende Sprachregelung vor: Der gestrige Überfall der Ratten war zwar unangenehm, aber notwendig, denn dadurch haben wir sie aus der Reserve gelockt und verfügen nun über alle nötigen Informationen, um die Plage zu beenden. Zudem übernimmt mit diesem Herrn Karhan ein ausgewiesener Spezialist die strategische Leitung.»

Max Machallik staunte. «Sie kennen Karhan doch gar nicht.»

«Das ist egal. Niemand kennt ihn. Also kann er alles sein, was wir behaupten, was er ist. Vielleicht sollten wir ihm aber auch jemanden an die Seite stellen, der den Menschen schon ein klein wenig vertraut ist. Was ist mit dem Helden von gestern? Diesem Mann mit der gutsitzenden Hose? Der wäre doch perfekt. Das sind unsere guten Nachrichten. Wir müssen sie nur auf der Pressekonferenz entsprechend verkaufen – als Erfolge, die auf die seriöse Arbeit des Bürgermeisters und seines Innensenators zurückgehen.»

Polizeipräsident Breissing wurde das zu abenteuerlich. «Was, bitte, ist das denn für ein Blödsinn? Wir wissen gar nichts, werden wohl auch in Bälde nichts gewusst haben, es gibt keinerlei Erfolg, und Karhan ist meiner Kenntnis nach ein stinknormaler Kammerjäger aus dem Betrieb hier.»

Kaum jemand beherrschte das typische Berliner Futur in der konjunktivischen Vergangenheitsform noch so perfekt wie der Polizeipräsident. Eine althergebrachte Grammatikspezialität, deren Pflege aber nur noch wenige Berliner Worthasardeure betrieben. Auch dies ein Stück regionale Identität, das bald der erbarmungslosen Sprachgentrifizierung zum Opfer fallen würde.

Koppelberg nahm ihn zur Seite. «Mein lieber Breissing, manchmal ist es das Beste für alle Beteiligten, wenn man die nackten Fakten ein klein wenig kleidet. Es täte allen Menschen in der Stadt gut, wenn es ein paar Tage lang so schiene, als hätten wir das Rattenproblem gelöst. Vielleicht nur mal so drei oder vier Tage lang.»

«Sie meinen: Bis nach der Wahl werden alle gedacht haben, das Problem wäre gelöst.»

«Ja, ich glaube, das meine ich.» Koppelberg fixierte Breissing ohne jede Gesichtsregung. «Es ist mir durchaus bewusst, Sie würden sehr viel lieber die Marsch auf meinem Stuhl sehen. Allein schon, weil Ihr Sohn Bernhard dann Chancen auf einen Senatorenposten hätte. Auch weiß ich, dass Sie von Erwin Machallik nie viel gehalten haben. Noch am Abend seines Todes sind Sie heftig mit ihm aneinandergeraten, und wäre Birte, Ihre, nebenbei bemerkt, deutlich attraktivere und charmantere bessere Hälfte, nicht dazwischengegangen, hätten Sie sich sogar mit ihm geprügelt. Nun übertragen Sie diese Abneigung auf seine Söhne. Das können Sie tun. Aber der Umstand, dass ausgerechnet ein Mitarbeiter dieser Firma gestern zufällig am Hackeschen Markt war und Schlimmeres verhindert hat, bringt die beiden wieder nach vorn. Da hat Frau Mierwald vollkommen recht, und mir könnte das auch helfen. Noch ist die Wahl nicht entschieden, mein lieber

Breissing, und wenn Sie jetzt einen Fehler machen, könnte das Ihr letzter als Polizeipräsident gewesen sein.»

Breissing erwiderte nichts. Er musste nichts erwidern. Alle im Raum, vermutlich auch Frau Matthes und Frau Mierwald, kannten die DVD mit dem Vermächtnis des alten Machallik. Wenn sich seine Prophezeiungen weiter bewahrheiten sollten, würde es keine Ruhepause mehr geben, würden die Angriffe der Ratten zur endgültigen Katastrophe führen. Die Bundeskanzlerin wollte am Samstag den russischen Staatspräsidenten empfangen – Berlin konnte sich vor den Augen der Welt blamieren. Erwin Machallik hatte den Großangriff der Ratten für ebenjenen Samstag oder spätestens für Sonntag vorhergesagt. Exakt zum Staatsbesuch und zur Wahl also.

Bürgermeister Koppelberg kannte all diese Fakten und Daten. Er kannte das Risiko, und doch hatte er offenkundig beschlossen zu zocken, alles auf eine Karte zu setzen: auf Toni Karhan und die Kammerjäger. Er würde auf ein Wunder hoffen, denn er wusste: Sobald ein Wunder die letzte Chance ist, wird es gleich viel wahrscheinlicher, dass auch eines eintritt.

Ganz Bürgermeister, fasste Koppelberg die Lage für alle Anwesenden noch mal zusammen: «Also, von nun an gilt das Rattenproblem als gelöst. Dies wird ab jetzt unsere offizielle Sprachregelung gegenüber der Presse sein. Die kommenden Angriffe der Ratten bezeichnen wir als letzte, bedeutungslose Gefechte. Das Land Berlin, die Firma Machallik und speziell Toni Karhan haben die Situation unter Kontrolle. Nach außen gibt es nur noch eine Meinung: Wir haben Erfolg gehabt! Erfolg!!» Seine Stimme wurde deutlich leiser, aber auch nachdrücklicher: «Sollte es über diese Vereinbarung Indiskretionen geben», Koppelberg blickte zum Polizeiprä-

143

sidenten, «wird das für denjenigen, der dafür verantwortlich ist, Folgen haben.»

Breissing verschränkte die Arme. «Mal angenommen, das würde geklappt haben und Sie werden damit gegen alle Wahrscheinlichkeit und Vernunft durch die Wahl gekommen sein – was werden Sie dann nach der Wahl machen?»

Lächelnd übernahm Frau Dr. Mierwald für den Bürgermeister. «Nun, vielleicht wird Herr Karhan das Problem ja tatsächlich lösen. Das wäre natürlich die angenehmste Lösung. Sonst wird uns, wenn die Wahl vorbei ist, sicher etwas anderes einfallen. Zusammen mit der Firma Machallik. Und sollten wir die Wahl verlieren, dann fliegt eben der Amtsnachfolgerin von Herrn Koppelberg alles um die Ohren. Das wäre ja nun auch nicht so schlimm.»

Koppelberg lachte. «Genau. Wichtig für Sie, Herr Breissing, ist: Wenn Sie sich loyal verhalten, dann werden Sie, egal, wer die Wahl gewinnt, noch lange Zeit Polizeipräsident sein können. Wenn Sie sich jedoch illoyal verhalten, werden Sie, ganz gleich, wer Bürgermeister ist, nicht mehr viel Freude haben, wenn Sie verstehen, was ich meine.»

Breissing schwieg, drehte sich um und verließ den Raum. Er war lange genug in der Stadt, um zu wissen, was gemeint war.

Brandenburg hatte etwas Beruhigendes, und Lanner tat es gut, mal aus der Stadt rauszukommen. Obwohl der Kauf dieses Kaffeeautomaten zusammen mit der Markowitz richtig nett gewesen war. Vielleicht wäre es sogar noch ein längerer Abend geworden, aber dann kursierten schon die ersten Zeitungsausgaben vom nächsten Tag, und fast überall waren sein Foto und der Streifenwagen auf der ersten Seite zu sehen. Spätestens, als der Kellner im Lokal in der Bergmannstraße fragte: «Und, einen guten Parkplatz gefunden? Oder ist die Dame gefahren?», war er nach kurzer Diskussion mit Markowitz zu dem Schluss gekommen, dass es nicht das Schlechteste wäre, mal die Stadt zu verlassen.

Er hatte den Wagen wohl tatsächlich an einem absoluten Fußgängerengpass geparkt. War ihm gar nicht aufgefallen in der Eile, und als es dann noch in der Einfahrt ein paar Meter weiter zu einem Notarzteinsatz kam, muss mehr oder weniger alles blockiert gewesen sein. Als die Fußgänger auf die wegen einer Dauerbaustelle sehr schmale Straße auswichen, brach dann Chaos aus. Ein falsch, ja rücksichtslos geparkter Streifenwagen, der den gesamten Innenstadtverkehr lahmlegt, war natürlich ein gefundenes Fressen für die Boulevardzeitungen. Das musste man verstehen. Woher aber wussten die so schnell, wer der Fahrer gewesen war? Und wie sind sie an das Passfoto von ihm gekommen?

Letztlich war es Lanner egal, welcher seiner lustigen Kollegen ihm das eingebrockt hatte. Wenn er in dieser bekloppten Stadt schon was gelernt hatte, dann, dass sie Peinlichkeiten einigermaßen schnell vergaß. Es passierten einfach zu viele.

Es gab gute Gründe, dem ehemaligen Hauptkommissar Rimschow einen Besuch abzustatten. Bei ihm liefen viele Fäden zusammen. Wahrscheinlich könnte er von Rimschow an einem Vormittag mehr erfahren, als er selbst in knapp zwei Monaten mühsam ermittelt hatte. Warum war er nicht schon früher auf die Idee gekommen, mit seinem Vorgänger zu reden? Es war doch logisch, dass der auf viele Fragen gestoßen sein musste, die Lanner auch beschäftigten. Aber offenbar hatte niemand Interesse daran gehabt, ihn auf diese Idee zu bringen. Außer Markowitz. Vielleicht gab es sogar Leute, die nicht wollten, dass er mit Rimschow redete. Insofern war es gut, inoffiziell unterwegs zu sein, also so inoffiziell, wie man in einem Streifenwagen eben unterwegs sein kann. Nur Markowitz wusste Bescheid. Sie würde ihm den Rücken freihalten, weshalb er ihr den Kaminski-Fall auch komplett übertragen hatte, fürs Erste jedenfalls.

Bei Königs Wusterhausen fuhr er von der Autobahn ab, folgte den Schildern und geriet somit auf den falschen Weg. Nach einigen Schlenkern und Umwegen durch Brandenburger Dörfer erreichte er aber doch irgendwann wie durch Zufall Klein Köris und kurze Zeit später auch Groß Köris. Die Seestraße, in der Rimschows Haus sein sollte, war leicht zu finden. Es gab ja nicht so viele Straßen im Ort. Die waren dafür ziemlich lang und die Seestraße aufgrund der unklar verlaufenden Seegrundstücke zudem recht unübersichtlich.

Nachdem er sie zweimal rauf- und runtergefahren war, beschloss Lanner, jemanden zu fragen. Das Restaurant mit dem bemerkenswerten Namen «Märkische Riviera» war geschlossen, daher sprach er die einzige Fußgängerin an, die er sah. Eine energisch schreitende, schlanke, mittelalte Frau, die allerdings nicht gewillt war, ihr Wissen kampflos preiszugeben: «Was wollen Se denn von dem?»

Lanner war ob der Gegenfrage ein wenig perplex. «Bitte?»

«Na, wieso wollen Se denn wissen, wo der wohnt?»

«Ach so. Na, wir … wir sind Freunde, und ich wollte den eben mal besuchen.»

«Soso, Freunde sind Se.» Sie schaute nachdenklich und amüsiert auf den Streifenwagen. «Wahrscheinlich ganz gute

Freunde, wenn Se nicht mal wissen, wo der wohnt. Wieso rufen Se denn nicht einfach bei ihm an?»

Lanner konnte sich schon denken, was sie sagen würde, wenn er ihr auch noch gestehen musste, dass er nicht mal Rimschows Telefonnummer hatte. Er überlegte, ob er ihr vorschlagen sollte, sich als Pförtnerin im Präsidium zu bewerben. «Hören Sie, ich schulde ihm Geld und würde es Herrn Rimschow gern zurückgeben.»

Sie horchte auf. «Ach so, darum geht es. Na, das können Se einfach mir geben, ich mach ihm den Haushalt.»

Lanner schaute sie groß an.

Sie lachte laut auf. «Keene Angst, war 'n Scherz. Jetzt guck mal, wie er kiekt! Göttlich. Der Walter wohnt gleich hier, das dritte Haus, wenn Se beim ersten das Zählen anfangen. Sonst isses das zweite. Da, wo das Gartentor offen steht. Können Se einfach durchgehen, der steht bestimmt am See, tut er immer um die Zeit.»

Lanner bedankte sich, doch die Frau war noch nicht fertig. «Und machen Se sich keene Gedanken, hier können Se überall parken, hier fotografiert Se keener.»

Er sank in sich zusammen. «Sie lesen hier also auch noch Berliner Zeitungen?»

«Nee, Quatsch. Wozu? Aber die wichtigsten Neuigkeiten schau ich mir morgens immer im Internet an. Lässt der Walter mich machen, ich mach dem nämlich wirklich die Küche.»

Lanner ging links am Haus vorbei, durch den großen Garten bis zu einer Baumreihe, hinter der der Steg begann. Von weitem schon sah er Rimschow auf einer Bank sitzen. Er staunte, wie großzügig das Seegrundstück war. Hätte er Rimschow gefragt, wie er sich das leisten konnte, hätte er allerdings erfahren, dass solche Grundstücke noch Ende der neunziger Jahre recht preiswert zu kriegen waren.

Als Lanner etwa zwanzig Meter entfernt war, blieb er stehen und machte sich bemerkbar: «Hallo! Herr Rimschow!»

Rimschow rührte sich nicht. Lanner wartete ein paar Sekunden und ging dann weiter.

Plötzlich bewegte sich Rimschow, drehte sich aber nicht um, wie Lanner zunächst vermutet hatte, sondern nahm nur einen Stein aus dem Körbchen neben sich und schleuderte ihn aus dem Handgelenk über das Wasser. Er sprang zweimal auf, bevor er versank.

«Guten Tag, ich bin Hauptkommissar Lanner, Ihr Nachfolger.»

Rimschow schaute ihn immer noch nicht an, er starrte weiter auf den See hinaus. «Hätte ich nicht gedacht, dass Sie kommen würden.»

«Ich hab ein paar Fragen und dachte, Sie könnten mir vielleicht bei einigen Fällen weiterhelfen.»

«Kann ich mir denken, dass Sie einige Fragen haben. Ich hatte auch immer Fragen.»

«Sicher, aber Sie haben bestimmt Informationen, die für mich wichtig sein könnten. Ich ermittle im Fall Machallik.»

«Es gibt keinen Fall Machallik. Die Ermittlungen sind abgeschlossen.»

«Der Meinung bin ich nicht, und ich glaube auch nicht, dass Sie es wirklich sind. Darf ich Ihnen also ein paar Fragen stellen?»

«Wenn es Sie nicht stört, dass ich dabei weiter auf den See schaue. Tun Sie, was Sie nicht lassen können.»

Rimschow zog das Körbchen mit den Steinen näher an

sich ran und bot damit Lanner praktisch einen Platz an. Der setzte sich neben ihn. Dann starrten beide eine Weile auf den See hinaus. Als Norddeutscher war Lanner routiniert im langen Sitzen und Schweigen, doch in der Tiefe Brandenburgs verstand man sich offenkundig auch vorzüglich darauf.

Nach dem unerwartet moderaten Anschiss von Kriminaldirektor Kunkeler hatte Lanner sich gestern noch Rimschows Akte geben lassen, also zumindest das, was frei zugänglich war. Er war Volkspolizist gewesen, ein außergewöhnlich fähiger, und hatte schon in jungen Jahren Karriere als Kommissar gemacht. Dann kam jedoch der Mauerfall, und er musste neu Tritt fassen. Er wurde überprüft, machte Schulungen und gelangte schließlich wieder zur Kripo, wo er bald Hauptkommissar und der erfolgreichste Ermittler der Berliner Polizei werden sollte.

Nichts mehr zu sagen, war eine kluge Entscheidung gewesen. Lanner meinte zu spüren, wie Rimschow ihm mit jeder Minute Stille mehr Anerkennung zollte. Womöglich wäre es das Allerbeste gewesen, noch eine halbe Stunde schweigend zu warten, dann zu gehen, am nächsten Tag zurückzukehren und sich wieder an dieselbe Stelle zu setzen. Mit solchen Aktionen ließen sich die Herzen Norddeutscher und wahrscheinlich auch Brandenburger verlässlich erobern, aber die Zeit hatte Lanner nicht. Außerdem war der Weg dafür dann doch zu weit, denn Brandenburg ist immer ziemlich weit draußen.

«Fehlt Ihnen die Polizeiarbeit eigentlich gar nicht?»

Ohne den See auch nur eine Sekunde aus dem Auge zu lassen, antwortete Rimschow: «Die hört nie auf, die Polizeiarbeit. Dafür sind einfach zu viele Fälle ungelöst geblieben.»

Lanner dachte sofort an den Computer, von dem die Zugehfrau erzählt hatte, an mögliche Netzaktivitäten Rimschows. «Arbeiten Sie von hier aus noch an alten Fällen?»

«Die Fälle arbeiten mehr an mir, kann man sagen. Das sind doch Sachen, die werden Sie nie mehr los, die sind und bleiben immer da. Es ist, als würde jemand Ihre Memoiren schreiben – jemand, den Sie nicht kennen und auf den Sie auch keinen Einfluss haben. Immer wieder liest er Ihnen daraus vor, aber er verrät nicht, wann, warum, wie laut, wie lange und welches Kapitel er Ihnen vorlesen wird.»

Lanner hatte gewiss keinen zufriedenen Ex-Polizisten erwartet, keinen glücklichen Pensionär, der einem frischen Kollegen gern sein Wissen weitergeben würde. Und doch irritierte ihn der Fatalismus Rimschows. «Haben Sie denn gar keine schönen Erinnerungen?»

«O doch, jede Menge sogar. Ich hatte viele Erfolgserlebnisse, oft auch das Gefühl, etwas Richtiges oder Gutes getan zu haben, aber diese Kapitel werden einem verblüffenderweise nur selten vorgelesen.»

Lanner ahnte langsam, warum Rimschow auf den See hinausstarrte. «Weshalb haben Sie sich pensionieren lassen?»

«Ich bekam das Angebot und habe es genutzt.»

«Das ist die kurze Version.»

«Glauben Sie mir, für die lange haben Sie nicht genügend Zeit mitgebracht.» Rimschow griff sich einen Stein und prüfte dessen Beschaffenheit.

«War es wegen des Ziegler-Falls? Wegen des Mädchens?»

Rimschow wog den Stein in seiner rechten Hand. «Natürlich wegen Effi Ziegler. Wegen ihr und sicher hundert anderen Mädchen, Jungen, Männern und Frauen. Wegen allen, aber dieser Fall hat mein Konto fraglos vollgemacht.»

«Ihr Konto?»

«Ja, das Konto. Sie haben übrigens auch eins. Als junger Polizist denkt man noch, Fälle könnten abgeschlossen werden. Irgendwann gibt es einen Täter, ein Urteil, eine Strafe, und damit ist es dann vorbei. Aber es ist nie vorbei, selbst wenn Recht gesprochen wurde. Es ist nie vorbei, nicht für das Opfer, nicht für den Täter und auch nicht für den Kommissar. Es bleibt alles, und irgendwann ist das Konto voll. Jeder kann nur eine bestimmte Anzahl von Fällen aushalten. Die einen mehr, die anderen weniger.» Er holte aus und schleuderte den Stein über den See, genau genommen wollte er ihn über den See schleudern, aber er versank sofort.

«Sie haben damals keinen Fehler gemacht. Nach allem, was ich über diesen Fall weiß, haben Sie absolut richtig gehandelt.»

«Sie wissen doch überhaupt nicht, was ich gemacht habe.»

«Sie haben Dennis Bolk etwas härter angepackt und dadurch das Leben von Effi Ziegler gerettet. Sie haben das Richtige getan.»

«Was ich getan habe, war nicht vom Gesetz gedeckt.»

«Aber es diente der Gerechtigkeit. Der Täter wurde überführt, das Opfer geschützt, sogar gerettet.»

«Soso, demnach wissen Sie und ich also um eine Gerechtigkeit, die über dem Gesetz steht. Ein Gesetz, an dem sehr viele sehr kluge Menschen sehr lange Zeit gearbeitet haben. Aber wir beide wissen intuitiv um das Wesen einer höheren, klügeren Gerechtigkeit, was?»

«Gesetze verändern sich, das sollten Sie doch am besten wissen.»

«Sie meinen, weil ich aus dem Osten bin? Vielleicht. Aber Gesetze sind mehr als nur Richtlinien, es ist herablassend, eitel und arrogant, wenn wir meinen, dem Gesetz moralisch überlegen zu sein.»

Lanner schüttelte den Kopf. «Nein, nein, nein, das kann ich so nicht gelten lassen. Sie wissen genauso gut wie ich, dass es immer wieder Ausnahmesituationen gibt, wo das Gesetz einfach nicht funktioniert. Das heißt nicht, dass es grundsätzlich falsch wäre, aber manchmal bedarf es eben einer Sonderanfertigung, damit es richtig passt.»

Rimschow grinste. «Eine Sonderanfertigung des Gesetzes, das find ich gut. Auf so was muss man erst mal kommen. Niemand hindert uns, uns über das Gesetz hinwegzusetzen, zu denken, wir seien in Besitz einer höheren Wahrheit, einer höheren Gerechtigkeit. Das können wir tun, aber wir müssen dann auch die Konsequenzen aushalten. Nicht nur der Verbrecher geht ein hohes Risiko ein, wenn er Gesetze missachtet, auch der Verbrechensbekämpfer. Wer versucht, auf seine Weise für Gerechtigkeit zu sorgen, muss damit rechnen, Schuld auf sich zu laden.»

Lanner lehnte sich beinah beleidigt zurück. «Ich verstehe, wenn Sie sauer sind, auch müde und enttäuscht. Das dürfen Sie sein. Wahrscheinlich hat man Ihnen übel mitgespielt, aber das gibt Ihnen trotzdem nicht das Recht, hier den selbstmitleidigen Moralphilosophen zu spielen. Wir halten immerhin jeden Tag da draußen unsere Knochen hin, um auf dieser Welt für ein klein wenig Gerechtigkeit zu sorgen, und das ist schwer genug, auch ohne so ein Konstrukt von ständiger Schuld.»

Rimschow nickte lächelnd, als hätte Lanner einen Test bestanden. Es vergingen einige Sekunden, ehe er antwortete. «Sie haben natürlich völlig recht. Ab und zu muss man dem Gesetz helfen. Es menschlicher machen. Das Gesetz kann oft sehr kalt sein.» Er nahm sich einen Stein aus dem Korb. «Vor langer Zeit wurde ein junger Polizist in eine Wohnung in Marzahn gerufen. Ein Mann war erschlagen worden. Es stellte sich heraus, dass er ein widerwärtiger Mensch gewesen war. Ein brutaler, tumber, alkoholkranker Mann, der beinah täglich Frau und Kinder verprügelt hat. Mal nur ein bisschen, mal so richtig verwimmst, wie der Nachbar ausgesagt hat. Er hat die drei Kinder geschlagen, schon als sie ganz klein waren. Über Jahre hinweg geschlagen. Nach kurzer Befragung gestand der älteste Sohn, vierzehn Jahre alt, zitternd und nervlich zerrüttet, dass er den Vater umgebracht hat. Er hat ihn einfach kaltblütig erschlagen. Vorher hatte der Vater den Jungen, die kleine Schwester und die Mutter gehörig verdroschen, mit Gürtel und nassem Handtuch. Dann hat er sich hingelegt, um seinen Rausch auszuschlafen. Im Schlaf erschlug ihn sein Sohn mit einem Bügeleisen. Mit unvorstellbarer Wut, in großer Verzweiflung. Er muss unzählige Male auf den Kopf eingedroschen haben. So haben es zumindest die Kriminalmediziner gesagt, und so sah der Kopf auch aus.» Rimschow wog den Stein in seiner Hand und rieb die Oberfläche. «Was sollte der junge Polizist nun tun? Einem Jungen, der fast jeden Tag seiner Kindheit verprügelt wurde, auch die nächsten Jahre seines Lebens nehmen? Ihn in den Jugendknast schicken?»

Lanner zog die Augenbraue hoch. «Sie wollen mir aber jetzt nicht sagen, dass er den Jungen hat laufenlassen.»

«Nein, natürlich nicht, der junge Mann war ein guter, idealistischer Polizist. Niemals hätte er einen Mörder einfach laufenlassen. Dafür respektierte er das Gesetz viel zu sehr. Aber er hat das Verbrechen umgedeutet. Alles wie Notwehr aussehen lassen. Behörden eingeschaltet, den Jungen psychologisch betreuen lassen, ihm aber ansonsten bei seiner Mutter noch eine einigermaßen normale Jugend ermöglicht.»

«Er hat das Gesetz menschlicher gemacht.»

«Genau, er wollte einen jungen Menschen vor der Kälte des Gesetzes schützen.»

«Er hat das Richtige getan.»

«Das hat er, und er wusste auch von Anfang an, dass es das Richtige war. Manchmal spürt man so etwas einfach. Alle haben mitgemacht, keiner eine andere Aussage getätigt, weil alle wussten: Es war das Richtige. Der Einzige, der seinerzeit anders dachte, war der Chef des jungen Polizisten. Der wusste von Anfang an genau, was Sache war, dass der Junge seinen Vater mit Vorsatz, mit blanker Absicht erschlagen hatte. Er hat dem jungen Polizisten ins Gesicht gesagt, dass er dessen Vorgehen für einen Fehler hielt, aber er hat ihn gewähren lassen. Nur wenn man jungen Leuten einen gewissen Spielraum lässt, können auch gute Polizisten aus ihnen werden, hat er gesagt. Sich immer nur an die Regeln halten kann jeder, dazu braucht man eigentlich keine Ausbildung.»

Lanner war sich nicht sicher, worauf Rimschow eigentlich hinauswollte. «Und Sie denken auch heute noch, man sollte jungen Polizisten einen solchen Spielraum lassen?»

«Unbedingt.»

Dann warf Rimschow den Stein, und die beiden Männer schwiegen wieder.

«Wissen Sie, was aus dem Jungen geworden ist?», fragte Lanner. «Wo er heute lebt?»

«Sie meinen, ob er mittlerweile Arzt, Anwalt, Lehrer oder so was geworden ist?»

«Ja, genau.»

«Er wohnt heute in Tegel, Justizvollzugsanstalt, also hoffe

ich zumindest. Hat ein Strafregister, mit dem man den Fernsehturm tapezieren könnte. Aber das ist nicht das Schlimme.»

Als Lanner sah, wie ernst Rimschows Blick wurde, kam er
sich vor wie ein Verdächtiger, der einem erfahrenen Ermittler beim Verhör in die Falle getappt ist.

«Knapp ein halbes Jahr nach der Geschichte mit seinem
Vater hat er einen anderen Jungen erschlagen. Ohne Grund.
Der Junge stand ihm im Weg, es kam zum Streit. Dann hat er
ihn totgeschlagen. Mit einem Stein. Einfach so.»

Er hielt kurz inne, aber Lanner wusste nichts zu sagen.

«Der Chef hat damals dafür gesorgt, dass der junge Polizist zu den Eltern des Jungen fuhr, um ihnen beizubrin-
gen, dass ihr Sohn erschlagen wurde. Ohne echten Grund,
ohne eigene Schuld. Von einem anderen Jungen. Was der
Polizist nicht gesagt hat, war, dass er selbst diesen anderen
Jungen vor nicht einmal einem halben Jahr vor Strafe geschützt hatte. Hätte er einfach nur seine Arbeit getan, hätte
das Kind der Eltern noch gelebt. Aber er musste ja für echte
Gerechtigkeit sorgen. Wo war nun die Gerechtigkeit für den
toten Jungen? Hätte es sie gegeben, wenn der Polizist sich an
die Regeln gehalten hätte? Wenn er das Gesetz nicht hätte
menschlicher machen wollen? Er hat den Eltern nicht gesagt, dass der zweite Mörder ihres Sohnes gerade vor ihnen
saß. Er hat es nicht gesagt, und doch konnte er an nichts
anderes denken.»

Zornig warf Rimschow den nächsten Stein. Er klatschte
dreimal auf, bevor er versank. Für Lanner klang jedes Auf-
klatschen wie ein Genickschlag.

«Am nächsten Tag bat der junge Polizist um seine Ent-
lassung.»

«Die der Chef angenommen hat?»

«Im Gegenteil, der Chef sagte, er werde ihn auf keinen Fall entlassen, denn der junge Polizist habe etwas sehr, sehr Schwieriges, Kompliziertes über seinen Beruf gelernt und nun alle Voraussetzungen, ein guter Polizist zu werden. Er und wahrscheinlich jeder andere hätte sich natürlich gewünscht, dass der Preis dafür nicht so grausam hoch ausgefallen wäre, aber das sei nicht mehr zu ändern. Wenn der junge, gut ausgebildete Polizist nun auch noch kündige, dann mache er den Tod des Jungen damit komplett sinnlos.»

Rimschow nahm das Körbchen mit den Steinen auf den Schoß, um endlich mal einen richtig guten rauszusuchen. Erst jetzt fiel Lanner auf, wie alt der ehemalige Hauptkommissar eigentlich war. Sein äußeres Erscheinungsbild täuschte über sein wahres, sein inneres Alter hinweg. Lanner begriff, dass sich in dem Körper dieses schlanken, durchtrainierten, zähen, wohl sechzigjährigen Mannes mit kurzem grauen, aber nach wie vor vollem Haar jemand verbarg, der vermutlich schon zweihundert Jahre an Leben und Erfahrung angehäuft hatte.

«In diesem Moment wusste ich, ich würde mein Leben lang Polizist sein müssen. Es ist wie ein Fluch. Und wenn Sie Polizist sind, machen Sie unweigerlich neue Fehler, die Sie zwingen, weiter Polizist zu bleiben. Es gibt kein Entrinnen.»

Rimschow atmete schwer. Lanner ließ ihn einen Moment, aber dann hielt er die Anspannung nicht mehr gut aus. Er musste Druck aus dem Gespräch nehmen, sofort. «Aber jetzt haben Sie es doch geschafft. Sie sind entkommen. Sie haben gekündigt.»

Rimschow fuhr regelrecht geschockt herum. «Da habe ich Sie wohl doch überschätzt, Herr Lanner.»

Der junge Hauptkommissar war verwirrt. «Aber Sie haben doch gekündigt, oder nicht?»

«Warum ich wirklich vor vier Monaten aufgegeben habe, verrate ich Ihnen eventuell mal, wenn Sie ein richtig guter Polizist geworden sind. Aber noch haben Sie dafür in Ihrem Leben bei weitem nicht genug versaut.» Die Melancholie kehrte zurück in Rimschows Augen, und er lächelte unerwartet warm.

Wenn du wüsstest, dachte Lanner und sagte: «Da wär ich mir nicht mal so sicher.»

«Die paar Kompromisse, die Sie wahrscheinlich in Niedersachsen eingehen mussten, um Ihre Karriere so rasant voranzutreiben, sind nichts im Vergleich zu den Kröten, die Sie hier werden schlucken müssen. Mit Ihrem ersten Fall haben Sie sich gleich in den tiefsten Sumpf der Stadt verirrt, wo es, glauben Sie mir, reichlich Kröten gibt. Und noch mehr Gelegenheiten, Fehler zu machen. Richtige Fehler.»

«Meinen Sie wirklich, man wird nur durch Fehler zu einem guten Polizisten?»

«Das, was die Fehler aus uns machen, ist etwas, das kein Ausbildungslehrgang, keine Polizeischule simulieren kann. Ich bin überzeugt, es gibt niemanden auf der Welt, der sein Leben ohne Makel lebt, seinen Beruf immer einwandfrei ausübt. Ich halte es für idiotisch zu denken, ein Chirurg könnte ohne Fehler durch sein Berufsleben kommen. Selbstverständlich wird er irgendwann einen Fehler machen. Und dann, bei der Frage, wie er mit diesem Fehler umgeht, ihn verarbeitet, da entscheidet sich, ob er ein wirklich guter Chirurg wird oder bleiben kann. Auch wenn das natürlich sehr, sehr schwierig ist, sollte man dennoch versuchen, dies zu einem Punkt des Medizinstudiums zu machen. Und der

Polizeiausbildung, des Jurastudiums und so weiter. Was tue ich, wenn ich Fehler mache? Wie gehe ich mit furchtbaren Folgen von Fehlern um? Wie kann ich nach ihnen weiterarbeiten, mit ihnen weiterleben? Erst recht, wenn es eigentlich gar keine Fehler waren. Was der junge Polizist damals getan hat, war ja trotzdem richtig. Verstehen Sie? Auch wenn es sich als furchtbarer Fehler herausgestellt hat, war es trotzdem richtig, dem Jungen eine Chance zu geben. Verstehen Sie das? Auch das Richtige zu tun, kann furchtbare Folgen haben. Das Gesetz schützt auch die, die es anzuwenden haben. Schützt sie vor ihren eigenen Ansprüchen und Idealen.»

Lanner blickte auf den See. Er wusste, dass sie schwieriges Terrain erreicht hatten. Wie viele Verbrecher, gerade in diesem Land, hatten sich nicht hinter dem Gesetz versteckt? Aber er wollte sich nicht in diesen Fragen verlieren, sondern das Gespräch endlich auf die Themen lenken, wegen derer er hier war.

«Es war ein Fehler, den Tod von Erwin Machallik als Unfall zu deklarieren.»

Rimschow setzte sich auf. «Selbstverständlich, aber was hätten Sie machen sollen? Die Weisung kam doch direkt vom Polizeipräsidenten. Sie hätten es nicht verhindern können.»

«Vielleicht kann ich es noch korrigieren.»

«Vielleicht, aber Sie sollten abwägen, ob es den Preis wert ist. Sie machen sich keine Vorstellung, mit welchen Leuten Sie es da zu tun bekommen.»

«Sie meinen Leute wie Dr. Kersting?»

«Dem wären Sie ohnehin bald begegnet, auch ohne Ihre dämliche Aktion bei Dr. Jortz.»

«Sie sind erstaunlich gut informiert. Haben Sie noch Informanten im Präsidium?»

«Wenn, würde ich es Ihnen sicher nicht verraten. Aber nein, ich habe keine Informanten, nur ein paar Freunde. Den Rest erfahre ich aus dem Computer. Es ist erstaunlich, was man da mittlerweile alles findet.»

«Steht im Computer auch, warum Machallik ermordet wurde?»

«Leute mit einem Motiv gibt es wirklich genug. Pikanterweise die Hälfte von Berlins besserer Gesellschaft. Gehörnte Ehemänner, missachtete Frauen, hintergangene Geschäftspartner, gefeuerte Angestellte und gedemütigte Söhne. Vielleicht ging es aber auch um etwas wirklich Großes.»

«Was genau meinen Sie damit?»

«Machallik war sehr viel mehr als nur Chef einer Kammerjägerfirma. Er war Großmaul und Schürzenjäger. Er nannte sich selbst Gott der Ratten, und in gewisser Weise war er das auch. Ich bin mir recht sicher, dass er schon in den fünfziger Jahren ein System gefunden hatte, die Population der Ratten zu kontrollieren. Dadurch erlangte er eine ungeheure Macht in Berlin. Es gibt hier dreieinhalb Millionen Menschen, aber über zehn Millionen Ratten. Nie ist man mehr als zwei Meter von einer Ratte entfernt. Wer diese Armee der Ratten beherrscht, hat Einfluss.»

Lanner war zufrieden. Das klang nach etwas ziemlich Großem. Ein Fall, der die lange Fahrt und die viele Mühe wert war. Auch wenn ihm die Zusammenhänge noch eher vage erschienen. «Aber wie genau konnte er diesen Einfluss denn geltend machen?»

Der Stein, den Rimschow jetzt warf, sprang dreimal auf. In großer Entfernung kreuzten ein paar kleinere Segelschiffe. Im Schilf rechts am Ufer tummelten sich einige Enten, von links kamen zwei patrouillierende Schwäne näher, und direkt vor ihnen sausten verschiedenste, Lanner größtenteils unbekannte Insekten über die Wasseroberfläche. Es war erstaunlich, wie viel Leben dieser See beherbergte und was für eine unendliche, gleichförmige Ruhe er dennoch ausstrahlte.

«Die eigentliche Geschichte beginnt noch ein paar Jahre früher, in der unmittelbaren Nachkriegszeit.» Die lange Pause hatte Rimschow vermutlich gemacht, um zu entscheiden, wo er beginnen sollte. «Drei Jungs, allesamt Halbwaisen, die ihre Väter im Krieg verloren haben und deren Mütter von früh bis spät damit beschäftigt waren, ihren Familien das Überleben zu ermöglichen. Den Trümmern Berlins eine Zukunft abzutrotzen. Diese drei Jungs schmuggeln mit Lebensmitteln, suchen kleine Deals mit den Alliierten und haben große Träume. Irgendwann, so dürften sie wohl rumspinnisiert haben, sollte die ganze Stadt ihnen gehören. Die große, kaputte Stadt, die nichts weiter mehr war als ein Haufen Schutt, aber den dreien ist dieser Haufen Schutt eben die ganze Welt. Deshalb gründen sie eine Bande und nennen sich ‹MaMMa›, nach den Anfangsbuchstaben ihrer Nachnamen: Erwin Machallik, Herbert Maschmann und Friedrich Markowitz.»

«Was?»

«Ja genau, Carola ist seine Tochter. Ihr Vater war schon einundfünfzig, als sie auf die Welt kam. Doch das hätten Sie ohnehin bald selbst rausbekommen, so ein guter Kommissar, wie Sie sind.» Rimschow grinste, und als Lanner nichts erwiderte, fuhr er fort: «Tatsächlich schafften es die Jungs, sich mit Schmuggel und Kleindelikten das Startkapital für ihre drei Firmen zu beschaffen. Sie waren noch nicht einmal siebzehn, da hatte Machallik schon seine Kammerjägerfirma, Maschmann eine Maurerkolonne und Markowitz eine Art

Sicherheitsfirma, die aber einige Jahre später unter recht dubiosen Umständen von der Stadt übernommen wurde, was Markowitz zu einer steilen Karriere in der Westberliner Polizei verhalf. Alle drei hatten sich schon lange vor dem Mauerbau im August 61 für den Westteil der Stadt entschieden, weil man mit den Westalliierten viel besser dealen konnte als mit den Russen und es deutlich günstigere Voraussetzungen für ein freies Unternehmertum gab. Dennoch behielten sie auch gute Verbindungen in den Ostteil, auch während der gesamten achtundzwanzig Jahre Mauer. Die Firmen liefen recht gut, doch alles bekam eine neue Qualität, als 1953/54 die Planung für ein echtes Riesenprojekt in Berlin begann: eine neue U-Bahn-Linie von Nord nach Süd, von der Spichernstraße bis hoch in den Wedding zum Leopoldplatz. 1955 sollte der erste Spatenstich für die U9 erfolgen, und natürlich wollte Maschmann hier mit seiner Baufirma dabei sein. Doch irgendwie kam er nicht in die Ausschreibungen rein. Bis er eine Idee hatte und seinen Freund Erwin Machallik um Hilfe bat. Nach zwei Rattenplagen auf Großbaustellen am Roseneck im Grunewald und bei der neuen Akademie der Künste im Hansaviertel sagte Machallik dem Bausenat, er könne der Stadt garantieren, von Rattenangriffen verschont zu bleiben, wenn die Firma seines Freundes Maschmann wesentliche Abschnitte der neuen U-Bahn baue. Der Senator wies dies zurück, daraufhin kam es beim Bau des Schimmelpfeng-Hauses am Breitscheidplatz zu einem schlimmen Rattenbefall. Ab da war die Stadt gesprächsbereit und ein neues Geschäftsmodell entworfen. Was immer nun gebaut wurde, die Firma Maschmann war dabei. Machallik erhielt von seinem Freund für jeden Auftrag Provision. Auf Maschmanns Baustellen gab es nicht nur keine Rattenplagen, sie waren auch sicher. Markowitz schützte sie mit seiner Wachfirma, während auf allen anderen Baustellen ständig Materialien gestohlen wurden, kleinere Unfälle passierten oder es zu sinnlosem Vandalismus kam. Das Bauunternehmen expandierte, und irgendwann war Maschmann dermaßen mächtig geworden, dass er Machallik und seine Ratten eigentlich gar nicht mehr brauchte. Auch auf Markowitz wäre er wohl nicht mehr angewiesen gewesen. Trotzdem fürchtete er die beiden. Er wusste, würde Machallik die Ratten auf seine Baustellen hetzen oder Markowitz ihm seine Gunst entziehen, würde er genauso schnell, wie er aufgestiegen war, auch wieder untergehen. Doch diese Gefahr bestand nicht. Berlins MaMMa sorgte gut für sich und die Stadt. Machallik hatte längst Verträge mit dem Berliner Senat. Die Stadt versicherte sich praktisch bei Machallik gegen Rattenplagen. Eine Übereinkunft, an der sich im Prinzip bis heute nichts geändert hat. Von einer angeblichen Senatsstelle erhalten sämtliche Berliner Kammerjägerfirmen einigermaßen gerecht verteilt Rattenbekämpfungs-, Vergiftungs- oder manchmal auch Fütterungsaufträge. In Wahrheit aber wird dies alles irgendwie von der Firma Machallik koordiniert und kontrolliert.»

Rimschow stand plötzlich auf und holte hinter den Büschen eine Tüte hervor. Er griff tief hinein, und seine Hand kam mit einem halben Laib Brot wieder hervor. Er brach ein Stück ab und reichte es Lanner. «Hier, Sie übernehmen die Schwäne, ich die Enten. Aber schön klein zubbeln und möglichst weit rauswerfen. Ich will nicht, dass die ans Ufer kommen.»

Gemeinsam gingen sie ans Wasser. Mit einiger Mühe riss Lanner kleine Stückchen vom alten Brot und warf sie den Schwänen zu. «Woher wissen Sie das alles?»

«Irgendwann hat Machallik durch Zufall Willy Brandt

kennengelernt und eine Nacht mit ihm durchgesoffen. Die beiden müssen richtig um die Häuser gezogen sein, haben in puncto Alkohol und Frauen nichts ausgelassen. Machallik hat Brandt wohl als Seelenverwandten gesehen und war fest davon überzeugt, dass dieser Mann, der ihm, dem großen Erwin Machallik, so ähnlich war, der einzig würdige Regierende Bürgermeister für Berlin sei. Also ist er zur Berliner SPD und hat denen die Pistole auf die Brust gesetzt. Sollten sie Willy Brandt nicht zu ihrem Spitzenkandidaten machen, dann würde er Berlin mit einer furchtbaren Rattenplage überziehen und hinterher dafür sorgen, dass die ganze Stadt wisse, wer dafür die Verantwortung trage: ‹Wer ist schuld an all den Ratten? Die Sozialdemokraten! Die Sozialdemokraten!› Die Berliner SPD traute ihm all das wohl ohne weiteres zu. Niemand sträubte sich nun noch wirklich gegen Willy Brandt als Nachfolger von Otto Suhr. Der Rest ist Geschichte. Dieses Prinzip der politischen Einflussnahme der MaMMa und von Machallik im Speziellen hat sich bis vor kurzem gehalten. Im Laufe der Jahre wurde es immer weiter verfeinert und gefestigt. Was meinen Sie, warum der neue Flughafen ausgerechnet Willy-Brandt-Flughafen heißt?»

Lanner klingelten die Ohren. «Die Berliner MaMMa. Unglaublich, aber Sie haben mir immer noch nicht gesagt, woher Sie das alles wissen.»

Rimschow nickte. «Alle drei MaMMas hatten zu jeder Zeit sehr gute Kontakte in den Osten, insbesondere nach Polen. Dreimal dürfen Sie raten, mit wem Willy Brandt beim Um-die-Häuser-Ziehen über die Ostpolitik nachgedacht hat. Auf alle Fälle war auch die Beihilfe zur Republikflucht eine Unterunternehmung der MaMMa. Da kamen wir ins Spiel. Anfang der achtziger Jahre sollte ein junger, seelisch gebrochener Volkspolizist alles über die drei Männer und ihren Werdegang herausfinden.»

«Sie? Sie jagen diese Männer also schon Ihr Leben lang?»

«Ich habe sie nie gejagt. Ich sollte nur eine Akte erstellen. Die wurde allerdings schnell derart umfangreich und interessant, dass sie mir wahrscheinlich eine steile Karriere ermöglicht hätte.»

«Aber?»

«Na was aber. Der Mauerfall. Die Akte hatte ich für die Stasi erstellen müssen, dadurch war ich nach der Wende raus aus der Nummer. Aus allen Nummern.»

«Was haben Sie gemacht?»

«Ich stand vor dem Nichts. Ein mittlerweile sehr erfolgreicher Kommissar, der aber auch für die Stasi gearbeitet hat. Mit so einer Bewerbungsmappe konnten Sie höchstens noch Parkplätze bewachen, von 23 Uhr bis 6 Uhr früh.»

«Und, was haben Sie gemacht?»

«Den Parkplatz der Keksfabriken in Tempelhof bewacht.»

«Aber Sie kamen dann doch wieder zur Kripo.»

«Ja, auf einmal kriegte ich ein Angebot. Einfach so. Ich musste nur ein paar Kurse erfolgreich abschließen, und plötzlich war ich bei der Berliner Kriminalpolizei. Morddezernat. Hauptkommissar. Es war wie ein Wunder.»

«Bis Sie durch den Tod von Erwin Machallik mit Ihrem früheren Leben konfrontiert wurden.»

«Von wegen. Vier Jahre war ich nur Mordermittler. Ich habe furchtbare Dinge gesehen, sicher auch weitere Fehler gemacht, und doch war es die beste Zeit meines Lebens. Ich war ziemlich gut, und meine Vorgesetzten schätzten mich. Sogar der Polizeipräsident selbst, Friedrich Markowitz. Eines Tages legte er mir einen alten Fall auf den Tisch. Ein Fall, der ihm einfach keine Ruhe lasse, ich solle ihn mir doch mal ansehen. Es ging um den rätselhaften Tod von vier Bauarbeitern Anfang der achtziger Jahre. Die Ermittlungen waren seinerzeit absurd früh abgebrochen, der Fall als ungelöst zu den Akten gelegt worden. Ich musste wirklich nicht sehr lange graben, bis ich mit meinen Ermittlungen bei der Firma Maschmann und vor allem ihrem Anwalt, unserem Herrn Dr. Kersting, angekommen war.» Rimschow stopfte das Brot zurück in die Tüte und brachte es wieder zur Hecke. «Heute weiß ich, es war Markowitz, der mich damals zurückgeholt hat. Er war es, der alle Hindernisse aus dem Weg räumte, damit ich bei der Kripo noch mal von vorn beginnen konnte. Aber nur, um mir vier Jahre später diesen Fall auf den Schreibtisch zu knallen.»

«Markowitz wollte, dass Sie gegen seinen alten Freund Maschmann ermitteln?»

«Wahrscheinlich auch gegen Machallik, insbesondere aber gegen Dr. Kersting. Das vermute ich jedenfalls. Ganz genau weiß ich es nicht, denn zwei Monate später ist Markowitz für ein paar Tage nach Polen gefahren. Er ist nie wieder zurückgekehrt.»

«Ist er tot?»

«Er ist nie wieder zurückgekehrt.»

«Ja, schon, aber was denken Sie?»

«Ich denke, er ist nie wieder zurückgekehrt.»

«Und Ihr Fall?»

Rimschow setzte sich auf die Bank und signalisierte Lanner, er dürfe auch wieder Platz nehmen. «Die Spuren zu Maschmann und Dr. Kersting waren recht eindeutig, aber es hätte niemals für eine Anklage gereicht. Ich denke, Markowitz wusste das genau. Aber er wusste auch, dass es mir keine Ruhe lassen würde. Zumal er mir Zugang zu weiteren Informationen verschaffte, durch die ich herausfand, wie die Geschichte mit den Ratten weitergegangen war.»

«Sie meinen, wie Machallik die Ratten der Stadt kontrolliert?»

«Kontrolliert hat. Seit seinem Tod sind die Tiere ja wohl außer Rand und Band.»

«Was aber vielleicht noch Teil seiner Kontrolle ist. Aus dem Grab heraus.»

«Ja, vielleicht. Machallik war wohl schon als Junge von den unzähligen Ratten in der Stadt fasziniert. Deshalb gründete er später auch die Kammerjägerfirma, die anfangs aber nicht gut lief. Die Leute hatten einfach ganz andere Sorgen, die Ratten waren ihnen egal. Nur die Alliierten, die Engländer, Franzosen und Amerikaner, störten sich an den Viechern. Was macht also der bauernschlaue Machallik? Er lockt die Ratten in die Nähe der Alliierten, züchtet sie dort regelrecht, bis sie die Soldaten nerven, und bekommt dann von den Besatzungsmächten seine ersten größeren Ungezieferbekämpfungsaufträge. Die Alliierten sind die Einzigen in der Stadt, die ihm wirklich was bieten können, Geld, Nahrungsmittel, Zigaretten. Schon jetzt wird er zu einem kleinen König in Berlin. Die anderen Geschäfte überlässt er seinen Freunden. Er bleibt bei den Ratten, denn er hat begriffen, welch wunderbare Verbündete sie für ihn sind. Er war wie ein Regenschirmfabrikant, der Regen machen konnte. Sobald er Geld brauchte, ließ er an einem bestimmten Punkt die Rattenpopulation explodieren, und schon ratterten die Aufträge nur so herein. So wie ein Rüstungskonzern sich um Kriege und Konflikte auf der Welt kümmern muss und ein Pharmakonzern um Krankheiten und Einsatzfelder für seine Medikamente oder Impfstoffe, so kümmerte sich der Kammerjäger Machallik eben um die Ratten.

Als der Bau der U9 begann, erkannte Machallik gleich die neuen Möglichkeiten. Entlang der U-Bahn-Linie ließen sich die Ratten erstaunlich schnell durch die Stadt bewegen. Er konnte sie lenken, führen und kontrollieren. Die Verlängerung der U7, der Ausbau der U2, der Bau der U4 – bei all diesen Großprojekten war Maschmanns Firma federführend, und Machallik bekam von seinem Freund ein kleines unterirdisches Schnellwegenetz für seine Ratten, das parallel zum Nahverkehrsnetz verlief. Natürlich mussten sie improvisieren, wie immer in Berlin, aber es funktionierte doch so gut, dass jeder Regierende Bürgermeister mit Machallik kooperierte. Ab Willy Brandt war er dann sogar ganz dicht dran an den Machthabenden.»

Lanner überlegte, ob er sich Notizen machen sollte, hatte aber Sorge, dass ihm das bei Rimschow Minuspunkte einbringen könnte. Und er war sich nie ganz sicher, ob der alte Polizist nach den langen Pausen, wie er gerade wieder eine machte, weitererzählen würde. Er starrte auf den See, als Lanner ihn mit einer Frage zurückholte.

«Heißt das, Machallik hat den Berliner Senat erpresst?»

«Erpressung in dem Sinne war überhaupt nicht notwendig. Wir sind hier nicht bei der Mafia oder Camorra. Vielleicht hat die Stadt hier und da mal eine Art vorauseilendes Honorar gezahlt. Irgendwas in der Richtung ist schon vorstellbar. Aber wirklich krimineller Handlungen bedurfte es eher selten, denn die politisch Verantwortlichen waren ohnehin meist realitätsnah und pragmatisch, das heißt: zugänglich. Hatten das, was man im Wahlkampf einen guten Draht zur Wirtschaft nennt.»

Lanner pfiff durch die Zähne. «Ich glaube, Sie sind doch viel verbitterter, als Sie das zugeben wollen.»

Rimschow lachte herzlich auf. «Aber natürlich bin ich verbittert. Das ist wohl mein gutes Recht nach so vielen Jahren im Staatsdienst. Wobei mir desillusioniert besser gefällt als verbittert. Das klingt jünger, idealistischer.» Er schaute wieder auf den See. «Herr Lanner, Sie würden es nicht für möglich halten, für was für Preise in dieser Stadt in den letzten fünfundzwanzig Jahren außerordentlich attraktive Grundstücke verscherbelt wurden, was für Baugenehmigungen man so erteilt hat oder welche Konditionen die Berliner Landesbank guten Geschäftspartnern einräumte. Als der Chef der Olympia-Bewerbung diese vollkommen dilettantisch gegen die Wand fuhr und mit seinen Bespitzelungsdossiers über die IOC-Mitglieder das Ansehen Berlins in der Welt massiv beschädigt hatte, wurde der nicht etwa zum Teufel gejagt. Nein, man hat ihn zum Chef der S-Bahn gemacht, damit er die auch noch schnell zugrunde richtet. Was ihm mit Hilfe einiger Freunde auch gelungen ist. Aber wir kommen vom Thema ab. Den Hauptgewinn hab ich ja noch gar nicht erwähnt.»

«Den Hauptgewinn?»

«Der Megamonsterhauptgewinn für Berlin, aber ganz besonders für unsere drei MaMMas: der Fall der Mauer. Und damit der Neubau einer Stadt in der Stadt. Die komplette Mitte Berlins wurde aufgerissen und neu hochgezogen. Was das für Maschmann und seine Baufirma bedeutete, muss man nicht erklären. Machallik ließ sich von seinem Freund wieder ein unterirdisches Schnellwegenetz für die Ratten bauen, nun allerdings perfekt, kein Provisorium mehr, sondern ein System, das, wenn man es denn steuern kann, die

Ratten fast punktgenau zu leiten vermag. Hat Machallik zumindest behauptet.»

Lanner stutzte. «Das hat Machallik Ihnen erzählt?»

«Erst sehr viel später. Kurz vor seinem Tod. Außerdem hatte nun die Bundesregierung ihren Sitz hier, dazu Diplomaten und Firmen aus aller Welt, wodurch sich noch einmal ganz neue Dimensionen der Einflussnahme für unsere Freunde auftaten. Es ist nämlich nicht schön, wenn mitten in einer wichtigen Produktpräsentation bei Mercedes oder Sony Ratten im Hof tanzen. Oder kurz vor einem großen Empfang durch die Botschaftsküche huschen. Wenn man kann, versichert man sich doch lieber gegen so etwas. Die Möglichkeiten für MaMMa schienen plötzlich unbegrenzt.»

«Hat denn nie jemand versucht, Machallik einfach auszuschalten?»

«Das war eben das Allerklügste an seinem System. Er hat immer wieder damit gedroht, dass die Stadt im Rattenchaos versinkt, wenn er verschwindet oder stirbt. Wie ein Bankräuber, der eine Bombe am Leib trägt, die explodiert, falls jemand auf ihn schießt. Mit unabsehbaren Folgen. Niemand wagte, dieses Risiko einzugehen. Zumal Machalliks Forderungen ja nicht unerfüllbar waren.»

Rimschow verstummte und lehnte sich zurück. Diesmal jedoch wollte Lanner keine minutenlange Pause abwarten: «Bis Markowitz sich gegen seine beiden alten Freunde gestellt und ihnen den Hauptkommissar Rimschow auf den Hals gehetzt hat.»

«Nach Markowitz' Verschwinden wollte ich direkt bei Maschmann und Machallik ermitteln. Doch der neue Polizeipräsident pfiff mich zurück. Davon hab ich mich natürlich nicht abhalten lassen. Maschmann ließ einfach seinen Anwalt, Dr. Kersting, auf mich los, aber mit Machallik begann nun eine wunderbare Feindschaft.»

«Jetzt sagen Sie nicht, Sie haben Machallik gemocht.»

«Wirklich mögen konnte man den nicht. Dazu war er dann doch ein viel zu großes, selbstverliebtes Arschloch. Aber er war einer, mit dem man sich auch mal prügeln konnte. Das hat mir gefallen. Mit wem kann man sich heute schon noch so richtig prügeln?»

«Wir könnten uns prügeln.»

Rimschow grinste. «Vielleicht. Wenn wir uns besser kennen, komme ich eventuell mal auf Ihr Angebot zurück.»

«Aber mit Machallik haben Sie sich geprügelt?»

«Und wie. Wenn Sie Ihre Arbeit ordentlich machen, sollte auch ich auf der Liste der Tatverdächtigen stehen. So, wie wir uns welche verpasst haben. Bei allem, was man gegen diesen alten, paranoiden Sturkopf sagen kann: Machallik hatte 'ne gute Linke, und er hat seine Ratten und diese Stadt wirklich geliebt. Das unterscheidet ihn von vielen anderen. Sie wissen, das Rattengift, an dem er starb, hat er selbst entwickeln lassen. Es sollte ein Gift sein, durch das die Ratten einen möglichst angenehmen Tod haben würden. Mit einem Rauschmittel, das sie mit einem Lächeln, ohne Leiden, eben im Hochgefühl abtreten ließ. Das war dem ein Anliegen. So war der. Häufig war das, was er vom Senat forderte, nicht für ihn bestimmt, sondern der Bau eines Pflegeheims, die Förderung sozial benachteiligter Kinder oder die Errichtung von Sportstätten. Warum er das gemacht hat, weiß ich nicht, aber er war ein sehr leidenschaftlicher Charakter. Grundsätzlich mochte Machallik wohl die Menschen, also zumindest die, die er nicht persönlich kannte.»

Ein Schnattern störte Rimschows letzten Satz. Die Schwäne verscheuchten die Enten. Rimschow sprang auf und verscheuchte die Schwäne. Als er sich wieder gesetzt hatte, sagte Lanner: «Und trotzdem wollten Sie Machallik überführen und sein Geschäftsmodell offenlegen.»

«Eigentlich nicht. Kersting hatte mir den Zahn gezogen. Ich hatte aufgegeben.»

«Wegen des Ziegler-Falls?»

«Ja, das war der eine Fehler zu viel, den ich dann nicht mehr ertragen konnte. Der mein Konto vollgemacht hat. Kersting hat mir einen Deal angeboten. Ich musste darauf eingehen, ich hatte keine Wahl.»

Lanner blickte den zähen und doch so müden Mann neben sich lange an. Er musste das Naheliegende aussprechen, auch wenn Rimschow ihm das sicher nicht dankte. «Es ging nicht um Sie bei diesem Deal. Es ging um die Zukunft der Kollegen, die bei dem illegalen Verhör mit Bolk dabei waren.»

«Kersting hatte es geschafft, mir einzureden, dass es bei unserer Vereinbarung keine Verlierer gäbe. Und ich habe das tatsächlich geglaubt. Bis Effi Ziegler sich umgebracht hat.»

Rimschow schaute wieder auf den See hinaus. Der See, dessen Anblick so viel angenehmer war als alles, was er sah, wenn er die Augen schloss. Er brauchte diesen See.

«Vielen Dank, Sie haben mir wirklich sehr geholfen», sagte Lanner und wollte aufstehen.

«Habe ich das?», antwortete Rimschow verwundert. «Sie würden einfach so gehen, ohne das Wichtigste von mir erfahren zu haben? Wären Sie mein Polizeischüler, hätten Sie jetzt zwei Wochen Innendienst.»

«Bitte was?»

«Wollen Sie nicht wissen, warum mir Machallik kurz vor seinem Tod ohne Not etwas über sein Rattensystem erzählt hat?»

Lanner schwieg betreten. Das war ihm tatsächlich durchgerutscht.

«Machalliks großes Geheimnis. Wer, von wo, wie eigentlich genau die Ratten steuert. Wie die Aufträge der vermeintlichen Senatsstelle zu den anderen Kammerjägern kommen. Wo ist die Leitstelle? Wo der Zentralcomputer? Und wer bedient ihn? Informationen, denen Maschmann, der Regierende Bürgermeister und wer weiß ich nicht noch alles seit Jahren nachjagen und über die sie trotz all ihrer Macht bis heute nicht verfügen. Hätten Sie wirklich nicht gefragt, warum Machallik mir dies alles einfach so verraten hat?»

Lanner war nun wirklich peinlich berührt, aber offenkundig wollte es Rimschow noch von ihm hören. «Also gut, warum hat Machallik Ihnen das alles verraten?»

«Er hat es nicht verraten. Er wollte vielleicht, aber er hat es nicht. Machallik hat mich angerufen, weil er mit mir reden wollte. Alles erzählen. So hat er es gesagt. Über die Ratten. Über Maschmann. Sogar über das Verschwinden von Markowitz. Keine Ahnung, warum. Ich glaube, er hatte Angst. Ein bisschen was hat er schon am Telefon erzählt, um mir Appetit zu machen. Aber am nächsten Tag sollte ich in sein Bunkerbüro kommen, und dann wollte er mir alles verraten. Noch in derselben Nacht wurde er vergiftet.» Rimschow nahm wieder einen Stein aus dem Körbchen und schaute Lanner an. «Wenn Sie wirklich in diesem Fall ermitteln wollen, wünsche ich Ihnen viel Glück. Aber seien Sie vorsichtig, Sie könnten mehr finden, als Ihnen womöglich lieb ist.»

«Sie meinen, den Tod?»

«Das haben Sie jetzt gesagt. Eines sollten Sie aber unbedingt noch wissen.»

«Ja?»

«Sollte durch Ihre Schuld oder Fahrlässigkeit Carola Markowitz etwas zustoßen, bringe ich Sie höchstpersönlich um.»

Rimschow schleuderte den Stein über den See. Lanner schaffte es nicht einmal zu zählen, so schnell und oft sprang er auf.

Nicht einen leeren Stuhl gab es mehr im Tagungsraum des «Hotel Adlon». Der Überfall der Ratten am Abend zuvor hatte die anberaumte Pressekonferenz zu einem Ereignis werden lassen. Phoenix, n-tv und der RBB berichteten schon den ganzen Tag, übertrugen sogar live. Der Bürgermeister schien zufrieden und improvisierte, aus der geplanten kurzen Ansprache wurde eine halbstündige Rede. Wie alle seine Reden hatte auch diese einen Refrain, eine Hookline, die am Ende eigentlich alle hätten mitsingen und mitklatschen können. Der Refrain diesmal kam aus seinem Best-of-Album und betonte die größte Stärke Berlins: sich trotz mannigfaltiger Probleme nicht kirre machen zu lassen. Die aktuellen Probleme seien Probleme, die die Menschen direkt beträfen. Probleme, die er sehr genau kenne und ausgesprochen ernst nehme. Dann umriss er kurz frühere Probleme der Menschen und der Stadt, also Krieg, Bombennächte, Teilung, Hungerwinter, Luftbrücke, Mauertote, Kalter Krieg, Wendezeit, Baustellen, Hauptstadt, woraufhin die Rattenplage jedem im Raum auch wieder vergleichsweise albern, geradezu lächerlich vorkam.

Georg Wolters war beeindruckt. So ähnlich hatte er zu WG-Zeiten argumentiert, wenn es Streit gab, weil er den Putzplan ignoriert oder seinen Abwasch nicht erledigt und er die Aufmerksamkeit der Mitbewohner daher lieber auf die Themen Klimawandel, Atomkraft, Rechtsradikalismus oder Überschuldung von Volkswirtschaften gelenkt hatte. Im Prinzip, fand er, führte der Bürgermeister diese Stadt wie eine WG, wo es zu verschleiern galt, wer den Abwasch nicht gemacht, wer den Kühlschrank geplündert oder wer das Bad wieder nicht geputzt hat.

Dann endete die Rede des Bürgermeisters mit seiner berühmten, erfolgreichen Schlusswendung. Seine Stimme wurde plötzlich staatstragend, und er verkündete feierlich, wenn es eines gäbe, was er sicher wüsste, dann dies: dass sich die Berliner keinen Blödsinn erzählen ließen. Natürlich sei hier jedem klar, dass auch ein Bürgermeister nicht alles können und wisse. Aber das müsse er auch gar nicht. Es reiche, wenn er ab und zu eine Rede halte, aufrichtig sei und vor allem eines richtig gut und gewissenhaft mache: nämlich die Leute, die wirklich etwas von ihrem Job verstehen, nicht bei der Arbeit stören. Seine Aufgabe sei es, Topleute auf die richtigen Stellen zu setzen. Das zähle für Berlin. Er zückte sein allerbestes Bürgermeistergesicht und lächelte gewinnend, selbstironisch, aber auch irgendwie bescheiden. Und Berlin dürfe stolz sein auf sich und seine Fachleute. Auf Berliner wie Max Machallik. Er erntete dafür tatsächlich einen Beifall in der Lautstärke und Charakteristik eines Konferenzapplauses und übergab dann an den Sohn des großen Erwin Machallik.

Der referierte kurz seine Arbeit der letzten Wochen. Also so, wie ihm Jessica Mierwald in der letzten Stunde seine Arbeit der letzten Wochen erklärt hatte. Er führte aus, wie man

seit langem mit internationalen Experten die Kleintierschäd-
lingspopulation in Berlin analysiere, dass die derzeit an-
gespannte Situation durch unglückliche Wetterlagen leider
begünstigt worden sei und dass man an einem Plan arbeite,
wie sich die Rattenpopulation wirksamer kontrollieren lasse.
Dies alles stehe ab sofort unter der Leitung von Toni Karhan,
einem osteuropäischen Rattenexperten, der bereits für seine Firma tätig sei und als der intimste Kenner des Berliner
Untergrunds überhaupt gelte. Max Machallik bedauerte die
Attacke der Ratten in der vergangenen Nacht ebenso wie
die Plage der letzten Wochen, aber so, wie Wetterforscher in
einen Sturm fahren müssten, um ihn zu verstehen und für
die Zukunft ein Vorwarnsystem entwickeln zu können, so
hätten auch sie dieses Sichtbarwerden der Ratten benötigt,
um die Situation wirklich verstehen zu können. Durch den
Angriff habe man nun endlich den letzten fehlenden Mosa-
ikstein an Information gewonnen. Es werde zunächst sicher
noch den ein oder anderen Vorfall geben, das ließe sich leider nicht vermeiden, aber der eigentliche Kampf, das sei die
gute Nachricht, sei nun wahrscheinlich gewonnen. Am Ende
stellte Max Machallik dann Toni Karhan vor, das Gehirn, den
Architekten der neuen Rattensicherheit Berlins.

Toni hatte seine Rolle schnell begriffen: Als mysteriöses,
osteuropäisches Genie mit einem aparten, eingeschränkten
Sprachcode faszinierte er die Journalisten und erzählte beeindruckende Geschichten von gewaltigen Rattenplagen in
Warschau, Caracas, Neapel, Delhi oder Minsk. Und noch
ehe jemand misstrauisch werden konnte, spielte er seinen
höchsten Trumpf aus: «Googeln Sie ruhig diese Plagen, Sie
werden finden nichts. Kammerjäger sind gewohnt, arbeiten
absolut diskret, in tiefste Untergrund. Geheim. Ist gut.» Aber

dennoch tausche man sich natürlich aus und stelle anderen Städten die eigenen Erkenntnisse zur Verfügung, wenn auch vertraulich. Doch jede Stadt sei anders und benötige einen individuell zugeschnittenen Plan. «Plan von Berlin», so schloss er, «ist gut, sehr gut. Rattenplage bald schon ist egal.»

Den daraufhin auf ihn einprasselnden Fragen, wie denn dieser Plan aussehe, wich er erstaunlich geschickt aus. Mit recht abenteuerlichen Vergleichen: Berlin und die Ratten seien wie zwei aneinandergekettete fliehende Häftlinge, die sich zwar gegenseitig fürchteten und hassten, jedoch nur überleben könnten, wenn sie einen gemeinsamen Weg fänden. Die Häftlinge würden sich zutiefst misstrauen, dabei hätten sie nur noch nicht bemerkt, wie aus ihnen längst schon zwei Liebende geworden seien. Dazu dachte sich Toni Karhan osteuropäische Sprichwörter aus: «Wo Ratten sind, ist Hoffnung, denn hoffnungslosen Ort Ratten würden sofort verlassen.» «Solange Ratten nicht gehen, mögen bessere Zeiten kommen.» Oder auch: «Wer klagt über Ratten, hatte noch nie Schlangen.» Als Toni allerdings spürte, wie die Begeisterung für seine Erzählkunst bei einigen Journalisten einem gewissen Befremden zu weichen drohte, überließ er Georg Wolters, dem Helden der letzten Nacht, die Bühne.

Dieser genoss mit geradezu kindlicher Freude seinen unverhofften Ruhm. Als die Ratten auf den Platz strömten, habe er gleich gewusst, wie wichtig es sei, einen kühlen Kopf zu bewahren. Natürlich habe auch er Angst gehabt, alle hätten schreckliche Angst gehabt. Zehntausende hungrige Ratten, man solle ihm mal den Menschen zeigen, der da kein Muffensausen bekäme. Man müsse sich allerdings klarmachen, dass so eine Situation auch für die Ratte ungewohnt und purer Stress sei. Es gelte zu fragen: Was will die Ratte? Warum ist sie hier? Wie kann ich ihr helfen? Nicht sofort bekämpfen, erst einmal helfen. Das sei das Geheimnis. Darum müsse man als Erstes Menschen und Ratten beruhigen, dann sei schon viel gewonnen. Viele Probleme zwischen Mensch und Ratte entstünden nur, weil beide Seiten bei der Begegnung so aufgeregt seien, ausschließlich instinktiv handelten. Also müsse man den Menschen eine Aufgabe und den Ratten ein Ziel geben, damit beide von ihrer Angst und Hysterie abgelenkt seien. Man solle Ruhe bewahren, was sich natürlich leichter sagen als umsetzen lasse, wenn eine Unmenge hungriger Ratten in ein Restaurant platzt. Daher brauche es auch Autorität. Die Autorität des Experten, also des Kammerjägers. Er habe quasi befohlen, so viele Lebensmittel wie möglich auf einen großen Haufen bei den S-Bahn-Bögen zu werfen. Um so eine Schneise zu schlagen, ähnlich einer Brandschneise, aber eben aus Futter, so etwas wie eine Lebensmittel-Firewall, wodurch man unter Menschen wie Ratten eine noch größere Panik habe vermeiden können und Fluchtwege eröffnete. Wie durch ein Wunder sei ja auch niemand ernsthaft verletzt worden.

Selbst Georg war etwas überrascht, als nach dieser kurzen Schilderung starker Applaus aufbrandete. Ein richtiger, also ein Künstlerapplaus in Matineestärke. Ihm gelang ein bescheidenes Gesicht, er bedankte sich mit feuchten Augen. Natürlich habe er einfach sehr, sehr viel Glück gehabt. Dafür könne er, wem auch immer, gar nicht genug danken, und man dürfe sich auch nicht darauf verlassen, immer so viel Glück zu haben. Deshalb überlege er, in nächster Zeit Seminare für jedermann anzubieten, wo man das richtige Verhalten in Krisensituationen erlernen könne, und ein Buch über den Umgang mit Ratten, Spinnen und anderen Bedrohungen zu veröffentlichen, wenn sich denn ein interessierter Verlag fände.

Der nun freundliche Talkshowbeifall im Wohlwollenvolumen ließ vermuten, dass dies wohl kein allzu großes Problem werden sollte. Dann drängten die Journalisten nach vorn, die gern noch ein paar private Hintergrundinformationen über den Helden der Rattennacht haben wollten, weil das ihre Leser und vor allem Leserinnen ganz besonders interessieren würde.

Georg hatte sich, wie er erfreut feststellte, eigentlich schon immer mal gewünscht, auf einer Pressekonferenz solche Fragen gestellt zu bekommen. Endlich konnte er das Bild von sich zeichnen, das seit Jahren als Skizze in seinem Kopf angefertigt war. Es würde ein sehr schönes, sympathisches Bild werden. Georg beschloss, die Chance zu nutzen und aus diesen Interviews die vielleicht größte Bekanntschaftsanzeige zu machen, die Berlin je gesehen hatte.

Lanner stellte den Motor ab und stieg aus dem Wagen. Es war zum Bekloppwerden. Er hatte über Glaanow fahren wollen. Weil Rimschow meinte, er solle sich die Storchennester in Glaanow anschauen. Wenn er schon mal hier sei, müsse er das machen. Um ein Gefühl für Brandenburg zu entwickeln, sei es ausgesprochen hilfreich, ein Storchennest gesehen zu haben. Das klänge zwar skurril, aber wenn er es gesehen habe, würde er verstehen, was er meine. Also vielleicht. Und wenn nicht, dann habe er es zumindest gesehen.

Deshalb war Lanner lange den Schildern Richtung Glaanow gefolgt. So lange, bis er auf das Schild traf, das behauptete, nach Glaanow zu weisen, aber in die Richtung zeigte, aus der er gerade kam, also genau in die entgegengesetzte Richtung. Dort, von wo er kam, war kein Glaanow gewesen. Erschwerend kam hinzu, dass ihm dies nun schon zum dritten Mal passiert war. Die ersten beiden Male war er umgedreht, um, dem Schild folgend, wieder Richtung Glaanow zu fahren, aber nach Glaanow war er nie gekommen. Spätestens jetzt hatte er rein orientierungsmäßig keine Meinung mehr zu dieser Gegend.

War es vielleicht das, was Rimschow gemeint hatte? Also gar nicht das Storchennest, sondern die ewige Suche nach Glaanow? Das permanente Am-Ziel-Vorbeifahren? War das wieder so eine Art Rimschow-Metapher, um irgendwas über Berlin und Brandenburg zu sagen? Egal, Lanner wollte jetzt nur noch nach Hause. Er rief Carola Markowitz im Präsidium an.

«Hallo, Carsten, schön, von dir zu hören. Wo steckst du denn?»

Lanner erinnerte sich, dass sie sich seit gestern duzten. Er hatte es selbst angeboten, mit der dämlichen Begründung, nichts schweiße so sehr zusammen, schaffe eine solche Vertrautheit wie der gemeinsame Kauf eines Kaffeevollautomaten. Wer sich hierbei einigen könne, müsse sich nahe sein.

«Carola, ich hab mich irgendwie verfahren. Laut Schild bin ich zwei Kilometer vor, neben oder hinter Glaanow. Ich weiß einfach nicht, wo Glaanow ist. Ich weiß nur, Glaanow ist mittlerweile der einzige Ort in dieser verdammten Gegend, an dem ich noch nicht war.»

«Ah, Glaanow. Wenn du in der Nähe bist, solltest du da schon vorbeifahren. Die Storchennester haben irgendwie so eine ganz eigene Wirkung.»

Lanner bemühte sich, nicht zu laut auszuatmen. «Genau, deshalb ruf ich doch an. Du sollst mich erst nach Glaanow und dann nach Berlin lotsen.»

«Hast du denn kein Navi im Auto oder im Handy?»

«Würde ich anrufen, wenn ich eins hätte? Zur Erinnerung: Ich bin in einem Polizeiwagen unterwegs, der vermutlich während der Luftbrücke über Berlin abgeworfen wurde.»

«Und einen Autoatlas?»

«Nein, und einen Pfadfinder oder Spurenleser habe ich auch nicht dabei. Kannst du mich jetzt bitte einfach nach Glaanow dirigieren?»

«Du fährst ohne Navi und Karte nach Brandenburg?»

«Ich bin eben ein lebenslustiger, verrückter Hund. Ein Entdecker, das ist der Alexander von Humboldt in mir. Mein Gott, ich dachte, das wäre ausgeschildert!»

«Ausgeschildert?» Carola Markowitz ertappte sich dabei, wie sie für ihren neuen Chef einen Bemutterungsinstinkt entwickelte. «Du dachtest, Brandenburg ist ausgeschildert?»

«Ja, natürlich, und das ist es ja auch. Nur eben nicht richtig. Richtig sind die Dinge leider immer erst ausgeschildert, wenn man praktisch da ist. Also, außer Glaanow.»

Sie hoffte für Lanner, dass er in dem, was er redete, eine innere Logik sehen konnte. Eine, die ihm mentalen Frieden ermöglichte, wollte dies aber lieber nicht näher ergründen. «Wie soll ich dich denn lotsen, wenn ich gar nicht genau weiß, wo du bist?»

«Du kannst doch mein Handy orten lassen.»

«Was?»

«Na, du kannst doch so eine Art Fahndung nach mir einleiten, mein Handy orten lassen und mich dann nach Glaanow und später nach Berlin lotsen.»

«Fahr doch einfach nach Glaanow. Dann hab ich einen Ausgangspunkt.»

«ICH FINDE GLAANOW NICHT!»

«Ich habe interessante Dinge über Kaminski rausgefunden.»

«Was?»

«Der Kaminski-Fall. Du erinnerst dich? Deine Arbeit.»

«Ja, ja, natürlich erinnere ich mich.»

«Während du dir ein bisschen Brandenburg anschaust, habe ich hier an dem Fall gearbeitet und sehr interessante Dinge herausgefunden.»

«Das ist ganz toll, Carola, aber ich …»

«Wir haben uns doch gefragt, wie er eigentlich Kontakt zu den Autoren und Verlegern gehalten hat.»

Lanner war klar, dass Carola ihm erst weiterhelfen würde, wenn er sie hatte erzählen lassen, was sie erzählen wollte. Entkräftet gab er klein bei. «Ihr habt noch ein weiteres Handy oder einen geheimen Mailaccount gefunden?»

«Fast! Ich habe seine Passwörter für zwei Online-Strategiespiele geknackt. Er war bei Farmerama und Hattrick, einer Fußballmanager-Simulation im Netz. Diese Spiele haben ein eigenes, inneres Nachrichtensystem, über das sich die Spieler in ihrer virtuellen Identität unterhalten können. Hier hat er, sozusagen versteckt, Kontakt zu den Autoren und Verlegern gehalten, die in diesen Spielwelten als Farmer oder eben als Manager von Fußballvereinen aufgetreten sind.»

«Klingt ziemlich durchgeknallt.»

«Ist es aber gar nicht. Es ist eine exzellente Tarnung. Er konnte absolut unauffällig kommunizieren und hat sich auch nie von seinem Computer, sondern immer nur in Internetcafés oder an Terminals in Flughäfen eingeloggt. Dadurch gab es keine Spuren, er hat nicht mal eine IP-Adresse hinterlassen, also keine eigene.»

Lanner fand, es reichte völlig, wenn Carola das alles verstand und sie ihm nur die wesentlichen Erkenntnisse zusammenfassen würde. Eben so, wie man einem Hundertjährigen ein Hörgerät erklärt: laut, bildhaft, nicht so detailliert. Aber Lanner tat, was er für eines seiner größten Talente hielt: irgendwie genau so zu schweigen, dass das Gegenüber denkt, er würde zuhören, wäre interessiert und könnte sogar verstehen, was es redet. Diese simulierte Aufmerksamkeit, eine Art Kommunikationsduldungsstarre, war eine typisch niedersächsische Gabe. Dort, wo er herkam, beherrschte das praktisch jeder, wenngleich er zweifellos zu den Meistern gehörte.

Carola war jetzt ordentlich in Schwung gekommen. «Ich bin nur durch einen richtig großen Zufall darauf aufmerksam geworden. Das war schon auch Glück», sagte sie und machte eine Pause.

Lanner erschrak. Eine Kommunikationskontrollpause. Er musste etwas sagen, damit es reibungslos weitergehen konnte, irgendetwas Sinnvolles wie: «Nämlich?»

«Eigentlich ganz einfach, wenn man es sich überlegt. Im Spamordner einer seiner vielen Freenet-Adressen war die Mitteilung, sein Hattrick-Zugang werde demnächst wegen zu langer Inaktivität gesperrt. Von dieser Mail bin ich direkt zum Spielaccount geleitet worden, habe sein Passwort, also seinen Zugang, geknackt und dann, indem ich seine virtuelle Identität angenommen habe, nach und nach sein gesamtes Online-Computerspiel-Kommunikationssystem aufgeschlüsselt.»

Durch die Art, wie sie ihre Stimme zum Ende des Satzes

hin triumphierend hochgeschraubt hatte, begriff Lanner sofort, dass nun Anerkennung von ihm verlangt wurde. Damit hatte er kein Problem. «Kompliment! Das war bestimmt ein ziemliches Stück Arbeit.»

«Allerdings. Es hat die ganze Nacht und den ganzen Vormittag gedauert. Ich habe kaum geschlafen, bin nur zwei, drei Stunden vor dem Computer weggedöst.»

«Meinst du denn, wir haben jetzt etwas in der Hand, um gegen die Verlage ermitteln zu können? Vielleicht sogar ein Motiv? Gab es irgendwo Streit oder so was?»

«Nein, das nicht. In der Hinsicht kommt wahrscheinlich nichts bei rum, obwohl ich noch nicht alles gesichtet habe. Interessant sind diese Nachrichten schon, wie er da teilweise den Autoren die eigenen Bücher erklärt, aber eine neue Spur ist das nicht. Doch es gibt noch was anderes.»

«Nämlich?» Lanner reagierte allmählich mit einer gewissen Routine auf Markowitz' Kommunikationskontrollpausen.

«Kaminski hatte über das Bauernhofspiel, also dieses Farmerama, Kontakte zu Maklern. Speziell zu einer Maklerin, die ihm wohl auch mehrere Häuser gezeigt hat. Er dachte anscheinend ernsthaft darüber nach, sich einen Landsitz in Brandenburg zuzulegen.»

«Lass mich raten: in Glaanow, wegen der Störche.»

«Nee, aber gar nicht mal so weit weg von dort. Außerdem haben wir heute aus der Medizinischen noch den mutmaßlichen Todeszeitpunkt bekommen. Und jetzt halt dich fest: Um den Dreh hatte er einen Termin mit der Maklerin, um sich ein Haus in Brandenburg anzuschauen. Dazu passt auch der Dreck an seinen Schuhen und am Hosenbein. Er muss kurz vor seinem Tod noch dieses Haus besichtigt haben.»

Das klang wirklich vielversprechend. Lanner lächelte sich im Außenspiegel zu. Nicht schlecht, wie sie vorankamen in diesem Fall. Das mit dieser Teamarbeit klappte deutlich besser, als er erwartet hatte. Nun aber war es an der Zeit, die Richtlinienkompetenz wieder an sich zu reißen. Schließlich wollte er auch etwas beitragen. «Gut gemacht, Markowitz. Sehr gut sogar! Und jetzt hören Sie zu: Lassen Sie alles andere stehen und liegen. Die Identität der Maklerin herauszufinden und mit ihr zu sprechen, hat allerhöchste Priorität.»

«Ich habe mit solchen Anweisungen gerechnet und auch damit, dass du das mit dem ‹du› wieder vergisst.» Lanner zuckte zusammen, aber Carola lachte. «Ist schon okay, dann hab ich aber jetzt auch wieder zweimal Siezen frei. Und die Maklerin habe ich längst gefunden und kontaktiert.»

Lanner war beeindruckt. «So schnell?»

«Ja, sie hat heute Morgen sofort zurückgerufen. Dann haben wir uns kurz im ‹Barcomi's› getroffen. Die fackelt nicht lange, eine kleine energiegeladene Frau mit Pilateskörper.»

Lanner hätte gern gefragt, was genau ein Pilateskörper ist, wollte aber nicht zu viel Zeit verlieren. «Ah ja. Hat sie sich denn gar nicht gewundert, warum er sich nicht mehr gemeldet hat?»

«Für Makler ist es nicht so ungewöhnlich, wenn sich Kunden plötzlich komplett zurückziehen. In Luft auflösen, wie sie sagte. Die Frau war sehr auskunftsfreudig. So etwas wie eine Schweigepflicht gibt es in diesem Beruf wohl nicht. Oder zumindest nicht für sie. Am 3. April hat sie mit Kaminski ein Haus besichtigt. In der Nähe von Wilhelmsfelde, ein Seegrundstück. Ist übrigens noch nicht verkauft. Falls du Interesse hast.»

«O ja, brennend, Wilhelmsfelde. Deshalb bin ich auch

von Niedersachsen weg, um nun mal so richtig aufs Dorf zu ziehen.»

Carola lachte. «Die Maklerin sagt, es sei wunderschön.»

«Sicher, deshalb verkauft es sich auch praktisch wie von allein, und das schon seit über einem halben Jahr. Oder ist sie womöglich gar nicht so gut in ihrem Beruf?»

«Sie scheint mir sogar sensationell gut. Herrn Kaminski beschreibt sie übrigens als ziemlich verschroben. Er hat von Anfang an immer wieder gefragt, ob er Haus und Grundstück bar bezahlen kann. Selbst das Notarszeug sollte sie für ihn erledigen, und auch dafür wollte er sie komplett cash bezahlen. Das fand sie natürlich seltsam.»

«War sie dazu bereit?»

«Sie sagte wortwörtlich, sie könne sich eigentlich nichts vorstellen, was nicht möglich sei, wenn man es ihr entsprechend bezahle.»

«Würdest du ihr einen Mord zutrauen?»

«Sofort. Aber niemals hätte sie darauf verzichtet, Kaminskis Wohnung nach Geld zu durchsuchen. Von daher scheidet sie als Verdächtige aus. Kaminski soll an dem Haus sehr interessiert gewesen sein. Er wollte dann aber nicht mit ihr zurück nach Berlin fahren, sondern lieber in einem Gasthaus in Wilhelmsfelde noch etwas essen und den Ort ein wenig auf sich wirken lassen. Sie habe dort noch einen erstaunlich guten Kaffee mit ihm getrunken und sei dann nach Berlin zurückgefahren. Seitdem habe sie nichts mehr von ihm gehört.»

«Irgendwie muss er aber doch zurück nach Berlin gekommen sein. Schließlich ist er dort im Hinterhof vergraben worden.»

«Die Maklerin sagte noch, er hätte viel Bargeld bei sich gehabt, wie eigentlich immer.»

«Bei der Leiche haben wir kein Bargeld gefunden. Ist sich die Frau sicher? Hat er es ihr gezeigt?»

«Das wohl nicht, aber sie meinte, sie habe ein Gespür für so was, und offen gestanden würde ich ihr auch glauben, wenn sie behauptete, sie könne Bargeld riechen und sogar die Menge nur durch den Geruch bis auf zehn Euro genau bestimmen. Der traue ich das sofort zu.»

«Irgendjemand hat Kaminski mit zurück nach Berlin genommen, und mein Gefühl sagt mir, wenn wir diesen Jemand haben, sind wir verdammt dicht dran am Mörder. Das kann *ich* jetzt riechen.»

«Mein Gefühl sagt dasselbe, obwohl er natürlich auch mit dem Zug gefahren sein kann. Auf jeden Fall werde ich nach Dienstschluss mal nach Wilhelmsfelde zu diesem Gasthof fahren.»

«Nach Dienstschluss, oho, da ist aber jemand ehrgeizig. Du kannst da doch erst mal anrufen oder die Brandenburger Kollegen beauftragen.»

«Ich will das nicht delegieren. Und anrufen … das ist Brandenburg, es wird ohnehin nicht einfach sein, die Leute zum Reden zu bringen, aber am Telefon werden wir mit Sicherheit nichts erfahren.»

«Ich bin doch in der Nähe. Ich kann das machen.»

«Nein, ich will dabei sein. Seit achtundvierzig Stunden beschäftige ich mich rund um die Uhr mit dem Fall. Ich lasse mich da jetzt nicht rausdrängen.»

Lanner wusste nicht, ob es nur der Schlafmangel bei Markowitz war oder tatsächlich nun ungeschminkter Ehrgeiz. In jedem Fall war er überrascht, wie sie plötzlich fauchte. Andererseits hatte sie nicht unrecht. Es war längst ihr Fall. Eigentlich schon die ganze Zeit. Er konnte sie nicht noch einmal übergehen. «Ist gut, Carola. Wir treffen uns in Wilhelmsfelde vor diesem Gasthof und gehen da zusammen rein. Aber fahr um Gottes willen vorsichtig, so wenig, wie du geschlafen hast.»

«Natürlich, ich simse dir dann die genaue Adresse und eine Wegbeschreibung, mit der du von Glaanow dahin kommst.» Die Zufriedenheit in ihrer Stimme war nicht zu überhören.

«Apropos Glaanow, wie genau …»

Markowitz wartete seine Frage nicht mehr ab, sie hatte es jetzt eilig. «Fahr von da, wo du bist, einfach zwei Kilometer weiter Richtung Norden. Dann bist du da.»

«Woher weißt du das denn so plötzlich?»

«Wir haben deinen Wagen geortet. Alle Streifenwagen haben natürlich eine Funkpeilung, selbst deiner.»

«Warum hast du das nicht gleich gesagt?»

«Ich war nicht sicher, ob's funktioniert. Diese Sachen sind oft kaputt.»

«Ist das nicht ziemlich dämlich, Beamte mit halb kaputter Ausrüstung loszuschicken?»

«Da kann man nichts machen. Budgetzwänge. Auch die Polizei ist gehalten, wirtschaftlich zu arbeiten. Die Beratungsfirma, die die Instandhaltung und Wartung der Polizeiwagen optimiert hat, ist dieselbe, die auch schon für die S-Bahn tätig war.» Sie lachte. Lanner wusste nicht recht, ob sie einen Scherz gemacht hatte oder eben lachte, weil es leider kein Scherz war. «In jedem Fall musst du noch zwei Kilometer Richtung Norden der Straße folgen, dann kommt direkt Glaanow.»

«Und woher weiß ich, wo Norden ist?»

«Es ist später Nachmittag. Die Sonne müsste langsam gen Westen sinken.»

Lanner schaute zum Himmel und nordete sich ein. «Aber das Schild zeigt exakt in die andere Richtung.»

«Na, dann hat es eben jemand umgedreht. So was kommt vor. Ein Scherz von Jugendlichen vielleicht. Lass dir ruhig Zeit in Glaanow, ich werde ein bisschen brauchen, bis ich aus der Stadt raus bin. Bis später.»

Lanner legte sein Handy zurück in den Wagen, auf den Beifahrersitz, und ging dann noch mal näher an das Schild ran. Tatsächlich, jemand musste es gedreht haben. Waren vielleicht alle Schilder nach Glaanow so geschickt verdreht worden, dass sie einen Ortsunkundigen konsequent an Glaanow vorbeiführten? Um ihn in den Wahnsinn zu treiben oder doch zumindest zu verwirren? Gab es am Ende auch jemanden, der die Hinweisschilder im Machallik-Fall verdrehte? Wollte ihm Rimschow auf seine verwinkelte Art genau das mitteilen? Hatten eigentlich alle, die in diesem Fall verwickelt waren, einen Schaden? Endlich ein Gedanke, der Lanner gefiel. Er musste grinsen und dachte plötzlich noch etwas, etwas recht Eigenartiges. Er dachte, dass Wegelagerer und Straßenräuber früher mit diesem Trick gearbeitet haben. Also Wegweiser verdrehen, um Reisende in eine Falle zu locken.

Richtig seltsam wurde dieser Gedanke jedoch erst, als Lanner Sekunden später wie aus dem Nichts einen schwarzen Mercedes mit getönten Scheiben auf sich zurollen sah. Lanner blieb einfach nur stehen. Zu lange einfach nur stehen. So lange, bis vier maskierte, schwarzgekleidete, sportliche, langbeinige Frauen aus dem Wagen sprangen. Erst da begriff er, dass es für einen Fluchtversuch zu spät war.

Er zitterte am ganzen Körper. Die Hochstimmung, die aus dieser Mischung aus angestauter Erregung, eruptiver Erleichterung und einsetzender sanfter Erschöpfung rührte, zauberte ihm ein sinnentleertes Lächeln aufs Gesicht. Lange schon hatte Helmut Machallik kein derartiges körperliches Glücksgefühl mehr erlebt und auch nicht solch einen Stolz empfunden. Sein Bruder Max dagegen hatte wohl deutlich weniger Freude gehabt.

«Booaarrh ey, Helmut, du bist echt ein Schwein. Deine Umgangsformen ... wirklich ... nee, das haut echt dem Gaul die Eisen vonne Hufe!»

Auch Georg Wolters' Begeisterung hielt sich in Grenzen. Im Chefbüro der Kammerjägerfirma hallte Helmut Machalliks gewaltiger Rülpser noch nach. Die schlechten Kritiken beeindruckten Helmut wenig. Er fühlte sich wohl, richtig wohl, zum ersten Mal seit Wochen.

«Jetzt hör doch auf! Ich kann hier rülpsen, wie ich will. Das ist mein gutes Recht. Die ganze Anspannung muss auch mal raus. Besser so, als wenn man das immer unterdrückt und dann da Krebs von kriegt.»

«Quatsch, Helmut, man kriegt keinen Krebs davon, wenn man sich die Hand vor den Mund hält. Wenigstens das!»

Georg hätte Max' Hinweis gern noch erweitert. Für ihn war es zumindest diskussionswürdig, ob ein Rülpser dieser Kategorie nicht rechtfertigen würde, den Raum zu verlassen oder das Fenster zu öffnen und den Kopf rauszuhalten. Allerdings hatte das Bunkerbüro gar keine Fenster, und außerdem hätte er sich auch nicht getraut, Helmut Machallik so etwas zu sagen. Schließlich war er erst vor wenigen Stunden in die Chefetage aufgestiegen, wobei «Chefetage» und «aufgestiegen» bei diesem Souterrain-Bunkerzimmer irgendwie nicht die richtigen Begriffe waren.

Nach dem Applaus der Presse und dem Lob vom Bürgermeister hatten sie sich hierher zum Feiern zurückgezogen, wobei Toni Karhan schon nach wenigen Minuten die Runde mit den Worten verließ, er habe noch sehr viel Arbeit. Eine Begründung, die letztlich alle schulterzuckend akzeptierten. Damit waren sie nur noch zu dritt, und Georg durfte allein feststellen, dass der Feierbegriff der Machalliks ein spezieller war. Er umfasste im Grunde nur exzessives Essen und Trinken, und die Brüder entpuppten sich hierbei als ausgesprochen routinierte Wirkungstrinker. Längst hatten sie eine hohe Kunstfertigkeit darin entwickelt, den Grad der geistigen Besinnungslosigkeit auf dem kürzesten und schnellsten Weg, also ohne große Schnörkel oder Abschweifungen, zu erreichen. Dies jedoch unter grundsätzlicher Beibehaltung der körperlichen Basisfunktionen. Unterstützt wurden sie von Frau Matthes, die ihnen die Minibar im Büro ähnlich wie die Schnittchenteller herrichtete, wobei die Flaschen und Gläser allerdings eindeutig mehr als Spirale denn als Schnecke angeordnet waren.

Frau Matthes lächelte Georg zu. «Sie haben das wirklich sehr gut gemacht auf der Pressekonferenz, ich wusste von Anfang an, Sie haben das Zeug zu mehr als nur zu einem einfachen Kammerjäger im Außendienst. Elvira hat das auch schon gesagt, als sie Sie mir empfohlen hat. Ich habe sie schon angerufen. Sie hat sich sehr gefreut.»

«Ja, er ist ein großartiges Talent, der Herr Wolters, ganz großartig!», stimmte Max Machallik spöttisch in das Lob ein.

«Ich habe selten jemanden so viel Mist am Stück reden hören wie den Herrn Wolters. Aber ich gebe zu, für uns war das höchst nützlicher Mist. Ganz großartig, der Herr Wolters, ganz großartig. Sie haben mich fast ein wenig an unseren werten Herrn Vater erinnert.»

Er lachte knarzend, wurde jedoch von seinem Bruder unterbrochen, der auch zu lachen begonnen hatte, aber dann erneut von einem gewaltigen Rülpser erschüttert wurde. Wie eine kollabierende Bassbox knallte er und sorgte so abermals für betretene Stille.

Wortlos schob Frau Matthes ihm das Wägelchen mit der Minibar hin. Sie drehte sie so, dass das nächste Getränk in der Reihe unverkennbar ein Glas stilles Wasser war. Schuldbewusst griff Helmut zu und nahm zwei große Schlucke.

Georg kümmerte das alles nicht sonderlich. Er war mehr als zufrieden mit seinem neuen Leben. Vor nicht einmal achtundvierzig Stunden war er noch ein Studienabbrecher in elf Fächern gewesen, auf der ganzen Linie gescheitert, ein Aushilfskammerjäger, der Rattentunnel inspizierte, während ihn ungeduldige, hysterische Kunden anschrien. Jetzt plötzlich versank sein Hintern im Chefsessel. Er war ein in der ganzen Stadt gefeierter Held, hatte möglicherweise eine Freundin und noch eine zweite Identität als Undercoveragent. Wie es aussah, entwickelte sich zur Abwechslung mal alles in die richtige Richtung.

Mühsam stemmte Georg sich aus dem weichen Lederpolster hoch und entschuldigte sich: «Ich geh dann mal für kleine Jungs.» Frau Matthes wollte eine Handbewegung machen, verharrte aber sofort, als sie Max' strenges Gesicht sah. Georg wankte durch die Sicherheitstür und machte sich auf den Weg zu den Toiletten bei den vorderen Räumen.

Als er außer Hörweite war, beugte sich Max zu seiner Sekretärin und raunte: «Entschuldige, Tante Claire, ich wollte dich nicht zurechtweisen, aber auf die Cheftoilette muss der Herr Wolters jetzt nicht auch noch gleich. So weit sind wir noch nicht.»

Frau Matthes nickte. Er hatte natürlich recht. Es wäre übertrieben, dem Aushilfskammerjäger schon die Privattoilette im Bunkerbüro zu zeigen.

Auch Helmut war dieser Meinung. «Wir waren schon fast dreißig, als uns Papa das erste Mal erlaubt hat, seine Hochsicherheitstoilette zu benutzen.»

Max nickte. «Und das auch nur, weil er zu besoffen war, sein LSD aus dem Spülkasten zu holen.» Er lächelte – LSD, auch wieder so typisch für seinen Vater. Selbst bei seinen Drogen war er auf eine verquere Art altmodisch gewesen. Was gut für John Lennon war, ist auch gut für Erwin Machallik, hatte er seinen Kindern mit auf den Weg gegeben, ihnen aber gleichzeitig unter Androhung schlimmster Strafen verboten, selbst Drogen zu nehmen, und schon gar nicht LSD. Allerdings, so vermutete Max, weniger aus Sorge um die Gesundheit seiner Söhne, sondern mehr, weil er das Zeug für sie einfach viel zu teuer fand. Zu wertvoll, da sie ja auch nicht in der Lage waren, es so zu nutzen wie er. Denn ihn, Erwin Machallik, so hatte er es seinen Söhnen nicht ohne Stolz seinerzeit verkündet, versetzte LSD in die Lage, mit Ratten zu kommunizieren, also mit den intelligentesten Ratten, den Familienoberhäuptern, in telepathischen Kontakt zu treten. Deshalb, behauptete er, kannte er ihre Geheimnisse, und deshalb verehrten die Ratten der Stadt ihn auch wie einen Gott. Zu Recht, wie Erwin Machallik fand.

Max erinnerte sich, wie sein Vater einmal sogar die Vermutung geäußert hatte, dass dies der eigentliche kosmische Grund für die Erfindung des LSDs sei – eben dass er, Erwin Machallik, dadurch mit den Ratten in telepathischen Kontakt treten könne. Natürlich habe der Erfinder, dieser Albert Hofmann, nichts von diesem höheren Zweck gewusst, als er das Halluzinogen 1943 entwickelte. Aber das sei ja gerade das Faszinierende des kosmischen Plans, dass der Einzelne gar nichts über die tiefere Bedeutung des eigenen Tuns wisse. Wir seien eben alle nur Werkzeuge des Kosmos und seiner Ordnung.

Wobei, John Lennon war schon auch ein Grund, den der alte Machallik hatte gelten lassen. Viel sprach für die Annahme, dass LSD auch erfunden wurde, damit John Lennon Kontakt zu Melodien, zu einer Musik aufnehmen konnte, die sich eigentlich in einer Parallelwelt befand und die er nur durch diese Droge wahrnehmen und in unsere Welt transportieren konnte. Das war für Erwin Machallik doch auch noch eine logische Erklärung. John Lennon und Erwin Machallik: Um die außergewöhnlichen Fähigkeiten dieser beiden Menschen nutzen zu können, hatte der Kosmos die Entwicklung von LSD zugelassen.

In einem solchen Moment, also als sein Vater solche Überlegungen rausfabulierte, hatte Max Machallik definitiv und für alle Zeit beschlossen, niemals in seinem Leben harte Drogen zu nehmen. Leider war er, als er diesen Beschluss gefällt hatte, noch ein Kind gewesen und wusste nicht, dass auch Alkohol eine verdammt harte Droge ist. Als er dies dann Jahre später realisierte, war sein Leben wiederum schon so deprimierend, dass es nun doch nicht mehr praktikabel erschien, mit dem Alkohol wieder aufzuhören.

«Trotzdem sollten Sie sich freuen, wenn der Herr Wolters

so gut mit der Presse umgehen kann. So jemand hat wirklich gefehlt, seit Ihr Vater nicht mehr ist.»

Frau Matthes holte Max aus seinen Gedanken zurück, und das auch noch mit einer kaum versteckten Kritik an seiner Öffentlichkeitsarbeit. Nur aus Respekt vor der alten Dame kämpfte er gegen den aufsteigenden Zorn an und versuchte, möglichst lässig zu antworten. «Ja, ja, Tante Claire, ich finde auch, dass er das sehr ordentlich gemacht hat, aber ihn deshalb gleich auf Papas Toilette gehen zu lassen, ist dann doch wohl ähnlich übertrieben, wie ihn nach ein paar humorigen Sätzen gleich zu einer Art Pressesprecher ernennen zu wollen.»

Er wollte seine Bemerkung mit einem souveränen, dezenten Lachen abrunden, aber wieder wurde er auf wuchtige Weise von Helmut übertönt.

«Höhö, Pressesprecher, höhö», es war zwar mehr gegurgelt als gesprochen, das Wort Pressesprecher und ein gewisses Amüsement ließen sich aus diesem Gegurgel jedoch immerhin herausinterpretieren.

Wie Helmut Machallik da ähnlich einem mit Kieselsteinen gefüllten Weichgummisack in seinem Sessel herumhing, musste Claire Matthes unwillkürlich an Jabba the Hutt aus der «Star Wars»-Trilogie denken. Sie hatte die Filme mit Helmuts Vater mehrfach gesehen, damals in der «Kurbel» in Charlottenburg. Gab es mittlerweile auch nicht mehr, also die «Kurbel», Charlottenburg gab es selbstverständlich schon noch.

Die Sekretärin war aber nicht bereit, jetzt lockerzulassen. Fest entschlossen, eine neue Hoffnung für die Firma zu erkämpfen, setzte sie nach: «Also, ich finde das gar keine so schlechte Idee. Warum sollten wir keinen Pressesprecher haben? Herr Wolters wäre geeignet. Vielleicht mehr als andere. Eine so positive Berichterstattung über unsere Firma hat es schon lange nicht mehr gegeben. Erst der tragische Tod Ihres Vaters samt der unangenehmen Gerüchte und dann die nicht enden wollende Rattenplage. Ich fand die letzten Wochen nicht so erfreulich.»

«Nicht so erfreulich!!!» Helmuts gesamter Körper wummerte vor Vergnügen. «Das ist ja wohl die Untertreibung des Jahrhunderts! Nicht so erfreulich, ich lach mich tot!»

«Schön wär's!»

Wie einen Peitschenhieb hatte Max ihm diese zwei Worte in sein amüsiertes Geglucker geknallt. Wenn ihn nun sogar Frau Matthes kritisierte, sollte er vielleicht doch mal Dampf ablassen. Von daher kam ihm sein Bruder gerade recht, um die aufgestaute Wut loszuwerden. Den konnte er, im Gegensatz zu Frau Matthes, anbrüllen. Mit Schmackes anbrüllen, das würde ihm guttun, und so feinfühlig, wie die Alte war, würde sie nach solch einem Wutausbruch wohl auch wieder Ruhe geben. In Max' Angriff hatte eine derartige Aggression gelegen, dass selbst Helmut sie bemerkte und ehrlich erschrocken war. Sein Gluckern verebbte, und ihm gelang sogar ein kurzes Nachdenken, ehe er seine Überlegungen wie folgt zusammenfasste:

«Was?»

Max Machallik war auf diese Bitte um Wiederholung und Präzision offenbar gefasst, er hatte wohl sogar darauf gewartet, denn seine Antwort kam prompt, laut und schneidend: «Von mir aus darfst du dich gern totlachen. Das wäre dann so ziemlich der konstruktivste Beitrag zur Problemlösung, der von dir in den letzten Wochen gekommen ist!»

«Also jetzt reicht es, Max!» Nun wurde Helmut wütend. Aber so richtig wütend. So wütend, dass er sogar beschloss, als Ausdruck seiner unerbittlichen Wut aufzustehen. Er sah, wie Max leicht zu tänzeln begann, kampfeslustig, als würde er ihn dort oben erwarten. Nun, das konnte er haben, aber wie er das haben konnte. Jawohl, er würde sich hinstellen, um Max und aller Welt seine Wut zu demonstrieren. Verzweifelt stemmte er sich auf die Armlehnen, um sich hochzudrücken. Doch der Sessel war einfach zu tief, der Weg zu weit. Zehn, fünfzehn, zwanzig Zentimeter schaffte er, dann jedoch wurden die Arme zu schwach, die Anstrengung aufgrund des enormen Gewichts zu groß. Es machte «Wupffff!», als er in den Sessel zurückfiel. Seine Wut verstärkte dies nur. Aus dem Augenwinkel sah er Max grinsen. Na und, man würde ja sehen, wem gleich zum Lachen zumute war. Erneut versuchte Helmut aufzustehen, mit aller Kraft, und stieß dabei mit hochrotem Kopf hervor: «Ich habe die Fresse gehalten. Die ganze Zeit habe ich die Fresse gehalten! Weil ich dich verstehen konnte. Weil ich den Alten ja selbst oft gern vergiftet hätte. Oder totgeschlagen! Wie oft dachte ich, ich schlag ihn tot! Jetzt sofort! Jetzt schlag ich ihn tot! Aber ich hab es dann doch nicht getan, weil ich einfach zu zivilisiert bin. Diese verdammte Zivilisation.»

Helmut versuchte immer noch aufzustehen, mit längst knallrotem Kopf, schnaufend, hustend und pupsend, es puffte wie bei einem Dampfkessel, der durch Überdruck kurz vor der Explosion steht. «Diese gottverdammte Zivilisation! Diese Fessel, der man nicht entrinnen kann, die mich dann doch immer davon abgehalten hat, ihn totzuschlagen! Aber ich war froh! Froh, dass du den Mut hattest! Das Gift! Dein Mut! Ich war froh! Froh!» Beim letzten «Froh!» bäumte er sich, soweit er konnte, auf und sackte dann wieder jäh in sich zusammen. «Wupffff!»

Er dachte kurz nach, dann probierte er eine neue Strategie. Er drehte sich im Sessel auf eine Seite, nahm alle Kraft zusammen und stieß sich mit beiden Armen in die Höhe. Ein leichtes Schwanken noch, aber dann stand er. Er hatte es wirklich geschafft. Mit einem triumphierenden Grinsen drehte er sich zu seinem Bruder.

«Ich war froh, dankbar sogar! Aber jetzt, mein lieber Max, jetzt ist Schluss!»

Max Machallik schaute ihn entgeistert an, dann machte er einen Schritt auf Helmut zu und gab ihm einen kleinen Schubs, woraufhin dieser sofort wieder ins Schwanken geriet und nach einem kurzen Kampf gegen die Schwerkraft zurück in den Sessel fiel. «Wupffff!»

Helmut schien überrascht, wieder im Sessel zu sitzen, jedoch nicht sehr enttäuscht. Er wusste ja jetzt, er konnte aufstehen. Wenn es notwendig wäre, würde er das schon noch ein zweites, drittes oder viertes Mal schaffen. Aber im Prinzip konnte er natürlich alles, was er zu sagen hatte, genauso gut im Sitzen sagen. Sehr viel ruhiger nahm er einen neuen Anlauf: «Ich hab's gesehen. Ich hab gesehen, wie du ihm das Gift in den Wein geschüttet hast!»

«Was willst du gesehen haben?»

«Tu doch nicht so scheinheilig, Max! Du hast doch den Alten vergiftet. Denkst du, ich wüsste das nicht? Glaubst du im Ernst, ich bin so bescheuert wie die Trottel von der Polizei? Die Feier war fast vorbei. Du dachtest, keiner sieht dich. Ich würde besoffen im Sessel schlafen, aber ich habe nicht geschlafen. Zumindest nicht in dem Moment, als du dem Alten das Gift ins Glas geschüttet hast. Ich habe es genau gesehen.»

Ein paar Sekunden sprach niemand ein Wort. Alle warteten, bis die Stille durch ein vertrautes Geräusch durchbrochen wurde.

«Wupffff!»

Auch Max hatte sich jetzt zurück in seinen Sessel fallen lassen. Ungläubig musterte er seinen Bruder. «Warum hast du nichts gesagt?»

«Eben weil ich dich verstehen konnte. Ja, ich war auch sauer! Total sauer! Wie er uns wieder gedemütigt hat bei diesem verdammten Essen, mit diesem verdammten Bürgermeister und all den anderen. Wie er wieder besoffen rumgeprahlt hat, mit wessen Frau er schon wer weiß was alles angestellt habe. Wie er unsere tote Mama noch im Grab beleidigt hat und dann tönte, die einzigen beiden Jungs in der Stadt, bei denen er sich eigentlich nicht vorstellen könne, dass sie von ihm seien, seien leider ausgerechnet seine Söhne. Dick und Doof, wie er uns dann vor allen anderen genannt hat. Meinst du, mir hat das nicht wehgetan? Wobei ich ja immerhin der Dicke von uns beiden bin.»

Max' Blick ging ins Leere. Doch seine Wut blieb unerbittlich, er zischte: «Du bist Dick und Doof in Personalunion.»

«Sehr lustig. Wirklich sehr lustig. Diesen tollen Witz hat Vater immer gemacht. Kannst stolz auf dich sein. Ich hätte ihn auch totschlagen können. Oder vergiften! Es war plötzlich so einfach. Da standen die Giftflasche und sein Glas, und das Zeug war ja farb- und geruchlos, und ein bisschen hatte Papa sich sowieso schon selbst eingeschüttet, eben um zu erfahren, wie es sich anfühlt, nur ein ungefährliches kleines bisschen von seinem großen Traum! Das faire, das humane Rattengift! Wenn man bei Ratten überhaupt von human reden kann. Ein Gift, das sie ohne Leiden und Qual tötet, aber erst, nachdem sie einen Glücksrausch erlebt haben. Einen letzten großen Rausch, aus dem sie einfach nicht mehr erwachen. Ein Gift, das er aus Respekt vor den Ratten speziell hat entwickeln lassen und das er an diesem Abend der Welt vorstellen wollte. Ich habe auch überlegt, ihm richtig einzuschenken, aber mich nicht getraut. Du schon. Und ich war dir dankbar dafür. Deshalb hab ich nichts gesagt!»

Während Helmut eine Pause machte, von der nicht genau zu sagen war, ob er nachdachte oder nur auf einen aufsteigenden Rülpser wartete, flüsterte sein Bruder: «Ich war extrem betrunken. Und verletzt. Es war zu einfach, nur ein kurzer Moment der Schwäche. Dann wollte ich es wieder rückgängig machen, aber ich habe das Glas nicht mehr gefunden. Vielleicht hat ihm ja auch sonst jemand was eingeschenkt. Mindestens zwanzig andere, die an dem Abend da waren, hat er doch auch heftig beleidigt oder gedemütigt. Praktisch jeder hätte ihm ordentlich Gift nachschenken können.»

Helmuts Blick wurde spöttisch. «Na klar, war ja auch so eine Runde von Berufskillern und Halsabschneidern. Der Bürgermeister, der Innensenator, Dr. Kersting, Professor Schult oder diese Schriftstellerin, die diesen Preis da gewonnen hat. Du willst sagen, solche Leute vergiften ihren Gastgeber? Oder war es vielleicht der Polizeipräsident selbst? Oder die Chefs der anderen Kammerjägerfirmen?»

Max schlug verärgert auf die Armlehnen. «Ich will gar nichts sagen. Es war ein sehr eigenartiger, wahnsinniger Abend. Warum sollen nicht noch mehr vergiftete Gläser im Umlauf gewesen sein? Weißt du noch, wie viel Gäste sich früh schon unwohl fühlten, nicht mehr richtig essen und trinken wollten? Wie Birte, die Frau des Polizeipräsidenten, die plötzlich so schnell nach Hause wollte, weil ihr so irrsinnig schlecht war. Vielleicht hat die zum Beispiel eines der Gläser mit wenig Gift erwischt.»

«Ja, oder sie hat einfach Gläser ohne zusätzliches Gift getrunken – nur eben ganz, ganz viele.» Helmut lachte bitter. «Du hast ihn umgebracht, mach dir nichts vor. Aber keine Angst, ich häng längst mit drin, weil ich dich die ganze Zeit gedeckt habe. Ich werde schon nichts verraten. Ich hab genauso viel zu verlieren!»

«Wupffff!»

Max und Helmut fuhren herum zu Frau Matthes. Auch sie war jetzt in einen der tiefen Sessel gesunken. Ungläubig schaute sie die Brüder an. «Sie haben also wirklich Ihren Vater vergiftet. Egal, wer das Gift ins Weinglas geschüttet hat, schuldig sind Sie beide! Ich wusste von Anfang an, es war kein Unfall!»

Max war entsetzt. «Tante Claire, bitte. Wenn überhaupt, war es nur ein bisschen Absicht.»

Die alte Frau schaute durch ihn hindurch.

Helmut sprang Max zur Seite: «Außerdem ist es jetzt egal! Die Polizei hat es als Unfall abgehakt, und wem wäre damit geholfen, wenn alles noch mal aufgerollt würde? Niemandem. Na gut, dann hat Max ihn eben umgebracht. Oder meinetwegen haben auch wir ihn umgebracht. Na und? Wenn wir alle die Nerven behalten, wird außer uns nie jemand die Wahrheit erfahren.»

Claire Matthes sagte nichts, sie konnte nichts sagen. Stattdessen zeigte sie wortlos zur Tür. Helmut wollte ihrem Finger mit den Augen folgen, musste sich dafür jedoch erheben. Er drehte sich zur Seite, um die erfolgreiche Aufstehtechnik von vorhin zu wiederholen. Als er sich von der Lehne hochstieß, wanderte sein Blick bereits zur Tür – hinter deren Anschlag versteckte sich notdürftig: Georg Wolters.

«Wupffff!»

Helmut fiel vor Schreck zurück in den Sessel. Aber Max sprang auf und stürzte sich auf den fassungslosen Georg. Während der strampelnd versuchte, sich zu befreien, brüllte Helmut: «Geben Sie sich keine Mühe! Das hier ist wie ein Bunker gebaut. Wenn wir nicht wollen, kommen Sie hier sowieso niemals raus!»

Ein Satz, das wurde Georg sofort klar, der seine Situation ziemlich präzise beschrieb.

Das «Gasthaus zur Buche» war nicht schwer zu finden gewesen. Es gab nur ein Wirtshaus in Wilhelmsfelde, und Carola Markowitz fragte sich, wer wohl auf die Idee kam, eines der dort angebotenen Zimmer zu nehmen. Das Gebäude war vermutlich zu Beginn des zwanzigsten Jahrhunderts erbaut, zu DDR-Zeiten mit dem, was man hatte, kompromisslos instand gesetzt und nach der Wende endgültig ins Grab modernisiert worden. In hellem Rot gekalkt, mit kleinen, dunklen Fenstern, drei bunten Lichterketten und einer riesigen, völlig aus dem Rahmen fallenden Wernesgrüner-Pils-Leuchtreklame sah es aus wie ein kleines Mädchen, das Kleiderschrank, Schminktisch, Schmuckschublade der Mutter geplündert und sich möglichst viel angezogen und umgehängt hat. Nur der Biergarten hätte Charme haben können, wenn er denn in Gebrauch gewesen wäre. Den matschigen, mit Pfützen durchsetzten Boden müsste man erst mal trockenlegen, dachte Markowitz, die amüsiert nach dem Baum suchte, der diesem Gasthaus den Namen gab.

Noch mehr als über eine Buche hätte sie sich allerdings über Lanner gefreut, von dem noch nichts zu sehen war. Sie hatte schon unzählige Male versucht, ihn anzurufen, fünf oder sechs SMS geschickt, ihn aber nie erreicht. Was für ein Problem er wohl diesmal hatte? Selbst in Brandenburg konnte man doch nicht in so tiefe Funklöcher geraten. Wo mochte er nur stecken?

Sie stand sicher schon zwanzig Minuten auf dem Parkplatz rum, was nicht wirklich angenehm war. Die Gardinen im Schankraum bewegten sich hin und wieder, vermutlich beobachtete man sie längst und sprach über sie. Warum da wohl eine junge Frau seit über zwanzig Minuten in ihrem Wagen sitzt? Was die wohl will? Die Möglichkeit, unbefangen und unauffällig ins Gasthaus zu gehen, war jedenfalls längst vertan.

Welchen Grund konnte dieser Idiot von Hauptkommissar für eine derartige Verspätung haben? Und warum meldete er sich nicht wenigstens? Ob ihm etwas zugestoßen war? Ein Unfall? Unwahrscheinlich, dann hätte er ja Bescheid gesagt, hätte sicher abgeholt werden wollen oder so. Vielleicht ein schlimmer Unfall, sodass er nicht mehr telefonieren konnte? Auch Unsinn, Lanner war in einem Polizeiauto unterwegs, und sie hatte bereits die Direktion 5 in der Friesenstraße angerufen. Die wären doch garantiert sofort verständigt worden, wenn mit ihrem Fahrzeug was passiert wäre.

Nein, mit einiger Sicherheit verfolgte Lanner wieder irgendeinen eigenen, verschrobenen Plan. Er war einfach kein Teamplayer. Bestimmt hatte er wieder eine Idee gehabt, wie er persönlich etwas erreichen konnte. Einen Einfall, den er jetzt in aller gebotenen Rücksichtslosigkeit, speziell ihr gegenüber, verfolgte. Mehr und mehr setzte sich dieser Gedanke bei ihr fest, und sie spürte, wie sie von Sekunde zu Sekunde ärgerlicher wurde.

Wahrscheinlich ist er direkt nach Wilhelmsfelde gefahren, hat nicht auf sie gewartet, sondern die fehlenden Puzzleteile auf eigene Faust zusammengesucht, und ist nun mit Vollgas unterwegs nach Berlin, um sich dort als großer Held feiern zu lassen. Als der brillante Hauptkommissar, der diesen verzwickten Fall innerhalb kürzester Zeit und quasi im Alleingang aufklären konnte. Carola Markowitz fasste sich an den Kopf. So ergab plötzlich alles einen Sinn. Deshalb reagierte er nicht auf ihre Anrufe, deshalb beobachteten die Leute sie schon, weil sie wussten, dass da noch jemand kommt, deshalb konnte sie natürlich auch ewig auf Lanner warten. Niemals würde der kommen, eben weil er ja schon längst wieder weg war.

Sie schlug mit den Händen gegen das Lenkrad. Dass sie da nicht eher draufgekommen war – wieso hatte sie diesem Blödmann nur wieder vertraut? Aber egal, noch war nicht alles verloren. Erst einmal musste sie erfahren, was er erfahren hatte. Sie musste also in dieses Gasthaus. Vielleicht würde sie sogar noch etwas rausbekommen, das dieser Möchtegernheld übersehen hatte. Etwas, das ihr einen Vorteil verschaffen könnte. Mit Schwung stieß sie die Wagentür auf und sprang heraus. Sie war schon auf halbem Weg, als sie die Zentralverriegelung klacken ließ. Kurz vor der Tür sah sie im Augenwinkel noch mal, wie sich die Gardine bewegte. Sie blieb stehen und atmete tief durch. Frische Luft. Eine gute Idee. Hätte sie gewusst, für wie lange dies ihre letzte frische Luft war, sie hätte sicher noch ein zweites und drittes Mal so tief wie möglich eingeatmet.

Sein Herz raste. Welchen vernünftigen Grund konnte es hierfür geben? Was wollten diese Frauen von ihm? Wo brachten sie ihn hin? Von einem Hauptkommissar der Kriminalpolizei hätte man wohl ein bisschen mehr Gegenwehr erwarten dürfen, zumindest eine Spur Geistesgegenwart und Kampfesmut. Als die Frauen aus dem Wagen gesprungen waren und die Waffen auf ihn gerichtet hatten, hatte er einfach nur die Hände gehoben. Als sei er ein verängstigter Einbrecher und diese Ladys die Polizei. Aber die mussten sich nicht an irgendwelche Gesetze halten. Das war ihm mittlerweile klar. Die waren vollkommen frei.

Seine Handgelenke schmerzten. Mit seinen eigenen Handschellen hatten sie ihn gefesselt. Wie demütigend. Er schwitzte, die Luft im Kofferraum war furchtbar. Er hatte einen Sack über dem Kopf und Klebeband auf dem Mund. Zuerst hatte er gedacht, er würde ersticken, aber dann doch einen flachen, ausreichenden Atemrhythmus gefunden. Dafür schmerzte sein Rücken. Nein, ihn schmerzte alles, jede Stelle seines Körpers, so wie er gegen die Kofferraumwände, gegen Warndreieck, Verbandskasten und was sonst noch alles geschleudert wurde.

Wer waren diese Frauen? Wo kamen sie her? Woher hatten sie gewusst, wo er war, wo er das doch nicht einmal selbst gewusst hatte? Hatte es mit dem Machallik-Fall zu tun? Oder dem Kaminski-Fall? Oder mit Rimschow? Spielte der ein doppeltes Spiel? Immerhin hatte er ihn auf diese Glaanow-Odyssee geschickt. Oder war es jemand ganz anderes? Ein Feind, von dem er bislang nicht mal was geahnt hatte? Und was in Gottes Namen wollten diese Frauen von ihm? Hatten die Verleger sie beauftragt? Ist der Literaturbetrieb am Ende weitaus krimineller, als er es sich überhaupt vorstellen konnte? Oder war es Dierksen, der Geflügelbaron, den er in Cloppenburg drangekriegt hatte? Sein großer Fall, der ihm jetzt doch noch zum Verhängnis wurde. Dierksens Rache. Oder die seiner Freunde. O ja, denen war so was ohne weiteres zuzutrauen. Falls die es waren, war er praktisch schon tot. Vielleicht würden sie ihn bis nach Cloppenburg transportieren, dann wäre er auch tot, die Fahrt würde er nicht überleben. Sie waren bereits ewig unterwegs, wobei die Zeit wohl auch ziemlich langsam vergeht, wenn man gefesselt und in Todesangst im Kofferraum liegend über holprige Landstraßen gefahren wird. Kein Wort hatten die Frauen gesagt. Nicht ein einziges Wort. Alles war völlig lautlos vonstattengegangen. Wenn er darüber nachdachte, kam ihm das reichlich unwirklich vor. Am liebsten hätte er auch gar nicht mehr nachgedacht. Am liebsten wäre er jetzt einfach ohnmächtig geworden, er hatte sowieso keine Kontrolle mehr über das, was geschah. Aber nicht einmal das gelang ihm, nicht einmal seinen Körper konnte er beherrschen. Das Herz raste, und auch die Gedanken jagten panisch durch den Kopf, er konnte sie schlicht nicht daran hindern.

Vielleicht hatte das alles auch gar nichts mit seinen Fällen zu tun. Vielleicht waren es einfach Wahnsinnige, die ohne Auftraggeber und tiefgründigen Plan arbeiteten. Schlichte Sadisten. Oder Jäger, die Opfer für Sadisten suchten. Wie in diesem Film «Hostel». Oder Satanisten, die jemanden für ein Ritual brauchten. War heute eigentlich Vollmond? Oder Neumond? Lanner versuchte, sich zu beruhigen und zuversichtlich zu sein. Doch er musste feststellen, dass dies in seiner Situation ein unmögliches Unterfangen war. Die Gedanken rasten und rasten, und nur eines wusste er mit Gewissheit: Die wirklichen Probleme würden erst beginnen, wenn sich der Kofferraum wieder öffnete.

Carola Markowitz war fast ein wenig enttäuscht gewesen, als der Wirt ihr mitgeteilt hatte, sie sei heute sein erster Gast. Damit war die ganze schöne Theorie über Lanners Alleingang verpufft wie ein Diätvorhaben im Schokoladenmuseum. Dennoch schaffte sie es nicht, sich um den Kollegen zu sorgen. Zu präsent war noch der Ärger und zu stark die Ausstrahlung der Gaststätte und des müde wirkenden Wirtes. Eine robuste, durchaus ansteckende Melancholie ging von beiden aus.

Genau genommen machte der Wirt, ein kräftiger, etwa ein Meter achtzig großer Mittvierziger mit deutlich zu langen, im Prinzip mal blond gewesenen Haaren, die im Halbkreis von seiner Glatze hingen, nicht den Eindruck, als hätte er heute überhaupt einen Gast erwartet. «Hier war keiner», hatte er gesagt und nach einer kurzen Pause auch noch: «Ich bin allein.» Wobei er dies auf eine Art und Weise sagte, die eine sehr viel grundsätzlichere Information transportierte. Er war nicht nur jetzt in dieser Sekunde allein. Er war es auch an diesem Tag, in dieser Gastwirtschaft, in diesem Leben.

«Wollen Sie etwas essen?» Er stellte seine Frage, so wie man eine Frage stellt, bei der die Antwort ohne jede Bedeutung ist.

«Haben Sie denn überhaupt schon geöffnet?»

«Wenn ich da bin, ist auch offen. Sie können alles bestellen.»

Er zeigte auf eine braune DIN-A5-Plastikmappe, die Speisekarte. Sechs laminierte Seiten mit erstaunlich vielen Gerichten und Getränken. Es war diese Art Speisekarte, die man vornehmlich in Gaststätten findet, in denen es dem Wirt wohl im Großen und Ganzen egal ist, welche Gerichte er eigentlich anbietet. Was in dieser irgendwann, irgendwo mal gedruckten Karte steht, wird halt angeboten, und wenn jemand was davon bestellt, dann wird das auch gekocht, irgendwie.

«Sie können alles bestellen. Ich habe alles da. Also in der Tiefkühltruhe. Dauert nur einen kleinen Moment. Denn bei mir wird frisch gekocht. Da lege ich Wert drauf.»

Markowitz zögerte, ob sie die Formulierung «frisch gekocht» kommentieren sollte, wo doch alles aus der Tiefkühltruhe kam, ließ es aber, da solch ein Einwurf zu nichts geführt hätte. «Eigentlich warte ich nur auf einen Kollegen, mit dem ich mich hier treffen wollte.» Aus irgendeinem Impuls heraus zeigte sie dem Wirt ihre Polizeimarke. Sie hatte sich vorher nicht überlegt, ob sie besser inkognito bleiben oder mit offenen Karten spielen sollte, das hatte sie mit Lanner noch absprechen wollen. Aber jetzt sagte ihr eine innere Stimme, der Wirt sollte ruhig wissen, warum sie hier war. Der schien jedoch kein bisschen überrascht oder auch nur interessiert.

«Na ja, auch Polizisten haben ja Hunger und Durst. Bis der Kollege kommt … Vielleicht will der dann auch was.»

Markowitz konnte sich nicht motivieren, in die Speisekarte zu gucken, und bestellte einfach eine mittlere Portion Pommes mit Ketchup und Mayo, dazu eine große Cola. Der Wirt nickte zufrieden und machte die Cola direkt. Er holte die Flasche aus dem Kühlschrank, stellte ein 0,4-Glas vor

Markowitz und goss es bis zum Rand voll. Aus der Art, wie er «Zum Wohl!» sagte, konnte die Kommissarin zweifelsfrei schließen, dass er nicht die Absicht hatte, dazu noch Eis oder Zitrone anzubieten, geschweige denn das Glas zu irgendeinem Tisch zu bringen.

«Sie können sich hinsetzen, wo Sie wollen. Nur nicht an den Stammtisch. Der ist reserviert.»

Carola Markowitz beugte sich herunter zur Theke, auf der das Glas stand, und trank einen großen Schluck ab, um es dann, ohne zu plörren, transportieren zu können. Als sie abschlürfte, überkam sie ein warmes, heimeliges Gefühl. Ein Augenblick Kindheit. Sie erinnerte sich, wie sie früher mit ihrem Vater in Berliner Eckkneipen Cola geschlürft hatte. Ohne Eis und Zitrone wie hier, obschon das eigentliche Déjà-vu wohl eher vom unverkennbaren, leichten Spülwassergeschmack herrührte.

Der Wirt verschwand in der Küche, und sie suchte sich einen Tisch, von dem aus sie einen guten Blick auf die Straße hatte. Wo steckte Lanner bloß? Was trieb der nur so lange? Und wieso ging er nicht ans Telefon? Der Wirt hatte den Eindruck gemacht, als habe er sie erwartet. Also, als habe er Polizei erwartet. Vielleicht wegen Kaminski? Wartete er am Ende schon seit einem halben Jahr auf die Polizei? Markowitz wünschte sich jetzt jedenfalls, dass Lanner endlich einträfe. Sie holte die Tabletten aus der Sakkotasche, drückte eine aus der Verpackung und schluckte sie mit Cola herunter.

In der Küche ging das Radio an. Sie lächelte, das war wohl etwas, was alle Landgasthäuser hier gemeinsam hatten. Sobald man anfing zu kochen, wurde auch das Radio eingeschaltet. Sie war in den letzten Jahren viel durch Brandenburg gefahren, und Brandenburg gefiel ihr gut. Die Orte, die Menschen, die Landschaft, und ständig dudelte in den Küchen der Gasthäuser das Radio, wie hier. Die Nachrichten kreisten um die Rattenplage in Berlin und den Angriff der letzten Nacht. Es gebe einen neuen Rattenjägerchef mit vielversprechenden Plänen, und direkt nach seiner Amtseinführung hätten sich die Ratten anscheinend zurückgezogen.

Der Wirt hörte all diese Berliner Neuigkeiten aber schon gar nicht mehr. Das Radio dudelte, und die Fritten brutzelten ganz allein vor sich hin. Er stand längst mit all seinen Mitarbeitern, also allein, vor dem Hinterausgang und telefonierte: «Ja, hier ist Mike. Es ist so weit … Na, was schon? Es ist jemand gekommen. Von der Polizei, aus Berlin … Nein, eine Frau … Ja, alleine, obwohl sie behauptet, dass noch ein Kollege kommt, aber ich weiß nicht, vielleicht sagt sie das auch nur … Ich glaube, die weiß gar nichts oder nicht viel. Die wirkt auch nicht sehr offiziell … Was? … Na, eben nicht sehr offiziell, nicht so wie 'ne richtige Kommissarin, wie im ‹Tatort› oder so, sondern mehr so wie 'ne Tippse oder so was … Vielleicht weiß überhaupt keiner, dass die hier ermittelt, kann schon sein. Vielleicht ist das für die nur so eine Nebenspur. Das lassen die dann routinemäßig von einer Assistentin abchecken, kann sein, aber das kriegen wir schon raus. Oder die ist wirklich auf eigene Faust rausgefahren, und keiner weiß was davon, das könnte ich mir auch vorstellen, also außer dem Kollegen, wenn's den denn überhaupt gibt … Ja, ist ja auch egal, also, ich passe hier auf, und du sagst allen Bescheid … Aber unbedingt, ich will, dass alle kommen, alle, die dabei waren. Das geht hier jeden an. Da kann sich keiner davonstehlen. Alle oder keiner … Ach was, da wird schon kein anderer Gast kommen. Woher denn? Und wenn, dann werden wir das Problem schon auch noch lösen. Ruf du einfach alle ins Lokal, so schnell wie möglich. Wir haben das zusammen angefangen, wir bringen das auch zusammen zu Ende.»

Hauptwachtmeisterin Simon und Wachtmeister Schürrmann versuchten, die ältere Dame zu beruhigen, aber Claire Matthes sah überhaupt keinen Anlass dafür, ruhiger zu werden.

«Ich habe kein gutes Gefühl hierbei. Überhaupt kein gutes Gefühl. Warum ist denn der junge Herr Kommissar nicht gekommen? Der ist doch eigentlich mit diesem Fall befasst.»

«Mit welchem Fall denn?»

Ramona Simon wusste nicht recht, was sie von dem Ganzen halten sollte. Eigentlich waren nur drei eingeschlossene Personen gemeldet worden. Deshalb war sie mit ihrem Kollegen zur Firma Machallik gefahren. Doch sie kam weder an die eingeschlossenen Personen heran, noch verstand sie die völlige Verzweiflung der Sekretärin.

«Na, der Fall Machallik!» Jetzt wurde Frau Matthes auch noch ungehalten: «Der Mordfall Erwin Machallik! Haben Sie davon etwa nie was gehört?»

«Doch natürlich, aber ich bin hergeschickt worden, weil angeblich drei Personen eingeschlossen sind. Von einem Mord war nicht die Rede. Außerdem ist der Fall Machallik meines Wissens abgeschlossen. Es war ein Unfall.»

Frau Matthes schüttelte den Kopf. «Das war kein Unfall. Das hab ich immer gesagt, und der junge Kommissar hat das auch nicht geglaubt, und der alte Kommissar, der Rimschow, erst recht nicht.»

«Gut.» Hauptwachtmeisterin Simon spürte, dass sie so nicht weiterkommen würde. Sie beschloss, der Sekretärin erst einmal alle notwendigen Zugeständnisse zu machen, damit sie konstruktiv mitarbeitete. Immerhin war sie auf der Polizeischule die Beste in Psychologie gewesen. Bei den Gesprächen mit Zeugen oder Hinterbliebenen galt sie direktionsintern als echte Koryphäe. «Wir werden Herrn Hauptkommissar Lanner sofort verständigen, er wird sicher sehr interessiert sein an den neuen Entwicklungen im Fall Machallik. Aber zunächst sollten wir die Eingeschlossenen befreien. Können Sie mir sagen, um wen es sich handelt? Wo sie eingeschlossen sind? Ob einer von den dreien womöglich krank ist oder Medikamente benötigt?»

Frau Matthes schaute die Hauptwachtmeisterin fragend und voller Sorge an, und Ramona Simon schaute mit ihren warmen, braunen Augen voll Sanftmut zurück. «So, wie Sie gucken können, haben Sie bestimmt viele männliche Verehrer», sagte Claire Matthes.

Hauptwachtmeisterin Simon lachte leise. «Ich mache mir leider nichts aus männlichen Verehrern.»

Frau Matthes wirkte zufrieden. «Verstehe. Wenn Se schlau sind … Sie machen das schon richtig.»

«Wer sind die Eingeschlossenen?»

«Helmut und Max Machallik, die Söhne von Erwin Machallik, und Georg Wolters, ein Angestellter der Firma. Krank von denen ist meines Wissens keiner. Also noch nicht. Weil, die sind alle drei ziemlich besoffen.»

«Und wo sind die eingeschlossen?»

«Na da, im Chefbüro.»

Die Sanftmut schwand aus dem Blick der Hauptwachtmeisterin. «Die haben sich einfach nur im Büro eingeschlossen? Das ist das ganze Problem? Deshalb haben Sie uns gerufen?»

«Das ist kein normales Büro und vor allem keine normale Tür.»

Plötzlich trat Manfred Kolbe in das Vorzimmer zu den beiden Frauen und zu Wachtmeister Schürrmann, dem langsam schwante, wie arbeitsintensiv dieser Routineeinsatz werden könnte: «Ach du Scheiße, der Kolbe. Was machen Sie denn hier? Hat man die Spurensicherung im Prinzip auch noch verständigt?»

«Nee», Kolbe lachte, wodurch sein Bauch lustig auf und ab wippte, «ehrlich gesagt, war ich nur neugierig. Hab zufällig auf dem Revier mitgekriegt, dass hier Leute eingeschlossen sind, und weil ich dieses Hochsicherheitsbüro schon immer spannend fand, dachte ick mir: Dit kiekste dir mal an.»

Wachtmeister Schürrmann wurde mit einem Mal müde. «Was ist denn ein Hochsicherheitsbüro?»

«Ein Bunker, mein lieber Schürrmann, ein Bunker.» Kolbe drehte sich zu ihm. Zwar hätte er eigentlich lieber der hübschen Frau Simon einen Vortrag gehalten, aber Schürrmann hatte nun mal zuerst gefragt, und wer zuerst fragt, kriegt den Vortrag. Da war Kolbe stets korrekt. «Der alte Machallik hatte doch 'nen Schatten», Kolbe lachte, «also, er hatte natürlich mehrere Schatten, der hatte ja quasi 'ne ganze Dunkelkammer, aber einer seiner schlimmsten Schäden war dieses Kriegstrauma, diese panische Angst vor Bombenangriffen. Deshalb hat der sich sein Büro als Bunker bauen lassen, aber nicht als irgendeinen Bunker, sondern als die Mutter aller Bunker!»

«Also gut, dann wissen wir das jetzt auch.» Ramona Simon ging Kolbes launige Klugscheißerart wie immer auf die

Nerven. «Rufen wir die Feuerwehr, damit die das Ding aufsägt oder schweißt oder was auch immer?»

Kolbe wippte jetzt wieder vor Freude. «Hohoo, die Feuerwehr, uijuijui! Kleenes, die Feuerwehr wird da nicht viel machen können. Wir könnten auch die Bundeswehr holen oder richtiges Militär, die könnten auch nicht viel machen. Oder George Clooney und seine Ocean's Eleven. Könnten aber auch nicht viel machen. Wenn ich sage, wir haben hier die Mutter aller Bunker, dann mein ich auch, das ist die Mutter, und zwar eine richtig strenge Monstermutti! Bei einem Atomkrieg oder Meteoriteneinschlag will ganz Berlin in diesen Bunker – die Tür soll Sorge tragen, dass außer dem Machallik-Clan niemand reinkommt. Also auch keine Panzer, keine Bombe, keine Ameisen, überhaupt nichts. Wissen Sie, was der alte Machallik immer dazu gesagt hat?»

Hauptwachtmeisterin Simon konnte leider nicht richtig nachdenken, denn ihr war aufgefallen, dass Kolbes Bauch schneller wippte als seine Schultern, und sie grübelte, wie er das wohl machte. Kolbe hatte aber auch gar keine Antwort erwartet, denn nach einer angemessenen Pause antwortete er selbst: «Wenn der ‹Führer› diesen Bunker gehabt hätte, hätten ihn weder die Russen noch die Alliierten gekriegt und auch keine Kugel. Bis heute könnte er da noch munter drinsitzen und so vor sich hin Nazi sein. Den Bunker hätten die nie aufgekriegt, hat der alte Machallik immer gesagt. Nur so hat der sich wirklich sicher gefühlt.»

Schürrmann verzog das Gesicht. «Machallik war doch gar nicht nur im Bunker. Der war doch im Prinzip ständig draußen, in Berlin.»

«Ganz genau.» Kolbe boxte ihm leicht auf den rechten Arm. «Aber er war schon seit Jahren nur noch so weit vom

Bunker weg, dass er immer in höchstens vier Stunden wieder drin sein konnte. So hat's geheißen.»

Schürrmann grinste: «Na, da darf er hier im Winter im Prinzip aber nicht mit der S-Bahn unterwegs sein.»

«Ist er auch nicht. Herr Machallik ist nämlich bereits tot.» Erstaunlich laut unterbrach Claire Matthes die beiden Männer. «Und wenn Sie noch einmal ‹im Prinzip› sagen, fürchte ich, werde ich Ihnen eine runterhauen müssen.» Plötzlich hatte ihre Stimme wieder diese entschlossene Strenge, die sie auch bei den Machallik-Söhnen von Zeit zu Zeit bekam.

«Natürlich», grinste Hauptwachtmeisterin Simon. «Das kennt der Herr Schürrmann im Prinzip schon. Aber wie können wir die Tür denn wieder aufkriegen?»

«Gar nicht.» Frau Matthes zuckte die Schultern. «Von außen kann man diese Tür überhaupt nicht öffnen. Und es gibt auch keinen anderen Zugang. Der Raum lässt sich nur von innen öffnen.»

«Und warum warten wir dann nicht einfach, bis die drei da wieder rauskommen?» Dem beleidigten Schürrmann wurde das nun wirklich zu blöd.

Frau Matthes blieb zornig. «Ich muss mit Hauptkommissar Lanner reden, sofort. Es ist wirklich sehr, sehr dringend. Das habe ich doch schon am Telefon gesagt.»

Kolbe grunzte. «Unser fähigster Dorfsheriff, der begnadete Hauptinnenstadtparker Lanner, ist wohl leider gerade auf einem Außeneinsatz. Im Moment weiß niemand, wann er sich die Ehre gibt, nach Berlin zurückzukehren. Womöglich erst tief in der Nacht.»

Claire Matthes griff nach einem Stuhl und setzte sich. «Dann ist es vielleicht schon zu spät.»

Ramona Simon hockte sich vor sie. «Was ist zu spät?»

«Der Herr Wolters ist in großer Gefahr. Wie ich bereits gesagt habe, waren die drei Herren sehr betrunken und haben auch ganz schönen Unsinn erzählt. Dann ist der Herr Wolters auf Toilette gegangen, und die Brüder kamen irgendwie auf den Abend, also die Nacht zu sprechen, in der ihr Vater starb. Auf den Empfang eben, wo Erwin, also Herr Machallik, sein neues Rattengift vorstellen wollte, seine eigene Kreation, durch die er dann leider ums Leben kam. Und als Helmut gerade Max sagt, er habe gesehen, wie Max seinem Vater das Gift ins Glas geschüttet hat, da kommt der Herr Wolters von der Toilette zurück und hört das alles, also mit dem Verbrechen, dem Gift und diesen Dingen. Dann haben ihn die Brüder entdeckt, und dann … es ging alles so schnell …»

Mit einer Geschwindigkeit, die ihm gewiss niemand in der gesamten Berliner Polizei zugetraut hätte, war nun auch Kolbe bei der Sekretärin und hockte sich vor sie. Er drehte seinen Kopf unter ihr Gesicht und berührte mit der Nase fast ihren Mund, als er ein wenig zu laut nachhakte: «Wollen Sie damit sagen, die Machallik-Brüder haben heute Nachmittag in Ihrem Beisein und dem von Herrn Wolters den Mord an ihrem Vater gestanden?»

Erschrocken zog Frau Matthes ihr Gesicht von Kolbes weg. «Nein, natürlich nicht. Das möchte ich keinesfalls gesagt haben. Auch in jener Nacht waren alle sehr betrunken, und wenn überhaupt, war es ohne eigentliche Absicht. Es hat sich nur so ergeben, dass Max … ein bisschen …» Sie geriet ins Stocken. «Also, ich sag jetzt gar nichts mehr.»

Kolbe setzte sich mit seinem dicken Hintern auf den Boden und schnaufte. Die schnelle Bewegung war wohl doch anstrengender als vermutet gewesen. «Die beiden haben den Mord quasi ein bisschen gestanden? Wollten Sie das sagen?»

Frau Matthes verschränkte beleidigt die Arme. Man merkte deutlich, dass sie eigentlich schweigen wollte, aber es gelang ihr nicht. «Selbst wenn sie ihren Vater ermordet haben sollten, bin ich trotzdem von ihrer Unschuld überzeugt.»

Hauptwachtmeisterin Simon war zwar nicht unglücklich über die gewonnene Erkenntnis, sorgte sich aber um Georg Wolters. «Glauben Sie denn, die Machallik-Brüder werden Herrn Wolters etwas antun?»

«Eigentlich nicht. Als sie Herrn Wolters entdeckt hatten, haben sie ihn überwältigt, und Helmut, der kräftigere von den beiden, hat sich auf ihn draufgesetzt. Ihn damit praktisch festgehalten. Dann hat Max mich rausgeschoben und zur Bank geschickt, ich solle fünfzigtausend Euro vom Geschäftskonto abheben. Vielleicht könne man Herrn Wolters ja damit zum Schweigen bringen. Und als ich wiederkam, war der Chefbürobunker zu.»

Wachtmeister Schürrmann ging zum Flur und schaute auf die verriegelte Bürotür. «Kann man denn nicht irgendwie mit den Leuten dadrin Kontakt aufnehmen? Es muss doch eine Art Sprechverbindung geben oder Kameras?»

Frau Matthes nickte. «Selbstverständlich, aber das wird alles von innen gesteuert, und die Jungs haben alle Kanäle geschlossen.»

«Also, ich halte es durchaus für möglich, dass die drei einfach nur ihren Rausch ausschlafen, und morgen früh öffnen sie den Bunker von innen. Alle sind putzmunter, und dann kann man in Ruhe noch mal über alles reden.» Ramona Simon versuchte, die Situation irgendwie zu entspannen, aber ihre Worte fand sie selbst nicht überzeugend. «Was immer die beiden Brüder gesagt haben mögen, ein offizielles, belastbares Geständnis ist das gewiss noch nicht. Wenn Sie sagen,

Sie sind trotzdem von der Unschuld der Brüder überzeugt, glaube ich Ihnen das. Vielleicht war alles eher so ein schuldhafter Unfall, also kein wirklicher Mord.»

Claire Matthes nahm ihre Hand. Sie schätzte es, wie die junge Frau ihr das Herz wieder leichter machen wollte. Und doch war es vergebens. «Ich habe Ihnen noch nicht alles gesagt.» Claire Matthes erhob sich mühsam von ihrem Stuhl und ging zum Schreibtisch. «Oder besser ausgedrückt: noch nicht alles gezeigt. Als ich von der Bank zurückkam, lag dieser Brief auf meinem Schreibtisch. Es ist die Handschrift von Max, ohne jeden Zweifel, aber das wird Ihnen bei Bedarf sicher auch jeder Graphologe bestätigen.» Sie reichte den Brief an Wachtmeister Schürrmann, der dem Schreibtisch am nächsten stand. Nach einem kurzen Blickkontakt mit seiner Kollegin begann er vorzulesen:

«Liebe Tante Claire,
Wolters wird sich nicht bestechen lassen. Das hat er uns mehr als deutlich gesagt. Er hat im Gegenteil sogar behauptet, er würde für die Polizei arbeiten, wäre in unserer Firma undercover für Hauptkommissar Lanner tätig. Hat gedroht, wir bekämen Riesenärger, wenn ihm was zustoße. Leider ist ihm dann etwas zugestoßen.

Helmut und ich haben beschlossen, nicht ins Gefängnis zu gehen. Wir werden die Sache hier und jetzt zu Ende bringen. Dieser Bunker, dieses Mausoleum unseres Vaters, erscheint uns dafür der geeignete Ort. Vermutlich wird man es nie öffnen können, und wir werden begraben bleiben wie junge Pharaonen. Dieser Gedanke gefällt besonders Helmut.

Die Verantwortung für die Firma übertragen wir hiermit Dir und Toni Karhan. Wir alle wissen, er ist einer von Vaters vielen unehelichen Söhnen. Wir wussten es immer, so wie er ihn uns gegenüber gelobt und gepriesen hat. Wir hoffen, er wird ein besserer Mensch als sein Vater und ein besserer Firmenchef als seine Brüder.

In ewiger Verbundenheit,

Max und Helmut Machallik, Berlin, den 26. September»

Kolbe sprang auf und fauchte Frau Matthes an: «Das heißt, Sie wussten die ganze Zeit von dem Brief, also dass Wolters tot ist und die Brüder sich wahrscheinlich auch schon umgebracht haben, und kommen damit jetzt erst hinterm Busch hervor?»

Claire Matthes sackte wieder auf ihren Stuhl zurück. «Ich dachte, vielleicht kann die Polizei ja doch den Raum öffnen. Vielleicht ist Herr Wolters nur bewusstlos, und alle leben noch. Oder Herr Lanner hat eine Idee.»

«Und ganz nebenbei», mischte sich Wachtmeister Schürrmann ein, «haben Sie gehofft, dass sich doch noch das ein oder andere vertuschen lässt, nicht wahr?»

«Ich kenne die Jungs seit ihrer Geburt. Und was immer geschehen ist: Die beiden haben ihren Vater sicher nicht im eigentlichen Sinne umgebracht. Ich würde sie niemals unsinnig einem Mordprozess aussetzen.»

Ramona Simon nahm die alte Frau in den Arm. «Also, ich kann hier kein Fehlverhalten und schon gar keine illegale Handlung von Frau Matthes erkennen. Die wichtige Frage ist doch: Was machen wir jetzt?»

Das war Kolbes Stichwort. Er war wie immer bereit, Verantwortung zu übernehmen: «Für meine Begriffe ist das Ganze hier jetzt ein Tatort oder zumindest ein Tatortumfeld und damit Sache der Spurensicherung. Das heißt für Sie,

Hauptwachtmeisterin Simon, Sie folgen ab jetzt meinen Anweisungen.» Er machte eine kurze Pause, und als niemand, auch nicht die junge Polizistin, widersprach, legte er los: «Ich bestelle nun meine Leute her. Schürrmann, Sie bewachen die Tür, bis Sie abgelöst werden. Falls die Jungs sich das doch noch anders überlegen und rauskommen, sollte sie jemand in Empfang nehmen. Simon, Sie bringen Frau Matthes nach Hause und kümmern sich um die Dame. Sie, Frau Matthes, halten sich aber zu unserer Verfügung. Wir werden sicher noch Fragen haben. Und dann wollen wir mal sehen, ob sich diese Mutter aller Bunker nicht doch irgendwie für uns öffnet. Immerhin ist das auch die Zentrale der Rattenbekämpfung in dieser Stadt, und da haben wir ja noch so ein kleineres Problemchen. Wir brauchen diesen Zugang!»

Kolbe schaute kampfeslustig auf die gewaltige, buchenholzvertäfelte Sicherheitstür. Er kannte natürlich die Geschichten und Legenden über Machalliks Bunker. Deshalb wusste er auch, dass dort wahrscheinlich noch sehr viel mehr zu finden war als nur drei Leichen und Rattenbekämpfungspläne. Er wollte der Erste sein, der diese Geheimnisse sah. Aber unbedingt.

Als Carola Markowitz von der Toilette zurückkam, saßen zwei weitere Gäste in der Gaststube. Der eine etwas größer, der andere etwas dicker als der Wirt. Beide waren in etwa sein Jahrgang. Auch sie trugen die Haare ein wenig zu lang, aber bei ihnen konnte man immerhin noch die Farbe, braun beziehungsweise schwarz, einigermaßen zuverlässig benennen. Sie waren, wie der Wirt, recht nachlässig gekleidet.

Menschen, die ihre Kleidung vor allem tragen, damit sie nicht frieren, und weil man das eben so macht, also Kleidung tragen, und natürlich auch, damit sie Hosentaschen haben, die sie vollstopfen können. Mit Portemonnaies, Schlüsseln, Kleingeld, Taschenmessern und Taschentüchern, eben Kram. Alle hatten sie so vollgestopfte Hosentaschen. Jungs von Mitte vierzig mit vollgestopften Hosentaschen.

Carola Markowitz grüßte selbstbewusst, und die Männer nickten unsicher zurück. Wahrscheinlich hatte dieses Lokal nicht häufig Damenbesuch. Sie setzte sich an ihren Tisch. Niemand sprach ein Wort, nur das Radio dudelte unverdrossen in der Küche, wo der Wirt immer noch kochte. Er war erstaunlich lange mit dieser einen Portion Pommes beschäftigt. Selbst wenn er erst das Fett erhitzen musste, so lange dauerten Pommes beim besten Willen nicht.

Sie schaute zum Stammtisch. Wie die Männer, wohl Freunde, jeder ein Bier vor sich, dasaßen und nichts redeten. Vielleicht lag es an ihr. Vielleicht trauten sie sich nicht, in Anwesenheit einer fremden Frau zu sprechen. Gab es nicht so eine Religion, wo Männer in Anwesenheit von Frauen nicht redeten? Oder sprachen die Frauen nicht in Anwesenheit von Männern? Oder beides? Nein, das war dieser Orden, wo Frauen zwar grundsätzlich reden, aber nicht anwesend sein durften. Auch nicht einfach.

Die beiden Männer beobachteten sie. Also wenigstens das war erlaubt. Beobachten, eben so, wie man jemanden beobachtet, wenn man nicht will, dass derjenige, den man da beobachtet, merkt, dass man ihn beobachtet, obwohl doch alle, wirklich alle im Raum wissen, es wird beobachtet.

Carola Markowitz hatte sich schon unwohl gefühlt, bevor diese Männer da gesessen hatten. Nun hatte sich das noch mal verstärkt. Von der Toilette aus hatte sie auf dem Revier in der Friesenstraße angerufen, nach wie vor gab es nichts Neues von Hauptkommissar Lanner. Sie hatte die Kollegen gebeten, sein Fahrzeug anzupeilen, aber offensichtlich war der Sender jetzt doch hinüber. Die Peilung ergab immer wieder die alte Position. Ärgerlich. Es war schon eine Zumutung, die Verbrechen des digitalen Zeitalters mit Faustkeiltechnologien bekämpfen zu müssen. Oder hatte Lanner den Sender selbst außer Betrieb gesetzt, weil er etwas plante, das unentdeckt bleiben sollte?

Die Tür ging auf, und ein weiterer Mann kam rein. Er war deutlich kleiner und wohl auch etwas jünger als die anderen. Vor allem aber war er deutlich attraktiver, drahtig, fast sportlich, mit Igelfrisur und Dreitagebart. Seine Kleidung machte sogar den Eindruck, als hätte er sie bewusst gewählt. Zumindest passten die dunklen Jeans, das weinrote Sweatshirt und die blaue Kapuzenjacke irgendwie zu ihm. Die Hosentaschen hatte aber auch er vollgestopft.

Er nickte Carola zu und rief in Richtung Stammtisch: «Alles klar?!» Die Männer bewegten ihre Köpfe ein wenig unkontrolliert, womit sie wohl eigentlich Zustimmung signalisieren wollten, andererseits jedoch deutlich machten, dass bei ihnen irgendwie gar nichts klar war. Der Neue interessierte sich nicht im Geringsten für die Antwort und war längst auf dem Weg in die Küche, wo er lautstark den Wirt begrüßte. Der verschloss, sobald der Neue in der Küche war, die Tür zur Gaststube. Die beiden Männer am Tisch wirkten jetzt noch angespannter. Sie starrten zur Küchentür und schienen sehr daran interessiert, was die anderen da nun wohl so Dringendes, Geheimes zu besprechen hatten. Kein Wunder, Markowitz interessierte es ja auch. Wieder schaute sie aus dem Fenster. Keine Spur von Lanner.

Vielleicht sollte sie einfach gehen. Es war eine Schnaps-idee gewesen, ohne Absprache – außer mit Lanner – hier-herzufahren. Auch gerade, als sie mit dem Revier telefoniert hatte, hatte sie nicht gesagt, wo sie war. Auf einmal fand sie sich unsäglich dumm. Was hatte sie sich überhaupt dabei gedacht? Und warum hatte sie sofort ihre Marke vorgezeigt? Was, wenn diese Männer wirklich etwas mit Kaminskis Tod zu tun hatten? Wenn sie sogar dafür verantwortlich waren? Sie schaute noch mal zu den beiden am Stammtisch, und plötzlich bemerkte sie etwas in den Gesichtern, was sie wirk-lich beunruhigte: Da war Angst in ihren Augen. Kein Zwei-fel, echte, unübersehbare Angst.

Ein neuer Gedanke schoss ihr durch den Kopf. Vielleicht war Lanner doch schon hier gewesen. Hat gesagt, er sei Polizist und wegen des Kaminski-Falls da, und erfuhr dann tatsächlich Wesentliches über Kaminskis Tod. Aber im An-schluss ist er nicht zurück nach Berlin, um als großer Held ge-feiert zu werden, denn er konnte überhaupt nirgendwo mehr hinfahren. Womöglich hat er noch gesagt, er sei nicht allein. Man werde ihn suchen. In Kürze schon würde eine Kollegin hier eintreffen. Vielleicht haben sie ihm geglaubt, vielleicht auch nicht. Auf jeden Fall war es nicht mehr verwunderlich, dass der Wirt sie erwartet hatte. Deshalb hatte er ihr auch vorgeschlagen, etwas zu essen, um Zeit zu gewinnen, damit seine Kumpel, speziell der kleine, drahtige, noch erledigen konnten, was sie wohl noch zu erledigen hatten. Alles ergab auf einmal Sinn. Sie versuchte, ihren Atem zu beruhigen und klaren Kopf zu bewahren. Sie hatte wenig geschlafen, eigent-lich gar nicht. Vielleicht sah sie auch nur Gespenster, verstieg sich in eine völlig unsinnige, abstruse Theorie. Sie sollte aber unbedingt aufstehen und gehen. Das wäre das Vernünftigste.

Einfach raus zu ihrem Auto und wegfahren. Pommes und Cola könnte sie auch morgen noch zahlen. Morgen würde sie wiederkommen, mit Verstärkung und mit Lanner. Hoffentlich auch mit Lanner … Sie versuchte, ihre Gedanken zu sortieren. Gelassen aufstehen und rausgehen. Das sollte sie jetzt machen – oder hätte sie besser schon vor einer Minute machen sollen, dachte sie unwillkürlich, als nun der Wirt und sein Kumpel aus der Küche kamen und den Freunden am Stammtisch zunickten, die daraufhin zu den Fenstern gingen und die Rollläden runterließen. Markowitz beobachtete wie gelähmt den Wirt. Der ging gelassen zur Tür, verriegelte sie und steckte den Schlüssel in seine vollgestopfte Hosentasche.

Es war bereits dunkel, als Toni Karhan seinen Wagen auf dem schwach beleuchteten Parkplatz des Privatclubs in Zehlendorf abstellte. So unauffällig sein VW-Passat normalerweise auch war – hier, auf diesem Parkplatz, stach er heraus wie ein buntes Pony. Ein schäbiges buntes Pony allerdings. Neben all den Luxuskarossen und Limousinen kam es Toni vor, als wäre er mit dem Bollerwagen gekommen.

Er war müde. Die halbe Nacht hatte er sich mit den Aufzeichnungen und Plänen befasst, die ihm Frau Matthes gegeben hatte, und einen ersten Ansatzpunkt gesucht, um Machalliks System der Rattenpflege zu verstehen. Die andere Hälfte der Nacht hatte er mit seiner Mutter in Polen telefoniert. Also, genau genommen hatte sie mit ihm telefoniert. Er hatte eigentlich kaum etwas gesagt. Die Angewohnheit, nachts lange mit ihrem Sohn zu telefonieren, hatte Ivonna Karhan noch aus der Zeit, als die Gebühren nach 23 Uhr deutlich geringer waren. Mittlerweile hatte Toni selbstverständlich eine Flatrate und konnte rund um die Uhr zum selben Tarif telefonieren. Aber seine Mutter hatte sich so sehr ans nächtliche Telefonieren gewöhnt, dass sie davon nicht lassen mochte. Früher hatte sie der fragwürdigen Logik angehangen, dass sie, wenn es nachts besonders günstig war zu telefonieren, umso mehr sparen würde, je länger sie telefonierte. So wie andere annehmen, dass, wenn man durch Salatessen schlank wird, ein großer Salat schlanker macht als ein kleiner. Toni versuchte schon lange nicht mehr, ihr solche Dinge auszureden. Es führte nur zu endlosen Diskussionen, an deren Ende er seiner Mutter doch wieder recht gab, was sie noch zusätzlich verwirrte, da sie ja eigentlich von Anfang an im tiefsten Innern wusste, dass sie im Unrecht war.

Auch spürte Toni, wie gut ihr diese nächtlichen Telefonate taten. Seit Wochen schon wurde sein Vater nur noch von Geräten am Leben gehalten. Selbstverständlich bewahrte Ivonna Karhan dennoch Haltung. Tapfer führte sie alleine das kleine Schreibwarengeschäft in Breslau und verbrachte zudem viele Stunden am Bett ihres Mannes. Sie hätte sich niemals beklagt, selbst bei Toni beschwerte sie sich nicht über ihr Schicksal, sondern schimpfte einfach nur auf die Ärzte, die Schwestern, das Gesundheitssystem, die Regierung, die mittlerweile absurden Preise für gute Graphitstifte und auf die seelenlosen Schreibwaren-Großhändler an der polnisch-deutschen Grenze. Außerdem, sagte sie, habe sie immer mehr Mäuse im Garten. Wann er denn mal zum Vergiften vorbeikomme. Frau Jenacek, die Nachbarin, würde auch einen Kuchen backen. Für sie solle er dann auch ein schönes Gift mitbringen. Also, für ihren Garten natürlich.

Die gepflegte junge Frau im Empfangsbereich des Clubs führte ihn direkt zu Frau Dr. Mierwald. «Oh, Herr Karhan, haben Sie es ohne Probleme gefunden? Die anderen Herren sind bereits alle in der Sauna, aber Sie können einfach dazustoßen. Es ist alles für Sie vorbereitet.»

Toni fühlte sich gleich noch müder. «Oh, Sauna ist nicht gut. Warte ich lieber, bis Sauna fertig.»

«Ach herrje», Jessica Mierwald lachte, «das kann aber ziemlich lange dauern. Zumal die Herren hinterher sicher noch ins Entspannungsbecken gehen. Handtücher, Bademantel, Schlappen, es liegt alles parat. Es wird Ihnen guttun. Sie sehen sehr gestresst aus.»

Obwohl er ahnte, dass sein Widerstand aussichtslos war, ließ Toni nichts unversucht. «Hab ich nicht viel Zeit. Muss nur kurz sprechen Bürgermeister. Gehe schnell rein, rede kurz und wieder raus. Kann natürlich Schuhe ausziehen. Aber sonst … Hitze macht mir nichts. Ist gut.»

Ein Strahlen huschte über Dr. Mierwalds Gesicht und blieb dann, leicht gedimmt, in ihren braunen Augen stehen. «Selbstverständlich, Herr Karhan, machen Sie es einfach so, wie Sie es für richtig halten. Ich will Sie auch gar nicht umstimmen, nur eines sollten Sie bedenken –»

Als Toni knapp zehn Minuten später in Bademantel und Schlappen in die Sauna trat, versuchte er sich noch verzweifelt zu erinnern, was genau Jessica Mierwald jetzt eigentlich zu ihm gesagt hatte. Er schaffte es nicht, aber in einem war er sich sicher: Diese junge Frau argumentierte noch besser und überzeugender als seine Mutter, und das wollte wirklich was heißen.

«Ah, der Herr Karhan!» Toni hatte die Tür noch nicht geschlossen, da stellte Bürgermeister Koppelberg ihn der

Saunarunde schon vor: «Das, meine Herren, ist also Toni Karhan, der neue oberste Rattenjäger der Stadt.» Er sagte es, als erwarte er eine Fanfare am Ende des Satzes. Die Männer nickten Toni jedoch nur verhalten zu. Toni wusste, egal worüber sie auch gesprochen hatten, in dem Moment, wo sie ihn durch die Glasscheibe gesehen hatten, war das Gespräch abrupt verstummt. Da ihm nichts Besseres einfiel, sagte er das Naheliegendste: «Guten Abend.»

Den Bürgermeister, den Innensenator, Dr. Kersting und den Polizeipräsidenten erkannte er sofort. Bei den anderen fünf Männern war er sich nicht ganz sicher.

«Soso, dann wollen Sie hier jetzt wohl Erwin Machalliks Platz einnehmen?» Schroff, regelrecht missbilligend war Kerstings Begrüßung ausgefallen. Toni erkannte nun auch den Mann neben dem Anwalt. Manche Menschen sehen ja, wenn sie schwitzend und nackt in der Sauna sitzen, ganz anders aus als beispielsweise im Büro oder auf Partys oder bei der Präsentation eines neuen Rattengifts. Aber dies war ohne Frage Herbert Maschmann, der legendäre Bauunternehmer. Selbst hier in der Sauna, wo seine Haare nicht so locker und voll wirkten, sondern nass herunterhingen, sah der hagere, muskulöse, hochaufgeschossene Mann immer noch irgendwie distinguiert aus. Wie ein polnischer Graf, dachte Toni.

«Da oben uffe Bank hat er immer jesessen. Anner heißesten Stelle vonne Sauna. Dit war ihm ja janz wichtig. Dass er an der heißesten Stelle sitzt. Machallik, die alte, coole Sau.» Maschmann lachte dröhnend.

Erstaunlich, dachte Toni, wie die Sprache eines Mannes sein Aussehen verändern kann. Das wechselte nun nämlich vom polnischen Grafen zum preußischen Offizier.

«Wobei, die Söhne haben sich mit die billigen Plätze da

unten zufriedenjejeben, aber die sind ja heute wohl leider verhindert.» Wieder lachte er, und diesmal stimmten einige der anderen ein. Plötzlich jedoch verschwand das Lachen aus Maschmanns Gesicht. Beinah brutal schaute er Toni an. «Und, Herr Karhan? Wo sortieren Sie sich ein? Welchen Platz wählen Sie?»

Toni verzog keine Miene. «Ich stehe.»

Wieder war es still, wie nach der Begrüßung des Bürgermeisters, weshalb dieser sich nun wohl auch in der Pflicht sah. «Aber, aber, meine Herren. Jetzt entspannen Sie sich doch. Es ist für uns alle eine anstrengende Zeit, aber heute war wirklich mal ein guter Tag. Das war ein hervorragender Auftritt auf der Pressekonferenz, Herr Karhan. Von Ihnen und auch von Ihrem Kollegen, dem Herrn Wolters. Wenn es mal nicht mehr so läuft mit dem Rattenjagen, würden Sie auch passable Politiker abgeben, was?» Er schaute beifallheischend in die Runde, bekam jedoch keine Reaktion.

Toni wurde es zu heiß, er wollte so schnell wie möglich wieder raus, also kam er einfach zur Sache: «Hab ich gefunden Lösung für Rattenproblem. Vielleicht.»

«Aber das ist doch wunderbar. Warum dann so ernst?»

«Mit Lösung ich habe auch gesehen wahre Größe von Problem. Problem ist sehr groß. Viel größer als gedacht. Nicht gut.»

«Was heißt das?»

«Vielleicht wir reden besser unter vier Augen.»

Sofort machte sich bei den anderen Unmut breit. Dr. Kersting ergriff aus dem allgemeinen Gegrummel heraus das Wort. «Nu machen Sie sich mal nicht ins Hemd, Herr Karhan. Sie können ganz offen reden, wir haben hier nämlich keine Geheimnisse. Sie befinden sich direkt im Gehirn dieser Stadt.»

Das hab ich immer befürchtet, dachte Toni. Im Gehirn dieser Stadt ist es also heiß, stickig, schlecht beleuchtet, und es stinkt nach alter Mann. Mit Pfefferminzaufguss. Wenn das das Gehirn der Stadt ist, dann möchte man ja kein Gedanke sein. Das erklärte vieles. Außerdem, dachte Toni noch, war der Satz ‹Wir haben hier keine Geheimnisse› wahrscheinlich der am meisten gelogene Satz in dieser Stadt seit über fünfzig Jahren, also seit mal niemand die Absicht hatte, eine Mauer zu bauen. Wobei es in der nach oben offenen Verlogenheitsskala vermutlich noch andere gutplatzierte Sätze gab. «Wir wechseln mehrmals täglich unser Frittenfett!» zum Beispiel.

Bürgermeister Koppelberg versuchte, ein weiteres Mal zu vermitteln. Irgendwie schien er das für seine Aufgabe zu halten, die Interessen, Meinungen und Aggressionen in diesem Raum, dem muffig riechenden Gehirn der Stadt, zu moderieren. «Also, Herr Karhan, bei allem Respekt vor Ihrer fachlichen Kompetenz und Ihrer offensichtlichen Sorge um diese Stadt, die ich natürlich teile – Sie müssen doch auch mal die Tatsachen sehen. Den ganzen Tag schon ist praktisch Ruhe. Es ist wie ein Wunder. Seit unserer Pressekonferenz haben die Rattenangriffe vollkommen aufgehört. Es ist, als ob die Tiere Schiss vor Ihnen hätten und allesamt die Stadt verlassen haben. Die Abendnachrichten preisen Sie …»

«… und den Bürgermeister.» Der Innensenator assistierte und bekam dafür ein Lächeln.

«Genau das macht mir Sorge.» Toni merkte, wie seine Poren sich öffneten und der Schweiß zu laufen begann. «Sie wissen, wie funktioniert Tsunami? Zuerst Meer geht weg. Verschwindet praktisch. Dann kommt zurück mit unvorstellbarer Wucht.»

Koppelberg starrte ihn mit offenem Mund an. Polizeipräsident Breissing schaltete sich ein: «Wollen Sie damit etwa sagen, Berlin erwartet einen Ratten-Tsunami?»

Toni zuckte die Schultern. «Ist nicht gut, aber möglich.»

Der Bürgermeister erhob sich. Jetzt erst fiel Toni auf, wie klein er war. Wahrscheinlich trug er sonst extrahohe Absätze. So wie dieser ehemalige französische Präsident mit der berühmten Frau oder dieser Schauspieler, der bei dieser Sekte war. Hier in der Sauna halfen dem kleinen quirligen Mann mit der Louis-de-Funès-Physiognomie solche Tricks aber natürlich nicht. Wenn er auf Toni Eindruck machen wollte, wäre er besser sitzen geblieben. Das fiel Koppelberg jetzt wohl selbst auf, aber es war zu spät. Also versuchte er, die fehlende Körpergröße durch Lautstärke wettzumachen: «Hören Sie, Karhan, ich verlange von Ihnen, jeden Ratten-Tsunami zu verhindern! Es ist mir völlig egal, wie, aber verhindern Sie es! Oder zögern Sie es zumindest raus bis nach der Wahl. Das ist eine Anweisung, der Sie Folge leisten werden. Haben Sie verstanden?»

Toni war der Schweiß mittlerweile in die Ohren gelaufen. Er hatte Sauna noch nie leiden können. «Dann ich brauche Zugang zum Bunker. Machallik-Bunker. Dort vielleicht ist Lösung.»

«Vielleicht?»

«Vielleicht. Ist gut.»

Der Polizeipräsident mischte sich wieder ein. «Unsere besten Spezialisten kümmern sich schon …»

«Reicht nicht.» Toni staunte über sich selbst. Er war dem Polizeipräsidenten über den Mund gefahren. Der Schweiß in Ohren, Augen und Poritze machte ihn spürbar aggressiv. «Brauchen allerbeste Spezialist aus Moabit.»

Jetzt sprang Kersting auf: «Sie meinen doch wohl nicht etwa Otto, den weichen Keks?»

«Genau.»

Der Mann neben dem Innensenator, den Toni nicht kannte, verdrehte die Augen. «Wer ist das denn jetzt schon wieder?» Ein Gedanke, der Toni eben auch bei diesem Mann gekommen war.

«Der wahnsinnige Otto Stark», sagte der Polizeipräsident, «genannt der weiche Keks, weil bei seinen Überfällen immer Kekskrümel zurückblieben. Kein Safe, kein Schloss, keine Box, die der nicht geknackt hätte. Und auch keine Zelle, die ihn, den Ausbrecherkönig, hätte halten können. Hat uns schon ganz schön beschäftigt, der Mann. Wir haben für ihn in Moabit extra eine neue, allerhöchste Stufe der Sicherungsverwahrung erfunden.» Er drehte sich zur Seite. «Sagen Sie mal, Kersting, Sie haben ihn doch zuletzt verteidigt. Hat er nicht nach dem Urteil gesagt, Sie hätten ihn gelinkt, und wenn er wieder rauskäme, würde er Sie totschlagen?»

Dr. Kersting grinste. «Einsperren wollte er mich. Das hat er gesagt. Wenn er rauskomme, würde er mich einsperren und nie wieder rauslassen.» Er lachte knatternd. «Na, dann werde ich ihn jetzt mal rausholen. Wird bestimmt ein ganz schöner Papierkrieg, den zum Bunker zu kriegen.»

Breissing nickte. «Worauf Sie sich verlassen können. Ich werde zumindest für die Aktion keinerlei Verantwortung übernommen haben. Sie werden mir den weichen Keks schön in dreifacher Ausfertigung quittieren.» Die nackten Männer begannen munter zu feilschen, was in wessen Verantwortung fallen würde und wer welche Gefallen für welche Unterschrift verlangen könnte.

Toni, dem der Schweiß unerträglich in den Augen brannte, spürte, wie sein Kreislauf auf Stand-by schaltete. Langsam ließ er sich gegen die Tür fallen, öffnete sie und verabschiedete sich mit einem konsequenten: «Ist egal.»

Er hatte einen Raubzug verpasst. Zum ersten Mal seit über drei Jahren hatte er einen Raubzug schlicht vergessen. Sie spotteten bereits über ihn. Gut, einige machten sich auch Sorgen, aber viele spotteten. Er würde sie alle vernichten. Es hatte keinen Sinn, mit unnötiger Nachsicht Zeit zu vergeuden. Bald schon würde er sich darum kümmern, aber zunächst musste er die Ratten finden. Millionen von Ratten konnten nicht einfach so verschwinden. Sie würden bald wieder auftauchen, gewaltiger als zuvor. Es würde die ganze Nacht dauern und den Tag wahrscheinlich auch. Vermutlich würde er zum ersten Mal seit langer Zeit wieder einen ganzen Tag durchmachen müssen. Er wurde älter. Einen Tag durchzumachen fiel ihm nicht mehr so leicht wie früher. Da hatte er mehrere Tage am Stück durchmachen können, und es hatte ihm nichts ausgemacht. Aber jetzt?

Doch es half nichts. Der Krieg hatte begonnen, und wenn es eines gab, was er in den letzten Jahren gelernt hatte und aus dem Effeff beherrschte, dann war das, Krieg zu führen. Er war Ratmaster Big, und wer ihn nicht fürchtete, der kannte ihn nicht.

Also außer ihr. Sie kannte ihn natürlich und meckerte trotzdem. Das war das Schlimmste. Wenn er den Tag würde durchmachen müssen, hätten sie viel mehr gemeinsame Wachzeit, die sie mit ausgiebigem Meckern füllen konnte und sicher auch würde. Aber das ließ sich nicht ändern. Jede Apokalypse hat auch eine nervige Seite.

Ich denke, wir haben ein bisschen was zu besprechen.» Der Wirt wirkte überhaupt nicht böse oder bedrohlich, eigentlich nicht mal angespannt, als er von der verschlossenen Tür auf Carola Markowitz zuging. Er war im Gegenteil geradezu beängstigend ruhig.

«Setzen Sie sich doch zu uns an den Stammtisch. Da ist am meisten Platz.»

Markowitz versuchte, genauso ruhig zu sein. Es gelang ihr aber nicht. Sie ärgerte sich maßlos über das leicht schrille Vibrato in ihrer Stimme, als sie antwortete: «Mein Kollege wird jeden Moment eintreffen. Wenn hier alles verrammelt ist, wird er sicher Verstärkung anfordern.»

«Na, isch denke», sagte der Drahtige mit heiser-krächzender Stimme, «zuerst wird der sischer Ihren Wagen bemerken, und denne ruft der doch erst mal auf Ihr Handy an. So würd isch dit zumindest erst mal machen.»

Trotz aller Unruhe registrierte Markowitz, wie ein einziger gesprochener Satz jegliche Attraktivität pulverisieren kann. Sie war beinah dankbar, dass der Wirt mit seiner warmen, tiefen Stimme wieder übernahm.

«Sie müssen keine Angst haben. Zumindest grundsätzlich nicht. Wir haben eigentlich nicht vor, Ihnen irgendetwas anzutun. Auch Ihrem Kollegen nicht, falls er noch kommt.»

«Beziehungsweise falls es den denn überhaupt auch irjendwie jibt im eigentlichen Sinne», fügte der Drahtige hinzu.

Hätte sie nicht solche Angst gehabt, wäre Markowitz

vermutlich amüsiert gewesen. Mit seiner seltsamen Art zu reden entspannte der Drahtige auch die Situation. Andererseits, wer bereit ist, so mit der Sprache zu verfahren, dem traut man auch sonst manche Skrupellosigkeit zu.

«Wir haben nur abgeschlossen, um sicher zu sein, nicht gestört zu werden», sagte der Wirt. «Denn das, was wir Ihnen zu erzählen haben, geht hier im Ort niemanden etwas an.»

«Aber escht nisch», ergänzte der Drahtige.

Um ihre Bereitschaft zum Zuhören zu signalisieren, setzte sich Carola Markowitz auf.

«Wollen Sie nicht doch zu uns an den Stammtisch kommen?», fragte der Wirt.

«Ich höre Sie auch von hier sehr gut.»

Langsam gewann Markowitz die Kontrolle über sich und die Situation zurück. Zu ihrer Überraschung ergriff nun aber der dickere der beiden bislang schweigenden Männer das Wort.

«Gehen wir recht in der Annahme, dass Sie wegen des Todes von Herrn Kaminski hier sind?»

Diese Formulierung hatte sie seit der letzten «Was bin ich?»-Sendung mit Robert Lembke nicht mehr gehört. Sie war gespannt, ob jemand bei ihrem ersten «Nein» fünf Mark in ein Sparschwein werfen würde. Vorerst jedoch nickte sie einfach.

«Und Sie wissen vermutlich bereits, dass er hier in diesem Lokal war, kurz bevor er starb?»

So genau hatte Markowitz das nicht gewusst, aber sie entschloss sich, einfach mal weiter zu nicken.

«Und jetzt wollen Sie gern wissen, was geschehen ist, in jener Nacht am dritten April?»

«Das wäre sehr schön.» Markowitz bemühte sich, entspannt und nicht ungeduldig zu wirken, was ihr sogar leidlich gelang.

«Also gut», übernahm der Wirt wieder, dem die Einleitung seines Freundes wohl zu ausschweifend war, «wir haben beschlossen, Ihnen alles, die komplette Geschichte dieser Nacht, aufrichtig zu erzählen. Aber dafür müssen Sie versprechen, uns zu helfen.»

«Wie kann ich Ihnen denn helfen?»

«Das werden Sie schon sehen, wenn Sie unsere Geschichte kennen.»

«Aber ich kann Ihnen doch keine Hilfe versprechen, wenn ich noch gar nicht weiß, wie, wobei und warum.»

«Doch, das können Sie. Es reicht, wenn Sie Ihre gute Absicht bekräftigen. Und für Sie wäre das auch besser.»

Erwartungsfroh blickten die vier Männer zu Carola Markowitz. Nach rund fünf Sekunden hielt der Drahtige die Spannung nicht mehr aus und konkretisierte noch mal das Angebot: «Weil, wir hamm nämlich beschlossen, dass wir Sie vertrauen. Verstehn Sie? Weil, wir hamm Sie hier beobachtet und denn inne Küche noch mal bequatscht und haben jetzt einfach mal beschlossen, Sie sind wahrscheinlich nich verkehrt, also quasi vertrauenswürdig, weil, mit Sie kann man reden. Zumindest mal probieren wollen wir das.»

Markowitz dachte kurz nach und sortierte die Worte des kleinen Mannes, bis sie für sie einen Sinn ergaben. «Also wenn ich Sie richtig verstanden habe, erklären Sie sich bereit, mir alles über den Tod von Herrn Kaminski zu erzählen, und als Gegenleistung wollen Sie dann von mir, dass wir gemeinsam überlegen, wie Sie zwar legal, aber doch so glimpflich wie möglich aus der Sache rauskommen.»

Die vier Männer nickten ihr aufgeregt zu.

Carola Markowitz erhob sich und ging gemessenen Schrittes zum Stammtisch hinüber. Nachdem sie sich zu den Männern gesetzt hatte, sagte sie beinah feierlich: «Also gut, ich höre.»

Sein Herz schlug bis in die Schläfen. Noch immer hatten die Frauen kein Wort gesagt. Nicht ein einziges. Irgendwann mussten sie doch etwas sagen. Oder wurde er zu jemandem gebracht, der mit ihm reden wollte und dem daran lag, dass sie ihn zuvor ausreichend einschüchterten? Nun, dieses Ziel wäre erreicht. Er war eingeschüchtert. Lanner konnte kaum gehen, so sehr zitterte er. Es war ihm unangenehm.

Sie gingen durch einen Wald, da war er sich sicher. Das konnte er riechen, auch durch den schwarzen Stoffbeutel hindurch. Außerdem spürte er es bei jedem Schritt. Ohne Frage war das Waldboden. Warum brachte man ihn in einen Wald? Es musste ein bestimmter Wald sein, denn sie waren wirklich sehr lange gefahren. Wald war auch da gewesen, wo sie ihn überfallen und in den Kofferraum gelegt hatten. Jede Menge Wald sogar. Also nur für Wald hätten sie nicht so weit fahren müssen. Sie wollten demnach zu einem bestimmten Wald oder zu einem bestimmten Punkt in dem Wald. Das war ein gutes Zeichen. Dann steckte höchstwahrscheinlich nicht der Geflügelbaron Dierksen dahinter. Dem wäre doch der Wald für seine Abrechnung völlig egal gewesen. Aber was konnten diese Frauen dann von ihm wollen?

Das Klebeband auf seinem Mund schmerzte. Und auch seine neue Lage war alles andere als angenehm. Blind durch den Wald gezerrt zu werden, mit einem Beutel über dem

Kopf, an einem Seil, dessen Schlinge man um seinen Hals gelegt hatte, und mit den eigenen Handschellen gefesselt – das war definitiv keine Verbesserung. Vor jedem Schritt hatte er Angst. Furchtbare Angst vor dem Ungewissen. Aber wie hätte er sich wehren können? Er konnte hier keine Entscheidungen treffen, er wurde einfach nur gezerrt. Immer weiter und weiter und weiter.

Plötzlich stieß eine Hand gegen seine Brust. Er sollte stehen bleiben. Es verging einige Zeit, und Lanner erinnerte sich, wie er einmal in einem Dunkelrestaurant gewesen war, wo man das Essen nicht sehen konnte. An seine riesige Angst, weil er dachte, seine Begleitung, mit der er vorher einen gigantischen Streit ausgefochten hatte, hätte ihm heimlich irgendetwas Ekliges auf den Teller gelegt. Wie er sich von dieser fixen Idee einfach nicht lösen konnte, und wie unglaublich groß seine Angst geworden war, als er dann den Löffel zum Mund führte, mit etwas, das nach nichts roch. Es wunderte ihn, dass er die gewaltige, alles betäubende Angst, die er jetzt verspürte, eigentlich auch schon dort, in der nun wirklich vergleichsweise lächerlichen Situation, gespürt hatte. Das würde er sich merken, um diese nackte, vollkommene Angst zu empfinden, musste man nicht unbedingt in echter Todesgefahr schweben. Womöglich wäre das interessant für Extremerfahrungsgurus oder die Polizeischule. Stichwort Opferpsychologie und so. Der Grad der Angst hängt nicht allein von der realen Gefahr ab, der man ausgesetzt ist, sondern vor allem von der inneren Bereitschaft, sich dem Gefühl der Angst zu widmen. Was für eine völlig alberne Angst er in diesem Dunkelrestaurant gehabt hatte. Damals hatte ihm seine Freundin tatsächlich heimlich ein Stück festgetretenen Straßendreck auf den Teller geworfen. Sie haben sich dann getrennt. Also, er hat sich getrennt. Noch im Lokal. Was sie allerdings nicht mehr gehört hat, da sie bereits vorher gegangen war, was er wiederum nicht bemerkt hat, weil es ja ein Dunkelrestaurant war. Da hat er sich dann also allein im Dunkeln getrennt.

Zwei starke Hände drückten ihn jetzt nach unten. Auf die Knie, sie wollten ihn auf die Knie zwingen. Lanner verlor das Gleichgewicht und fiel vornüber auf den weichen Waldboden. Die Hände griffen nach ihm und zogen ihn wieder hoch. Er kniete nun und hörte, wie die Frauen um ihn herumgingen. Unablässig gingen sie um ihn herum, als würden sie schweigend ein Spiel spielen.

Dann blieben sie abrupt stehen. Sekunden vergingen, nichts geschah. Bis Lanner plötzlich etwas Hartes an seinem Kopf spürte. Etwas Hartes, das zweimal leicht gegen seine rechte Wange geklopft wurde. Er musste nicht lange überlegen, was das war. Das war eine Waffe, ohne jede Frage, der Lauf einer Handfeuerwaffe. Sein Herz schlug bis in die Füße, bis in die Ohren, bis in die Fingerspitzen. Und ihm war klar: Die Angst, die er jetzt hatte, war doch ein anderes Kaliber als seinerzeit im Dunkelrestaurant. Was immer noch in seinem Leben geschehen würde, wenn noch etwas geschehen würde: Die Angst, die er jetzt hatte, würde ihm später niemals albern vorkommen. Selbst Todesangst ließ sich tatsächlich noch steigern.

Dann ein Geräusch, das er nur zu gut kannte. Ein Geräusch, das sich extrem gut einprägte. Eine Waffe, die entsichert wird. Es sollte das Letzte sein, was er hörte.

Schlagartig war eine fast gelöste Stimmung im «Gasthaus zur Buche» entstanden. Der Wirt holte neues Bier, Chips, Salzstangen, Pommes, Ketchup, Mayonnaise, zwei Colaflaschen und ein frisches Glas für Carola Markowitz. Dann, als alle saßen, schauten sie erwartungsvoll zum Dicken, dem «Gehe-ich-recht-in-der-Annahme»-Frager, den sie vorher offenbar als Sprecher ausgesucht hatten. Der nahm sich irritierenderweise noch eine Handvoll Chips und begann, mit vollem Mund zu erzählen: «Es dämmerte bereits, als Kaminski den Schankraum der Gaststätte betrat.»

Markowitz hoffte schon jetzt auf eine möglichst geringe Zahl von st-Lauten in seiner Erzählung, da es bei «Gaststätte» Chipskrümel geregnet hatte.

«Wir vier waren in dieser so schicksalsträchtigen Nacht die einzigen Gäste. Wie jeden Donnerstag spielten wir Skat. Kaminski aß, trank etwas und fragte dann, ob er bei uns mitspielen könne. Keiner von uns wollte das, aber trotzdem ließen wir ihn, wie es denn manchmal so ist. Er war wirklich kein guter Spieler, dafür redete er ununterbrochen. Dass er sich vielleicht hier ein Haus kaufe, das alte Märkerhaus, das wir sicher kennen würden, dann wären wir Nachbarn, dann könnten wir häufiger spielen, darauf freue er sich schon, und so weiter und so fort. Wir ließen es über uns ergehen, auch weil er viel trank und Runden spendierte und Mike den Umsatz ja gut brauchen konnte. Außerdem dachten wir natürlich, er würde bald aufbrechen und den letzten Zug nehmen.»

Das, was der Dicke von den Chips noch im Mund behalten hatte, spülte er nun mit einem großen Schluck Bier herunter, nahm sich aber direkt im Anschluss wieder eine Handvoll Knabberzeug. Erst dann fuhr er fort. Ganz so, als könne er mit leerem Mund gar nicht sprechen.

«Dann aber fragte er nach einem Zimmer und wollte das beste, und Mike macht noch einen Witz und sagt, ein bestes Zimmer habe er gar nicht, eigentlich habe er nicht mal ein gutes Zimmer, und Mario schickt gleich noch hinterher ‹nicht mal ein mittelschlechtes›, und der Kaminski lacht sich kaputt, sagt, das müsse er sich aufschreiben, weil, er sei nämlich Schriftsteller und so weiter. Die Stimmung war eigentlich gut. Dann fragt Mike …»

«Nee, isch war das, isch hab gefragt.»

Der Dicke schaute den Drahtigen genervt an. «Is doch egal.»

«Nee, find isch nisch egal, wir haben gesagt, wir erzählen das genau und ehrlisch. Manschmal kommt's denn zum Ende hin nämlisch genau auf so Dettaills an.»

«Also gut, dann fragt meinetwegen Mario, was er denn so geschrieben habe, ob man da vielleicht was von kenne …»

«Ach so, nee, das hab isch nisch gefragt, das hat der Mike gefragt, mit was der geschrieben hat.»

«Sag ich doch.»

«Na, das kann isch ja nisch wissen, welche Frage du meinst.»

«Dann quatsch nicht dazwischen.»

«Isch dachte, du meinst, wie isch gefragt hab, ob er auch fließend Wasser auf dem Zimmer will, weil, dann muss er nämlisch, wenn's regnet, das Fenster aufmachen …»

Mario schüttete sich aus vor Lachen, Mike, der Wirt, sprach ruhig in Richtung Carola. «Alle meine Zimmer haben fließend Wasser, warm und kalt, die Hälfte, also vier, sogar ein eigenes Bad.»

Mario war nun beleidigt. «Das weiß ich doch, ich hab das doch als Witz gemeint, verstehste, ein Wiihhiitz!» Er warf die Arme in die Luft. «Versteht er nicht!» Dann beugte sich der drahtige Mario noch näher zu Markowitz. «Wissen Sie, wie dit is? Freunde zu haben, die von ungefähr zwanzig Witzen, die man erzählt, nur ungefähr zwei bis zweieinhalb verstehn? Ein Scheißleben ist das!»

Carola Markowitz starrte ihn an und konnte es kaum fassen. Vor nicht einmal fünfzehn Minuten hatte sie diesen Männern noch einen kaltblütigen Mord zugetraut. Wobei, als völlig harmlos würde sie sie auch jetzt noch nicht einstufen. Vielleicht kein kaltblütiger Mord, aber einer aus Versehen oder aus großem Ärger oder einem Missverständnis heraus, das hielt sie allemal für möglich, wenn nicht gar für wahrscheinlich. Um Mario nicht antworten zu müssen, tunkte sie zwei Pommes ins Ketchup, dann in die Mayonnaise und schob sie sich in den Mund. Erstaunlicherweise schmeckten sie tadellos. Sie nahm die Gabel, spießte gleich drei weitere auf, tunkte sie in die Soßen und aß mit Genuss. Die Männer waren für den Moment ohnehin eher mit sich beschäftigt.

«Wir hatten uns darauf geeinigt, dass ich erzähle.» Der Dicke hatte vor lauter Wut sogar vergessen, sich vor dem Sprechen Chips in den Mund zu schieben.

«Bei mir wär's aber lustiger jeworden.»

Mario blieb angriffslustig, doch Mike, der wohl so was wie Autorität in der Gruppe besaß, sprach ein Machtwort: «Eine lustige Geschichte ist das nun echt nicht. Und jetzt lass Jimi erzählen.»

Jimi war zufrieden und fand auch problemlos den Faden wieder. Nachdem er Chips nachgeladen hatte, sprudelte er los: «Jedenfalls hat Kaminski dann erzählt, er hätte sehr viel geschrieben, aber eben nie unter seinem Namen. Er sei Ghostwriter, und dann hat der gar nicht mehr aufgehört, Buchtitel aufzuzählen, und Rico hier», er zeigte auf seinen hochgewachsenen Freund, der als Einziger bislang noch gar nichts gesagt hatte, «der kannte die alle, weil, Rico hat das Reisebüro am Ende der Straße, und da hat er viel Zeit zu lesen, weil, hier verreist ja keiner, und wenn die Förderung ausläuft, macht er dit auch wieder zu und was anderes auf, irgendwas, wasse dann hoffentlich wieder fördern. Was willste machen? Kannst ja nicht viel machen …»

«Jimi!»

Mike rief ihn zur Ordnung, und Jimi verstand sofort. «Genau, ich schweife ab, die Wirtschaftskraft von Wilhelmsfelde interessiert Sie wohl eher peripher, und ist ja auch eher peripher, die Wirtschaftskraft …» Er nahm noch einen Schluck Bier und drückte sich dann zur Abwechslung mal acht Salzstangen zwischen die Zähne.

«Also Rico sagt, er glaube ihm nicht, weil, so viele Bücher könne keiner schreiben, und wenn, dann wäre er ja ganz reich, und der Kaminski sagt, er sei ganz reich, und Rico sagt, so sehe er aber gar nicht aus, und er sagt, das genau sei ja der Trick: dass er unauffällig bleibe. Dass niemand von seiner Existenz wisse. Dass es ihn praktisch gar nicht gebe und dass man ihm nicht anmerke, wie brillant und wichtig und vor allem reich er sei, und wenn er erst in der Märkervilla wohne, dann könne er uns alle einstellen, als Koch und Chauffeur und Gärtner und was nicht alles. Und dann wurde er immer betrunkener und großmäuliger, hat angegeben, wie genial und scheißreich er sei. Und wir auch immer betrunkener. Und Mike sagt, der Kaminski könne ja viel erzählen, und wahrscheinlich sei das seine beste Geschichte, wie er all die erfolgreichen Bücher geschrieben habe und so. Aber sie sei eben auch nur ausgedacht, und dann ist es passiert.»

Markowitz hatte das Gefühl, dass Jimi selbst erschrocken war, nun plötzlich an diesem Punkt der Geschichte angelangt zu sein. Die vier Männer schauten beschämt und schuldbewusst zu Boden. Von einem Moment auf den anderen herrschte völlige Stille. Niemand, nicht einmal Mario, schien erzählen zu wollen, was dann geschehen war. Es blieb still. Von sich aus würden die Männer sich offenkundig nicht wieder aus dieser Schockstarre befreien können, deshalb gab Markowitz ihnen einen leichten Schubs: «Sie sind in Streit geraten?»

Jimi wiegte den Kopf. «Ja, so eine Art Streit war das vielleicht auch, aber das war nicht das Schlimme.»

Markowitz, die gerade ein paar Pommes aufspießen wollte, ließ die Gabel sinken. «Gut, aber was war dann das Schlimme?»

Jimi schaute sie ratlos an, stattdessen antwortete der Wirt: «Er hat uns dann einfach so das Geld gezeigt. Das viele Geld.»

Endlich war es raus. Es war fast wie eine Befreiung für die vier Männer.

«Dit musste dir ma vorstellen!» Mario standen beinah die Tränen in den Augen. «Über zwanzigtausend Euro! Dit hatte der einfach so inne Tasche. Also in den Taschen. Von überall her holte der plötzlich Geldscheine raus, bündelweise. Und noch mehr und noch mehr und noch mehr. Über zwanzigtausend Euro. Bar. Musste dir vorstellen. Und ick hatte mir schon jefragt, wieso der so vollgestopfte Hosentaschen hat. Allet voller Geld.»

Auch Mike schluckte jetzt. «Echt! Das war echt ... Also, von uns konnte keiner mehr sprechen. Nicht mal Mario. So viel Geld hat keiner von uns vorher jemals live gesehen. Das war echt unheimlich. Mausestill war das hier! Mausestill!»

«Das hat der natürlich auch gemerkt.» Erstmals ergriff Rico das Wort. Er hatte eine recht hohe, aber freundliche Stimme, und es war schnell zu hören, dass er kein gebürtiger Wilhelmsfelder war. Nicht mal Berliner oder Brandenburger, eher Franke, wenn nicht gar Österreicher. «Was das für eine Wirkung auf uns gehabt hat … Sie müssen wissen, den Leuten hier geht es nicht sehr gut. Arbeit haben wir keine, Perspektive gibt's keine und Frauen praktisch auch nicht mehr. Die gehen alle weg, wer will's ihnen verdenken? Dann nerven oft noch die Nazis in der Gegend. Die braucht man wie Fruchtfliegen. So richtig, richtig toll finden wir das alles nicht. Aber wo sollen wir hin? Egal, wir kommen schon klar. Irgendwie. Aber dann schmeißt der auf einmal so dermaßen viel Geld auf den Tisch!»

Rico verstummte, und betreten schauten alle auf die leere Chipsschale.

Markowitz bemühte sich um einen verständnisvollen Ton. «Sie haben sich einfach für einen Moment vergessen, ihn erschlagen und das Geld genommen?»

Entsetzt starrten die Männer sie an. Mario brüllte fast: «Neenee, so nisch, meine Liebe, so hamm wa nisch gewettet! Wir haben überhaupt niemanden erschlagen! Niemanden!»

Mike legte ihm die Hand auf die Schulter. «Ruhig, Mario, woher soll sie das denn wissen?» Er wandte sich zu Markowitz. «Wir haben ihn nur angeguckt. Ihn angeguckt, dann wieder das Geld, dann wieder ihn, mit ziemlich großen Augen wohl. Er muss Angst gekriegt haben. Wahrscheinlich haben wir echt gierig geguckt, das kann schon sein. Und ganz ehrlich, ich hab auch so was gedacht wie: Das will ich haben oder so. Das Geld, wenn das meins wäre! Was man halt so denkt. Aber wir haben nichts gemacht. Ich schwöre!»

Mike legte eine Hand aufs Herz, die andere hob er zum lautlosen Schwur. Wie auf Befehl taten es ihm die anderen nach und nickten heftig. Dann sagte der dicke Jimi aufgeregt: «Wir haben einfach nur so dagesessen und geguckt. Er ist dann total hektisch geworden. Hat schnell das ganze Geld wieder in die Taschen gestopft und ist so komisch rückwärts zur Toilette.» Jimi sprang auf und bewegte sich zur Demonstration rückwärts durch den Raum in Richtung Toilette. «Wirklich, so ist der rückwärtsgelaufen, damit er uns die ganze Zeit im Blick hatte. Bis er durch die Klotür verschwunden ist. Wir haben immer noch nichts gesagt. Sind nur so sitzen geblieben und haben geschwiegen. Das war ja wie eine Erscheinung für uns.»

Wieder entstand eine Pause, in der sich die Männer wohl noch einmal die Szenerie des Abends vergegenwärtigten. Diesmal war es Rico, der nach einer Weile den Faden wieder aufnahm. «Es vergingen sicherlich einige Minuten, bis wir einen Schlag aus der Toilette hörten. Wir dachten, das wäre das Fenster gewesen. Er hat Schiss bekommen und ist durchs Fenster abgehauen. Wer will's ihm verdenken? Aber weil das ja recht klein und ziemlich hoch ist, hat er versehentlich den Rahmen gegen die Wand geschlagen, dachten wir. Ich weiß noch, wie Mike sagte, o Mann, hoffentlich hat der jetzt nicht auch noch das Fenster kaputt gemacht, und dann haben wir zum ersten und einzigen Mal über die ganze Geschichte gelacht.»

Jimi, der mittlerweile mit dem Rücken an der Klotür angekommen war, rief quer durch den Raum: «Das war tatsächlich so. Der hat Schiss bekommen. Der hatte wirklich Angst

244

vor uns, und vielleicht sogar zu Recht. Kann schon sein. Jedenfalls wollte er deshalb übers Klofenster ausbüxen.»

Jimi kehrte langsam zum Tisch zurück, und Mike, der Wirt, präzisierte die Schilderung: «Er ist da aber wohl kopfüber raus, der Idiot. So was Dämliches. Er muss abgerutscht sein und hat sich dann beim Sturz das Genick gebrochen. Draußen vor dem Fenster ist ein Steinvorsprung, der hat nicht mal mehr geschrien, so schnell muss das gegangen sein.» Er schnaufte. «Also, bis wir das überhaupt begriffen hatten, was da passiert war, das hat auch noch mal 'ne ganze Zeit gedauert. Das war bestimmt 'ne halbe Stunde, vielleicht auch 'ne drei viertel, bis Mario auf die Idee gekommen ist, mal hinterm Haus nachzugucken.»

«Ey, isch hätt fast gekotzt, als ick den jesehn hab. Hab ick ja noch nie jesehn, so 'ne Leiche, ey, dit war echt gruselig. Ey, ick schwöre, ick wollte sofort die Polizei rufen. Wir wollten alle sofort die Polizei rufen. Dit war nur, weil, wir waren so geschockt, so gelähmt, wir konnten ja jar nich sprechen vor Schock, geschweige denn telefonieren, nur allein desterwegen hamm wir nich sofort die Bullerei jerufen.» Er erschrak. «Also Polizei, wollt ick sagen, nich die Polizei verständicht.»

Markowitz machte eine wegwerfende Handbewegung. «Und als sie wieder sprechen konnten?»

«Als wir den Schock überwunden hatten, ist uns leider auch gleich das Geld wieder eingefallen», sagte Mike und lächelte richtiggehend charmant. «Er war ja nun schon tot. Das Geld war also quasi herrenlos, und wir konnten das echt gut gebrauchen.»

Markowitz grinste. «Wer kann schon zwanzigtausend Euro nicht gebrauchen?»

«Eben. Es waren übrigens sogar 21 420 Euro. Uns war aber

klar, wenn wir diesen Unfall meldeten, würde es erst mal viele blöde Fragen geben, von wegen, ob das auch wirklich ein Unfall war, ob wir ihn nicht gehetzt hätten oder so, und außerdem hätte dann garantiert auch irgendwann einer nach dem Geld gesucht, weil bestimmt doch irgendwer wusste, wie viel Kohle der dabeihatte. Vielleicht die Maklerin, die ihm das Haus gezeigt hat, sein Verleger oder sonst wer. Hätte ja alles sein können. Zuerst wollten wir ihn deshalb einfach hier im Wald vergraben, aber dann hatten wir eine bessere Idee. Also Rico hatte die.»

Rico grunzte unwirsch. «Ist doch egal, wer die hatte.»

Mike nickte. «Ja, aber du hattest sie nun mal, und eigentlich war die ja auch wirklich gut, deine Idee.» Als er Ricos zorniges Gesicht sah, fügte er noch schnell hinzu: «Mensch, mach dir doch keine Sorgen. Was immer wir an Strafe kriegen, wird sowieso gerecht durch vier geteilt.»

Markowitz überlegte, ob sie ihnen sagen sollte, dass es kaum möglich sein würde, eine Gefängnisstrafe wie einen Staffellauf zu handhaben, also beispielsweise bei einer vierjährigen Haftstrafe jeder nacheinander ein Jahr oder alle vier gleichzeitig ein Jahr. Sie ließ es aber, weil sie die Männer nicht erschrecken und aus dem Redefluss bringen wollte.

Rico war auch mittlerweile bereit, seine Idee zu verraten. «Mein Plan war, das ganze Unglück von Wilhelmsfelde nach Berlin zu verlegen. Dann würde doch niemand auf den Gedanken kommen, uns irgendwie in eine Beziehung zu Kaminskis Tod zu bringen. Am besten, dachte ich, wir lassen es wie einen Raubüberfall aussehen, dann sucht auch keiner mehr nach dem Geld. Wir müssen Kaminski dafür nur zurück nach Berlin bringen und ihn irgendwo in die Stadt legen. Möglichst in Bahnhofsnähe, damit man denkt, er wäre noch nach Berlin zurückgefahren und kurz hinterm Bahnhof überfallen und ausgeraubt worden.» Er nahm einen Schluck Bier, aber diesmal nutzte keiner der anderen Männer die Pause, um selbst etwas beizusteuern. Offensichtlich waren sie sich einig, diesen Teil der Geschichte am besten Rico zu überlassen. Der fuhr betont sachlich fort: «Wir haben ganz ordentlich zwei Müllsäcke über ihn gezogen, sodass keine Spuren ins Auto kommen, und ihn dann zum Kofferraum getragen. Außerdem haben wir einen schweren Backstein mit seinem Blut beschmiert. Den wollten wir in Berlin neben seine Leiche legen, damit man denkt, der Räuber habe ihn erschlagen.»

Markowitz runzelte die Stirn. «Sie haben gehofft, die Berliner Polizei würde glauben, ihm sei mit einem Backsteinschlag das Genick gebrochen worden?»

Jetzt hüpfte Jimi aufgeregt hoch: «Meint man nicht, was? Aber ich habe eine Folge ‹CSI: Miami› gesehen, wo das ganz genauso war. Nur andersrum. Aber sonst ganz genauso, also wo ein Genickbruch durch einen gewaltigen Backsteinschlag als Fenstersturz vertuscht werden sollte.»

Markowitz zuckte die Schultern. «Was ist aus Ihrem Plan geworden?»

Plötzlich schien Rico den Tränen nah. «Nichts. Leider nichts. Weil wir auf der langen, langen Fahrt nach Berlin noch eine bessere Idee hatten. Wie immer. Ich meine, so ist das doch ständig, mit jeder guten Idee. Also, in meinem Leben zumindest. Man hat eine gute, einfache Idee, aber statt dass man die einfach umsetzt, hat man dann doch noch mal eine bessere Idee und dann noch eine bessere und kurz danach eine noch mal bessere … und immer so weiter, und am Ende hat man die gute Idee so oft und so lange verbessert, bis sie einfach nur noch großer Mist ist. Und dann, wenn sie so richtig ganz, ganz großer Scheiß geworden ist, dann macht man's.»

Rico starrte auf den Boden. Mike schaute sich um. Augenscheinlich hatte niemand Lust, von der letzten, allerbesten Idee zu erzählen. Also gab er sich einen Ruck. «Rico hatte unterwegs den Einfall, wir könnten Kaminski doch auch in seine Wohnung bringen. Wir hatten ja alles, also Kaminski hatte alles dabeigehabt. Ausweis, Adresse, Schlüssel, alles war da. Dass er alleine wohnte, hatte er uns erzählt. Also konnten wir es doch auch wie einen Haushaltsunfall aussehen lassen. Als wenn er im Bad oder in der Küche gestürzt wäre. Das wäre noch unverdächtiger, es gäbe ja keine Einbruchsspuren, und außerdem …», Mike schaute etwas verlegen unter sich, «… außerdem bestand die Möglichkeit, dass in der Wohnung noch mehr Geld war. Nach allem, was Kaminski erzählt hatte. Wir durften eben nur keine Spuren hinterlassen. Also haben wir uns in einem Supermarkt in Berlin Gummihandschuhe, Klebeband und Plastiktüten für die Füße gekauft und wollten dann so in die Wohnung.»

«Aber?» Markowitz war jetzt wirklich gespannt zu wissen, was schiefgegangen war.

«Aber!» Rico stand auf und hämmerte sich mit der Faust dreimal gegen die Stirn: «Aber, aber, aber!!!» Er schaute Markowitz mit leichtem Wahn im Blick an. «Aber es fehlte ein Schlüssel! Der Hausschlüssel, der gleichzeitig wohl auf eines der Sicherheitsschlösser in der Wohnungstür passte. Auf dem Hinweg haben wir es gar nicht gemerkt. Die Haustür stand offen. Erst oben im zweiten Stock vor seiner Wohnung haben wir festgestellt, dass ein Schlüssel fehlt.» Noch mal hämmerte er sich mit der Faust gegen die Stirn.

Jimi beugte sich vertrauensvoll zu Markowitz. «Später,

also sehr viel später, haben wir den hier gefunden. Vor dem Klofenster. Muss ihm beim Rausklettern aus der überfüllten Hosentasche gefallen sein.»

Rico, der jetzt regelrecht schrie, unterbrach ihn wieder: «Weiß der Himmel, warum er diesen Schlüssel extra und nicht am restlichen Schlüsselbund hatte, der Idiot! Weiß der Himmel! Jedenfalls waren wir jetzt die Angeschissenen, wie wir da so standen! Vier Männer mit Gummihandschuhen und Plastiktüten über den Schuhen, um halb zwei nachts im Treppenhaus eines Berliner Mietshauses! Mit einer in Müllsäcken verpackten Leiche auf den Schultern! Und wir kommen nicht in diese verdammte Wohnung!»

Mike schüttelte den Kopf. «Was für eine bekloppte Situation. Als wenn das noch nicht genug gewesen wäre, kam dann auch noch jemand aus dem Hinterhaus nach Hause und schloss unten die Haustür hinter sich ab. Damit saßen wir in der Falle. Werkzeug, um die Tür aufzubrechen, hatten wir nicht. Jeden Moment hätte jemand aus dem Vorderhaus heimkommen und uns mit der Leiche entdecken können.»

Markowitz schaffte es gerade noch, ihre Frage ohne Kichern zu stellen: «Was haben Sie gemacht?»

Rico äffte sie aufgeregt nach. «Was haben Sie gemacht? Was haben Sie gemacht? Na, was schon? Wir sind in Panik geraten! Was denn sonst? Was hätten Sie denn gemacht?»

Mike legte ihm die Hand auf den Arm, um ihn zu beruhigen, während Jimi sich um eine seriöse Antwort bemühte. «Auf halber Treppe, auf dem Absatz, standen Pflanzen. Wir haben versucht, die Leiche dahinter ein bisschen zu verstecken. Mario ist für alle Fälle bei ihr geblieben, um sie zu bewachen, aber Gott sei Dank ist niemand vorbeigekommen. Wäre einer vorbeigekommen, hätte der, glaube ich, die

Leiche sofort entdeckt. Haben Sie schon mal versucht, eine ein Meter achtzig lange und bestimmt neunzig Kilo schwere Leiche hinter einem Gummibaum und zwei Hortensien zu verstecken? Is nich einfach! Kam aber keiner vorbei. Glück im Unglück. Wir anderen drei sind runter in den Hinterhof und haben mit dem Sandkastenwerkzeug ein Loch ausgehoben. War ziemlich mühsam, am Ende sahen wir aus wie die Schweine. Aber wir hatten Glück, ist wieder keiner vorbeigekommen. Dann haben wir Kaminskis Leiche geholt, ihn mit all seinem Kram da reingeworfen, zugeschüttet und das Ganze unauffällig geharkt. War ja irgendwas gesät worden, war ja Frühjahr. Ist praktisch nicht aufgefallen, die geharkte Stelle im Beet.»

Rico hatte sich wieder beruhigt und war zurück auf seinen Stuhl gesunken. Ganz leise sprach er nun: «Alles war jetzt dadrin, also bis auf das Geld. Das hatten wir nicht mit nach Berlin genommen, sondern hier im Gasthaus gelassen. Wir haben uns im Hinterhof versteckt und gewartet. Gegen halb sieben hatten wir schon wieder Glück, dreimal Glück, kann man eigentlich nicht meckern.» Er kicherte leicht irre. «Da kam nämlich die Müllabfuhr, mit denen sind wir einfach wieder raus und dann zurück nach Wilhelmsfelde.»

Markowitz schaute die Männer lange und nachdenklich an, bis sie es nicht mehr aushielt. Sie musste ihnen einfach die Frage stellen, die ihr schon seit einer Weile auf den Nägeln brannte. «Warum haben Sie mir das alles erzählt? Ich meine, selbst wenn wir das alles rausgekriegt hätten, wäre es vermutlich unmöglich gewesen, es Ihnen nachzuweisen.»

Die Männer schauten sich an, und schließlich war es Mike, der Wirt, der antwortete: «Das haben wir uns natürlich auch überlegt, aber wir kommen sonst ja nicht zur Ruhe. Seit einem halben Jahr schläft jeder von uns schlecht. Dabei war es doch eigentlich ein Unfall. Wir waren gar nicht schuld. Zumindest haben wir nicht wirklich ein Kapitalverbrechen begangen, nur jede Menge dummes Zeug gemacht. Das haben wir schon. Aber richtig dummes Zeug. Trotzdem wollen wir uns damit nicht das ganze Leben versauen. Wir möchten keine Albträume mehr haben.»

Jimi hatte sich am Tresen Chips organisiert und stopfte sie in den Mund. «Und denne wussten wir ja auch, in dem Moment, wo Kaminskis Leiche gefunden wird, kommt die Polizei früher oder später auch hierher, und bevor wir dann durch unglückliche Umstände noch unter Mordverdacht geraten …»

Mario fiel ihm ins Wort. «Ja nu, also, wir haben dit lange diskutiert und denne beschlossen, wenn wir eine anständige Polizistin finden oder einen Polizisten, weil, ehrlicherweise muss man sagen, als wir dit diskutiert haben, sind wir noch davon ausjejangen, dit Sie wahrscheinlich ein Mann sind, aber dit macht ja keenen Unterschied, also für uns hier nich, wir gucken hier nur auf den Charakter, wenn wir da also einen finden, mit dem man reden kann, dann reden wir. Damit wir alle unseren Frieden wiederfinden, wa?»

Markowitz versuchte, sich weder von der Schmeichelei noch von der Sprachmelodie, die an ein kullerndes Ei erinnerte, hypnotisieren zu lassen, und blickte zur Toilettentür. Diese Männer waren entweder liebenswerte Trottel oder außergewöhnlich clever. Sie glaubte nicht, die ganze Wahrheit herauskriegen zu können, zumindest würde sie es heute Nacht nicht mehr schaffen. Sie beschloss, auf das Spiel der Männer einzugehen, zumal sie tatsächlich irgendwie ihr Wort gegeben hatte.

«Also gut, ich glaube Ihnen. Ich kann mir einfach nicht vorstellen, dass Sie diese Geschichte erfunden haben. Dennoch werde ich Sie natürlich festnehmen müssen.»

«Haben Sie denn so viele Handschellen bei?» Mario meinte diese Frage offensichtlich ernst.

Markowitz gab ihm einen freundschaftlichen Knuff, was den kleinen Mann ein bisschen rot werden ließ. «Handschellen werden nicht notwendig sein. Sie geben mir einfach alle Ihre Personalausweise, und dann fahre ich langsam zur Polizeidirektion 5 in Berlin, und Sie fahren mir hinterher. Am besten gleich mit dem Auto, in dem Sie damals die Leiche transportiert haben. Dann haben wir das auch schon vor Ort. In Berlin erzählen Sie den Kollegen die ganze Geschichte noch einmal in Ruhe. Als offizielle Aussage. Das muss sein.»

Mit einem großen letzten Schluck leerte Carola Markowitz ihr Cola-Glas und stand auf. Mike ging zur Gasthaustür und entriegelte sie. Die Männer legten ihre Personalausweise auf den Tisch, Markowitz sammelte sie ein. Als sie die Klinke schon in der Hand hatte, gönnte sie sich aber ein kurzes Columbo-Gefühl und drehte sich noch einmal um. «Eine letzte Frage: Das Geld – was haben Sie damit eigentlich gemacht?»

Die Männer sahen einander verunsichert an, dann antwortete Mike: «Schulden bezahlt, davon haben wir ja alle genug, Jimi zahlt Alimente, bisschen Rücklage für die Ausbildung seines Kleinen, Mario brauchte Zahnersatz, das zahlt die Kasse ja nicht mehr, und dann haben wir alle noch bei Rico eine große Reise gebucht. In die USA, da wollten wir schon immer mal hin.»

Markowitz rieb sich die Schläfe. «Verstehe. Ist schon erstaunlich, was man mit zwanzigtausend Euro so alles machen kann.» Sie ging einen Schritt raus, aber nur, um sich dann erneut umzudrehen. «Wissen Sie, was ich tun würde? Ich würde den Kollegen nur von, sagen wir, fünftausend Euro erzählen. Ich glaube, die Geschichte funktioniert auch so. Das restliche Geld ist ja sowieso schon weg, das muss nicht unbedingt noch zu Schulden werden.»

Die Männer schauten ihr nach und wussten nicht so recht, ob sie die junge Polizistin jetzt gernhaben oder fürchten sollten. Markowitz hingegen war sich vollkommen im Klaren, dass sie niemals erfahren würde, wie viel Geld Kaminski wirklich dabeigehabt hatte. Aber das war ihr auch ziemlich egal. Ihr Instinkt sagte ihr, dass es ein Unfall gewesen war. Vielleicht waren die Männer nicht ganz so unschuldig, wie sie es dargestellt hatten, aber zumindest hatten sie, was immer auch geschehen sein mochte, ohne böse Absicht gehandelt, und das war ihr das Wichtigste.

Außerdem gab es ohnehin genug andere Dinge, die ihr Sorgen machten, zum Beispiel dieser echt anstrengende Kollege Lanner. Sie hoffte dringend für ihn, dass er eine gute Erklärung dafür hatte, warum er nicht gekommen war. Eine richtig gute.

Vierter Tag

Sein Schädel brummte wie die wartungsbedürftige Kühlung eines alten Fischlagerhauses. Auch sonst gab es keinen Quadratzentimeter an seinem Körper, der nicht irgendwie schmerzte. Der Tag kam mit der Morgendämmerung genauso schleppend voran wie sein Hirn mit dem Erwachen. Er hatte im Dienstwagen geschlafen. Irgendwo in der Pampa. Lanner rieb ein Guckloch ins beschlagene Fenster und erkannte ein Straßenschild: «Glaanow 2 km». Er schloss die Augen. Entweder hatte er einen wahnwitzigen Traum gehabt oder ein noch wahnwitzigeres Erlebnis.

Jetzt bemerkte er den bestialischen Gestank im Wagen. Außerdem fror er entsetzlich. Er stieß die Autotür auf – es knackte gewaltig – und quälte sich nach draußen. Er hoffte, dass die Tür und nicht seine Knochen geknackt hatten. Draußen streckte er sich, begann zu hüpfen, um sich aufzuwärmen, und überprüfte dabei die wichtigsten Bewegungs- und Gelenkfunktionen. Schien alles noch intakt und an der richtigen Stelle. Nur seine Hose und Unterhose fühlten sich ungewohnt klamm, klebrig, feucht an. Das erklärte wohl den furchtbaren Gestank. Aber wenn das, woran er sich langsam wieder zu erinnern meinte, kein Traum gewesen war, wäre dieses Missgeschick durchaus erklärlich.

Was war da nur passiert? Warum in Gottes Namen entführten ihn wildfremde Frauen in einen Wald, jagten ihm leibhaftige Todesangst ein, um ihn dann niederzuschlagen und in sein Auto zu legen? Hatten sie ihn gezielt entführt, oder war er nur zufälliges Opfer von Verrückten, die sich darauf einen runterholten? Aber taten so was nicht normalerweise eher Männer?

In der Mittelkonsole seines Wagens fand er Handy, Portemonnaie, Notizblock und Schlüssel. Ein Raubüberfall war es also schon mal nicht gewesen. Er nahm das Handy. Sie hatten sich tatsächlich die Mühe gemacht, es lautlos zu stellen. Lanner überlegte, ob er darauf achten sollte, keine Fingerabdrücke zu verwischen, verwarf diesen Gedanken aber gleich wieder. Man würde ganz sicher keine Fingerabdrücke außer seinen eigenen darauf finden. Siebenunddreißig Anrufe, sechzehn SMS und acht Mailboxnachrichten. Die meisten von Carola Markowitz. Zwei Anrufe und eine Nachricht von Georg Wolters. An den SMS von Markowitz ließ sich eine interessante Stimmungskurve ablesen. Sie durchliefen die Stadien: freundliche Information, freundliche Nachfrage, irritierte Nachfrage, wütende Nachfrage, wüste Beschimpfung, ängstliche Beschimpfung, besorgte Beschimpfung, große Sorge, ratlose Verzweiflung. Irgendwann zwischendrin hatte es aber wohl auch gute Neuigkeiten gegeben. Markowitz' Mitteilungen auf der Mailbox verliefen im selben Bogen, allerdings noch emotionsgeladener. Georgs Anruf hingegen war seltsam, da er überhaupt nichts sagte. Im Hintergrund hörte man zwei Männer, die aber kaum zu verstehen waren. Lanner beschloss, sich das später noch einmal in Ruhe anzuhören oder besser gleich mit Georg zu sprechen. Zuletzt hatte auch die Dienststelle versucht, ihn zu erreichen. Klar, Markowitz musste sie irgendwann informiert haben.

Lanner öffnete die Wagentüren, um zu lüften. Er wollte

so schnell wie möglich nach Berlin zurück. Es würde eine anstrengende Fahrt werden, so wie sein Kopf wummerte. Als er den Schlüssel aus der Konsole nahm, sah er in seinem Notizbuch einen Zettel stecken. Der war da vorher nicht gewesen. In sauberer Blockbuchstabenschrift stand darauf eine Handynummer und darunter: «Handschuhfach».

Eine innere Stimme riet ihm, unbedingt die Nummer anzurufen, bevor er ins Fach schaute. Als er sie eintippte, merkte er, dass seine Finger noch immer fast taub waren. Er hatte sich in der Nacht wohl total verlegen und sämtliche Nerven eingeklemmt. Er lauschte dem Freizeichen, dann meldete sich eine Frauenstimme: «Der Teilnehmer mit dieser Nummer ist vorübergehend nicht erreichbar. Sie können aber eine Rückrufbitte hinterlassen und werden benachrichtigt, wenn der Teilnehmer wieder erreichbar ist.» Lanner speicherte die Nummer. Er zögerte kurz, als er einen Namen eingeben sollte. Dann tippte er: «Arschloch».

Wie ein Hund vor der Metzgerei taperte Manfred Kolbe vor dem Sekretärinnenschreibtisch in der Firma Machallik auf und ab. Die ganze Nacht hatten Experten der Polizei, der Feuerwehr, vom Bundesgrenzschutz und verschiedener Sicherheits- und Schlosserfirmen versucht, das Hochsicherheitsbüro zu knacken. Ohne Erfolg. Nicht einen Schritt, nicht mal eine Zehenspitze war man weitergekommen.

Auch die Verhandlungen mit Otto Stark verliefen schleppend. Zwar war es zügiger als erwartet gelungen, die notwendigen Unterschriften zu bekommen, um ihn für den Sondereinsatz von Moabit ins Machallik-Büro überführen zu können, aber der legendäre Safeknacker zeigte sich weniger kooperationsbereit als erhofft. Schnell hatte Stark begriffen, wie dringend man ihn brauchte, und das hieß: Drohen konnte ihm keiner mit nix, wie er es ausdrückte. Er saß ja schon im Gefängnis, höchste Sicherheitsstufe, was sollte ihn da schrecken? Genauso wenig konnten ihn Belohnungen reizen, wie er Dr. Kersting und dem Polizeiunterhändler unverblümt mitgeteilt hatte: «Ick werd ja sowieso bei die nächste Gelegenheit die Biege machen. Haftzeitverkürzung, Gute-Führung-Deals und so Sachen, die sind ja für mich denn eher so virtuell, also, ick sag mal: symbolisch. Bringt mir nüscht, also nüscht rischtisch. Wenn Sie mir locken wollen, muss dit schon wat Besonderet sein. Wat, wat man sich nich klauen kann. Wat, wo die Leute sagen, kiek mal: der starke Otto mal wieder!»

Als man dem Bürgermeister schließlich mitten in der Nacht Starks Forderung überbracht hat, soll er einen Wutanfall bekommen haben, erst Dr. Mierwald konnte ihn zum Nachgeben bewegen. Dennoch fragte jeder Beamte, der im Laufe der Nacht mit der Sache befasst war, dreimal nach, weil es keiner glauben konnte.

«Er will was?»

«Na, er will das auf den Fernsehturm geschrieben haben. In riesigen schwarzen Buchstaben.»

«Was will er draufgeschrieben haben?»

«‹Otto Stark ist die coolste Sau von Berlin!› Das soll ganz einfach sehr gut lesbar auf den Turm geschrieben werden. So, dass man es vom Rathaus aus, aber auch von weitem noch gut lesen kann.»

Otto «der weiche Keks» Stark verlangte ferner eine notariell beglaubigte Garantie des Bürgermeisters, dass der

Schriftzug mindestens achtundvierzig Stunden lang stehenbleibt. Da man auf den Safeknacker angewiesen war, wurde zähneknirschend alles Nötige in die Wege geleitet, aber natürlich konnte man erst im Hellen anfangen, am Fernsehturm zu arbeiten. Stark hatte glaubwürdig versichert, dass er «keine Bunkertür nirgendwo nie nicht» öffnen würde, bevor er nicht sein Lob hoch über dem Alexanderplatz gelesen hätte.

Die koreanische Firma, die den riesigen Tresor seinerzeit entworfen hatte, teilte inzwischen mit, sie würde selbstverständlich keine Baupläne aufbewahren. Genau dies sei ja Teil des Sicherheitskonzepts. Auch die Koreaner konnten höchstens vermuten, wie etwa die Lüftungsanlage funktionierte oder wo ein schwacher Punkt des Titanstahlungeheuers sein könnte. Grundsätzlich glaubten sie aber nicht, dass es überhaupt einen solchen Schwachpunkt gab.

Kolbe erinnerte sich, dass Machallik immer betont hatte, er habe seinen Bunker von Koreanern bauen lassen, da er den deutschen, schweizerischen oder amerikanischen Firmen nicht traute. Mittlerweile suchten ein Sprengmeister, ein promovierter Stahlschweißer und ein auf die Hypnose widerspenstiger Elektrogeräte spezialisierter Mentalkünstler nach Möglichkeiten, das Problem mit schlichter Gewalt beziehungsweise Esoterik zu lösen. Aber rechte Hoffnung wollte bei Kolbe nicht mehr aufkommen. Zudem nervten ihn der Bürgermeister, der Innensenator, der Polizeipräsident und die Sicherheitsexperten der Bundesregierung, die in Viertelstundenintervallen bei ihm anriefen, um sich nach Fortschritten zu erkundigen.

Alle waren sie hochgradig nervös, wegen des Besuchs

des russischen Staatspräsidenten am nächsten Tag. Die Vorstellung, dieses Ereignis könnte vor laufenden Kameras und den Augen der Weltöffentlichkeit von Millionen von Ratten gesprengt werden, versetzte nicht nur die Diplomaten in Unruhe. Auch ein Ex-Kanzler hatte sich bereits gemeldet und Drohungen ausgestoßen, ja schlimme Konsequenzen angekündigt, falls bei der Visite seines guten Freundes etwas schiefgehe. Die Führungsspitze Berlins wollte in jedem Fall eine erneute Blamage verhindern. Noch immer kursierten bei eBay offizielle Einladungskarten zur geplatzten Eröffnung des Großflughafens, versehen mit hämischen Kommentaren, wie ‹kurzfristig verschoben auf 2014, 2015 oder Leipzig›.

Es gab auch Überlegungen, den Treffpunkt der Staatsoberhäupter zu verlegen. Nach Dresden, Erfurt, Hannover, Hamburg oder gleich nach Kiel, zur Ostseepipeline, als Zeichen der Verbindung beider Länder. Man munkelte, das Innenministerium habe sich sogar bereit erklärt, eine Terrorwarnung tschetschenischer oder islamistischer Terroristen vorzugeben, zur Not auch von beiden. Doch irgendjemand mit Weisungsbefugnis musste dies wohl unerwartet schroff abgelehnt haben. Womöglich sogar die Innenministerin oder die Kanzlerin selbst.

Die Politik vertraute letztlich auf die üblichen kammerjägerlichen Wege, um die Gefahr in letzter Sekunde zu bannen. Doch Millionen von Ratten konnte man nicht vergiften oder gar in die Luft sprengen, ohne die ganze Stadt zu gefährden. Man musste sich mit ihnen arrangieren. Ein Gleichgewicht herstellen. Ein Gleichgewicht, das gerade gestört war, weil der Mann, der es gehalten hatte, gestorben war, bevor er einen Nachfolger in seine Kunst hatte einweisen können. Oder aber – und einiges sprach für diese zweite Möglichkeit –, weil er die Stadt im Falle seines gewaltsamen Todes aus Rache ins Chaos stürzen wollte.

Toni Karhan war überzeugt, dem Bauplan von Erwin Machalliks System auf der Spur zu sein. Zumindest hatte er dies dem Bürgermeister und den Sicherheitsexperten mitgeteilt. Zwar war Toni weit davon entfernt, das Prinzip zu verstehen, aber er traute es sich zu, das Allerschlimmste zu verhindern. Und er wusste, was ihm dazu noch fehlte: Irgendwo musste es einen Schlüssel, einen großen Plan der Stadt geben, der die wichtigen strategischen Punkte verriet, jene Stellen und Kanäle, über die man die Ratten leiten konnte, mit denen sich ihr Bestand überwachen und regulieren ließ. Diese zentralen Knotenpunkte würden es mit vergleichsweise geringem Aufwand ermöglichen, das Rattenheer harmonisch und lautlos wie Meeresströmungen unter der Stadt dahinfließen zu lassen. Und irgendwo im Chefzimmer des Bürobunkers, da war Toni überzeugt, befand sich der Plan mit den Schlüsselinformationen.

Deshalb musste er in das Büro gelangen, und vom Bürgermeister bis zur Kanzlerin verlangten alle von Kolbe, die Bunkertür für Toni zu öffnen.

Dem dicken Spurensicherer aber waren die Ratten reichlich egal. Seinetwegen sollten sie sich ruhig am Buffet für den russischen Präsidenten und seine Diplomaten satt fressen. Demnächst würden sie sich gewiss wieder beruhigen, die Ratten. Diese Stadt hatte schon andere Dinge überlebt, sogar die Nazis waren wieder in ihren Löchern verschwunden, da würden sich auch die Ratten nicht ewig oben halten.

Kolbe hoffte auf andere Schätze aus dem Riesentresor. Schätze, die ihm die wirklichen Geheimnisse der Stadt verrieten. Schätze von unvorstellbarem Wert – wenn man sie geschickt einzusetzen verstand. Aber die Zeit rannte ihm davon. Lanner würde bestimmt bald hier auflaufen und sich wie gewohnt aufplustern, auf «seinen Fall» pochen und die Hauptkommissarsnummer abziehen. Schon bei dem Gedanken daran wurde Kolbes Laune noch miserabler. Das Landhuhn ahnte doch gar nicht, was für Möglichkeiten sich hier boten. Ganz zu schweigen von dem Ärger, den er kriegen könnte, wenn der Machallik-Fall noch mal aufgerollt würde. Polizeipräsident Breissing hatte sich da unmissverständlich geäußert: Wenn ihm jemand den Fall noch einmal auftischen dürfe, dann nur, um ihn auch sofort wieder abzuräumen, wenn man also zweifelsfrei den Mörder hätte. Kolbe wusste, dass die Ermittlungen hier am schnellsten und unkompliziertesten abliefen, wenn er ungestört und als Erster in diesen Bunker käme. Ohne lästige junge Hauptkommissare.

Lanner hatte fast lachen müssen. Als er das Handschuhfach öffnete, fielen seine Dienstpistole und die Handschellen heraus. Dahinter klemmte allerdings ein voluminöser Umschlag mit überraschendem Inhalt: einem dicken Geldbündel, Zweihundert-, Hundert-, Fünfzig- und Zwanzig-Euro-Scheine. Dazu ein Foto und ein Brief. Der Hauptkommissar fingerte beides heraus. Der Brief war in derselben Blockschrift geschrieben wie der erste Zettel. Das waren Profis. Bei fast jedem Ausdruck hatte man heutzutage gute Chancen, den Typ, vielleicht sogar das genaue Modell des Druckers zu ermitteln. Aber eine saubere Kinderhandschrift in Blockbuchstaben gab so gut wie nichts her. Das war mittlerweile die sicherste Möglichkeit, anonyme Nachrichten zu übermitteln. Hier war es diese:

«Geehrter Herr Hauptkommissar Lanner, Glückwunsch zu Ihrer Beförderung. Bitte sehen Sie uns die rüde Behandlung der letzten Nacht nach, aber für unsere weitere Zusammenarbeit erschien es von allergrößter Wichtigkeit, jedes Missverständnis auszuschließen. Ohne Frage haben Sie Potenzial. Wir trauen Ihnen eine große Karriere in Berlin zu. Eine Karriere, die Sie bis in allerhöchste Ämter führen könnte. Doch so was geht nicht ohne Freunde. ‹Allein machen sie dich ein›, wie man hier in Berlin sagt. Wir wären gern Ihre Freunde – aber nur, wenn Sie auch unser Freund sein möchten. Sie kennen nun die Alternative. Ist das nicht das Wunderbare an unserer demokratischen Gesellschaft, dass Sie selbst entscheiden dürfen, welche Möglichkeit Sie wählen? Betrachten Sie das beigefügte Geschenk als Zeichen unserer Wertschätzung und kleine Entschädigung für die Unannehmlichkeiten. Sie brauchen keine Bedenken haben, es handelt sich um nicht gekennzeichnete, nicht nummerierte Scheine, insgesamt zwölftausend Euro. Außerdem haben Sie das Geld ja nachweislich längst erhalten. Das beigefügte Foto dokumentiert, wie Sie ein Päckchen in Empfang nehmen. Der Zusteller ist ein einschlägig bekannter Mitarbeiter von Herrn Gojko Zaran, dem Betreiber des Sportwettenlokals in der Fuldastraße, ‹Imperator›. Sie erinnern sich vielleicht an die Razzia vor einigen Wochen, die so desaströs verlief. Es wird ja vermutet, Herr Zaran habe einen Tipp bekommen. Wenn es notwendig sein sollte, werden wir ihm dringend nahelegen, seinen Tippgeber preiszugeben. Zusammen mit diesem Foto ergäbe sich dann für Sie eine unglückliche Situation.

Wir jedoch erhoffen eine gute Zusammenarbeit – und das Beste für Ihre Zukunft in Berlin. Unsere Telefonnummern haben wir ja bereits ausgetauscht.

Hochachtungsvoll:

Ein Freund.»

Lanner faltete den Brief und steckte ihn ein. Natürlich konnte er alles melden. Aber abgesehen davon, dass er da womöglich an den Falschen geriet, wäre es dann mit seiner Karriere in jedem Fall vorbei. Das konnte er drehen und wenden, wie er wollte. Er war kein Traumtänzer. Kompromisse waren notwendig, um voranzukommen. Er sah sich als durchaus verhandlungsbereit, man kann nicht alle Verbrecher stellen, manchmal muss man eben mit denen zufrieden sein, die man erwischen kann. Er hatte das schon lange begriffen. Die Umgangsformen seiner neuen «Freunde» gingen ihm allerdings gehörig auf die Nerven.

Einen Moment versuchte er nachzudenken, stellte aber fest, dass er nach den jüngsten Ereignissen dazu nicht in der Lage war. Er würde erst einmal gar nichts machen. Bei genauerer Betrachtung konnte er auch gar nichts machen. Außer einer Sache. Er nahm sein Handy und suchte den Namen seines neuen Kontakts. Lanner löschte «Arschloch» und tippte: «Riesenarschloch».

Dann wollte er Markowitz anrufen und sie beruhigen. Und sich nach all dem Schlamassel endlich dieses verfickte Storchendorf anschauen, bevor er nach Berlin zurückgondelte. Er erreichte nur die Mailbox, fuhr los, blieb jedoch gleich wieder stehen, schaltete in den Leerlauf und zog die Handbremse an. Lanner sprang förmlich aus dem Wagen, rannte die zehn Meter zurück zum Wegweiser und drehte ihn in die korrekte Richtung. Es fühlte sich wunderbar an, einmal etwas zurechtzurücken.

Nichts lässt einen Menschen so wütend wirken wie der Versuch, sich seinen Ärger nicht anmerken zu lassen. Claire Matthes schäumte förmlich vor Sich-nichts-anmerken-Lassen. Dieser unverschämte Kolbe hatte sie doch tatsächlich aus ihrem Büro vertrieben. Im Hinterzimmer sollte sie nun arbeiten, da das Chefsekretariat als Einsatzzentrale benötigt würde. Als wenn sie nichts zu tun hätte. Hier tobte immer noch die größte Berliner Rattenplage seit 1919, und sie hatte zweiunddreißig Kammerjägereinsatztrupps zu koordinieren! Außerdem hatten Kolbe und seine Mitarbeiter nicht ein Wort des Dankes für ihre Schnittchenteller verloren. Die liebevolle Anordnung in Blumen-, Schnecken- oder Wendeltreppenform war ihnen nicht mal aufgefallen. Barbaren.

Es klopfte. Da die Person nicht sofort eintrat, sondern auf ein «Herein!» oder «Ja!» wartete, wusste sie, es konnte weder Kolbe noch einer seiner Männer sein. Fast erleichtert rief sie: «Ja bitte!»

Es war Toni Karhan. «Entschuldigen Sie die Störung, Frau Matthes, aber kann ich Sie kurz sprechen?»

Der Ärger der alten Frau wehte wie ein zarter Hauch zur Tür hinaus. Zumindest der halbe Ärger. «Kommen Sie doch herein, Toni. Was gibt es denn?»

Toni trat ein und schloss die Tür hinter sich. «Schon etwas Neues von den Brüdern oder Georg?»

«Ich fürchte, nein. Die Trottel beißen sich am Bunker die Zähne aus. Ich hätte sie nie benachrichtigen sollen.»

«Aber das mussten Sie doch. Immerhin geht es um Mord.»

«Es ist noch nicht raus, ob überhaupt ein Mord geschehen ist. Also, außer dem an Erwin, und den halten die Idioten bislang ja für ein Versehen.»

Der harsche Ton der alten Dame überraschte Toni. So hatte er Frau Matthes noch nie erlebt. Aber vielleicht war das sogar ganz gut, immerhin war auch er gekommen, um Klartext zu reden. «Das ist allerdings nicht der Grund, weshalb ich mit Ihnen sprechen wollte.»

«Nicht?» Claire Matthes biss sich auf die Lippen. Als sie sich dieses ‹Nicht› sagen hörte, wusste sie, dass es schlecht geschauspielert war. Sie hatte natürlich damit gerechnet, dass Toni Karhan heute mit ihr sprechen wollte. Er war intelligent und gewissenhaft. Deshalb versuchte sie gar nicht weiter, ihm etwas vorzumachen. «Sie haben die Unterlagen, die ich Ihnen gegeben habe, studiert?»

Toni blickte sie ernst an. «Allerdings habe ich das.»

«Und zu welchem Schluss sind Sie gekommen?»

«Die Geschichte zwischen dieser Firma und den Ratten ist sehr lang. Länger und verwickelter, als ich angenommen hatte.»

Frau Matthes lächelte. «Sie wussten doch, dass sich Erwin Machallik für den Gott der Ratten hielt. Er hat es oft und laut genug gesagt.»

«Ich habe es, wie alle, für einen Spaß, für eine Übertreibung gehalten.»

«Das ist es ja auch. Aber wie in jeder Übertreibung steckt darin ein Körnchen Wahrheit.»

«Ha! Das ist wohl eher ein Getreidesack Wahrheit, der da drinsteckt. Erwin Machallik und seine Leute haben seit den fünfziger Jahren die Ratten in Berlin ganz gezielt gefüttert, gepflegt und gezüchtet. Er hat praktisch eine Armee der Ratten geschaffen, die er nach Belieben auf die Stadt loslassen konnte!»

Claire Matthes warf ihm einen tadelnden Blick zu. «Na, jetzt übertreiben Sie aber, Toni. Sie tun ja gerade so, als sei Erwin Machallik der Pinguin aus ‹Batman›, nur mit Ratten statt Pinguinen. So war es aber gar nicht. Es war alles viel zufälliger, improvisiert – berlinerisch eben. Aus der Verzweiflung entsteht ein Provisorium, das sich dann irgendwie bewährt und deshalb beibehalten wird. Das ist Berliner Lebensart!» Sie lachte, aber Toni wirkte weder begeistert noch überzeugt. «Also gut, Toni», fuhr sie fort. «Ursprünglich wollte Erwin nur seine junge Firma retten. Was macht ein Sonnenmilchproduzent bei Regen? Gar nichts, er hofft auf besseres Wetter. Erwin Machallik hat aber eines Tages begriffen, dass er sozusagen selbst die Sonne scheinen lassen kann. Als wieder einmal die Müllabfuhr nicht funktionierte, die Ratten sich munter vermehrten und er plötzlich viele Aufträge bekam, da kam er auf den Gedanken, gezielt Ratten zu züchten. Er hatte schnell ein System raus. Wenn die Geschäfte schlecht liefen, hat er die Population explodieren lassen, mal hier, mal da – und schwups, war die Auftragslage wieder glänzend. Sie müssen unsere Firma eher wie einen landwirtschaftlichen Betrieb sehen. Wir bauen Ratten an und regulieren Angebot und Nachfrage. Ganz einfach.»

Sie hielt Toni einen Schnittchenteller hin. Der schaute Frau Matthes nachdenklich an. Diese kleine, etwas tüdelige alte Frau war nicht umsonst die wichtigste, wenn nicht einzige Vertraute eines äußerst verschlagenen Geschäftsmannes gewesen. Trotz allen Respekts, den er ihr von Anfang an entgegengebracht hatte, hatte er sie unterschätzt. Bis vor kurzem zumindest. Sein Blick fiel auf den Teller in ihrer Hand. «Ist das ein Schmetterling?»

«Ja, genau. Also, wenigstens habe ich versucht, die Schnittchen in Form eines Schmetterlings zu legen.»

«Gefällt mir.»

Claire Matthes strahlte ihn an. Toni ging zur Maschine, goss sich einen Kaffee ein und lehnte sich an den Schreibtisch. Dann sagte er mit fester, lauter Stimme: «Gut, das habe ich einigermaßen verstanden. Sogar diesen mysteriösen Umstand, dass die genauen Anweisungen zum Füttern, Vergiften und Vertreiben wohl seit Jahren schon nicht mehr von Machallik selbst kamen, sondern per Mail aus Nord- oder Südkorea. Das ist zwar alles sehr seltsam, aber ich habe es verstanden, also im Prinzip. Was ich allerdings nicht begreife: Warum herrscht jetzt diese Rattenplage? Oder besser: Warum wurde sie herbeigeführt? Ich denke, mit den Informationen, die Sie mir gestern gegeben haben, hätte man sie verhindern können.»

Claire Matthes griff nach ihrer Kaffeetasse. Sie trank nicht, sondern sah nur in die schwarze, lauwarme Brühe.

Toni wurde noch etwas lauter. «Haben Sie mich verstanden, Frau Matthes? Ich glaube, diese Plage ist hausgemacht. Und ich hege den starken Verdacht: Sie wird hier, von diesem Büro aus gemacht! Ich möchte von Ihnen wissen: Wird die geheimnisvolle Stelle, die die Ratten dieser Stadt mehr oder weniger kontrolliert, diese Einsatzzentrale in Korea oder wo auch immer, wird sie von diesem Büro aus gesteuert?»

Claire Matthes atmete tief durch, dann sagte sie kontrolliert: «Wir können Wünsche äußern.»

Toni stellte die Tasse hin und verschränkte die Arme. «Wünsche, denen dann aber auch in aller Regel entsprochen wird?»

Frau Matthes verzog die Mundwinkel. «Wünsche, denen immer entsprochen wird.»

«War es Ihr Wunsch, die Rattenpopulation so massiv ansteigen zu lassen? Eine Plage über Berlin zu bringen?»

«Es war Erwin Machalliks Wunsch. Und ich hatte versprochen, ihm diesen Wunsch nach seinem Tod zu erfüllen.»

«Warum?»

«Das war doch Erwins Vermächtnis. Seine Legende. Das Szenario hatte er schon lange entworfen und vorausberechnet. Es gibt im Büro eine DVD, auf der er genau prophezeit, was für eine beinah biblische Rattenplage über Berlin kommt, falls er plötzlich sterben sollte. Das war die Drohung. Er nannte es das Versprechen, das ihn überhaupt erst zum König von Berlin machte. Weshalb ihn auch niemand anzugreifen wagte.»

Geräuschvoll zog Toni einen Stuhl heran und setzte sich. «Das ist der Grund? Nur seiner Legende wegen überzieht er die Stadt mit einer Katastrophe und lässt seine beiden Söhne ins offene Messer laufen? Und Sie machen da auch noch mit?»

Auch Claire Matthes griff nach einem Stuhl und setzte sich nah zu ihm. «Die Dinge sind nie so einfach, wie sie scheinen, Toni. Schon gar nicht bei Erwin Machallik. Er mochte Max und Helmut durchaus. Die Leitung dieser Firma allerdings traute er ihnen nicht zu, überhaupt nicht. ‹Die Jungs haben weder einen Sinn für die Ratten noch fürs Geschäft›, hat er immer gesagt. Sie sehen es ja, die beiden hätten seit Wochen entdecken können, was Sie gerade herausgefunden haben. Aber sie haben nichts gefunden. Sie haben nicht mal richtig gesucht. Erwin konnte sie nicht einfach rausschmeißen oder enterben, es waren ja seine Söhne.

Sie sollten von sich aus gehen, etwas Eigenes aufbauen, es ihm zeigen, so in der Art. Aber daran hatten die beiden kein Interesse. Die sind einfach geblieben. Egal, wie sehr er sie demütigte. Die haben das einfach ausgesessen. Mir taten sie immer leid.»

«Aber trotzdem haben Sie sie hintergangen und dieser Rattenplage ausgesetzt, ohne ihnen eine faire Chance zu geben, das Problem zu lösen.»

Frau Matthes sprang auf. «Was fällt Ihnen ein, Sie Flegel! Ich habe dasselbe versucht wie Erwin – sie zum Aufgeben zu bewegen. Damit sie etwas Besseres aus ihrem Leben machen, als sich in dieser Firma aufzureiben, die nicht gut für sie war. Und die beiden waren, nebenbei bemerkt, auch nicht gut für die Firma. Wirklich nicht!» Sie funkelte Toni an. «Ich arbeite seit vierzig Jahren hier! Ich hänge an dem Betrieb und an dieser Stadt. Und auch Erwin Machallik wollte Berlin nicht leiden lassen. Es sollte sich nur seine Legende bewahrheiten, und die Söhne sollten zum Aufgeben bewogen werden.»

Toni schüttelte den Kopf. «Was für ein Blödsinn, diese alberne und eitle Legende.»

Gebieterisch hob die alte Chefsekretärin den linken Zeigefinger. «O nein, mein lieber Toni. Diese Legende ist mitnichten albern. Sie ist sogar sehr wichtig. Die Position des Königs der Ratten ist eine außerordentlich gefährliche. Man hat da Feinde, sehr viele und sehr mächtige Feinde. Die Legende allerdings schützt den König, weil ihr zufolge auf seinen Tod unweigerlich das Chaos folgt. Das fürchten die Feinde. Nur wenn sich die Legende jetzt, nach dem Ende von König Erwin Machallik, erfüllt, wird sie auch seinen Nachfolger schützen können. Den, der aufsteigt, weil er das Chaos beendet, die Population bändigt und deshalb als der neue

König der Ratten anerkannt wird. Dessen Ende dann aber eben auch das Chaos zurückbringen würde …»

Toni schaute sie ratlos an. «Ein neuer König?»

Claire Matthes hob den Kopf. Aufrecht und respektgebietend saß sie nun da. «Selbstverständlich. Erwin Machalliks Erbe, der neue König von Berlin.»

«Wer?»

Frau Matthes lachte. «Na, wer ist denn wohl gerade dabei, die Stadt vor den Ratten zu retten?»

Toni schaute auf seine Füße und sah seine Socken. Es waren zwei verschiedene. «Das können Sie nicht ernst meinen.»

Claire Matthes setzte betont sachlich nach. «Ihr Vater hat dies alles genau so geplant. Für den Fall der Fälle.»

«Mein Vater? Janek Karhan?»

Die Sekretärin wischte mit der Hand durch die Luft. «Natürlich nicht, die Karhans waren nur eine Pflegefamilie. Sie wissen doch längst, wer Ihr wirklicher Vater war. Haben Sie sich früher nie gewundert, warum Erwin Sie so häufig mit ‹mein Sohn› angesprochen hat?»

«Ich dachte, das sei eine Redewendung.»

«In Ihrem Fall war es mehr als das. Erwin Machallik hatte viele Affären. Manche durften auf keinen Fall bekannt werden. So wie die mit Ihrer Mutter.»

«Ivonna Karhan ist auch nicht meine Mutter?»

«Doch, sicher. Aber nicht die leibliche.»

Tonis Tonfall ging jetzt ins Ärgerliche über. «Das meinte ich natürlich. Natürlich ist sie meine Mutter, und das wird sie auch immer bleiben. Aber wer ist meine leibliche Mutter?»

Die Pause, die die alte Sekretärin nun machte, kam beiden

wie eine Ewigkeit vor. Auf einmal fürchtete Toni die Antwort, umso mehr, je länger die Pause dauerte.

«Das weiß man nicht», sagte Frau Matthes, und Toni nickte langsam. Er spürte, dass jedes Nachhaken sinnlos war. Wieder ergriff die Sekretärin das Wort: «Die Karhans waren eine sehr gute, sehr liebevolle Pflegefamilie. Das wusste Ihr Vater.»

Toni nickte immer noch. «Ich hatte eine wunderbare Kindheit.»

Frau Matthes lächelte. «Sie müssen wissen, Ihr Vater hatte gute Verbindungen nach Polen. Er war immer informiert, wie es Ihnen ging, was Sie machten. Wir ließen den Karhans Geld und manch anderes zukommen, was zu der Zeit in Polen nicht leicht zu beschaffen war. Als Sie alt genug waren, holte Ihr Vater Sie nach Berlin. Eigentlich sollten Sie hier nur eine hervorragende Ausbildung erhalten. Aber plötzlich sah er mehr in Ihnen. ‹Die Macht ist stark in ihm›, so hat er über Sie geredet. Damit meinte er die Macht, mit den Ratten zu kommunizieren. Ihr Vater glaubte an solche Dinge, er war überzeugt, Sie hätten diesen siebten Sinn für die Ratten, der Helmut und Max so völlig abgeht. Er war besessen von dem Gedanken, Sie zu seinem Nachfolger zu machen. Eigentlich hatte er das ganz harmonisch geplant, es gibt sogar ein Testament, in dem er seine Vaterschaft anerkennt und Ihnen alles vermacht. Ich weiß, wo es aufbewahrt ist: in einem Geheimfach im Bunker. Ein Geheimfach, das die beiden Brüder in den Wochen, die sie drinhocken, noch nicht entdeckt haben. Weil sie eben gar kein Interesse haben, irgendetwas zu entdecken. Durch Erwins plötzlichen Tod ist allerdings alles komplizierter geworden. Alle mussten improvisieren. Ich auch.»

Der frischgebackene Machallik-Sohn lächelte gequält. «Dieses Testament liegt jetzt ja wohl für alle Zeiten verschlossen im Grab des Pharaos, gemeinsam mit den Brüdern und Georg.»

«Ach», Frau Matthes wischte noch mal mit der Hand durch die Luft, «irgendwann werden die Trottel den Raum schon aufkriegen.»

Toni wollte gelassen ausatmen, aber es geriet ihm zu einem Grunzen. «Wäre gut, wenn sie das bald schaffen würden. Nicht wegen des Testaments, das läuft mir nicht weg. Aber ich brauche den Plan, unbedingt.»

Claire Matthes horchte auf. «Welchen Plan?»

«Der Plan mit den Rattenwegen und seinen neuralgischen Punkten. Es muss so etwas wie ein Ventil geben, wo man Druck, sprich Ratten, aus der Stadt ablassen kann. Das verraten die Unterlagen eindeutig. Aber wo dieses Ventil ist, kann ich nicht sagen.»

«Und Sie denken, der Plan mit diesem Ventil befindet sich im Chefbüro?»

«Ich weiß es. Sie haben mir erzählt, der alte Ma-, also, mein Vater, hätte immer, wenn er verzweifelt war, das Bild mit der Anatomie einer Ratte angestarrt. Dieses große, in Öl gemalte Rattenskelett. Und dann plötzlich sei ihm die rettende Idee gekommen. Dabei ist das Bild im Büro völlig falsch: Keine Rattenart der Welt hat derart viele Knochen und Gelenke, schon gar nicht unsere gemeine Berliner Wanderratte. Als ich ein wenig nachdachte, mir das Bild, das Rattenskelett im Chefbüro, ins Gedächtnis rief, wurde mir klar, dass es in seinen Umrissen der Stadt Berlin ähnelt. Glaube ich zumindest. Verstehen Sie?»

Die alte Sekretärin sah ihn stolz an und fühlte eine Wärme

vom Bauch in ihre Brust steigen und sich wohlig ausbreiten. Der Alte hatte recht gehabt. Die Macht war stark in ihm.

Carola Markowitz wusste nicht, über wen sie sich mehr ärgern sollte – über sich selbst oder über Lanner. Die dritte Nacht in Folge hatte sie sich für diesen Spinner um die Ohren geschlagen. Sie hatte nicht nur seinen Fall gelöst, sondern auch noch todmüde bis in die Morgenstunden die komplizierten und skurrilen Aussagen von vier genauso müden, zugleich aufgeregten und unkonzentrierten Tätern aufgenommen. Und sich, da Lanner es nicht für nötig gehalten hatte, an sein Handy zu gehen, sehr um den feinen Herrn Kommissar gesorgt. Jetzt, wo sie ihn endlich erreichte, war er nicht nur völlig desinteressiert am Kaminski-Fall, sondern wollte ihr noch nicht mal erklären, warum er sie im Stich gelassen hatte und so lange abgetaucht war. Sie war wirklich sehr, sehr wütend auf Lanner.

Mehr noch als seine Missachtung wurmte sie, dass sie seiner schnoddrigen Bitte, sie solle doch mal in Georg Wolters' Wohnung nach Hinweisen suchen, protestlos nachgekommen war. Sie hätte wirklich eine Pause und ein klein wenig Anerkennung brauchen können. Überdies: In die Wohnung eines Toten einzubrechen, von dem noch nicht mal sicher war, ob er tatsächlich tot war, ohne Durchsuchungsbefehl, richterliche Anordnung oder Rückendeckung des Chefs, musste sich nicht gerade als Karriereturbo erweisen. Und jetzt, wo sie vor Wolters' Tür stand, hatte sie nicht die geringste Ahnung, was sie suchen sollte. Lanner selbst hatte ja keine Ahnung: Notizen, hatte er gesagt, eventuell habe

Wolters was auf den eigenen Anrufbeantworter gesprochen, vielleicht könne sie vor Ort seinen E-Mail-Account knacken oder interessante Telefonnummern oder Adressen finden. Lanners Anweisungen waren mindestens so wirr wie der Typ selbst.

Das Schloss von Wolters' Wohnungstür war eine Beleidigung für jeden Einbrecher mit Anspruch. Ein klassisches Sicherheitsschloss und dazu ein zweites mit Doppeldrehmechanik. Sie holte ihren Akkubohrer und den Leatherman aus dem Rucksack und schraubte beide Schlösser routiniert auf. Ihr Vater hatte ihr das beigebracht, als sie sechs oder sieben war. Er hatte ihr viele solche Dinge beigebracht. Einfache Schlösser öffnen schon mit fünf, Aufbohren zwei Jahre später. Mit acht Jahren hatte sie ihr erstes Auto kurzgeschlossen, den Umgang mit Diamantschneider und Saugpfropfen geübt, Schießen gelernt mit neun. All die Dinge eben, von denen ein alleinerziehender Polizeipräsident meint, seine Tochter sollte sie können. Auch den kleinen Akkubohrer für die Handtasche hatte er ihr geschenkt. Da war sie zehn gewesen. Es gab viele Aufsätze, unter anderem diente er als Ventilator und Handmixer. Manchmal fragte sie sich, wie ihre Kindheit wohl verlaufen wäre, wenn ihre Mutter nicht so kurz nach ihrer Geburt verschwunden wäre. Aber sie wusste natürlich, dass solche Überlegungen müßig waren.

Nachdem sich Carola Markowitz vergewissert hatte, dass niemand in der Wohnung war, und den Ersatzschlüssel am Brett neben der Tür erspäht hatte, baute sie die Schlösser wieder ein. Niemand, kein Experte und schon gar nicht Georg Wolters, würde den Ausbau bemerken.

Die Wohnung war so unaufgeräumt wie erwartet. Es roch nach Bratfett, abgestandenem Kaffee, Duschgel und Bierflaschenhälsen mit schlechtem Atem. Markowitz kannte diesen Geruch, bei ihr duftete es oft ähnlich. Georg Wolters' Wohnung wirkte zu bewohnt, zu privat, als dass sie einfach zu suchen hätte beginnen wollen. Es wäre ihr schäbig vorgekommen. Ohne etwas zu verändern oder die Dinge beim Existieren zu stören, schaute sie sich erst mal nur um. Allerdings signalisierte ein blassgelber Leuchtpunkt am iMac, dass der Computer angeschaltet war. Nun gut, eine solche Einladung würde sie schon annehmen dürfen. Sie tippte auf die Tastatur, der Bildschirm strahlte auf, und es öffnete sich ein Feld, mit dem sie nicht gerechnet hatte. «Hallo, Georg!», stand da. «Bist du dir wirklich sicher, dass du nichts Wichtigeres, Besseres oder Schöneres zu tun hast als das, was du jetzt tun willst?» Markowitz drückte eine Taste, ein neues Pop-up fragte: «Bist du dir wirklich ganz, ganz sicher?» Sie tippte noch mal, ein weiteres Fenster wollte wissen: «Warum belügst du dich selbst?» Ein letztes Klicken, dann war der Weg frei.

Sie zögerte, hatte Skrupel, den Mailordner zu öffnen. Dann aber fuhr der Cursor schon über das Mailsymbol, sie atmete vor dem Klick durch und – es klingelte. An der Tür. Dann klopfte es. Klingelte wieder. Erneutes Klopfen. Jemand rief. Sturmklingeln. Die Höflichkeitspausen zwischen den Eskalationsstufen eines Klingelterrors wurden offensichtlich übersprungen. Markowitz ging zur Tür und rief: «Wer ist da?»

Stille. Dann klingelte es wieder, gleichzeitig schrie jemand: «Aufmachen! Schnell! Schnell! Aufmachen! Sie müssen sofort kommen! Sofort!»

«Wer sind Sie?»

Die Stimme wurde schriller und verzweifelter, war kaum mehr zu verstehen. Trotzdem meinte Markowitz, weiterhin ein befehlendes «Aufmachen!» zu hören. Sie zog ihre Pistole aus dem Halfter, entsicherte sie, trat einen Schritt zur Seite und drehte dann mit langem Arm langsam die Schlösser auf. Als sie auf die Klinke schlug und die Tür aufsprang, erblickte sie zu ihrer Überraschung einen verzweifelten, untersetzten, sehr, sehr blassen, schwarzhaarigen jungen Mann in schwarzen Jeans und schwarzem T-Shirt. Sein rötlich-blonder Stoppelflaum verriet, dass die Haare gefärbt waren. Abgesehen davon sah Carola Markowitz sofort: Dieser junge Mann war entweder extrem uneitel oder extrem ungeschickt, was sein äußeres Erscheinungsbild betraf.

Er hatte Schweißflecken unter den Achseln, starrte Markowitz mit weit aufgerissenen Augen an und brüllte: «Sie sind eine Frau!»

Markowitz sah, dass er am ganzen Körper zitterte, vor Unsicherheit, vielleicht auch vor Angst. Trotz der außergewöhnlichen Anspannung wirkte er keineswegs bedrohlich. Dennoch hielt sie ihre Waffe erst mal in Bereitschaft.

«Wolters!», schrie er, «ich suche Georg Wolters!»

Markowitz wollte ihn beruhigen. «Er ist nicht da. Kann ich Ihnen irgendwie helfen?»

Eine Sekunde lang schien ihr kalkweißes Gegenüber zu überlegen, dann begann er zu weinen und bettelte sie verzweifelt um Hilfe an. Sie erklärte sich bereit, ihm zur Wohnung im Parterre zu folgen. Der pummelige, etwas ungelenke Mensch düste sofort los, im Laufschritt. Markowitz konnte noch schnell die Ersatzschlüssel zu Wolters' Wohnung vom Schlüsselbrett fischen, die Waffe wegstecken und die Tür zuziehen, dann musste sie ihm schon hinterherlaufen.

Die Wohnung war erstaunlich groß. Der schwarzgekleidete, nach wie vor Rotz und Wasser absondernde Endzwanziger eilte durch den Flur und öffnete an dessen Ende eine schwere Holztür. Sie war der Zugang zu einer anderen Welt.

Eine Treppe von achtzehn breiten Stufen führte hinunter ins Souterrain – in eine zweite, noch viel größere Wohnung. Carola Markowitz blickte in ein riesiges Zimmer mit wohl fünf Meter hohen Decken. Eine Art Souterrain-Loft, von dem noch einmal Türen abgingen. In gigantischen Metallregalen lagerten Videos, DVDs, Schallplatten, CDs, jede Menge Technikkram, außerdem sehr viele Bücher und Comics. Auf mehreren Tischen standen Computer, an den Wänden hingen drei gewaltige Flachbildschirme. Alles farblich fein abgestimmt in Schwarz, Schwarz und noch mal Schwarz. Was nicht schwarz war, war Metall. Die einzige Ausnahme bildete ein Holztisch. Die hohen Fenster waren nicht zu sehen, sie lagen versteckt hinter schweren Vorhängen. Es sah aus wie das grotesk überdimensionierte Jugendzimmer eines Nerds.

Mittendrin, in einem von zwei gleichfalls absurd klobigen, schwarzledernen Schreibtischsesseln, saß eine alte Frau, streckte die Beine von sich, zappelte ein wenig, ruderte einmal mit dem Arm – sie kämpfte verzweifelt mit ihrer Atmung. Röchelnd und voller Panik starrte sie auf Markowitz. Die erblickte die beiden Teller auf dem unpassend hellen Esstisch aus Kiefer und begriff, was Sache war. Sie stürmte die Stufen hinab, riss die Frau hoch, umfasste den massigen Körper und drückte schnell, beherzt und gezielt zu. Der Heimlich-Griff. Die Frau prustete, ein zweites Drücken – und in hohem Bogen flog ein Stückchen Fleisch durch die Luft und landete mit einem leisen Platscher in einem der beiden halbvollen Cola-Gläser auf dem Tisch.

Frau Adler hustete und röchelte noch ein wenig, dann beruhigte sie sich, und die tiefe Röte in ihrem Gesicht machte einem erleichterten Lächeln Platz. Der Junge sah fasziniert auf das Stückchen Fleisch, das in seinem Glas schwamm. Er weinte nicht mehr, und als er sich vom Cola-Glas lösen konnte, gelang es ihm auch, normal zu sprechen. «Alles in Ordnung, Mama? Geht es wieder?»

Frau Adler nickte ihm sanftmütig zu, dann wandte sie sich zu Markowitz: «Junge Frau, ich glaube, Sie haben mir soeben das Leben gerettet. Zum Dank gewähre ich Ihnen die Hand meines Erstgeborenen.»

Majestätisch wies sie auf ihren Sohn, der entsetzt zunächst seine Mutter, dann Markowitz, dann wieder seine Mutter anstarrte. Als das erst kaum merkliche Grinsen in deren Gesicht breiter wurde, stampfte er auf, griff sich einen Laptop, legte in der unnachahmlichen Intonation eines Pubertierenden seinen ganzen Weltschmerz und Ekel in ein umfassendes «Mann, ey!» und verließ durch eine der vielen Türen den Raum.

Kolbes Anblick hätte Lanner eigentlich aufmuntern müssen. Das rot angelaufene Gesicht unter dem stoppeligen Haaransatz, dazu das sinnlose Hin- und Hergerenne und Rumgebelle – der dreieckige Spurensicherer wirkte wenig souverän. Aber Lanner selbst war auch nicht gerade in Bestform, als er im Machallik-Büro eintrudelte.

Der Streit mit Carola Markowitz war lang und kräftezehrend gewesen. Bei Königs Wusterhausen hatte er sie am Telefon erreicht, und erst kurz vor seiner Wohnung in Alt-Tempelhof hatten beide wütend die rote Taste gedrückt. Wobei sie nicht nur gestritten hatten. Einen Teil des Gesprächs hatte Markowitz' Schilderung eingenommen, wie sie den Kaminski-Fall aufgeklärt hatte. Lanner war zusätzlich gereizt, weil er unterwegs mindestens fünfzigmal angehupt und mit Gesten belehrt wurde. Natürlich war es für die Autofahrer ein Fest, wenn sie einen Polizisten im Streifenwagen entdeckten, der mit dem Handy telefonierte. Und einen Polizisten auf Regelverstöße aufmerksam zu machen, ist eine Bürgerpflicht, der ein Berliner, ganz gleich welcher politischen, religiösen oder sexuellen Orientierung er anhängt, gern und mit Eifer nachkommt.

Am Haus angelangt, war Lanner hoch in die Wohnung gerannt. Ein frisches, ungebügeltes, hellblaues Hemd, eine frische Hose, ein schönes Stück Cloppenburger Rauchmettwurst, und schon hatte er wieder im Dienstwagen gesessen und war in Richtung Firma Machallik gefahren.

Kolbe schien fast erfreut, Lanner zu sehen, als hoffte er, ein kurzes Gefecht mit seinem Lieblings-Sparringspartner könnte ihn vielleicht beruhigen. «Ah, der junge Herr Hauptkommissar. Das ist ja schön, dass Sie uns auch schon beehren. Wie ich höre, haben Sie heute Morgen bei uns die Gleitzeit eingeführt und sich auch gleich selbst genehmigt.»

«Ich hatte eine lange Nacht.»

Der Spurensicherer wippte vor Kampfeslust. «Ja, die Berliner Nächte, die können einen mitnehmen, wenn man das nicht so gewohnt ist. Ist schon was anderes als Oldenburg, oder?»

«Cloppenburg. Und meine lange Nacht hab ich in Brandenburg verbracht.»

Kolbe machte ein überraschtes Gesicht, genauer gesagt, er machte sein überraschtes Gesicht. Also das Gesicht, das er machte, wenn er beschloss, ein überraschtes Gesicht zu machen. Das war etwas anderes als das überraschte Gesicht, das er machte, wenn er richtig überrascht wurde. Nun machte er also sein kontrolliert überraschtes Gesicht. «In Brandenburg? Na, Sie lassen es aber so richtig krachen. Wissen Sie, was man über Brandenburger Nächte sagt?» Er wartete, eine lauernde Pause, und als er sicher war, von Lanner keine Antwort zu bekommen, gab er sie selbst. «Nichts. Von den Brandenburger Nächten ist der Welt nichts bekannt. Trotzdem, man munkelt, es soll sie geben. Es heißt, das Einzige, was noch länger ist als die Brandenburger Nächte, sind die Brandenburger Tage.»

Lanner nahm es teilnahmslos hin. Er kannte den Spruch aus Niedersachsen. In Bremen machte man ihn über Delmenhorst oder Vechta. Während Kolbe vor Lachen tuckerte, merkte Lanner, dass sich etwas verändert hatte. Die letzte Nacht hatte ihn verändert. Vor gerade mal sechzehn Stunden war er fest davon überzeugt gewesen, sterben zu müssen, hatte sich mit seinem Tod praktisch abgefunden. Nun stellte er fest, dass ihn Kolbes Alphamännchen- und Demütigungsspielchen nicht mehr juckten. Er war unverwundbar geworden, zumindest für Kolbe. «Kein Wunder, dass Sie so nervös sind, Herr Kolbe. Wenn Sie den Raum nicht bald aufkriegen und Herrn Karhan Zugang zu den Unterlagen verschaffen, könnte sich Berlin, ach was, ganz Deutschland beim Besuch des russischen Präsidenten ziemlich blamieren. Dann werden viele wichtige Leute jemanden suchen, auf den sie die Schuld abwälzen können.»

Der dicke Spurensicherer verstummte auf der Stelle und drehte sich wieder zur Bunkertür. «Das lassen Sie mal schön meine Sorge sein. Ich werde diese Tür schon aufgebröselt kriegen und diese drei toten Dödel rausholen.»

«Einer dieser Dödel, Herr Wolters, um genau zu sein, ist ein guter persönlicher Freund von mir, Herr Kolbe.»

Erschrocken drehte sich der kleine Mann um. Das schien ihm wirklich ein wenig unangenehm zu sein. «Davon wusste ich nichts.»

Kein Problem, dachte Lanner, er wusste es ja selbst erst seit kurzem. Genau genommen, seit er vorhin trotz des Glücksgefühls beim Biss in die Cloppenburger Rauchmettwurst «der arme Georg» denken musste.

«Er ist höchstwahrscheinlich tot», Kolbe redete jetzt wie mit einem Angehörigen, doch es war ihm anzumerken, dass er für diese Art Gespräch nicht geschult war, «von den Brüdern getötet, wenn auch unabsichtlich. Was am Tod natürlich nichts ändert, höchstens am Strafmaß für die Täter, ist aber auch schon egal, da die Brüder ja wohl ebenfalls tot sind. Genauso wie ihr Vater, ihr mutmaßlich erstes Opfer.»

Lanner schaute ihn mit einer Mischung aus Fassungslosigkeit und Genervtsein an. «Vielen Dank, aber das weiß ich bereits alles von Frau Markowitz.»

«Wieso fragen Sie denn dann?»

«Ich habe nicht gefragt.»

«Ach ja, und wieso habe ich dann wohl geantwortet?»

«Das fragen Sie sich mal besser selbst.»

Wie ein störrisches Kind verschränkte Kolbe die Arme. Das fehlte noch, dass ihm der Dorfsheriff jetzt auch noch blöd kam. Das würde er ihm austreiben. Er drückte die Brust nach vorn und sprach so laut, dass ihn möglichst keiner der Kollegen überhören konnte: «Tja, Herr Lanner, da hatten Sie wohl mal zwei Fälle. Wie es aussieht, wurde der eine, während Sie sich nachts in Brandenburg vergnügt haben, von Frau Markowitz gelöst und der andere von mir. Tolle Bilanz. Da wären Sie jetzt ja frei für andere Aufgabenfelder. Vielleicht Parksünder aufschreiben? Am Tauentzien?»

Lanner hörte das Gekicher und Getuschel von nebenan. Dennoch antwortete er, so leise er nur konnte: «Es ist noch gar nichts gelöst, Herr Kolbe. Wenn sich rausstellen sollte, dass die Spuren im Machallik-Fall seinerzeit schlampig ausgewertet wurden, geht dieser Fall für Sie sogar erst so richtig los. Und sollten Sie hier auch noch scheitern, wird das Ihre Position ganz sicher nicht verbessern.»

Kolbe trat einen Schritt näher an ihn heran und sprach genauso leise: «Wer sagt denn überhaupt, dass ich verantwortlich für das Öffnen der Tür bin? Immerhin ist das Ihr Fall, und jetzt, wo Sie plötzlich da sind, könnte man ja auch zu der Auffassung gelangen, Sie hätten hier die Verantwortung.»

Ohne auch nur einen Gesichtsmuskel zu bewegen, zischte Lanner zurück: «Heißt das, Sie übertragen mir ab sofort ganz offiziell die Einsatzleitung hier vor Ort?»

Kolbe grunzte. Verdammt, Lanner hatte ihn in eine Falle gelockt. Obwohl sie leise sprachen, machte ihm das Verstummen der Kollegen klar, dass diese jedes Wort mithörten. «Wir können das ja aufteilen. Wie es sich gehört. Sie sind verantwortlich für die Toten und ich für das Sichern der Spuren.»

«Das Sichern der Spuren nach meinen Anweisungen.»

Der kleine Mann dachte kurz nach: Warum nicht, was hatte er schon zu verlieren? Im Gegensatz zu Lanner. Es würde sich womöglich als gar nicht schlecht erweisen, einiges an Ärger auf diesen Trottel abwälzen zu können. «Na schön, Herr Lanner, ich gebe die gesamte Verantwortung für diesen Einsatz auf Ihren ausdrücklichen Wunsch an Sie zurück. Ganz speziell auch die Verantwortung für das Öffnen dieser verdammten Bunkertür. Ich wiederhole», er drehte sich theatralisch herum, erhob die Stimme und blickte in die Runde, «Sie allein sind jetzt für das Öffnen dieser Tür verantwortlich.»

Stille.

Lanner nickte. «Das war's dann ja wohl.»

Kolbe jedoch blühte, sichtlich befreit, wieder auf. Noch hatte er ja die Aufmerksamkeit sämtlicher Mitarbeiter. «Und, Herr Hauptkommissar ‹Al Mundi› Lanner, haben Sie denn schon eine Strategie? Eine neue Idee? Vielleicht einen Zauberspruch, Herr Hauptkommissar Gandalf?»

Lanner hörte ringsum wieder leises Kichern und stellte erfreut fest, wie egal es ihm war, mehr noch, er hatte sogar Lust, auf den dummen Scherz einzugehen. «Warum eigentlich nicht, Herr Kolbe? Versuchen wir's. Fällt Ihnen ein Zauberspruch ein?»

Kolbe wurde wieder von seinem aufgeregten Wippen erfasst. Er schien förmlich zu platzen vor Freude. «Na klar.» Er drehte sich zur Bunkertür und brüllte: «Zickezacke, auf die Kacke!» Dann explodierte er vor Lachen, so laut und inbrünstig, dass er der Letzte war, der registrierte, wie sich die schwere, elektronische Tür tatsächlich mit erheblichem Brummen zu öffnen begann.

Nachdem ihr Sohn den Raum verlassen hatte, setzte sich Frau Adler an den Tisch und nahm ihr Besteck in die Hand. Markowitz staunte nicht schlecht. «Obwohl Sie gerade fast erstickt wären, essen Sie jetzt einfach so weiter?»

Die korpulente Frau schaute sie an, als hätte Markowitz gefragt, ob man in ihrem Alter denn noch Sex habe. «Natürlich, wär doch schade drum. Da merkt man wieder, ihr jungen Leute habt nie richtigen Hunger erlebt. Obwohl. Gottseidank. Das muss man nicht erlebt haben. Glauben Sie mir.

Aber Essen verkommen lassen, nee, nee. Wobei, die hier ...»,
sie sah zur Cola mit dem schwimmenden Fleischstückchen,
«die schütten wir vielleicht doch besser weg.» Wieder lächelte sie Carola Markowitz an. «Wollen Sie auch? Ist noch was
da. Kann ich aufwärmen. Hat der Herr Wolters gemacht, er
kocht gar nicht schlecht. Sind Sie seine Freundin? Wo ist der
eigentlich?»

Markowitz überlegte, welche der drei Fragen sie zuerst beantworten sollte. «Danke, ich habe schon gegessen», log sie,
«und Herr Wolters ist gerade in der Firma.» Zumindest diese
zweite Information war ja grundsätzlich nicht falsch.

Fest ruhte Frau Adlers Blick auf der jungen Frau, es war
noch eine Frage offen.

«Nein, seine Freundin bin ich nicht.» Markowitz zögerte.
Es war nicht richtig, einer Nachbarin zu erzählen, dass sie
Polizistin war und Georg vermutlich tot. Aber wie sonst soll-
te sie begründen, warum sie in der Wohnung gewesen war.
«Ich bin seine Putzfrau.»

An Frau Adlers Miene ließ sich ablesen, wie schlecht diese
Lüge war. Carola Markowitz konterte: «Was ist das alles hier?»

Gelangweilt nahm Frau Adler einen Schluck Cola aus dem
anderen Glas. «Wissen Sie das nicht schon längst? So eine
gute Polizistin wie Sie?» Bevor Markowitz antworten konnte,
fuhr sie fort: «Sie tragen eine Waffe, sind für eine Putzfrau
ganz unpassend gekleidet, beherrschen den Heimlich-Griff
und beobachten die Dinge hier mit einem professionellen
Blick. Außerdem weiß ich sowieso, wer Sie sind. Ich kannte
Ihren Vater.»

Jetzt setzte sich Markowitz in den zweiten Schreibtischsessel, eigentlich sank sie mehr hinein. «Woher? Kenne ich
Sie auch?»

«Sie werden sich nicht erinnern. Wissen Sie, Fräulein Markowitz, ich wäre gerade fast gestorben, und was habe ich wohl die ganze Zeit gedacht, als ich hier im Sessel hing und zu ersticken drohte? Wer kümmert sich jetzt um den Jungen? Was wird aus Ralf? Das habe ich gedacht. Außer mir weiß nur noch Claire Bescheid, und die hat Ralf ja nie so richtig gemocht.»

«Claire Matthes?»

«Genau, das ist meine beste Freundin, seit Jahrzehnten schon. Aber mit meinem Ralf konnte sie nie was anfangen. Ich dachte, meine eigene Schuld, weil ich das Spiel ja mitgemacht habe, weil ich nie versucht habe, die Dinge zum Besseren zu wenden. Zum Vernünftigen. Und jetzt hat der Junge überhaupt niemanden. Das habe ich gedacht. Und dann habe ich mir geschworen, ich werde noch anderen davon erzählen. Herrn Wolters zum Beispiel. Irgendwann wollte ich ihm Ralf vorstellen, wo er ohnehin schon seit Monaten für ihn kocht. Aber wenn Wolters nicht da ist, kann ich eigentlich auch Ihnen alles erzählen. Ist mir jetzt egal. Ich meine, ich wäre fast tot gewesen. Ich muss das alles mal jemand anderem als Claire erzählen. Jemandem, dem man vertrauen kann, und Sie haben so was Vertrauenswürdiges, bestimmt eine wertvolle Eigenschaft für eine Polizistin. Und ich kannte, wie gesagt, Ihren Vater. Das war wahrlich ein Polizist. Aber eben auch einer, dem man was erzählen konnte, ohne dass gleich die Polizei davon erfuhr. Wenn Sie wissen, was ich meine. Wissen Sie, was ich meine?»

Markowitz wurde fast schwindlig vom Redefluss der Elvira Adler. Aber natürlich wusste sie genau, was die aufgewühlte Frau meinte, und konnte es ihr mit einer lässigen Geste signalisieren.

Frau Adler fand dies wohl überzeugender als jedes Wort und sprach bedenkenlos weiter. «Es hat ganz harmlos angefangen mit dem Jungen, ich hab mir nichts dabei gedacht. Er war ohnehin nie ein Kind, das gern draußen gespielt hat. Saß immer lieber hier und hat gelesen oder seinem Vater in der Apotheke, im Labor oder bei anderen Dingen geholfen. Die beiden steckten wirklich viel zusammen. Eigentlich sollte Ralf mal Pharmazie studieren und dann die Apotheke übernehmen. Das war der Plan. Aber dann wurde mein Mann sehr krank und starb recht schnell. Damit ist Ralf nicht zurechtgekommen. Er wurde immer schlechter in der Schule. Irgendwann ist er einfach nicht mehr hingegangen. Da saß er dann hier zu Hause. Ich habe ihn abgemeldet, nach der zehnten Klasse, den Realschulabschluss hatte er ja. Und bevor die Schule noch mehr Ärger machte, weil er nie zum Unterricht kam, dachte ich, lass gut sein, der Junge braucht einfach seine Zeit. Ich wollte ihn nicht bevormunden, mich nicht so in sein Leben mischen. Er sollte seinen Weg finden. Aber dann habe ich irgendwann an einem Donnerstag gemerkt, der war die ganze Woche noch nicht draußen. Das fand ich nicht gut und hab's ihm gesagt. Er meinte daraufhin, er sei den ganzen Monat, ja das ganze Jahr noch nicht draußen gewesen. Da war es Ende April. War ich natürlich erschrocken. Blass war er geworden. Aber was hätte ich denn machen sollen? Die Polizei rufen? Damit die ihn aus der Wohnung holt? Gibt es ein Gesetz, das verbietet, jahrelang zu Hause zu bleiben?»

Frau Adler machte nur eine kurze, rhetorische Pause. «Wir haben dann viel gestritten. Sehr, sehr viel gestritten. Aber irgendwann habe ich das auch nicht mehr ausgehalten. Ich meine, er ist doch mein Sohn. Da kann ich doch nicht immer nur streiten. Das hält doch keine Mutter aus. Also habe ich ihn machen lassen. Dachte, der berappelt sich schon wieder, irgendwann wird er rausgehen. Muss ihm doch langweilig werden hier drin. Isses aber nicht geworden. Also, er sagt, ihm sei nie langweilig. Er hat hier seine Computer, seine Online-Spiele, die sozialen Netzwerke. Was er braucht, lässt er sich schicken. Ihm geht es gut, sagt er. Jetzt war er schon seit sechs Jahren nicht mehr draußen. Kein Interesse mehr dran, sagt er, und geht ja auch alles – weil ich mich kümmere. Aber wenn ich mal sterbe, was dann? So geht es eben doch nicht weiter.»

Irgendwann im Laufe ihrer Litanei musste Frau Adler Markowitz vergessen haben. Ihre letzten Sätze hatte sie eher zum Boden als zur jungen Kommissarin gesagt. Jetzt erschrak sie fast, als sie wieder eine andere Stimme hörte.

«Vielleicht hat er nach all der Zeit auch einfach nur Angst vor dem Draußen. Vorhin im Treppenhaus hat er geschwitzt und am ganzen Körper gezittert.»

Entrüstet fuhr die alte Frau auf. «Natürlich hat er Angst. Was denn sonst? Deshalb habe ich ja meine Hoffnungen in den Herrn Wolters gesetzt. Morgen oder übermorgen wollte ich ihn einladen, damit er Ralf kennenlernt, und dann sollen die mal zusammen was unternehmen, draußen. Muss ja nichts Dolles sein. Nicht weit und nicht lange. Die können vielleicht einfach zusammen ein Stück Kuchen essen. Bei ‹Mr. Minsh›, den Kuchen liebt der Junge, ist ja gleich um die Ecke. Meinetwegen können sie den auch beim Herrn Wolters oben auf dem Balkon oder im Hof essen. Hauptsache draußen. Irgendwie so was.»

Markowitz vermutete, dass Frau Adler diesen Plan wahrscheinlich seit Wochen, wenn nicht Monaten hegte, ohne ihn auszuführen, sagte aber nichts dazu, um sie nicht noch mehr aufzuwühlen. Lieber wollte sie begreifen, was in diesem Raum eigentlich vor sich ging. Womit genau verbrachte Ralf Adler seine Zeit? Es lag viel Papier herum. Schreiben, Pläne, Rechnungen, auf etlichen Blättern war der Briefkopf der Firma Machallik oder anderer Kammerjägerbetriebe zu sehen. Manche Mappen hatten aber auch ein Logo, das fast wie ein Siegel aussah: «MaMMa». Carola Markowitz kannte dieses Zeichen aus ihrer Kindheit. An den Wänden fielen ihr neben vor Zetteln überbordenden Pinnbrettern, den Flachbildschirmen und einigen Fantasy-Plakaten auch noch verschiedene Pläne der Stadt auf: Berlin als Karte, als Satellitenbild, dazu auch eine Art Röhrensystem-Plan, ungewohnt, aber deutlich erkennbar Berlin. In einer Ecke hingen Karten der einzelnen Bezirke. Sie waren, wie die Berlin-Pläne, eigens angestrahlt. Überhaupt war der so düster eingerichtete Raum gut ausgeleuchtet, was ihm wohl diese unwirklich-ungemütliche Aura eines Filmsets verlieh. Wegen einer Lichtphobie schloss sich der Junge sicher nicht hier ein, so hell waren die Berliner Tage selten. Langsam, als sollte es Frau Adler gar nicht bemerken, bewegte Markowitz sich zur Schreibtischzentrale inmitten des Raums: fünf Tische, wie ein Sechseck aufgebaut, eine Seite offen. Auf jedem Tisch ein zur Mitte gedrehter Bildschirm, daneben Papier, Geräte wie Drucker und Laufwerke und jede Menge Süßigkeitenpackungen. In der Mitte des Sechsecks thronte ein weiteres Schreibtischsesselmonstrum auf Rollen, noch größer als die anderen, mit Getränkehaltern und integriertem Kopfhörer. Offensichtlich eine Sonderanfertigung. Da Frau Adler nicht den geringsten Einwand erhob, ging Markowitz in das Sechseck hinein, sah sich die Papiere auf den Tischen an und ließ sich dann in den Sesselkoloss fallen.

«Herzlich willkommen, Ralf, ich sehe, du hast ein paar Pfund abgenommen. Gratuliere.»

Markowitz erschrak, Frau Adler lachte. Der Sessel konnte sprechen.

«Soll ich die Federung an dein neues Gewicht anpassen? Darf ich die Kühl- oder Warmhaltefunktion des Getränkehalters aktivieren? Möchtest du eine Massage?»

Irritiert sprang Markowitz wieder auf.

«Auf Wiedersehen, Ralf. Es war mir eine Freude, dein Sitzplatz gewesen zu sein. Ich wünsche dir einen wunderbaren Tag. Dein aktuelles Gewicht beträgt 58,7 Kilo, damit hast du in den letzten vierundzwanzig Stunden 42,5 Kilo abgenommen. Möchtest du eine Körperfettanalyse?»

«Nein!»

Markowitz war erschrocken, wie laut sie den Sessel angeschrien hatte. Frau Adler gluckerte vor sich hin. «Mit dem Stühlchen habe ich mich auch schon wahnsinnig rumgestritten. Der kann allerdings auch singen oder Literatur vorlesen, zu einer Massage ist das ganz hübsch. Er heißt übrigens Johann.»

Markowitz schaute den Sessel an, wie ein Bürger des Wilhelminischen Reichs ein Smartphone angesehen hätte. «Das Ding hat einen Namen?»

«Ja natürlich. Ich finde, alles, was sprechen kann, braucht einen Namen.»

Markowitz ging aus dem Sechseck heraus und setzte sich wieder in das normale Schreibtischsesselungetüm zu Frau Adler. «Was genau macht Ihr Sohn hier eigentlich die ganze Zeit?»

Frau Adler zog eine Augenbraue hoch. «Wissen Sie das nicht schon längst?»

Selbstverständlich dämmerte der Kommissarin, wo sie hier saß. In der Zentrale, im Einsatzzentrum, im wahren Gehirn der Kammerjägerfirma Machallik. Von hier wurde die Rattenpopulation der Stadt überwacht und gesteuert. Die Mächtigen dieser Stadt hätten sehr viel dafür gegeben, zu wissen, was Carola Markowitz nun wusste.

Überraschend bereitwillig begann Frau Adler zu erzählen. Es verschaffte ihr anscheinend Erleichterung, endlich einmal über die Dinge zu reden, die sie seit Jahren verschweigen musste. «Claire Matthes und ich kennen uns schon aus dem Sandkasten. Kurz nachdem sie bei Machallik angefangen hatte, fragte sie, ob wir nicht in unserer Apotheke ein spezielles Rattengift, exklusiv für die Firma, mischen wollten. So begann die Zusammenarbeit. Mein Mann war begeistert von Machalliks Konzept, er war es, der es dann perfektionierte. Eugen war ja ein Tüftler und Grübler. Immer für sich allein, daran hatte er Spaß. Da ist Ralf seinem Vater schon ähnlich. Für Machallik war das natürlich eine wunderbare Situation. Er konnte nach außen den großen Max markieren, sich als Gott der Ratten aufspielen, während mein Eugen im Stillen die Arbeit erledigte. Niemand durfte davon erfahren. Das ganze System der Rattenwege, der Plan mit der neuen Mitte von Berlin, das hat alles Eugen entworfen. Machallik hat dann nur mit Maschmann, den verschiedenen Bürgermeistern, den Bau-, Gesundheits- und Finanzsenatoren und später wohl auch mit den Staatssekretären der Bundesregierung das Organisatorische und Finanzielle ausgekungelt. Mich hat das oft geärgert, wie der Machallik sich inszeniert hat, aber ich durfte ja nichts sagen. Der Erste und Einzige, den Eugen ins Vertrauen gezogen hat, war Ralf. Na, da hatte ich dann zwei Spinner zu Hause, aber die waren glücklich so und hatten

Spaß dran. Vater und Sohn. Nächtelang haben sie gemeinsam gebrütet und probiert, und irgendwann ging das auch mit den Computern los. Da war endgültig Land unter, familientechnisch gesehen. Dadurch entstanden organisatorisch noch mal ganz neue Möglichkeiten. Alles ließ sich jetzt von hier aus lenken, und sie konnten viel genauere, viel kompliziertere Rattenprogramme und Populationsberechnungen erstellen. Die Stadt gründete dann eine Senatsstelle zur Schädlingsbekämpfung. Diese Stelle gibt es aber gar nicht, nicht mal einen Briefkasten. Es gibt sie nur zum Schein, sie soll verschleiern, dass die Firma Machallik die städtischen Aufträge an die Berliner Kammerjägerfirmen verteilt. Jeder bekam aber immer nur Teilaufträge, damit niemand das große System der Rattenzucht und Kontrolle durchschauen konnte. So wie bei terroristischen Schläferzellen, die auch immer nur über ihre kleinen Aufgaben informiert werden, damit sie nicht den Gesamtplan verraten können. Ralf hat alles noch mal sehr verfeinert. Ich dachte damals, lass die beiden machen, irgendwann wird Ralf studieren, die Apotheke übernehmen, ein Mädchen kennenlernen und noch eins und noch eins, und auf einmal ist es die Richtige. Und eventuell wird er dann wie sein Vater das mit den Ratten nebenbei machen. Aber dann wurde Eugen furchtbar krank. Seit er gestorben ist, ist alles ganz anders gekommen. Aber richtig anders.»

Frau Adler schien erschöpft von ihrer großen Erzählung. Markowitz war sich nicht im Klaren, was sie mit diesen vielen Neuigkeiten anfangen sollte. Vorsichtig fragte sie: «Was macht Sie so sicher, dass ich jetzt nicht offizielle Ermittlungen gegen Sie und Ihren Sohn und die Firma Machallik einleite?»

«So sicher bin ich da gar nicht, aber ich sagte doch, ich

kannte Ihren Vater. Es würde mich sehr wundern, wenn Sie jetzt völlig anders wären als er. In dem Zusammenhang gibt es außerdem noch ein paar Dinge, die Sie gewiss niemals erfahren werden, wenn Sie mich und Ralf ans Messer liefern.»

«Sie wissen etwas über meinen Vater?»

«Sogar über Ihre Mutter. Ich mache Ihnen einen Vorschlag, und Sie müssen auch gar nicht gleich etwas dazu sagen: Warten Sie einfach vier Wochen ab, dann erzähle ich Ihnen alles, was ich weiß. Und Sie können dann machen, was Sie für richtig halten.»

Carola Markowitz nickte langsam, als wollte sie später über diesen Vorschlag nachdenken. Dann versuchte sie, zum Thema zurückzukehren. «Bedeutet dies alles, Ihr Sohn Ralf ist letzten Endes für die aktuelle Rattenplage verantwortlich? Er hat die Population ganz gezielt explodieren lassen?»

Frau Adler sah sie tadelnd an. «Mein Sohn ist an gar nichts schuld! Die Anweisungen kamen und kommen immer noch aus der Firma Machallik. Claire wollte das so, sie hat Ralf nach Machalliks Tod gebeten, die Rattenpopulation nach oben zu treiben. Die Zahl der Einsätze zu vervielfachen. Es geht da wohl ums Vermächtnis vom alten Erwin oder so. Das müssen Sie Claire aber selber fragen. Nur ist jetzt wohl was schiefgegangen.»

«Schiefgegangen?»

«Ja, seit zwei, drei Tagen, meint Ralf, hat er jeglichen Einfluss auf die Ratten verloren. Die letzten heftigen Angriffe waren nicht geplant. Ralf sagt, er hat die Giftmenge schon drastisch erhöht, das Futter erheblich reduziert, aber die Ratten werden trotzdem immer mehr. Außerdem macht sie die fehlende Nahrung natürlich jetzt aggressiver. Die Geister, die man rief, wird man nun nicht mehr los. Es sind einfach viel zu viele Tiere geworden. Die kann niemand mehr beherrschen.»

Carola Markowitz warf sich in ihrem Sessel zurück. «Und was genau heißt das jetzt?»

Frau Adler zuckte die Schultern. «Na, unter dem Zentrum Berlins wuseln gerade Millionen von Ratten, die wohl bald unkontrolliert auf die Stadt losgehen werden. Da kann man nichts machen. Wie gesagt, da ist eben etwas schiefgegangen.»

Die U-Bahn fuhr zusehends langsamer. Dann ruckelte sie ein paarmal, schließlich blieb sie ganz stehen. Keiner der Fahrgäste zeigte auch nur die geringste Reaktion. Alle lasen weiter Zeitung, starrten auf ihre Smartphones oder in das unterirdische Nichts dieses Vormittags. Selbst als das Licht kurz aus- und wieder anging, war das niemandem eine Bemerkung wert. Warum auch, die U2 steht häufiger mal einfach so. Gerade zwischen Stadtmitte und Spittelmarkt.

Chantal Müller murmelte ihren Text vor sich hin. In einer Stunde durfte sie im «Podewil» auf der Bühne stehen und im Kinderstück «Wie die Prinzessin den Prinzen befreite» die Königin spielen. Wenn sie denn rechtzeitig im Theater wären. Ihre Mutter hatte noch versucht, den Vater zu erreichen, um ihn zu ermahnen, unbedingt pünktlich zu kommen. Das fand sie wichtig, für Chantal. Auch jetzt rief sie ihn gerade wieder an.

Der Mann in Anzug und schickem Mantel neben ihr telefonierte auch. «Ja, Schatz, ich habe heute doch noch zwei Termine hier in Leipzig. Es kann sehr spät werden. Vielleicht übernachte ich sogar im Hotel und nehm dann morgen früh den Zug nach Frankfurt.» Er lächelte Chantal und Susi Müller unbeholfen an. Es war ihm nicht ganz wohl bei dem, was seine Nachbarn hier mithörten, aber es ließ sich nicht verhindern.

Der Motor der U-Bahn hörte zu brummen auf, wieder erlosch das Licht. Ein paar Sekunden herrschte Ruhe. Als es aber dunkel blieb, hörte man erste, leise Flüche. Die Lautsprecher rauschten, der Fahrer machte eine Durchsage. Das Geräuschgewitter mit einzelnen verständlichen Silbenfetzen dauerte ungefähr dreißig Sekunden. Dann begann eine angeregte Diskussion, was der Fahrer wohl gesagt haben könnte. Die meisten meinten verstanden zu haben, dass er auch nicht wisse, was los sei und wann es weitergehe.

Plötzlich stieß Chantal ihre Mutter in die Seite und zeigte durch die Fenster nach draußen. «Guck mal, Mami, der Boden bewegt sich!» Die Blicke der Fahrgäste folgten Chantals Finger. Im Dunkel des U-Bahn-Schachts regte sich tatsächlich Leben. Wuseliges, graues Leben. Einige Augenblicke war es völlig still im Waggon, dann ertönte eine weitere, lautere Durchsage. Obwohl es mindestens genau so heftig wie bei der ersten rauschte, konnten alle sie sehr gut verstehen: Die Türen seien geschlossen zu halten, unbedingt, unter allen Umständen, und gekippte Fenster sofort zu schließen. Nun geschah etwas für Berlin sehr Ungewöhnliches: Dieser Anweisung wurde ohne Meckern und zügig Folge geleistet.

Bange fragte Chantal ihre Mutter, ob sie denn noch pünktlich zum Theater kämen. Die Antwort konnte sie nicht mehr verstehen. Denn als die ersten Ratten von außen an den Fenstern hochsprangen, wurde es wirklich unangenehm laut im Waggon.

Als Erstes hörte man ein Jubeln und Schreien. «Ja! Ja! Endlich! Ich wusste, ich schaff es!»

Hauptkommissar Lanner trat in das offene Bunkerbüro und erblickte den freudig tanzenden Georg Wolters. «Hallo, Georg, schön, dich zu sehen. Wir haben dich für tot gehalten.»

Wolters sah ihn an, als hätte er nicht alle Latten am Zaun. «Wie jetzt? Lebendig begraben oder was?»

«Eher tot begraben. Wo sind die Machallik-Brüder?»

«Ich habe nicht die geringste Ahnung. Und offen gestanden auch gar keine Lust, diese Arschlöcher wiederzusehen. Die waren es übrigens, die haben ihren Vater gekillt. Vergiftet. Hab ich ermittelt.»

Lanner klopfte ihm auf die Schulter und wollte zeigen, wie erleichtert er war, hielt es dann jedoch für besser, nicht zu persönlich zu werden. Auch Georg war offenkundig nicht nach Umarmungen zumute.

Kolbe drängte sich an den beiden vorbei. «Ich störe diese herzzerreißende Wiedersehensfeier nur ungern, aber ich habe hier einen Tatort zu sichern.»

Lanner legte den Kopf schief. «Wieso Tatort? Wie es aussieht, ist hier gar keine Tat verübt worden.»

«Ich sicher mal lieber trotzdem. Wer weiß, vielleicht liegen da ja doch irgendwo die Leichen der Machalliks. Oder andere.»

Jetzt kam Toni Karhan angerannt. «Georg, du lebst! Das ist gut!» Während er seinen Kollegen umarmte, tauchte hinter ihm Frau Matthes auf. «Herr Wolters, ich bin ja so froh.

Wissen Sie, Max und Helmut haben mir geschrieben, Sie seien tot.»

Georg Wolters schaute besorgt zu Lanner. Der winkte ab: «Das erklär ich dir später alles in Ruhe. Frau Matthes, wo kann ich denn hier mit Herrn Wolters unter vier Augen sprechen?»

Während Toni Karhan sich dem Gemälde mit dem Rattenskelett widmete, suchte Kolbe nach Spuren und anderen Hinweisen. Frau Matthes führte Lanner und Georg Wolters in ein kleines Büro. «Hier wird Sie niemand stören. Wenn das Telefon klingelt, ignorieren Sie es einfach.»

Als sie den Raum verlassen hatte, fragte Georg vorwurfsvoll: «Ich hab dich angerufen, warum bist du nicht rangegangen?»

«Ich war anderweitig beschäftigt.»

«Na toll, da löse ich unter Lebensgefahr deinen Fall, und der große Herr Hauptkommissar ist leider zu beschäftigt, um ans Telefon zu gehen.»

«Dann erzähl es mir jetzt. Was ist denn passiert?»

«Wir haben im Bunker die Pressekonferenz gefeiert, oder was man im Hause Machallik so feiern nennt. Zumindest haben wir getrunken. Die Brüder, ich und Frau Matthes. Toni war schon wieder bei einem Einsatz oder musste Unterlagen sichten oder so. Dem geht ja im Moment ein bisschen die Lockerheit ab. Jedenfalls hatten wir alle ziemlich einen im Kahn, außer Frau Matthes natürlich. Dann musste ich auf Toilette. Als ich zurückkomme, höre ich die Brüder streiten, höre, dass Max den Alten vergiftet hat, Helmut aber irgendwie Mittäter ist. Bleib ich also im Flur stehen und versuche, dich anzurufen, aber du warst ja beschäftigt – und plötzlich entdeckt mich Max. Dann ging alles ganz schnell.»

«Was ging ganz schnell?»

«Die sind sofort auf mich los. Zu zweit gegen einen. Keine Chance.»

«Und was hat Frau Matthes gemacht?»

«Nichts, glaube ich, hat geweint oder war erschrocken, keine Ahnung, frag sie selbst. Am Ende hat sich der dicke Helmut einfach auf mich draufgesetzt. Kannst du dir das vorstellen? Einfach auf mich drauf, nichts weiter, aber machen konnte ich auch nichts. Ich dachte, der zerquetscht mich. Max hat mit Frau Matthes gestritten, und der dicke Helmut sitzt auf mir. Bestimmt zehn Minuten. Dann kommt Max mit einem Glas, sagt, das sei ein Schlafmittel, nix Gefährliches, bloß ein Schlafmittel. Das solle ich trinken, und wenn ich dann aufwache, wäre alles wieder gut.»

«Die wollten dich also nicht töten?»

Georg wedelte die Frage weg. «Ach was, töten. Max ist sogar noch den Beipackzettel mit mir durchgegangen, wegen der Nebenwirkungen, ob ich auch nicht allergisch bin oder so. Damit mir bloß nichts passiert.»

Lanner kratzte sich am Kopf. «Also, für mich klingt das nicht nach kaltblütigen Mördern.»

Georg lachte. «Nee, das nu echt nicht. Als ich gefragt habe, was passieren würde, wenn ich das Schlafmittel nicht trinke, hat Helmut gemeint: Dann bleibt er einfach auf mir sitzen, bis ich verhungert bin. Da haben wir sogar noch alle zusammen gelacht. Also, ich nur ein bisschen, weil, der war echt schon ziemlich schwer, der Blödmann.»

«Aber ihren Vater, meinst du, haben sie vergiftet?»

«Na, das hab ich genau gehört. Sie stritten, wer wie dem Alten das Gift in den Wein gekippt hat.»

«In den Wein, sagst du? Haben die erzählt, sie hätten das Gift in den Wein getan?»

«O ja, in den Rotwein, also Max war das, hat er zugegeben. Da bin ich mir ganz sicher. Warum?»

«Ach nichts, es ist nur, weil …», er stutzte, «ist jetzt nicht so wichtig, erklär ich dir später.»

«Na gut, ich bin dann jedenfalls vor einigen Stunden wieder in dem Mausoleum da aufgewacht. Mit so einem Kopp, kann ich dir sagen, aber ich weiß nicht, ob der vom Schlafmittel oder vom Alkohol kam.»

«Wahrscheinlich von beidem. Aber warum bist du denn erst jetzt rausgekommen?»

Georg machte große Augen. «Warum wohl? Weil ich nicht eher konnte, du Hirni. Das ist ein Hochsicherheitstrakt. Da wäre nicht mal der Dings früher rausgekommen.»

«Wer?»

«Na, der Dings hier, dieser berühmte Ausbrecherkönig, wie heißt der denn noch?»

«Keine Ahnung. Gibt es hier einen Ausbrecherkönig?»

Georg dachte nach. «Das harte Brot oder wie der heißt. Otto irgendwas, das singende Croissant oder so. Auf alle Fälle waren alle Leitungen, alle Telefone tot. Haben sie gekillt. Das Handy weg. Alles, was die mir dagelassen haben, war die Bedienungsanleitung für das Sicherheitssystem der Bunkertür und ein Wörterbuch.»

Lanner glaubte, er hätte sich verhört. «Ein was?»

«Ein Wörterbuch.»

«Warum das denn?»

«Weil», schrie Georg ihn fast an, «die bekloppte Bedienungsanleitung auf Koreanisch ist! Deshalb.»

Der Kommissar konnte ein Lachen nicht ganz unterdrücken. «Heißt das, du hast mehrere Stunden lang versucht, die koreanische Bedienungsanleitung eines hochkomplizierten

Schließmechanismus mit Hilfe eines Wörterbuchs zu entschlüsseln?»

Georg Wolters war verärgert. «Jaha, das ist sehr lustig, was? Und das mit so einem Brummschädel!»

Der Hauptkommissar drehte sich zum Fenster, um Wolters nicht anschauen zu müssen. «Also, ich finde, Humor haben die Brüder schon irgendwie.»

«Ja, ich habe auch lange und herzlich gelacht. Zwischenzeitlich dachte ich höchstens mal, das wird nie was, werde ich eben verhungern.»

«Aber irgendwann hast du es dann geschafft. Das ist doch ein Erfolgserlebnis.»

«Von wegen. Nachdem ich stundenlang sinnlos und verzweifelt rumgerätselt habe, bin ich irgendwann auf die Idee gekommen, ins Regal zu gucken.»

«Und?»

«Da stand die deutsche Anleitung. Die ganze Zeit.»

Es klopfte, dann steckte Toni Karhan den Kopf zur Tür rein. «Entschuldigen Sie die Störung, aber wenn Sie fertig sind … Es geht um die Ratten. Die Situation ist wirklich ernst. Georg, ich könnte deine Hilfe brauchen.»

Lanner nickte. «Von mir aus.»

Als der Kommissar zurück ins Chefbüro kam, waren Kolbe und seine Männer längst dabei, alles auf den Kopf zu stellen. Der oberste Spurensicherer sichtete gerade eine Schachtel mit Fotos aus den sechziger, siebziger und achtziger Jahren. Vielleicht war es Lanners neue Gelassenheit, vielleicht der jüngste Triumph oder auch nur purer Übermut, aber er verspürte zu seiner eigenen Überraschung große Lust, Kolbe von der Seite anzuquatschen. «Was genau suchen Sie hier eigentlich?»

«Das sag ich Ihnen, sobald ich es weiß. Wenn ich es gefunden hab.» Er blickte den anderthalb Kopf größeren Lanner kumpelhaft an. «Das war großes Kino, gerade vor der Bunkertür. War natürlich auch Glück bei, dass Ihr Freund genau im richtigen Moment die Tür öffnet, aber der Punkt geht an Sie, muss ich zugeben. Doch jetzt seien Sie auch schlau: Halten Sie sich deshalb nicht für den Größten.»

Lanner hätte ihm fast den Kopf getätschelt, konnte sich aber gerade noch beherrschen. «Sie wollen mir also nicht sagen, was Sie suchen?»

«Mann, so eine Chance kommt so schnell nicht wieder. Wir müssen doch gucken, was man hier so alles findet. Was denken Sie, wie oft ich mir gewünscht habe, in diesem Büro mal Mäuschen zu spielen, das alles mal sichten zu dürfen. Machallik ist nicht hier gestorben, deshalb durften wir nicht rein, und die Durchsuchung der Geschäftsräume hatte Kersting schon verhindert, bevor wir sie beantragt hatten. Aber diesmal sind wir am Zug …»

Er hatte noch nicht ausgeredet, da wehte auch schon Dr. Kersting ins Büro, einen Hauch Eau de Schnöselette verbreitend. «So, meine Herren, Ende der Veranstaltung. Da ja keine Gefahr mehr im Verzug ist, möchte ich Sie bitten, die Geschäftsräume der Firma Machallik unverzüglich zu verlassen. Oder haben Sie etwa einen Durchsuchungsbefehl?»

Kolbe schaute ihn gelangweilt an: «Mensch, der Dr. Kersting, ich habe mir schon Sorgen gemacht. Wo waren Sie denn so lange?»

Mit tiefster Verachtung blickte Kersting zum Spurensicherer hinunter. Es brodelte in ihm, offensichtlich war er selbst mit sich unzufrieden. «Ich wusste ja nicht, dass Sie die Tür aufkriegen. Offen gestanden habe ich es Ihnen nicht zugetraut. Ich war damit beschäftigt, Otto Stark hierherzubekommen. Was nicht einfach war und jetzt völlig überflüssig geworden ist. Gerade ist der letzte Buchstabe auf den Fernsehturm gepinselt worden. Aber egal. Ich vertrete hier meine Mandanten Helmut und Max Machallik.»

Lanner horchte auf. «Ach ja? Wo sind Ihre Mandanten denn?»

Kersting fuhr zu ihm herum. «Ich habe nicht die geringste Ahnung, aber das spielt auch keine Rolle, um ihre Interessen zu vertreten. Und jetzt hören Ihre Spurensicherer bitte augenblicklich auf, hier herumzuwühlen, oder Sie beide können demnächst bei Rimschow auf dem Ruhesitz einziehen.»

Kolbe gab seinen Leuten ein Zeichen, die ließen sofort alles stehen und liegen und verschwanden durch die Bunkertür. Dann ließ Kolbe demonstrativ den Fotokarton auf den Boden fallen und schlurfte hinterher. «Wir kommen wieder.»

«Ich weiß», grinste Kersting, «aber bis dahin sollten meine Mandanten hier vielleicht ein wenig aufräumen.»

Lanner sah den Anwalt ungläubig an. «Glauben Sie denn, Ihre Mandanten werden bald zurückkehren?»

«Natürlich nicht.» Kersting drückte sich noch mehr in Haltung, als er es ohnehin schon immer tat. «Hier geht es ums Prinzip. Das gehört zum Spiel und zu meinen Pflichten. Außerdem weiß ich, dass Sie, Frau Markowitz und vielleicht sogar Herr Wolters hier sowieso rumschnüffeln können, wie Sie wollen, wenn Herr Karhan oder Frau Matthes Sie lassen. Ich werde den beiden zwar unbedingt davon abraten, aber verhindern kann ich *das* leider nicht.»

Lanner wurde hellhörig. «Und *was* können Sie verhindern?»

«Dies und jenes, vielleicht.» Er trat einen Schritt näher an den Kommissar heran, seine Stimme wurde leiser. «Ihnen aber kann ich in jedem Falle etwas raten: Sie haben nämlich gerade eine richtig große Chance. Sie könnten Ihre Karriere vorantreiben, Sie Glücksjunge.»

«Könnte ich das?»

«Allerdings. Sie können jetzt Ihren großen Fall aufklären. Der könnte Sie zum Helden machen, und Sie könnten wichtige Leute beeindrucken.»

«Wie müsste ich dafür denn vorgehen?»

«Machen Sie den Fall schnell wieder zu, bevor er überhaupt richtig aufgeht. Überführen Sie die Machallik-Brüder. Der Boden ist ja bereitet. Aber wirbeln Sie nicht zu viel Staub auf. Seien Sie lieber smart. Das würde Ihren neuen, einflussreichen Freunden sicher gefallen.»

«Meinen neuen Freunden?»

«Aber ja, Ihre mächtigen neuen Freunde. Sie wissen doch schon, was ich meine. Meine Empfehlung!»

Mit einem ebenso arroganten wie amüsierten Lächeln deutete Kersting eine Verbeugung an und verließ dann schnellen und federnden Schrittes das Bunkerbüro. Lanner schaute ihm nach und spürte, wie sich Schweißperlen auf seiner Oberlippe bildeten. Er wusste verdammt genau, was dieser Lackaffe meinte. Viel genauer, als ihm lieb war. Wenn er nur einen Beweis hätte. Kersting hatte sicher nicht zufällig von neuen Freunden gesprochen. Er hatte die Worte auch noch betont, damit Lanner zweifelsfrei verstand, mit wem er es zu tun hatte. Ohne irgendetwas wegen der Entführung in der Hand zu haben. Er zitterte leicht. Es war wirklich eine verdammt harte Nacht gewesen, und dieser Tag war bisher nicht besser.

Lanner stützte sich auf der Couchlehne ab. Er starrte zu Boden und atmete tief durch, und atmete noch mal, und noch mal … Plötzlich ging er in die Knie und griff sich eines der Fotos, die seit Kolbes Abzug vor dem Sofa verstreut lagen. Das konnte doch nicht wahr sein! Er rieb sich die Augen, aber es bestand kein Zweifel. Die Aufnahme war bestimmt fünfundzwanzig, dreißig Jahre alt, doch die Gesichter waren gut zu erkennen. Mit dem Bild in der Hand verließ er den Bunker. Er suchte Frau Matthes. Jetzt war er wirklich sehr, sehr gespannt.

Die beiden Kammerjäger saßen allein im Sekretärinnenbüro. Toni hatte Georg einen kleinen Teil seiner Erkenntnisse geschildert, die er aus den Unterlagen hatte. Natürlich erwähnte er nicht, dass der alte Machallik sein Vater war, auch nichts vom Züchten der Population und schon gar nichts vom Einfluss und der Macht, die derjenige in dieser Stadt besaß, der die Ratten kontrollierte.

Er beschränkte sich auf den Bau von Berlins neuer Mitte, wie damit gleichzeitig ein unterirdisches Wegesystem für die Ratten angelegt worden war. Und darauf, dass sich von den mindestens zehn Millionen Ratten im Großraum Berlin zurzeit rund drei Millionen unterhalb des Zentrums befanden. Vorsichtig geschätzt. Wahrscheinlich waren es sogar längst mehr Tiere, und stündlich wuchs die Zahl weiter an. Dieser Druck, erklärte Toni, werde in Kürze zur Explosion führen, wenn man nicht vorher ein Ventil fände, um die Tiere kontrolliert abzulassen. Als er mit Georg ins Bunkerbüro wollte, um ihm dort die wahre Bedeutung des Rattenskelett-Gemäldes zu verraten, eilte Frau Matthes mit einem Laptop unter dem Arm herein. «Toni, es geht los. Die Ratten haben die gesamte U-Bahn-Linie 2 eingenommen.»

«Was?»

«Sie sind von überall her gekommen. Die Leute in den U-Bahnhöfen konnte man evakuieren, bevor die Stationen zugesperrt wurden. Aber eine vollbesetzte Bahn steht noch im Schacht am Spittelmarkt.»

Georg sah sie fassungslos an. «Man hat die gesamte Linie 2 abgeriegelt?»

Frau Matthes nickte. «Den Tunnel vom Potsdamer Platz fast bis zum Alexanderplatz. Immerhin ließ sich verhindern, dass sie in den Bahnhof Alexanderplatz vorrücken. Bis jetzt jedenfalls. Aber der Umsteigebahnhof Stadtmitte ist komplett dicht. In Kürze wird es in der Innenstadt ein Verkehrschaos geben. Noch ist die Situation unter Kontrolle. Die Ratten sitzen im Schacht der Linie 2 fest.»

«Genauso wie die Menschen in der U-Bahn.»

«Die Waggons sind dicht verschlossen, die Ratten können da nicht so leicht eindringen. Außerdem sind die Tiere bislang nicht aggressiv. Es sind nur einfach sehr viele, und es werden immer mehr. Der Sauerstoff in der U-Bahn könnte knapp werden, die Fenster darf man natürlich nicht aufmachen.»

«Wir haben also nicht viel Zeit.» Toni war ernst. «Viel weniger Zeit, als ich dachte.»

«Warum vergiften wir sie nicht einfach?», fragte Georg.

«In der U-Bahn? Millionen von Ratten vergiften? Bist du wahnsinnig? Wie soll das gehen?»

«Wir treiben sie durch einen Ausgang raus in die Stadt.»

«Man kann drei Millionen Ratten nicht kontrolliert und

punktgenau auf die Stadt loslassen. Kein Mensch weiß, wie sie sich verhalten würden. Wir müssen einen Weg finden, um den Druck, die Masse abzulassen. Ein Ventil. Den Tieren einen Ausweg bieten, über den sie abziehen können. Weißt du, das Rattenskelett im Bunker ist in Wahrheit ein Plan mit den wichtigsten Rattenwegen Berlins. Auf diesem Plan finden wir vielleicht auch das Ventil.»

Toni Karhan wandte sich an Frau Matthes: «Liebe Frau Matthes, wir können uns jetzt keine Geheimniskrämerei mehr leisten. Wenn es einen Weg gibt, direkt mit der Einsatzzentrale in Korea zu konferieren, dann sollten Sie ihn mir verraten.»

Georg verstand nur Bahnhof. Und Frau Matthes gab Toni den Laptop. «Ich habe bereits eine Verbindung per Skype hergestellt. Die Herrschaften sind informiert und haben unser Gespräch mitgehört. Sie sitzen allerdings nicht in Süd- oder Nordkorea. Das hätten Sie beide ohnehin in Kürze erfahren, aber behandeln Sie dieses Wissen bitte äußerst vertraulich. Es darf nicht in die falschen Hände fallen.»

Toni nahm den Computer. Er und Georg staunten nicht schlecht, als sie am Bildschirm Carola Markowitz, Frau Adler und einen blassen, dicklichen, schwarzgekleideten jungen Mann sahen, der mit skypeverzerrter Stimme sagte: «Guten Tag, hier spricht Ratmaster Big. Die Situation ist ernst. Bitte gehen Sie sofort mit dem Computer zum Bild vom Rattenskelett!»

Unzählige Fragen hätten Toni und Georg gehabt, aber sie rannten trotzdem unverzüglich los.

Entschuldigen Sie, Frau Matthes, aber können Sie mir bitte sofort sagen, wer diese Person hier auf dem Foto ist?»

Claire Matthes erschrak ein wenig über den rüden Ton des Hauptkommissars. Bislang war der junge Mann doch immer höflich, ruhig und anständig gewesen. Aber jetzt drückte er ihr das Foto fast ins Gesicht. Sie trat einen Schritt zurück und setzte sich die Lesebrille auf die Nase, die an einer Kette um ihren Hals hing. Doch das nützte nichts, Lanners Hand zitterte zu sehr, als dass sie etwas hätte erkennen können. Mit vorwurfsvollem Blick nahm sie ihm das Bild ab und betrachtete es. Nach einer Pause, die Lanner wie die Warteschleife bei der Telekom vorkam, begann sie sinnierend mit der Bildbeschreibung. «Das ist im Garten vom Herrn Maschmann. Dreißig Jahre ist das sicher her, mindestens. Ja, genau, das war 1980. Das EM-Finale. Deutschland gegen – gegen wen war das noch mal?»

Lanner fürchtete zu platzen. «Das ist jetzt egal, Frau Matthes. Wer ist diese Frau?»

«Belgien.» Claire Matthes lächelte stolz. «Gegen Belgien. 2 : 1.»

«Ja gewiss, aber wer ...»

«Hrubesch. Beide Tore Horst Hrubesch. Wir haben gegrillt.»

«Sehe ich, Frau Matthes. Für mich wäre allerdings wichtig ...»

«Der Herr Maschmann, Erwin Machallik, und das bin ich», sie tippte aufs Foto, «vor über dreißig Jahren. Jetzt mal ehrlich, hab ich damals heiß ausgesehen oder etwa superheiß?» Sie schaute Lanner erwartungsfroh und ehrlich interessiert an.

Lanner geriet ein wenig aus der Spur. «Sie … Sie waren schon …»

«Ich war heiß. Da beißt die Maus keinen Faden ab. Aber Sie interessieren sich ja wohl mehr für die andere.» Kurz genoss sie Lanners flehenden Blick, dann sagte sie gütig: «Wie hieß sie noch mal? Manu. Ja genau, Manuela Schorn. Damals eine der engsten Mitarbeiterinnen von Herrn Maschmann. Die beiden funkten auf einer Wellenlänge. Als Sekretärin hat man ein Gespür für so was. Er hat sie oft mit besonderen Aufgaben betraut, aber irgendwann hab ich sie nicht mehr in der Firma gesehen. Sie ist, glaub ich, ins Ausland gegangen, hat sich selbständig gemacht. Was die wohl heute treibt?»

Das weiß ich, dachte Lanner, zur Chefsekretärin sagte er allerdings: «Vielen Dank, Frau Matthes, Sie haben mir sehr geholfen.» Eigentlich schrie er es fast, dann riss er ihr das Foto aus der Hand und lief Richtung Ausgang.

Plötzlich ergaben die Dinge einen Sinn. Das war das fehlende Teilchen, der Missing Link. Als er auf den Bürgersteig sprang, ließen ihn die warme Nachmittagssonne und die frische Luft kurz innehalten. Aber nur ein paar Sekunden, dann erblickte er die nächste Überraschung. Walter Rimschow lehnte an Lanners altem Streifenwagen, er wartete offenbar auf den Hauptkommissar.

«Was machen Sie denn hier?»

«Carola Markowitz hat mich angerufen und erzählt, die Ereignisse würden sich überschlagen. Außerdem hat sie mir verraten, dass Sie die ganze Nacht verschollen waren. Da habe ich mir Sorgen gemacht.»

«Ach», Lanner versuchte ein spöttisches Lachen, das ihm gründlich misslang. «Warum das denn?»

Rimschow blickte ernst. «Weil ich meine Pappenheimer kenne. Wenn jemand ohne klare Gründe eine Nacht lang verschwunden ist, kann das für ihn sehr unangenehm gewesen sein.»

«Waren Sie auch schon einmal eine Nacht verschollen?»

«Gehen Sie getrost davon aus, dass ich in meinem Berufsleben schon sehr, sehr viel erlebt habe. Auf einiges davon hätte ich gern verzichtet.»

«Vier Killerladys haben mir eine Heidenangst eingejagt. Wirkliche Todesangst. Das werde ich nie wieder vergessen.»

«Die Angst oder die Demütigung?»

«Beides. Seit ich heute Morgen mit eingepisster Hose in meinem Wagen erwacht bin, frage ich mich, wer dahintersteckt. Und woher dieser Jemand die Information hatte, dass ich in Brandenburg unterwegs war. Seit ein paar Minuten weiß ich es.» Er hielt Rimschow das Foto vor die Nase.

Der musste blinzeln, um etwas zu erkennen. «Das sind Maschmann und Machallik in jüngeren Jahren, dazu die Sekretärin, die Matthes, und …», er schaute genauer, «… das kann doch nicht sein. Ist das wirklich meine Frau Zierau?»

«Wenn sich Ihre Zugehfrau so nennt. Jedenfalls ist sie das. Tatsächlich heißt sie aber Manuela Schorn und war vor dreißig Jahren eine der engsten Vertrauten von Herbert Maschmann. Sie ist dann wohl ins Ausland, hat selbst eine Firma gegründet. Hat vermutlich nicht so geklappt. Ich wette, sie kam vor ein paar Jahren nach Berlin zurück und hat ihren alten Chef nach einem Job gefragt. Der hatte zwar grad nichts im Büro, konnte ihr aber eine nette Undercover-Tätigkeit anbieten. Maschmann wusste doch, Sie würden nie ganz loslassen. Bei Ihnen kämen nach wie vor interessante Informationen aus dem Präsidium an, und viele Kollegen beraten sich noch immer gern mit Ihnen. Frau Schorn oder Zierau hatte Zugang zu Ihrem Computer, Ihrer Post, Ihrem Telefon, Ihrer ganzen Wohnung. Vermutlich hat sie sogar Abhörwanzen angebracht. Beim Putzen konnte sie die ja einfach verstecken. Haben Sie sich nie gefragt, warum Erwin Machallik ausgerechnet einen Tag bevor er Sie treffen und Ihnen alles erzählen wollte, vergiftet wurde?»

Rimschow schaute die Pohlstraße hinunter. «Sie haben keine Ahnung, wie oft ich mich das gefragt habe.»

«Jetzt wissen Sie es.»

«Und was haben Sie nun vor?»

Lanner schloss die Fahrertür auf. «Ich werde die Sache klären. Jetzt, sofort und unverzüglich. Ich geh da direkt rein. Überraschungsangriff! Und dann werde ich Maschmann wegen des Mordes an Machallik und der Entführung eines Polizeibeamten drankriegen. Direkt!»

Rimschow war fassungslos. «So blöd sind Sie nicht. Sie glauben doch wohl nicht im Ernst, Sie könnten da einfach so reinspazieren, Maschmann stellen und verhaften.»

«Im Gegenteil. Ich glaube sogar, das ist die einzige Chance, ihn überhaupt zu kriegen. Ohne seinen juristischen Leibwächter Dr. Kersting. Ich sag doch: Überraschungsangriff! Keine Angst, ich habe einen Plan!»

Der Triumph, der bei dieser Ankündigung in Lanners Stimme lag, erfüllte Rimschow mit Sorge. Lanner wartete keine Antwort ab, stieg in den Wagen und knallte die Tür zu. Er trat die Kupplung und drehte den Schlüssel um. Der Motor sprang an, die Beifahrertür öffnete sich. Erstaunlich elegant glitt Rimschow auf den Sitz. Lanner stöhnte auf.

«Was soll denn das jetzt?»

Rimschow schnallte sich an. «Das sollten Sie auch machen. Ich melde das sonst der Dienstaufsicht. Gibt einen Tadel, wenn man im Dienst unangeschnallt fährt. Wird streng gehandhabt, schon aus versicherungstechnischen Gründen.»

«Hahaha. Sehr lustig, was haben wir gelacht. Aber wo wir gerade so spaßig bei den Formalitäten sind: Das hier ist ein Dienstfahrzeug im Einsatz. Kein Rentnertaxi. Da darf man nicht so einfach einsteigen. Das ist eine Ordnungswidrigkeit.»

Rimschow verschränkte die Arme. «Mein lieber Herr Lanner, ich habe Ihnen bereits angedeutet, wie viele Fehler ich in meinem Leben und in meinem Beruf gemacht habe. Aber den Fehler, Sie in Ihrer derzeitigen Verfassung alleine zu Maschmann, in die Höhle des Löwen, fahren zu lassen, den werde ich sicher nicht machen. Das würde ich mir niemals verzeihen. Davon würde ich nämlich schlecht träumen, den Rest meines Lebens.»

Beide starrten nach vorn auf den vor ihnen geparkten Kleintransporter. So unglaublich unauffällig, wie dieses Fahrzeug war, wahrscheinlich ein Wagen der Firma Machallik.

«Also gut.» Mit zusammengebissenen Zähnen presste Lanner die Worte heraus. Rimschow fragte lieber noch mal nach: «Also gut was?»

«Also gut, dann kommen Sie eben mit.»

Der Motor tuckerte ruhig vor sich hin. Man hätte das Geräusch auch für das Brodeln zwischen den beiden Männern halten können. Nachdem eine halbe Minute vergangen war, ohne dass ein weiteres Wort gefallen wäre oder einer seinen Blick vom Kleintransporter abgewendet hätte, wurde Rimschow ungeduldig. «Und warum fahren Sie dann nicht?»

Lanner biss fast in das Lenkrad. «Ich kenne den Weg nicht.»

«Was?»

«Ich weiß gar nicht, wo dieser Maschmann wohnt. Hab in der Eile vergessen, nachzugucken.»

Rimschow lachte. «Na, da sind Sie jetzt ja vielleicht doch froh, mich dabeizuhaben. Fahren Sie erst mal Richtung Glienicker Brücke.»

Lanner blickte ihn an, noch leidender.

«Lassen Sie mich raten. Sie wissen auch nicht, wie Sie zur Glienicker Brücke kommen. Warum besorgen Sie sich denn kein Dienstfahrzeug mit Navigationsgerät?» Es war nicht schwer, aus Lanners Gesicht zu lesen, dass ihm diese Frage mehr als unwillkommen war. Um nicht vom jungen Hauptkommissar angefallen zu werden, ergänzte Rimschow schnell: «Fahren Sie einfach links die Potse runter und zur Stadtautobahn. Ab da sag ich weiter an.»

Ein tiefes Grunzen, das sich in ein zufriedenes «Geht doch» wandelte, war Lanners Antwort. Dann legte er endlich den Gang ein.

Carola Markowitz gab sich Mühe, den fassungslosen Kammerjägern über Skype zu erklären, wer Ratmaster Big war, nämlich Ralf Adler, und wie er die Rattenpopulation in Berlin kontrolliert hatte. Der Rattenmeister erläuterte dann, wie er seine Anweisungen an vertrauensvolle Adressen in beide Koreas geschickt hatte, wo sie so lange durch verschiedene Netzwerke liefen, bis niemand mehr die Spur zu den IP-Adressen der Computer in der Adler'schen Wohnung zurückverfolgen konnte. Erwin Machallik hatte all das mit seinen exzellenten Kontakten nach Fernost eingefädelt. Seit ein paar seiner amerikanischen Freunde von Berlin in den Koreakrieg weitergeschickt worden waren, hatte er sich zu beiden Ländern hingezogen gefühlt. Wie hatte er zu Mauerzeiten immer über Korea gesagt: «Wir Geteilten müssen zusammenhalten!» Der Satz war genau genommen genauso unsinnig, wie er einleuchtend klang, aber so oder so hatte diese Überzeugung Machallik als einem von sehr wenigen Geschäftsleuten auf der Welt gute Kontakte sowohl nach Süd- wie nach Nordkorea beschert.

Während Markowitz und Ralf Adler dies alles erzählten, dachte Toni über eine Lösung für die U2 nach. Das war schon wegen des Geräuschpegels nicht einfach. Er hatte einen großen Stadtplan von Berlin auf dem Boden ausgebreitet, um sich besser auf der Rattenskelett-Karte orientieren zu können. Die natürliche Überlaufstelle, das Ventil, hatten sie schon auf dem Rattenskelett ausgemacht. Es war passenderweise etwa in der Magengegend. Aber welches echte Bauwerk dem entsprechen sollte, da waren sie ratlos.

«Statt hier stundenlang über Korea zu quatschen, solltet ihr lieber mal überlegen, was als Überlaufbecken in Frage käme.» Tonis plötzliche, sehr energische Bemerkung ließ alle verstummen und den Stadtplan betrachten.

«Wenn ich das richtig verstanden habe», sagte Georg, «muss es ein sehr großes Gebäude sein, das sich gut abriegeln lässt und das in den letzten zwanzig Jahren gebaut wurde, also Anschluss an dieses Rattenwegenetz unter dem neuen Berlin hat?»

«Ganz genau.» Tonis Stimme zitterte ungewohnt vor Anspannung. Die Radiomeldungen über die von Ratten geflutete U-Bahn-Linie nahmen an Dramatik zu und setzten ihn unter Druck.

Georg fuhr mit seinem Finger über den Stadtplan. «Das ist es! Die O2-Arena! Die ist groß, und man kann sie abriegeln.»

Ralf widersprach auf dem Bildschirm. «Ja schon, aber sie ist zu weit weg vom Zentrum. Wir würden da nicht genug Ratten hinkriegen. Außerdem liegt sie nicht an der U2, und man müsste noch Köder hinschaffen. In der O2-Arena ist ja nichts, was die Ratten anlockt.»

Georgs Finger wanderte weiter über den Stadtplan. Plötzlich blieb er stehen. «Das wäre vielleicht … ach Quatsch, nein. Das wäre ja echt Wahnsinn.» Sein Finger fuhr weiter, aber Toni griff Georgs Hand und schob sie zurück. Ein Strahlen ging über Tonis Gesicht. «Von wegen. Genau das ist es! Das ist perfekt.»

Georg wurde mehr als mulmig zumute. «Toni, das geht nicht. Niemals. Ich meine, du willst doch wohl nicht im Ernst …?»

Doch Toni Karhan hatte schon wieder das Rattenbild ins Auge gefasst. «Das ist großartig. Fast, als wäre es für diesen Zweck gebaut worden. Praktisch alle Kanäle führen die Ratten direkt dorthin. Man muss gar nicht mehr viel machen. Als läge darin der eigentliche Sinn dieses Gebäudes: ein Auffangbecken für die Ratten der Stadt zu sein.»

Noch immer hoffte Georg, Toni würde ihn veräppeln und gleich sagen, das sei nur ein Spaß.

Aber auch Ralf auf dem Bildschirm nickte zustimmend. «Dass wir da nicht gleich draufgekommen sind!»

Georg wartete entsetzt auf ein Zurückrudern, aber die Energie, mit der Toni jetzt sein Handy zückte, ließ seine Hoffnung gegen null sinken.

«Ich rufe gleich den Bürgermeister an und sage ihm, wir haben die Lösung.»

Während Toni die Nummer wählte, betrachtete Georg in stummer Verzweiflung den Stadtplan. Obwohl er natürlich auch sehr gespannt war, wie der Bürgermeister wohl auf diese radikale Idee reagieren würde.

Bis zur Stadtautobahn hatten die beiden Männer kein Wort mehr gewechselt. Nachdem Lanner sich auf die richtige Spur eingefädelt hatte, wies Rimschow ihn an, Richtung Potsdam bis zur Abfahrt Dreilinden zu fahren. Rimschow wusste ja mittlerweile, wie lange der Niedersachse schweigen konnte, daher gab er sich die Blöße und fragte: «Wie sieht Ihr Plan denn jetzt wirklich aus?»

Lanner stierte auf die Fahrbahn. «Ich geh da rein und löse den Fall.»

Rimschow nickte anerkennend. «Nicht schlecht. Hat bestimmt 'ne Weile gedauert, diesen Plan so fein bis ins letzte Detail auszuarbeiten.»

«Das genau ist ja das Brillante. Die besten Pläne sind immer ganz einfach. Je einfacher, desto genialer.»

«Dann ist dieser Plan allerdings geradezu beängstigend genial.»

«Ganz genau.»

«Haben Sie eine Vorstellung, was Maschmann alles mit Ihnen tun könnte, wenn Sie da reinstürmen und den dicken Max machen? Wie der reagiert, wenn man ihm blöd kommt?»

«Allerdings. Seit letzter Nacht kann ich mir da so einiges

vorstellen. Was glauben Sie denn? In Niedersachsen hatte ich es auch nicht mit Rollstuhl-Falschparkern zu tun. Wer fähig ist, Tiere so zu halten, wie dort Tiere gehalten wurden, der ist auch sonst zu einigem fähig.»

«Haben Sie denn keine Angst, Maschmann könnte Sie einfach aus dem Spiel nehmen?»

«Selbstverständlich habe ich die. Das ist ja eben das Brillante an meinem Plan.»

Rimschow zog eine Augenbraue hoch. «Ach, Ihr Plan ist eine komplizierte, aber elegante Form des Freitods? Sie wollen Maschmann zu einem weiteren Mord bringen, nämlich zum Mord an Ihnen, und dann kriegen Sie ihn dran, weil Sie ja Augenzeuge sind? Toller Plan. Nur ein Denkfehler: Wenn Sie tot sind, werden Sie nicht mehr so ohne weiteres gegen Maschmann aussagen können.»

«Vielleicht ja doch.»

«Was?»

Lanner lachte. «Keine Angst. Nur ein Scherz. Ich bin nicht lebensmüde, aber darin liegt doch der Clou. Wenn ich da so reinschneie, sauer, ohne Rückendeckung, übermüdet, unberechenbar, ohne Sinn und Verstand, dann wird sich Maschmann doch sicher und souverän fühlen. Er wird einsehen, dass man mit mir nicht verhandeln kann. Er wird genervt sein, mich loswerden wollen und mein zügiges Verschwinden anordnen – aber bedroht fühlen wird er sich nicht, und er wird sich den Triumph nicht nehmen lassen, mir vor lauter Überlegenheit alles zu erzählen. Seine Geheimnisse auszubreiten. Damit ich ehrfürchtig sein Genie anerkenne – bevor er mich verschwinden lassen will.»

Rimschow grinste. «Sie meinen, so wie bei James Bond, wo der Oberbösewicht kurz vor Schluss, wenn der Held schon so gut wie tot ist, ihm noch schnell alle Geheimnisse erklärt.»

«Genau so. Das war beim Geflügelbaron ähnlich. Ich kenn diese Typen. Die sind so stolz auf ihre Tricks und Machenschaften, aber nie dürfen sie jemandem davon erzählen. Das nagt an denen. Die freuen sich, wenn sie die Gelegenheit haben, sich und ihre Intelligenz zu feiern.»

«Und was ist Ihre Exit-Strategie?»

«Meine was?»

«Na, Ihre Exit-Strategie. Wie kommen Sie wieder raus? Wie wollen Sie Maschmann daran hindern, Sie tatsächlich verschwinden zu lassen?»

Lanner schwieg. Womöglich hatte Rimschow jetzt doch den einzigen Schwachpunkt seines Plans entdeckt. Schließlich antwortete er trotzig: «Ich sagte doch, ich habe einen Plan. Aber vielleicht werde ich ein klein wenig improvisieren müssen.»

Sie fuhren von der Stadtautobahn ab. Rimschow dirigierte Lanner mit Handzeichen durch die immer kleiner werdenden Straßen, bis er schließlich sagte: «Da vorne rechts, da halten Sie an.» Als Lanner den Motor abgestellt hatte, lächelte Rimschow. «Die Sackgasse hier links endet nach zweihundert Metern an einer Pforte. Dahinter liegt das Anwesen Maschmann.»

«Sie kommen doch nicht mit?»

Rimschows Lächeln wurde zum breiten Grinsen. «Ich weiß jetzt ja, dass ich mir keine Sorgen machen muss.» Er schnallte sich los, stieg aus dem Wagen und steckte noch mal seinen Kopf hinein. «Es war mir ein Vergnügen, Sie kennengelernt zu haben. Falls wir uns nicht mehr wiedersehen sollten: Ich habe Sie für einen guten Polizisten gehalten.»

Er reichte Lanner die Hand. Der schüttelte sie, und beide schauten sich fest in die Augen. Dann schlug Rimschow die Beifahrertür zu und ging lässigen Schrittes den schmalen Bürgersteig zurück.

Lanner hatte den kleinen Gegenstand, den ihm der alte Polizist gerade wie heimlich in die Hand gedrückt hatte, gleich bemerkt. Aber erst jetzt sah er ihn an: Rimschow hatte ihm eine Büroklammer gegeben.

Sie wollen was?» Der Regierende Bürgermeister Koppelberg fürchtete kurzzeitig, er würde an Toni Karhans Vorschlag ersticken. «Sagen Sie, sind Sie vollkommen verrückt geworden? Sie können doch nicht das Alexa mit Ratten fluten!»

Auch wenn er beeindruckt war, wie laut dieser Bürgermeister schreien konnte, strengte sich der oberste Rattenbekämpfer an, so ruhig wie möglich zu bleiben. «Ist einzige Möglichkeit. Ist gut.»

Koppelberg fauchte empört in Tonis Richtung. Fast, als wolle er ihn beißen. Dann aber ließ sich Koppelberg ermattet in seinen Regierungssessel fallen. «Verdammt, Karhan, was ist das für ein wahnwitziger Vorschlag? Das Alexa ist ein Einkaufszentrum. Wenn Sie da ein paar Millionen Ratten durchjagen, wissen Sie, was da für Schäden entstehen?»

Toni wiegelte ab. «Dort wir hätten Tiere unter Kontrolle. Wenn sich drei oder vier Millionen Ratten stürzen auf gesamte Innenstadt, Schäden wären um vieles höher. Das Alexa wir könnten vollkommen abriegeln. Zugangswege für Ratten sind ideal. Ist gut. Und Köder sind dort reichlich. Ist sehr gut. Ganzes Alexa ist einziger Köder. Alexa ist genau an der richtigen Stelle, ist gebaut für exakt diesen Zweck.»

Der Bürgermeister schaute ihn schräg von unten an. «Es ist gebaut worden, um von Ratten überflutet zu werden?»

Jetzt schaltete sich Georg Wolters ein. «Nicht nur dafür natürlich. Aber unter anderem auch. Als Überlaufbecken, falls die Situation mit den Ratten mal außer Kontrolle gerät. Errichtet von Leuten, die wussten, so etwas könnte einmal passieren. Haben Sie sich nie gefragt, warum man ausgerechnet an derart prominenter, zentraler Stelle, direkt am Alexanderplatz, einen so absurd riesigen, enorm hässlichen Kaufhausklotz hinsetzt? Im Containerdesign? Einkaufszentrum – das ist nur die eine Funktion dieses Gebäudes. Eigentlich ist es eine Tarnung.»

Koppelberg erinnerte sich. Höchst einflussreichen Bürgern war seinerzeit tatsächlich sehr daran gelegen gewesen, das Alexa genau in dieser Form genau an diese Stelle zu bauen. Er sah die beiden Kammerjäger an – die meinten das ernst.

«Es würde doch schon rein technisch nicht gehen, meine Herren. Das dauert doch viel zu lange. Allein, bis das Einkaufszentrum evakuiert ist.»

«Das wäre nun wirklich nicht das Problem», widersprach Dr. Mierwald, die die Diskussion interessiert verfolgt hatte. «Es ist ein Einkaufszentrum, keine Intensivstation. Wir können jeden Winkel darin in jeder Sprache der Welt beschallen. Die Leute sind da nur zum Einkaufen. Die nehmen einfach ihre Sachen und gehen raus. Die Evakuierung der Menschen dauert maximal eine Stunde. Die Lebensmittel und so sollen ja gerade drinbleiben, um die Ratten zu locken, wenn ich das richtig verstanden habe.»

Georg Wolters war für die Unterstützung dankbar. Zudem

fand er Jessica Mierwald wirklich attraktiv, aber dies war gerade nicht der ideale Moment, ihr das mitzuteilen, stattdessen ergänzte er: «Läden mit wertvollen Waren kann man sicher verriegeln. Man müsste nur überlegen, was genau man den Leuten sagt, damit keine Panik ausbricht.»

Dr. Mierwald winkte lässig ab. «Dafür gibt es ein Szenario. Zuerst wird ganz ruhig eine Katastrophenschutzübung angekündigt. Nur eine Übung, aber es sei wichtig, dass sich alle den Anweisungen gemäß verhalten. Wenn der vernünftige Teil der Leute dann draußen ist, sagt jemand die Wahrheit durch. Dass es keine Übung, sondern ernst ist. So bringt man auch die renitenten Besucher noch raus. Dann schicken wir zur Sicherheit noch Polizisten durch.»

Dieses Vorgehen gefiel Toni sofort. «Man könnte sagen, ist Katastrophenschutzübung von Gesundheitsamt. Wäre nicht mal gelogen. Ist gut.»

Koppelberg sprang auf. «Herrschaften, Sie tun jetzt gerade so, als wäre dieser Wahnsinn schon beschlossene Sache. Ich möchte betonen, ich habe noch zu gar nichts meine Zustimmung gegeben. Und ich glaube auch nicht, dass ich das tun werde.»

Toni und Georg öffneten gleichzeitig den Mund, aber mit einer kleinen Geste bedeutete Dr. Mierwald ihnen zu schweigen. Sie redete mit leicht heiserer Stimme in gedämpfter Lautstärke weiter, einer Stimme, wie Georg fand, die schon um ihrer selbst willen recht hatte, egal, was sie sagte: «Mit Verlaub, Herr Bürgermeister, aber so eine Situation kann eine historische Chance sein. Es gab schon einmal einen Innensenator einer deutschen Großstadt, der eine Flut bekämpfen musste. Bei ihm war es keine Rattenplage, sondern eine Sturmflut. Sein mutiger, kompromissloser Kampf gegen das Wasser war die Grundlage seines Aufstiegs. Fortan galt er als Macher, der mit jeder Herausforderung umgehen konnte. Wir wissen alle, was aus ihm wurde.» Sie ließ eine Kunstpause wirken. «Die Menschen mögen Helden. Mit außergewöhnlichen Aktionen wird man zum Helden. Wir würden hervorragende Bilder bekommen, gerade jetzt, unmittelbar vor der Wahl … und wer weiß, wie Ihr Weg danach weitergehen würde.»

Koppelbergs Augen leuchteten. Bilder stiegen in ihm auf: Er sah sich, wie er im hohen Alter nach einer seiner begehrten Reden mit minutenlangem Beifall bedacht wurde. Er sah Bücher mit seinem Konterfei in den Auslagen, viele Bücher, und vor allem sah er, wie er im Speisewagen der Bahn oder sogar in einer Loge der Deutschen Oper rauchte, und keiner wagte, auch nur ein Wort zu sagen. Das wäre das Allergrößte. Koppelberg lächelte, und Jessica Mierwald wusste um seine Zustimmung.

Es war ein sehr großes Haus, irgendwo in der Grauzone zwischen Fabrikantenvilla und Landschloss. Der übellaunige, furchteinflößende Pförtner hatte lange telefoniert. Mehrere Nummern hatte er gewählt, bis Lanner endlich auf das gewaltige Anwesen fahren durfte. An der ausladenden Außentreppe wartete schon eine junge, stolze, atemberaubend gut aussehende Dame im schwarzen Anzug. Ihre langen Beine endeten überraschenderweise in flachen, schwarzen Sportschuhen, und ihre schwarzen Haare trug sie zum Pferdeschwanz gebunden. Ohne ein einziges Wort führte sie Lanner durch das hohe Foyer und einen langen Flur in ein saalartiges, edles Büro.

Lanner bemerkte sofort: Dies war kein echtes Büro. Hier wurde nicht gearbeitet, hier wurde empfangen. Ein Repräsentationsbüro. Kein Papier, nicht einmal ein Computer waren auf dem grotesk überdimensionierten, von begabten Holzschnitzern früherer Jahrhunderte verschnörkelten Schreibtischtrumm zu finden. Stattdessen einige unbrauchbare, klobige Schreibutensilien aus massivem Metall oder Holz, Briefbeschwerer, Brieföffner, Locher, Füllfederhalter oder Stiftesilos, auch dies alles alt, reich verziert und vermutlich absurd teuer. Niemand würde an solch einem Schreibtisch arbeiten können oder wollen.

Der restliche Raum sollte ebenso beeindrucken. Vasen, Skulpturen, schwere, lederne Sitzmöbel, viel dunkles Holz. Und etliche Modelle von Berliner Bauwerken, mal geschnitzt, mal aus Metall, wie das Potsdamer-Platz-Ensemble. Den Höhepunkt bildete ein Gebäude, das Lanner nicht gleich erkannte. Als es ihm dämmerte, war er erschüttert. Wer es einmal gesehen hatte, vergaß es nie wieder: den Steglitzer Bierpinsel. Ein futuristisches Ungetüm, ein Turm mit Wasserkopf. Nachgebildet allerdings aus purem Gold. Lanner überlegte, ob etwas nur durch seine schiere Hässlichkeit einen Menschen zum Weinen bringen konnte. Da betrat Herbert Maschmann den Raum.

«Sie wollten mich sprechen?» Er marschierte schnurstracks auf Lanner zu und streckte ihm die Hand hin. «Maschmann, Herbert Maschmann. Aber das wissen Sie ja. Alte Angewohnheit. Kann ich mir nicht abgewöhnen. Diese Vorstellerei. Obwohl mich ja sowieso jeder kennt. Stell mich trotzdem immer vor. So ist das. Nehmen Sie Platz. Suchen Sie sich einen Stuhl aus. Sind alle schön.»

«Danke.» Lanner ging auf einen der schweren Lehnstühle

zu, doch ehe er sich setzen konnte, sprang die junge Frau, die die ganze Zeit stumm gewartet hatte, lautlos herbei, hob das schwere Möbel hoch und trug es mühelos vor den Schreibtisch.

«Bitte.» Maschmann wies Lanner zum Stuhl. «Möchten Sie was trinken?»

«Nein danke.»

Maschmann gab der jungen Frau ein Handzeichen, auf das hin sie den Raum verließ, und just, als sie hinaustrat, kam Dr. Kersting herein. «Ach, der Herr Lanner, das ist ja mal eine Überraschung.» Die Tür schloss sich, Kersting nahm in der Ledergarnitur am anderen Ende des Büros Platz.

«Sie kennen sich ja bereits», sagte Maschmann. «Ich dachte, wenn ich mit der Polizei spreche, ist es vielleicht besser, meinen Anwalt dabeizuhaben.» Er lachte dröhnend, als wollte er mit diesem wunderbaren Witz ausdrücken, wie naiv die Vorstellung wäre, die Polizei könnte ihm überhaupt irgendetwas anhaben, ob mit oder ohne Anwalt. Er setzte sich hinter den Schreibtisch, sodass Lanner ihn nun genau vor sich und Kersting im Rücken hatte. Eine denkbar unangenehme, vermutlich so geplante Gesprächssituation.

«Was führt Sie hierher, Herr Lanner?» Maschmann lehnte sich zurück, stützte die Ellbogen auf die Lehne und rieb sich die Hände. Sie waren riesig und behaart. Sie wirkten wie anoperiert an den großen, schlanken Körper des Bauunternehmers. Man sah ihm an, dass er sich trotz seines fortgeschrittenen Alters fit hielt, bestimmt mit einem Personal Trainer. Lanner fiel die Vitrine mit den unterschiedlichsten Sportpokalen auf.

«Wie Sie wissen, ermittle ich im Fall Machallik.»

Maschmann klatschte leise. «Ja, wie man hört, waren es

wohl doch die Söhne. Tragische Geschichte. Auch für Sie. Da hat wohl jemand vor einigen Wochen die Akte zu schnell geschlossen.»

«Stimmt.» Lanner versuchte, möglichst gelassen zu klingen. «Das war in der Tat ein peinlicher Fehler. Und damit das nicht noch mal passiert, würde ich gern ein paar Dinge klären.»

«Was gibt's denn da noch zu klären?» Dr. Kersting brüllte von hinten dazwischen.

Lanner drehte sich um: «Der wichtigste Punkt ist sicher, dass die Söhne unmöglich die Mörder von Erwin Machallik gewesen sein können. Das sollte auch für Sie von Interesse sein. Immerhin vertreten Sie die beiden, wenn ich Sie richtig verstanden habe.»

«Ach.» Kersting schaute ihn spöttisch an. «Und warum können Max und Helmut ihren Vater nicht ermordet haben?»

«Das darf ich Ihnen während laufender Ermittlungen natürlich nicht verraten. Aber viel wichtiger für Sie und Herrn Maschmann ist ja, dass ich deshalb den Fall neu aufrollen und in Richtungen ermitteln kann, in die bislang nicht so genau geguckt wurde.»

Maschmann ließ eine seiner großen Hände auf den Schreibtisch fallen. «Herr Lanner, meine Zeit ist knapp bemessen. Ich habe wichtige und anspruchsvolle Aufgaben zu erfüllen und kann mich hier nicht mit Ihnen verquatschen, sosehr ich unsere kleine Unterhaltung schätze. Ich frage Sie also noch einmal und rate Ihnen, mir kurz und präzise zu antworten: Was genau wollen Sie von mir?»

«Wussten Sie, dass sich Erwin Machallik mit dem ehemaligen Hauptkommissar Rimschow treffen wollte, aber ausgerechnet am Abend zuvor starb?»

Maschmann schnaufte aus. «Woher denn?»

Lanners Ton wurde nun schneidender: «Von Frau Zierau oder, besser gesagt, Manuela Schorn, die für Sie bei Herrn Rimschow spioniert, ihn überwacht.»

Maschmann warf Dr. Kersting einen Blick zu, der zuckte nur mit den Schultern.

Lanner setzte nach. «Hat Ihnen Frau Schorn gestern etwa nicht mitgeteilt, ich würde mit Herrn Rimschow reden? Gibt es vielleicht Abhörgeräte in seinem Flur, wo er mir geraten hat, mir doch dieses verfickte Storchendorf anzusehen?»

Maschmann sah Lanner genervt und auch etwas enttäuscht an. «Also gut. Sie hatten Ihre Chance. Wir haben uns wirklich alle Mühe mit Ihnen gegeben, und nun sagen Sie so dumme Sachen. Aber ich bin ein großzügiger Mann. Wollen Sie nicht doch lieber Freundschaft schließen und eine schöne Karriere hinlegen? Ich fände es schade um Ihre Ausbildung – und Ihre Möglichkeiten!»

Lanner sprang auf. «Oh, ich werde sogar eine wunderschöne Karriere machen. Und wissen Sie, warum? Weil ich Ihnen den Mord an Erwin Machallik nachweisen werde, dann die Entführung und Bedrohung eines Polizeibeamten und wer weiß wie viele Verbrechen noch dazu. Wenn ich Sie erst mal in meinem Verhörzimmer habe!»

Auch Dr. Kersting war aufgesprungen. «Vorsicht, Herr Lanner, bedenken Sie, was Sie da sagen. Ganz schön freche Anschuldigungen, die Sie da raushauen. Da ist mindestens eine Unterlassungsklage für Sie drin. Passen Sie lieber auf, ein Anwalt ist mit im Raum …»

Er lachte gekünstelt, aber Maschmann fuhr ihm in die Parade. «Lass gut sein, Peter. Ich bin diesen Dorfpolizisten sowieso leid. Aber so was von leid. Er war von der ersten Minute an zu blöd. Hat nie kapiert, was seine Aufgabe ist. Wir sollten uns einen neuen holen. Vielleicht mal einen Rheinländer, die verstehen mehr vom Leben. Die Norddeutschen sind solche Sturköpfe. Der hier ist sogar beleidigt, weil wir ihm unsere Freundschaft angetragen haben. Guck nur, wie wütend er ist. Wie verletzt. Dem steht ja der Schaum vorm Mund. Da will einer Blut sehen, mein Blut. Stimmt's, Herr Lanner?»

Lanner zitterte. Die Übermüdung, der Zorn, die Demütigung, alles zehrte an ihm. Er merkte, dass er sich nicht mehr kontrollieren konnte. Also ließ er seiner Wut freien Lauf. «Sie geben also zu, hinter meiner Entführung zu stecken?»

Maschmann verzog gelangweilt den Mund. «Aber sicher.»

Dr. Kersting griff sich entsetzt an den Kopf. «Na großartig, Herbert. War das jetzt wirklich notwendig?»

Lanner wandte sich um: «Ach, der Herr Dr. Kersting wusste also davon.» Dann fuhr er ruckartig nach vorn und fixierte den Bauunternehmer. «Ich kriege Sie, Maschmann. Das versprech ich Ihnen. Ich krieg Sie, und ich mach Sie fertig.»

Maschmann wedelte mit der Hand vor dem Gesicht, als wolle er eine lästige Fliege verscheuchen. Vielleicht war es aber auch nur Lanners Mundgeruch. Nach einer Nacht wie der letzten und einem Frühstück, das lediglich aus schwarzem Kaffee und Cloppenburger Mettrauchwurst bestand, hätte sein Atem wahrscheinlich auch als biologische Nahkampfwaffe dienen können. Wie durch Lanner hindurch sagte Maschmann zu seinem Anwalt: «Bitte, Peter, du glaubst doch nicht, dass ich mir von so einem dahergelaufenen, niedersächsischen Hühnerpolizisten irgendwelche albernen Drohungen gefallen lasse. Guck ihn dir doch an. Der Kerl ist unberechenbar, stürmt hier rein und dann das … Mit Schwachköppen arbeiten wir nicht. Die sortieren wir einfach aus. Wie schwache Küken in der Legefabrik.»

Lanner fühlte sich missachtet und wollte wieder auf sich aufmerksam machen. «So wie Machallik? Ist der auch unberechenbar geworden? Mussten Sie den auch aussortieren?»

Maschmann sprang auf und ging ein paar Schritte in den Raum. Vielleicht, um endlich Lanners Atem zu entkommen. «Sie haben keine Ahnung, was Erwin Machallik und mich verbunden hat. Überhaupt keine Ahnung. Mit dem vergleichen Sie sich bitte nicht. Was Erwin und ich zusammen erlebt, zusammen aufgebaut haben – das war richtig was, das war groß. Geht Sie aber überhaupt gar nichts an. Der Mann war mein bester Freund, seit sechzig Jahren. Können Sie sich so was vorstellen? Sechzig Jahre! Aber dann muss etwas passiert sein. Im letzten Jahr, vielleicht auch schon davor. Er ist langsam verrückt geworden!»

«Herbert!» Dr. Kersting schien wirklich in Panik. «Herbert, um Gottes willen!»

«Lass mich. Es ist jetzt egal. Der Bursche hier ist ohnehin nicht mehr zu gebrauchen. Zu gar nichts!» Er sah Lanner an, den Kopf rot vor Zorn, die Adern an Stirn, Schläfen und Hals geschwollen.

«Erwin war dabei, alles zu zerstören. Warum nur? Wenn er auch noch mit diesem Fanatiker Rimschow gesprochen hätte … Auch so ein Verrückter, mit dem du dich einfach nicht vernünftig einigen kannst. Wir mussten ihn aus dem Verkehr ziehen. Aber ich wusste, das ist einer, der bleibt noch gefährlich, selbst wenn du dem Arme und Beine wegschlägst. Deshalb habe ich Manuela ein Auge auf ihn werfen lassen! Erwin war verrückt geworden, er hat es mir selbst gesagt! Ich hab ihn einmal zur Rede gestellt, und da sagt er mir doch kackfrech ins Gesicht, was er Rimschow alles stecken will. Das hätte nicht nur mich zerstört. Das hätte Machallik und seine ganze Firma zerstört. Das sind Arbeitsplätze, da hat man doch unternehmerische Verantwortung. Ich musste ihn quasi vergiften, um ihn vor sich selbst zu schützen. Um sein Andenken zu bewahren. Sein Lebenswerk zu erhalten. Deshalb habe ich ihm sein dämliches Rattengift in den Whiskey geschüttet. Und ich bin froh, es getan zu haben. Für ihn. So bleibt er für immer der große Machallik.»

Dr. Kersting warf die Arme nach oben und ließ sie auf seine Oberschenkel klatschen. «Meine Fresse, Herbert. Musste das unbedingt sein? Falls wir den Herrn Lanner doch noch ins Team holen wollen, wird das jetzt richtig teuer.»

Maschmann grunzte. «Das musste mal raus. Mich belastet das Ganze doch auch. Meinst du, mir wäre das leichtgefallen? Verdammt noch mal, Erwin Machallik war mein ältester und bester Freund.»

Lanners Puls raste. Er durfte jetzt keinen Fehler machen. Bis hierher war sein Plan aufgegangen, aber den entscheidenden Punkt, die Sollbruchstelle, musste er noch überstehen. Trotzdem, wo er Maschmann schon mal so weit hatte, könnte er vielleicht noch weitere interessante Dinge erfahren, auch für Carola. «Und Markowitz?»

Maschmann sah ihn groß an.

Lanner konkretisierte: «Was war mit Friedrich Markowitz?»

Der Bauunternehmer blickte irritiert zu Dr. Kersting. Der fragte ratlos nach: «Was soll mit Friedrich Markowitz sein?»

Ebendas wusste Lanner natürlich auch nicht. Er hatte einfach noch einen Stein ins Wasser geworfen. «Na, was können Sie über das Schicksal von Friedrich Markowitz sagen?»

Jetzt wurde es Maschmann zu bunt. «Das ist eine ganz andere Geschichte. Die lohnt sich für Sie beim besten Willen nicht mehr. Sie werden bald selbst Geschichte sein.»

Lanner spürte sein Zittern stärker werden, der Schweiß stand ihm auf der Haut.

«Wie meinen Sie das?»

«Na, wie wohl!» Maschmann fand zu seinem amüsierten Unterton zurück. «Sie denken doch wohl nicht, dass ich Sie nach meiner kleinen Beichte jetzt hier einfach rausspazieren lasse. Ich mach Ihnen auch kein Angebot mehr, Sie hatten Ihre Chancen.»

Lanner nahm seine ganze Kraft zusammen und sagte so fest wie möglich: «Vielleicht ja doch!»

«Vielleicht ja doch was?» Dr. Kersting schien interessiert.

«Vielleicht werden Sie mir ja doch noch ein Angebot machen, wenn Sie erst meine Verhandlungsposition kennen.» Lanner zog sein Smartphone heraus und betrachtete den Touchscreen. «Ist es nicht erstaunlich, was diese Geräte mittlerweile alles können? Da kann ich ohne Probleme unsere ganze Plauderei aufnehmen und sie dann mit nur zwei, drei Fingertippsern als MP3-Datei an mehrere Mailadressen schicken. Noch ein Drücken, und Ihr ganzes schönes Geständnis ist unterwegs. Im weltweiten Netz, ohne je wieder eingefangen werden zu können. Das Netz vergisst nie.»

Wie den Zeitzünder einer Bombe hielt er sein Smartphone in die Luft. Er hatte wirklich einen Plan gehabt. Nun betete er, dass er aufgehen möge.

Nur wenn man genau hinsah, fiel es auf: das Heer von unauffälligen Mittelklassewagen, die so dermaßen unauffällig waren, dass sie fast schon wieder ins Auge stachen. Aber da niemand genau hinsah, bemerkte es auch keiner. Den Wagen entstiegen unauffällige Männer und auch ein paar unauffällige Frauen, in unscheinbaren grauen Anzügen oder Kostümen.

Ein unbefangener Beobachter musste dies für den Betriebsausflug des deutschen Sparkassenverbands halten. Dabei war es eine Armee. Eine Armee auf dem Weg in eine der größten Schlachten in der Geschichte Berlins.

Toni Karhan fühlte, dass es ein historischer Moment war. Zum ersten Mal war es gelungen, alle Kammerjäger der Region zusammenzuführen. Sie zu einer geschlossenen Streitmacht zu vereinen. Toni sah sie und war stolz. Wie sie da standen, gepflegt, dezent, optisch unaufdringlich. Menschen, die man, kaum hat man sie getroffen, schon wieder vergessen hat. Bei deren Anblick niemand etwas Unangenehmes, gar Ekliges in den Sinn käme, wenn sie beim Nachbarn läuteten. Auch Georg ließ seinen Blick wandern und bekam feuchte Augen. Es war die unsichtbarste Armee der Welt.

Auf dem Seitenstreifen der Straße des 17. Juni, zwischen Siegessäule und Brandenburger Tor, wo es sonst Fanmeilen und Silvesterfeiern gab, hatte Toni diese Besprechung einberufen. Nun erklärte er auf mehreren Flipcharts, wer wo, wie und wann mit Futter, Gift, Flammen oder Sand in die U-Bahn-Linie 2 steigen und auf die Ratten einwirken sollte. Das Ziel kannten alle: Möglichst viele Tiere sollten durch den Tunnel zunächst zum Alexanderplatz und dann ins Alexa getrieben werden.

Trotz des Verkehrslärms musste Toni nicht laut sprechen. Seine Krieger waren es gewohnt, sich zu konzentrieren und auf kleinste, leiseste Geräusche zu achten. Georg staunte. Er wusste, dass ein guter Kammerjäger eine schnelle Auffassungsgabe brauchte und obendrein die Entschlossenheit, ohne Zögern zu tun, was zu tun ist. Aber diese Professionalität beeindruckte ihn nun doch mehr als erwartet. Die «Men in Grey». Was ihm vor kurzem noch als romantische Verklärung des Kammerjägerberufs vorgekommen war, zeigte sich nun als Realität.

Vielleicht kam auch der Respekt vor Toni Karhan hinzu, dem neuen Chef des größten, wichtigsten und innovativsten Kammerjägerunternehmens, dem designierten König von Berlin, dem nächsten Fackelträger der Legende, der all diese Menschen so hochkonzentriert sein ließ. Der Ruf der Firma war ungebrochen. Wie hatte der alte Machallik so gerne gesagt? «Wir sind das Apple unter den Kammerjägerbetrieben, und ich bin Steve Jobs. Und Bill Gates eigentlich auch, in Personalunion.» Was, wie Georg fand, wirklich einer seiner unglücklicheren Vergleiche war.

Nachdem Toni seinen Vortrag beendet und die Routinefrage gestellt hatte, ob es noch Fragen gebe – es gab keine –, schärfte er seinen Kollegen noch einmal nachdrücklich ein, dass die ganze Sache absoluter Geheimhaltung unterliege. Nichts von dieser Aktion dürfe an die Öffentlichkeit dringen. Die Kollegen nickten, wie man eben nickt, wenn jemand eine Selbstverständlichkeit ausspricht, und machten sich auf den Weg an ihre Einsatzorte. Georg packte die Flipcharts in den Firmenkombi, Toni räumte seine Unterlagen zusammen.

Als sie im Wagen saßen und Georg den Motor anließ, quäkte automatisch das Radio los: «Wie wir gerade erfahren, wird es heute im und um das Alexa herum eine große Aktion zur Bekämpfung der Rattenplage geben. Genauere Informationen dazu hier auf 99,9 in wenigen Minuten.» Dann lief ein Jingle: «Was immer in der Stadt auch passiert, hier erfahren Sie es zuerst, 99,9, Ihr Berlin-Sender!»

Die beiden Männer sahen sich an und konnten sich das Lachen nicht verkneifen. «Was ich immer sage», grummelte Toni nicht mal unfröhlich, «nichts und niemand in dieser Stadt ist schneller als die Kammerjäger.»

Während Lanner Maschmann triumphierend sein Smartphone entgegenhielt, war Dr. Kersting aus seinem Sessel geschnellt und zum Hauptkommissar gesprungen. Der Anwalt rammte ihn mit der Schulter und schlug mit der Faust auf seinen ausgestreckten Arm. Hastig drückte der Kommissar auf den Touchscreen, um die Mail mit dem MP3-Anhang wegzuschicken, doch da fühlte er das Telefon schon aus seiner Hand gleiten und sah es durch den Raum fliegen. Er lauschte, hoffte, das erlösende «Pfffffffttttt»-Signal zu hören, dass die Mail gesendet wäre. Aber zu laut rauschte das Blut in seinen Ohren, pochte die Erregung in seinen Schläfen, brüllte der Anwalt auf ihn ein. Wie in Zeitlupe nahm Lanner wahr, dass der Schub von Dr. Kersting beide ein paar Meter durchs Zimmer stolpern ließ, bis sie mit lautem Krachen im Schloss Bellevue einschlugen.

«Neeeiiiinn!!!» Er hörte Maschmann schreien, der ihn an Kragen und Hosenbund griff, hochriss und durch den Raum schleuderte. Diesmal landete Lanner in der Sitzgarnitur. «Mein Schloss Bellevue! Er hat mein Schloss Bellevue zerstört! Die Würde des Bundespräsidenten – beschädigt!»

Lanner rappelte sich aus der Couch hoch und spähte, wo sein Handy wohl gelandet war. Als Dr. Kersting zielstrebig auf das Modell des Breitscheidplatzes samt Gedächtniskirche und Europa-Center genau zwischen ihnen zustürmte, entdeckte er es. Das Telefon lag vor einer Unterführung. Offensichtlich war dies der Breitscheidplatz vor dem Umbau. Der Hauptkommissar setzte zum Sprung an. Direkt über dem Zoo-Palast krachten die beiden zusammen und rissen im Sturz das Schimmelpfeng-Haus ab, was sie nicht eine Sekunde irritierte. In den Ruinen des Modells hangelten sie nach dem Telefon, traktierten sich dabei mit Tritten und Schlägen und fügten der Gedächtniskirche fraglos die heftigsten Schäden seit dem Zweiten Weltkrieg zu. Plötzlich war das Telefon in Kerstings Hand. Mit dem Knie kickte es Lanner weg, und es segelte ein weiteres Mal in hohem Bogen durchs Büro. Im Gerangel zertrat der Anwalt das Marmorhaus, während der Hauptkommissar den Mercedesstern vom Europa-Center abbrach und wütend in das Elefantentor des Zoologischen Gartens schleuderte.

Auf einmal stand Maschmann vor dem Polizisten, packte ihn, hob ihn einen halben Meter hoch in die Luft. Die Kräfte dieses Mannes und seiner riesigen Hände waren unglaublich. Wie konnte jemand mit Ende siebzig eine derartige Urgewalt sein, Wut hin oder her? Gab es da Medikamente? War er eine Art Hulk, nur ohne Grün?

Nachdem er Lanner Unverständliches ins Gesicht geschrien hatte, warf er ihn wie eine Tischdecke über den Schreibtisch. Der Kommissar breitete die Arme aus und fegte die ganzen unnützen Gegenstände mit Schwung vom Tisch. Lanner hörte Vasen klirren, Dinge zu Boden krachen. Und er spürte bereits den Schmerz von tausend blauen Flecken.

Als er sich umgedreht und die Augen vom Schweiß frei geblinzelt hatte, sah er Dr. Kersting sein Smartphone in der Hand halten. Mit einer letzten Kraftanstrengung wuchtete Lanner sich vom Schreibtisch, hüpfte zum goldenen Bierpinsel, riss ihn vom Sockel und sprang zur Reichstagskuppel, die gleich neben dem Gendarmenmarkt mit Französischem und Deutschem Dom stand. Wie eine Keule hielt er das goldene Turmmodell in die Höhe. «Das Telefon, oder ich schlage zu. Ich mach hier alles platt, eins nach dem anderen. Und der Bierpinsel wird das auch nicht so ohne weiteres überstehen!»

Dr. Kersting sah mächtig derangiert aus. «Vergessen Sie's, Lanner. Sie sind erledigt!»

Lanner hob seine Waffe noch etwas höher und setzte zum Schwung an. «Ich schlag zu, bei Gott, ich schwöre, ich schlag zu! Alles kurz und klein! Beide Dome und den Reichstag!»

«Gib ihm das verdammte Telefon!» Maschmann schien fast zu weinen. «Er hat hier schon genug angerichtet. Schloss Bellevue, die Gedächtniskirche, das Schimmelpfeng-Haus. Das ist alles so respektlos. Dieser niedersächsische Bauer versteht nicht, was diese Stadt ausmacht.»

Dr. Kersting ließ die Schultern sinken. «Aber Herbert …»

«Gib ihm das Telefon, hab ich gesagt!»

Mit hilfloser Miene gab der Anwalt zu erkennen, dass er sich fügte.

Lanner atmete stoßweise. «Ganz langsam. Auf den Boden legen und dann rüberschieben.»

Kersting ging in die Hocke, legte das Smartphone auf das glatte Parkett, versuchte, es zu schubsen – und schaute ratlos auf. «Geht nicht.»

«Was?» Lanner überfiel wieder sein Ganzkörperzittern.

«Man kann das nicht schieben. Das hat diesen rutsch-festen Schutz.»

«Meine Güte, dann machen Sie den Schutz eben ab!» Lanner konnte es nicht fassen. Wie blöd war der Kerl denn noch? Ungeduldig sah er zu, wie Kersting äußerst umständlich den schwarzen Weichgummi abschälte. Wie konnte ein erwachsener Mann nur so unpraktisch sein! Als wenn er mit Absicht, um Zeit zu … Der Gedanke kam Lanner eine Sekunde zu spät, sonst hätte er sich vielleicht umgesehen und bemerkt, dass ein unsichtbarer, lautloser Geist hinter ihn getreten war. Ein äußerst kräftiger noch dazu, der ihm fast spielerisch den goldenen Bierpinsel abnahm.

Keine halbe Minute später fand sich Lanner auf dem Stuhl vor dem Schreibtisch wieder. Er blickte auf die Trümmerwüste des Büros und gab jeden Gedanken an Flucht auf. Die offenkundig in allen Kampfkünsten bewanderte Empfangsdame hatte sich mit ihren drei langbeinigen Kolleginnen um ihn herum postiert. Er hatte diese Situation schon einmal erlebt, vor nur vierundzwanzig Stunden. Nun war jeder Widerstand zwecklos. Als ihm von hinten ein Beutel über den Kopf gezogen wurde, dessen Geruch ihm noch sehr vertraut war, wehrte er sich nicht gegen die Bewusstlosigkeit, die ihn zugleich überfiel.

Zufrieden grinsend steckte Georg sein Handy weg. Toni war, während sie im Wagen vor dem Alexa warteten, das SMS-Piepsen nicht entgangen. «Was ist denn los?»

«Ach, nichts.»

«Wenn es nichts wäre, würdest du nicht so beseelt vor dich hin grienen.»

«Also gut, aber du darfst da mit niemandem drüber reden.»

«Ehrensache. Ich werde es höchstens ans Nachrichtenradio 99,9 geben», sagte Toni trocken und machte sein «Ist egal»-Gesicht.

Georg lachte. «Ich sehe, wir verstehen uns. Also, die Frau Kreutzer, die vor drei Tagen beim Einsatz die Leiche entdeckt hat, mit der war ich dann ja essen …»

«Als ihr von den Ratten überfallen wurdet.»

«Genau, und da hat sie unter anderem von einer Tasche erzählt, die sie ganz toll findet, die aber leider abartig teuer ist. Deshalb habe ich sie vorhin angerufen und gefragt, ob es diese Tasche auch im Alexa gibt. Sie meinte, wahrscheinlich schon, und ich erzählte ihr, dass da gleich so eine Art Schlussverkauf wäre, na ja, jedenfalls eine gute Gelegenheit, so eine Tasche einfach mal mitzunehmen. Jetzt hat sie eine SMS geschickt und noch mal gesagt, wie sehr sie sich freut. Hat geklappt, und ein paar andere nützliche Dinge hat sie auch noch gefunden.»

Toni schaute ihn fassungslos an. «Das ist Diebstahl.»

Der Vorwurf überraschte Georg. Ertappt murmelte er: «Ja, schon, aber dafür habe ich heute Abend wahrscheinlich

Sex. Und … ich meine, die Ratten hätten die Tasche wahrscheinlich doch sowieso ruiniert.»

«Ich weiß. Ich habe auch nicht gesagt, ich finde das böse oder verurteile es. Ich gönne dir den Sex, obwohl mir so eine Geschichte keine gute Basis für eine Partnerschaft scheint. Den Spaß gönne ich euch, aber Diebstahl ist es trotzdem.»

Schuldbewusst und etwas beleidigt steckte Georg die Hände in die Hosentaschen.

Toni war noch nicht fertig. «Du solltest etwas spenden.»

«Wie bitte?»

«Etwas spenden, von dem gesparten Geld. Für eine gute Sache. Clowns im Krankenhaus oder so.»

«Und dann findest du es in Ordnung?»

«Nein, es bleibt Diebstahl, aber du hast dann was gespendet. Das ist besser als Diebstahl und du hast nichts gespendet.»

Georg sah zum Einkaufszentrum. «Ich wette, da haben einige noch schnell ein Schnäppchen abgegriffen.»

«Diebstahl ist kein Schnäppchen. Aber du hast schon recht. Und hinterher wird für die Versicherungen bestimmt noch vieles von den Ratten gefressen worden sein, das jetzt gar nicht in den Läden steht.»

«Zahlt die Versicherung denn bei Rattenplagen?»

«Keine Ahnung.»

«Sollten wir mal recherchieren.»

«Wozu?»

«Stimmt auch wieder.»

Die beiden sahen zum Haupteingang, aus dem die letzten Kunden und Angestellten tröpfelten. «Gleich ist es so weit, wir sollten langsam anfangen, das Gift reinzuschaffen», sagte Georg.

Toni stöhnte zustimmend. «Wird auch Zeit, bestimmt haben sich schon jede Menge Tiere unten angesammelt.»

Nachdenklich betrachtete Georg den Kaufhausklotz. «Wäre das jetzt ein Hollywoodfilm, dann würde irgendjemand bei der Evakuierung übersehen, Bruce Willis und ein paar Kinder oder ein paar sehr gut aussehende Teenager. Die würden dann mit den Ratten eingeschlossen und einen aussichtslosen Kampf kämpfen, den sie am Ende doch irgendwie gewinnen. Also zumindest zwei von ihnen, die Guten, Bruce Willis und eine schöne Frau. Und die Kinder natürlich.»

Toni lächelte. «Ja, genau, wäre das hier Hollywood, dann liefe das so. Aber es ist nicht Hollywood, sondern Berlin. Kein ausgedachter Quatsch, sondern Realität. Das Leben, wie es wirklich ist, wo niemand im Einkaufszentrum vergessen wird, bevor zahllose Ratten es überfluten. Das wahre Leben ist eben nicht so abstrus und spektakulär, wie Hollywood immer tut.»

Das, fand Georg, hätte er nicht treffender formulieren können.

Man hatte ihn auf eine Liege geschnallt. An den Handgelenken und Knöcheln. Immerhin hatten sie ihm den noch nach seinem eigenen Angstschweiß riechenden Beutel aus der letzten Nacht wieder abgenommen. Zunächst verschwommen, dann mit allmählich klarer werdendem Blick nahm er das Zimmer wahr. Er sah die weiße Decke, dann, so weit er den Kopf drehen konnte, die Wände. Es war gefliest, wie ein Badezimmer oder Waschraum. Die Geräusche und Stimmen, die er hörte, klangen dumpf. Vielleicht lag das aber auch an seinen Ohren. Womöglich kehrten auch die erst allmählich aus der Bewusstlosigkeit zurück.

Er erkannte die Stimme von Dr. Kersting. Hörte, wie er Anweisungen gab. Befahl, im Büro aufzuräumen, alle Spuren zu beseitigen. Nichts dürfe auf den Kampf oder auch nur den Besuch des Hauptkommissars hindeuten. Fehler wären unverzeihlich. Falls die Polizei auftauchen und nach dem Kollegen suchen würde, dürfe die nichts, aber auch gar nichts finden.

Lanner rechnete nicht damit, von jemandem gesucht zu werden. Und wenn es die langbeinigen Amazonen waren, denen Kersting da gerade Anweisungen gab, dann konnte er auch auf keinen rettenden Fehler hoffen. Die vier waren das professionellste Vollstreckerkommando, dem er je begegnet war. Wobei er sich eingestehen musste, so wahnsinnig viele Kommandos hatte er noch nicht erlebt. Eigentlich nur das vom Geflügelbaron Dierksen. Die waren deutlich unattraktiver, tumber, aber auch brutaler gewesen. Dafür wusste man bei denen gleich, woran man war. Nämlich am Arsch. Bei diesen vier Damen lag noch eine zusätzliche Enttäuschung darin, dass man von denen ja gerne gemocht worden wäre, also eigentlich, irgendwie. Wäre er doch bloß bei der Hühnerkriminalität geblieben, die war unkomplizierter.

Er hörte eine Tür, dann Schritte und schließlich Dr. Kerstings Stimme: «O wie schön, der Herr Lanner ist ja wieder munter. Das freut mich für Sie, dann muss ich Ihnen kein kaltes Wasser ins Gesicht schütten.» Er lachte.

Ein ziemlich unsympathisches Lachen, fand Lanner, auch wenn er sich kaum vorstellen konnte, wie der Anwalt überhaupt auf eine für ihn sympathische Art hätte lachen können. «Was wird das hier, Kersting? Werden Sie jetzt auch noch irgendwelche kranken Experimente mit mir veranstalten?»

Das Lächeln des Anwalts, nun direkt über ihm, war auch nicht anheimelnder. «Ach, wissen Sie, Herr Lanner, jeder hat doch so seine kleinen, verrückten Leidenschaften, seine knuffigen Spleens. Ich sammle eben die Augäpfel meiner Opfer. Aber es gelten nur die, die ich bei lebendigem Leib rausgeschnitten habe. Wollen Sie mal meine schönsten Exemplare sehen?»

Der Hauptkommissar stöhnte. «Was soll dieser Quatsch? Wollen Sie sich damit interessant machen? Ihre Geschichte diabolischer erscheinen lassen, als sie ist? Durch irgendeine absurd eklige Brutalität?»

Kersting zog die Augenbraue hoch: «Respekt. Ich hätte gedacht, Sie würden sich zumindest ein klein bisschen erschrecken.»

Lanner grunzte. «Ach, ich bin diese schwachsinnigen, grausamen Gewaltphantasien aus albernen Perversenkrimis leid. Die wollen besonders hart und realistisch sein und sind am echten Polizeialltag so nah dran wie Hertha BSC am Cup der Champions League. Wissen Sie, wie selten Serientäter sind? Obwohl, demnächst wird die sinnlos-abartige Brutalität wegen der ganzen dummen Vorbilder in Medien und Internet vielleicht doch zunehmen.»

Kersting raschelte indes mit Plastikplanen herum. «Für jemanden, der schon so gut wie tot ist, machen Sie sich aber noch viele Gedanken über das Wohl der Menschheit.»

Lanner versuchte, sich umzusehen. «Was ist das für ein Raum hier?»

Dr. Kersting räusperte sich verlegen. «Also, das klingt jetzt tatsächlich ein bisschen makaber, aber im Wesentlichen

342

dient dieser Raum für Hausschlachtungen. Hier wird nämlich selbst gewurstet, alles bio. Nur artgerecht gehaltene Tiere von nahen Ökohöfen. Da wird hier viel Wert drauf gelegt. Maschmann beliefert sogar einige renommierte Restaurants in Berlin und Potsdam. Diese Schlachterei ist natürlich nur ein Hobby von ihm, er sagt, er kann dabei prima entspannen. Er ist ein begnadeter Metzger. Sagen auch Jäger und Profis. Haben Sie mal auf seine Hände geachtet? Wie zum Schlachten gemacht.»

Jetzt war Lanner doch beunruhigt. «Soll ich etwa auf diese Weise verschwinden? Wollen Sie mich unter die Schweine jubeln?»

Kersting beherrschte sich einen Moment, dann prustete er los. «Um Gottes willen, wo denken Sie hin. Sie wären doch überhaupt nicht bio! Von artgerechter Haltung keine Spur. Wem sollte man so was denn anbieten? Außerdem ist Herr Maschmann längst nicht mehr hier. Als sein Anwalt habe ich ihm geraten, das Anwesen sofort zu verlassen. Mehr noch, ich habe ihm dringend empfohlen, den ganzen Tag nicht hier gewesen zu sein, wenn Sie verstehen, was ich meine. Ich habe diesen Raum nur genommen, weil er sich so gut reinigen lässt. Selbst diese Vorhänge, Spezialanfertigungen, um die Schreie der Tiere zu dämpfen, sind komplett abwaschbar.»

Kersting schnitt nun Stoff. Lanner überkam wieder das Ganzkörperzittern. «Was haben Sie mit mir vor?»

«Was denken Sie? Ich werde Sie jetzt sorgfältig verpacken, und dann werden unsere talentierten Damen Sie verschwinden lassen.»

«Warum so viel Mühe?»

«Ich möchte, dass man Sie zweifelsfrei identifizieren kann, falls wir uns irgendwann entschließen, Sie finden zu lassen.

Außerdem werde ich Ihnen noch ein paar Beweisstücke mitgeben, die keine Wünsche offenlassen.»

«Beweisstücke?»

Dr. Kersting schaute ihn fast gütig an. «Herr Lanner, habe ich eigentlich schon erwähnt, wie sehr ich Ihnen zu Dank verpflichtet bin? Ihre Leiche könnte eines Tages außerordentlich wertvoll für mich werden. Wenn man Sie irgendwann – an einem Tag, den ich auswähle – entdecken sollte, wird man eindeutige Hinweise finden, dank derer sich Herr Maschmann als Ihr Mörder überführen lässt. Und dadurch könnten sich die Machtverhältnisse in dieser Stadt in äußerst günstiger Weise verschieben.»

«Sie wollen Maschmanns Stelle einnehmen?»

«Ich will sehr viel mehr als das. Oder wirke ich auf Sie wie jemand, der sein Leben lang den Büttel für andere spielt, sich für undankbare Klienten den Arsch aufreißt und nur einen Bruchteil des Kuchens bekommt, den er dabei für seine Kundschaft aus dem Ofen holt? Diese Stadt bietet lukrativere Möglichkeiten, richtig große Geschäfte, gewaltiges Geld. Geld, für das man noch mal ganz andere Freunde braucht. Die MaMMa waren prima Geschäftsleute und Halsabschneider, aber mit ihrer dauernden Berlin-Gefühlsduselei standen sie sich auch ganz schön auf den eigenen Füßen. Jetzt ist Machallik tot, Markowitz verschollen und Maschmann bald in meiner Hand. Hier weht demnächst ein anderer Wind. Ich habe spektakuläre Pläne. Wir werden den Begriff des freien Unternehmertums ganz neu definieren.»

Lanner dachte angestrengt nach. «Haben Sie Machallik getötet und Markowitz verschwinden lassen?»

Kersting schüttelte den Kopf. «Sie haben doch selbst gehört, Maschmann hat seinen alten Freund vergiftet. Hätte ich ihm gar nicht zugetraut. Und Markowitz? Keine Ahnung, was dem zugestoßen ist. Ich weiß auch nicht alles. Letztlich ging es wohl um eine Frau. Als die Mutter seiner Tochter verschwunden ist, hat er mit den anderen beiden gebrochen. So sehr, dass er ihnen dann sogar Rimschow auf den Hals gehetzt hat. Genaueres kann ich Ihnen da auch nicht sagen. Aber was ich sagen kann, ist, dass ich Sie jetzt schön fest und luftdicht verpacke, und dann werden Sie als handliches, wertvolles Päckchen von den Damen entsorgt. Vorher mache ich mich vom Acker. Man kann nie wissen. Ich lasse Sie hier einfach liegen, die Aufräumarbeiten erledigen andere. Keine Angst, Sie werden nicht leiden, ich betäube Sie ordentlich. Vollnarkose. Und damit Sie sehen, dass ich kein Unmensch bin: Hier ist eine Zyankalikapsel, die ich Ihnen unter die Zunge schiebe. Sollten Sie noch einmal aufwachen, also, bevor Sie tot sind, beißen Sie einfach drauf. Vertrauen Sie mir, das ist die angenehmere Variante.» In aller Ruhe schob er den Ärmel von Lanners linkem Unterarm hoch und zog eine Spritze auf. «Bevor ich zusteche, Herr Lanner: Gibt es noch etwas, was ich jemandem ausrichten soll, Ihre letzte Botschaft an die Welt?»

Verachtungsvoll sah Lanner den Anwalt an und zischte: «Arschloch!»

Dr. Kersting nickte. «Selbstverständlich. Ich werde es die Welt wissenlassen.» Dann stach er zu.

Wie ein riesiger, wogender, lebendiger Wollteppich hatten die Ratten ausgesehen, als sie in das Alexa hineinschossen. Die Überwachungskameras funktionierten tadellos und lieferten hervorragende Bilder, die, durch welche Kanäle auch immer, ihren Weg erstaunlich schnell ins Internet fanden. Bei Facebook gab es kurze Zeit später sogar Live-Feeds, die rund um die Welt auf größtes Interesse stießen und die Server immer mal wieder kollabieren ließen. Millionen von Usern kündigten an, demnächst nach Berlin zu kommen, um etwas in diesem Alexa zu kaufen. Sie hofften auf Souvenirs vom Ereignis, angenagten Nippes und dergleichen. Ein wenig Enttäuschung kam auf, da es vielen Geschäftsleuten noch gelungen war, ihre Läden rattensicher zu verbarrikadieren. Andererseits sorgte das auch wieder für Spannung, weil die Tiere natürlich trotzdem versuchten, sich Zugang zu verschaffen. Manche Glaswand zerbarst, höchst spektakulär, unter der Kraft der schieren Masse. Den Geschäften, die Nahrungsmittel anboten, war jede Verriegelung untersagt. Gut die Hälfte der Läden wurde von den Ratten erobert. So oder so blieben es beeindruckende Bilder, wie Zehntausende, Hunderttausende und schließlich Millionen Ratten durch das Einkaufszentrum sausten und wuselten. Irgendwann sah man eigentlich nur noch einen einzigen grauen Filz. Dann fielen die Sicherheitskameras aus.

Nachdem genügend Ratten ins Alexa geströmt waren, hatte Toni Karhan es abriegeln lassen. Eine heikle Aufgabe, die die Kammerjäger lieber der Feuerwehr überließen. Als Helden mit vollem Körpereinsatz sahen sich Toni und Georg nicht, da hatten ihnen die athletischen Feuerwehrleute doch einiges voraus. Außerdem verfügten die über eine ganz andere Ausrüstung. Eine Ausrüstung, die man einfach brauchte, wenn man sich in ein Meer von Ratten abseilte, um zwischen ihnen Tore abzusperren und Luken dicht zu machen.

***

Die Klippe, zu der sie den Streifenwagen samt Kommissar im Kofferraum gebracht hatten, war mit Bedacht gewählt. Nicht selten fuhren sie durch Brandenburg und suchten nach Orten, wo man gut etwas verschwinden lassen konnte. Eine seltsame Beschäftigung, eine Landschaft nur unter dem Gesichtspunkt zu betrachten, wo sich darin gut eine Leiche loswerden ließ. So etwas verändert den Blick auf die Natur, erhöht ihren Schauwert beträchtlich.

Diese Klippe war einer der besten Orte, die sie überhaupt im Portfolio hatten. Man lässt ja auch nicht jeden Tag einen Hauptkommissar verschwinden. Gleich unterhalb der Klippe fiel der Grund des Baggersees steil ab, mehr als zwanzig Meter tief. Zudem war das Wasser eine ziemlich dunkle Brühe, so weit unten nichts zu erkennen. Den Wagen würde niemand zufällig finden. Wenn man die Leiche aber eines Tages brauchte, ließe sich leicht ein Fund arrangieren. Auf eleganten Wegen, etwa durch ein Gerücht, das irgendwie an einen Taucherclub aus dem Umkreis geriete. So könnte man ganz beiläufig die Dinge ins Rollen bringen. Wenn man sie denn ins Rollen bringen wollte. Sonst blieb die Leiche eben einfach verschollen, der Hauptkommissar unauffindbar.

***

Schon früh war klar, dass die Aktion ein Erfolg wurde. Erstaunlich schnell waren die Ratten aus der U2 ins Alexa geströmt, kanalisiert durch Barrieren und Stellwände. Die im Schacht steckende U-Bahn hatte fast keinen Schaden genommen und rollte, als die Gleise wieder einigermaßen frei waren, langsam aus der Gefahrenzone.

Es war ein seltsames Bild, als die Bahn in die Station

Rosa-Luxemburg-Platz einfuhr, aber kaum einer der Fahrgäste über die Rettung jubelte, da fast alle über ihre Handys und Smartphones Interviews gaben. Mehrere von ihnen wurden von Chauffeuren erwartet, die sie dann auf schnellstem Wege in verschiedene Talkshows beförderten. Den Mann mit den angeblichen Terminen in Leipzig erwartete dagegen seine Frau. Journalisten eines Privatsenders begleiteten sie, um das Wiedersehen live filmen zu können. Der Mann war still und gar nicht glücklich, die Frau ziemlich laut. Für den Sender hatte sich der Aufwand gelohnt.

Chantal freute sich. Die Aufführung ihres Stückes wurde am nächsten Tag wiederholt, und womöglich könnte das nun deutlich gesteigerte Medieninteresse ihrer Schauspielkarriere einen schönen, unverhofften Schub geben.

Toni Karhan telefonierte mit dem glücklichen Bürgermeister und erklärte ihm, dass die wenigen Rattenhorden, die noch im Zentrum herumliefen, sich mit etwas Lenkung innerhalb von zwei bis drei Tagen auflösen und wieder über das ganze Stadtgebiet verteilen würden. Die friedliche Koexistenz von Mensch und Ratte sei bald wiederhergestellt. Das Gift im Alexa würde schnell wirken und die meisten Tiere zuverlässig dahinraffen. Noch in der Nacht könnte man die Schleusen öffnen. Die überlebenden Ratten würden flüchten, die Aufräumarbeiten könnten nach spätestens drei Tagen abgeschlossen sein. Allerdings, empfahl Toni später im RBB, würde es sicher nicht schaden, noch einen Tag zu lüften.

Toni, Georg, Carola Markowitz und vor allem die beiden Adlers waren froh, dass sie das Geheimnis um Ratmaster Big und das Rattenlenkungssystem samt Mailumwegen über Korea nicht hatten preisgeben müssen. Es würde auch so schwer genug, den Betrieb Machallik zu führen. Und es war wirklich an der Zeit, Ralf Adler in die reale Welt zurückzuholen, was erheblich leichter war, wenn niemand von seiner zweiten Identität als Rattenmeister wusste.

Der Bürgermeister blickte der großen Pressekonferenz am Abend freudig entgegen. Er würde sie zugleich nutzen, um seine Wahlkampfabschlussrede zu halten. Bescheiden und pflichtbewusst würde er sich geben – er habe nur die Stadt beschützt, wie es seine Aufgabe sei. Dr. Mierwald würde schon dafür sorgen, dass die Journalisten ihn als «Retter von Berlin» sahen, dass diese Formulierung wie von allein in Umlauf käme. Da hatte er volles Vertrauen in seine Beraterin. Ob er während seiner Rede schon rauchen sollte? Oder erst danach? Oder lieber gar nicht? So viele Fragen. Aber er war noch viel zu glücklich, um sich um Antworten zu scheren.

***

Schnell schaltete sie die Gänge hoch und beschleunigte auf siebzig Stundenkilometer. Kurz vor der Klippe sprang die schwarzgekleidete Frau aus der Fahrertür und rollte sich gekonnt am Boden ab. Es gab keine Bremsspuren, und auch sonst deutete nichts darauf hin, dass an dieser Stelle jemals ein Auto in den See gerast war.

Der alte Streifenwagen mit seiner Kofferraumfracht schoss über die Klippe. Sechs oder sieben Meter stürzte er hinab, dann senkte sich seine Schnauze, und er schlug mit einem lauten Klatscher auf dem Wasser auf. Wenige Augenblicke trieb der Wagen noch auf der Oberfläche, dann lief er voll und sank rasch. Er würde schnell den Grund erreichen, ziemlich schnell sogar. Sie hatten ihn entsprechend präpariert. Es würde reibungslos funktionieren, denn Fehler waren nicht tolerierbar und kamen bei den vier Damen deshalb nicht vor.

Sie beobachteten, wie das Auto verschwand. Als nur noch ein Teil vom Heck zu sehen war, machten sie ein Foto. Für Dr. Kersting und fürs Archiv. Nun hatten sie ein paar freie Tage. Wahrscheinlich, wenn nichts dazwischenkam. Das war erfreulich. Etwas Entspannung und ein klein wenig Abstand vom Alltag würde ihnen allen guttun.

Nur noch ein kleiner Strudel im Wasser, es war vollbracht.

Das sanfte Brummen in den Ohren war nicht mal unangenehm. Auch die leichte Vibration tat gut. Er fühlte sich wohl, behütet, sicher und warm. So hatte er es sich nicht vorgestellt. Eigentlich hatte er es sich nie wirklich vorgestellt, aber dass das, was er sich nicht vorgestellt hatte, sich nun so anfühlte, erstaunte ihn. Er hörte Musik. Sie war ihm sogar vertraut. «Amerika», ein Stück von Randy Newman, eines seiner liebsten. Aber mit deutschem Text, von einem deutschen Sänger. War das der Himmel? Wenn Randy Newman plötzlich in seiner Muttersprache sang?

Ganz langsam öffnete er die Augen, nur einen Spalt. Brandenburg flog an ihm vorbei. Oder doch Niedersachsen? Er konnte es nicht unterscheiden. In jedem Fall war es Welt. Welt flog an ihm vorbei.

Er saß in einem Auto. In einem komfortablen, bequemen Auto, das auch noch gut roch. Er war schon seit Ewigkeiten in keinem gutriechenden Auto mehr gefahren. Er war sich nicht einmal sicher, ob er jemals in einem gutriechenden Auto gesessen hatte. Ja, ob es überhaupt gutriechende Autos gab. Obwohl er ja jetzt in einem saß. Er bewegte seine Zunge, und da schoss ihm plötzlich eine beunruhigende Erinnerung durchs Hirn. Er ließ die Zunge durch den ganzen Mundraum wandern, hastig und doch ganz vorsichtig. Wo war sie nur? Irgendwo musste sie doch sein! Verdammt!

«Ah, guten Morgen. Willkommen zurück bei den Lebenden.»

Er kannte diese Stimme, die Stimme des Fahrers. Es war keine böse Stimme. Eher eine, der er vertraute.

«Falls Sie die Zyankalikapsel suchen – die habe ich vorsichtshalber aus Ihrem Mund genommen. Nicht, dass noch ein Unglück geschieht. Außerdem wurde sie dann anderweitig benötigt.»

Lanner rappelte sich auf und sah Walter Rimschow am Lenkrad. Sie fuhren eine edle Limousine. «Ist das ein Bentley?»

«Ein Jaguar, aber auch nicht viel billiger.»

«Woher haben Sie den Wagen?»

«Geliehen. Wir werden ihn leider zurückgeben müssen.»

Lanner hielt sich den Kopf. Irgendjemand hatte wieder diese dröhnende Fischlagerhaus-Kühlung in seinem Kopf angeworfen. Zwischen seinen Schläfen brummte es. «Wenn wir an einer Apotheke vorbeikommen, ich bräuchte dringend was Starkes.»

Rimschow griff neben sich und reichte Lanner eine Packung Kopfschmerztabletten und eine Flasche Wasser. «Schon besorgt. Ich ahnte, Sie würden solche Gelüste haben.»

Lanner stellte seinen Sitz senkrecht, riss die Packung auf und spülte zwei Pillen runter. Erst als die Flasche halb leer war, setzte er sie wieder ab. «Was ist passiert?»

«Na, Sie wurden überwältigt, gefesselt, mit dem Tode bedroht, und ich habe Sie dann befreit.»

«Echt?»

«Meinen Sie, sonst würden Sie jetzt hier sitzen?»

«Nein, aber … Wie sind Sie an den vier Grazien vorbei-gekommen?»

«Gar nicht. Ich bin ihnen lieber aus dem Weg gegangen.»

«Die haben Sie nicht bemerkt?»

«Als ich miterleben durfte, mit welchem Schwung Sie zu Maschmann reingestürmt sind, war mir klar, Sie würden im Schlachtraum landen. Also habe ich mich da versteckt und zwischen den Lärmschutzvorhängen gewartet.»

Lanner sah Rimschow ungläubig an. «Sie kannten diesen Raum? Haben Sie da auch schon mal gelegen?»

«Ich habe Ihnen doch gesagt, Sie können davon ausgehen, es gibt nichts Unangenehmes in diesem Beruf, das ich nicht auch schon genauso oder ähnlich erlebt hätte. Als Kersting dann mit Ihnen allein war, habe ich meine Chance genutzt. Leider einen Tick zu spät. Da hatte er Sie schon betäubt. Damit hab ich mir eine ganz schöne Schlepperei eingebrockt. Sie sind schwerer, als man meint.»

Lanner blickte verlegen zur Seite. «'tschuldigung und danke, Sie haben mir wahrscheinlich das Leben gerettet.»

«Ganz sicher sogar.»

«Ist das hier Kerstings Wagen?»

«Selbstverständlich. Er hatte den Damen gesagt, er würde sofort fahren, nachdem er Sie verpackt hätte. Da war dies die unauffälligste Art, vom Hof zu reiten. Außerdem wollte ich Sie nicht bis zur S-Bahn schleppen.»

«Sie werden uns suchen, wenn sie Kersting gefunden haben.»

«Ich denke, das werden sie nicht. Sie und er haben ja so ziemlich die gleiche Statur. Die werden das nicht bemerken.»

Lanner kam ein gruseliger Verdacht. «Die werden was nicht bemerken?»

Rimschow runzelte verärgert die Stirn. Sein begriffsstutziger Beifahrer zwang ihn, Dinge auszusprechen, über die er nur ungern reden mochte.

«Was denken Sie? Die erwarteten doch ein Paket, also mussten sie auch eins kriegen. Sonst wären wir nicht weit gekommen.»

«Sie haben Dr. Kersting betäubt, verpackt und dann da zurückgelassen?»

«Was denn sonst?»

«Die werden ihn töten.»

«Sonst hätte man Sie getötet. Sie werden doch jetzt nicht plötzlich Mitleid haben? Außerdem habe ich Kersting Ihre Zyankalikapsel unter die Zunge geschoben. Er wurde mit derselben Humanität behandelt, die er Ihnen spendiert hat.»

Lanner schaute müde auf die Straße. In seinem Kopf hämmerte es. Die Tabletten würden erst nach einer Weile richtig wirken. Außerdem war ihm schlecht, womöglich würde er sich gleich auch noch übergeben müssen.

Gut, er war also nicht tot. Dennoch, nahm er stark an, würde diese ganze Geschichte sein Leben erheblich verändern. Und nicht gerade zum Vorteil. Wenn er sich seine Träume in den nächsten Wochen, Monaten und Jahren ausmalte, wurde ihm ganz anders. Würde er überhaupt noch schlafen können? «Sie haben ihn praktisch ermordet.»

Verächtlich stieß Rimschow Luft durch den Mundwinkel. «Er hat sich selbst ermordet. Er selbst hat den Befehl zur Tötung gegeben, seiner Tötung. Also quasi.»

«Das sind Spitzfindigkeiten. Sie wussten genau, es war sein Ende, als Sie ihn da so verpackt zurückgelassen haben.»

«Und wennschon. Ich bin kein Polizist mehr. Ich bin frei. Für mich gelten nun dieselben Regeln wie für die anderen. Nämlich die eigenen. Das Spiel beginnt jetzt neu, ob es Ihnen passt oder nicht. Ich finde übrigens Gefallen daran, an diesem neuen Spiel. So großen Gefallen, dass es mir selbst Angst macht.» Er schwieg kurz, um dann, ruhig auf die Straße blickend, mit sonorer Stimme zu schließen: «Sie können mich natürlich dafür festnehmen, dass ich Ihnen das Leben gerettet habe.»

Lanner nahm den deutschen Randy-Newman-Interpreten wieder wahr. «Anerkennung», sang er nun, «wir wollen doch alle nur ein kleines bisschen Anerkennung.» Ohne Regung sagte Lanner laut: «Danke.»

«Da nicht für.»

Lanner sah hinaus in die Welt, die vorbeiflog. «Wohin fahren wir eigentlich?»

«Nirgendwohin. Ich wollte nur so lange unterwegs sein, bis Sie wieder bei Sinnen sind, damit ich Sie nicht auch noch in den Zug tragen muss. Wir lassen den Wagen vor einem Regionalbahnhof stehen und fahren dann mit der Bahn zurück nach Berlin. Wir können ja schlecht mit Kerstings Luxusschleuder am Präsidium vorfahren. Das wäre dann doch ziemlich verdächtig, würde ich meinen.»

Lanner schlug schmunzelnd gegen die Scheibe. «Da ist was dran. Und was sage ich, wo mein Dienstwagen hin ist?»

«Ach Gott, die alte Schüssel. Sagen Sie einfach, Sie wären rumgefahren, und irgendwo in Brandenburg hätte man Ihnen den Wagen gestohlen.»

«Na, ganz großartig. Der dumme Dorfpolizist, der sich auch noch den Dienstwagen klauen lässt. Einen alten Streifenwagen. Wissen Sie, was ich da die nächsten Wochen an Scherzen über mich werde ergehen lassen müssen?»

Rimschow machte eine wegwerfende Handbewegung. «Ach, machen Sie sich doch um so was keinen Kopp. Die Tarnung als Trottel ist eine der raffiniertesten überhaupt. Solange man Sie hier noch für das dumme Huhn vom Land hält, können Sie Dingen nahekommen, die für mich außer Reichweite waren.»

Lanner registrierte erfreut, dass sich sein Kopf schon etwas besser anfühlte, und räkelte sich. Rimschow bemerkte die einsetzende Genesung. «Sagen Sie, wollen wir noch was essen gehen? Es gibt verdammt gute Landgasthäuser in Brandenburg. Auch mit Biofleisch. Aus Privatschlachtung.»

Dem Hauptkommissar wurde wieder schlecht. «Nein, nein, ich muss zurück in die Stadt. Ich habe noch einen Mord aufzuklären.»

Rimschow schlug verblüfft aufs Lenkrad. «Ach? Welchen denn?»

«Na, den an Machallik natürlich.»

«Ich denke, Maschmann hat gestanden.»

«Maschmann hat Machallik genauso wenig vergiftet wie die Söhne.»

«Sind Sie sicher?»

«Absolut sicher.»

«Warum?»

«Ein Detail, das bislang in allen Ermittlungen viel zu wenig, nein, eigentlich gar nicht beachtet wurde. Etwas, was auch die nicht ahnen, die jetzt glauben, sie hätten Machallik auf dem Gewissen.»

«Nämlich?»

Lanner lehnte sich zurück. «Machallik war zum Zeitpunkt

seines Todes vollkommen nüchtern. Das war er ja nun wirklich selten genug. Aber in dem Moment, in dem er vergiftet wurde, hatte er keinen Tropfen Alkohol im Blut. Deshalb können all diese Leute, die ihm sein neues Super-Rattengift in den Wein, ins Bier, den Sekt oder Whiskey getan haben, nicht die Mörder sein. Man könnte sie höchstens wegen versuchten Mordes drankriegen, wenn überhaupt. Aber der wirkliche Mörder ist jemand anderes.»

Rimschow war beeindruckt. «Guck mal einer an, das Landei. Nicht schlecht. Und wissen Sie auch schon, wer es war?»

Lanner kniff die Augen zusammen. «Fast. Oder sagen wir, ich habe einen starken Verdacht. Und deshalb werde ich jetzt sämtliche Ermittler und alle, die ernsthaft als Täter in Frage kommen, ins Büro Machallik bestellen. Wir klären diesen verdammten Fall endlich auf.»

Rimschow zog die Brauen hoch, beschleunigte den Wagen und steuerte den Regionalbahnhof in Zossen an. «Das hier wird Ihnen bei Ihren Telefonaten vielleicht hilfreich sein», er griff in seine Sakkotasche und holte Lanners Smartphone heraus, «mit bestem Gruß von Dr. Kersting.»

Der wiederauferstandene Hauptkommissar sah ihn halb bewundernd, halb verängstigt an. «Eine Sache würde mich noch interessieren. Warum haben Sie mir eigentlich diese Büroklammer zugesteckt?»

Rimschow grinste. «Nur so. Damit Sie denken, Sie wären noch zusätzlich bewaffnet. So was gibt manchmal Hoffnung. Kann sehr wichtig sein, Hoffnung zu haben. Man denkt, immerhin ist da ja noch die Büroklammer. Die kann mir nützen. Auch wenn das natürlich Blödsinn ist, es sei denn, man wäre MacGyver oder James Bond. Und dennoch lässt einen Hoffnung womöglich weiterkämpfen. Das schafft auch eine sinnlose Büroklammer, besonders, wenn sie einem von einem alten, erfahrenen Hauptkommissar als letzte, bedeutungsschwangere Gabe überreicht wurde. Als Geheimwaffe sozusagen. Hätte genauso gut eine Kugelschreibermine sein können.»

Lanner schüttelte fassungslos den Kopf. «Und wo wir grad so schön dabei sind – verraten Sie mir auch, wie Sie an diesem bärbeißigen Pförtner vorbeigekommen sind?»

«Bei wem?»

«Na, bei diesem Höllenhund an Maschmanns Einfahrt.»

«Ach der.» Rimschow wurde wieder ernster. «Sie glauben gar nicht, wie viele Leute Ihnen nach einigen Jahren als Hauptkommissar Gefälligkeiten schulden. Zum Teil große Gefälligkeiten.» Er senkte die Stimme. «Stellen Sie sich nur mal vor, der Junge, der damals seinen brutalen Vater erschlagen hat, würde gar nicht in Tegel sitzen, sondern … Aber ich bin sicher, das wollen Sie sich gar nicht so genau vorstellen.»

Lanner sah wieder in die Landschaft und war von neuem verängstigt. Erzählte der alte Fuchs nur Geschichten, oder hatte auch er mehr dunkle Geheimnisse als vermutet? Dann nahm er das Telefon und wählte eine Nummer. Rimschow staunte nicht schlecht, wen er als Erstes anrief.

Als Carsten Lanner und Walter Rimschow nach einer Zug- und anschließenden Taxifahrt endlich am Machallik-Büro eintrafen, waren dort schon fast alle versammelt. Carola Markowitz und Manfred Kolbe saßen in dem einen tiefen Ledersofa, Toni Karhan und Georg Wolters in dem anderen.

Claire Matthes zog wie immer einen Stuhl vor, die meiste Zeit stand sie ohnehin. Es herrschte eine fast gelöste Stimmung. Toni und Georg hatten kleine Anekdoten aus ihrem Groß-einsatz zum Besten gegeben, und Frau Matthes' Schnittchen fanden reißenden Absatz. Auch Rimschow stürzte sich dar-auf, während Lanner lediglich um einen Kaffee bat, was alle, die sich ihm auf weniger als einen halben Meter näherten, wegen seines Mundgeruchs aufrichtig bedauerten.

Noch immer wummerte unbeirrt ein Generalbass durch Lanners Stammhirn, der ihm trotz der Außergewöhnlich-keit dieses und des vorherigen Tages mit absurder Beharr-lichkeit die Aufnahme von Kohlenhydraten nach 18 Uhr madigmachte. Nun wartete der Kommissar nach der Begrü-ßung mit bemerkenswerter Geduld auf sein Heißgetränk, was Markowitz vermuten ließ, dass noch jemand käme. Rimschow, der sich mit vier in die Hand gestapelten Schnitt-chen in einen Sessel hatte plumpsen lassen, warf Kolbe einen vielsagenden Blick zu, der diesem einige Überraschungen verhieß, weshalb der dicke Spurensicherer fahriger, nervöser und vor allem stiller als gewöhnlich war.

Gerade als eine offenbar neue Sekretärin Lanner seinen Kaffee brachte, betrat Polizeipräsident Breissing das Bunker-büro. «Ich hoffe mal sehr, mein Kommen wird sich lohnen. Ich habe den Bürgermeister stehenlassen wegen Ihrer angeb-lichen Dringlichkeit, Herr Lanner. Ich wünsche Ihnen wirk-lich, dass ich das nicht bereut haben werde müssen.»

Breissings Berliner Futur ließ Lanner lächeln. «Ich freue mich, dass Sie es einrichten konnten.» Er gab Georg ein Zei-chen, worauf der sich zur Bunkertür bewegte, die sich nach ein paar Tastendrückern geräuschvoll schloss. Nachdem sie eingerastet war, wandte sich Lanner an die Runde: «Wir

haben alles und alle hier, um nun den Fall Machallik aufzuklären. Diese Tür wird sich nicht öffnen, bevor der Mörder
gefunden ist. Und der Mörder oder die Mörderin ist hier im
Raum.» Wohlkalkuliert und genießerisch ließ er seinen Blick
über die Anwesenden schweifen.

«Also, ich glaub, der spinnt.» Polizeipräsident Breissing
schien kurz davor, auf Lanner loszugehen. «Sind Sie be-
kloppt, uns hier einzusperren? In diesem Bunker? Wenn
Ihnen das mal nicht schon bald sehr leidgetan haben wird!»

Lanner ließ sich nicht aus dem Konzept bringen und ent-
gegnete Breissing unbeeindruckt: «Sagen Sie, Sie waren doch
auch mit Ihrer Frau bei dem Empfang, bei dem das neue
Rattengift vorgestellt wurde.»

«Ja, und?»

«Ihr Sohn heißt doch Bernhard, wie Bernhard Klodt aus
der Weltmeistermannschaft von 1954, oder?»

Breissing ballte die Faust. «Was hat das denn bitte mit dem
Machallik-Fall zu tun?»

«Wussten Sie von Erwin Machalliks seltsamer Angewohnheit, was seine unehelichen Söhne betraf? Er hat die
Frauen – oft die Ehefrauen von Freunden –, mit denen er
ein Verhältnis hatte und die von ihm schwanger waren, dazu
überredet, ihre Jungs nach den Mitgliedern der Weltmeistermannschaft von 1954 zu benennen.»

Breissing verschränkte die Arme. «Oh, unser nieder-
sächsischer Geflügelkommissar hört die Berliner Hennen
gackern. Da würde er wohl auf eine der sagenumwobenen
Berliner Legenden reingefallen sein.»

Er lachte bemüht, aber Georg Wolters fuhr ihm in die
Parade. «Frau Matthes hat Sie bereits früher für verdächtig
gehalten, und als ich dann so lange hier in diesem Bunker

eingesperrt war, habe ich mir aus Langeweile die DVD im Player dort angesehen. Machallik kündigt darauf die Rattenplage an und brüstet sich, mit nicht wenigen Frauen einflussreicher Männer mehr als nur freundschaftliche Beziehungen gehabt zu haben. Ihre Frau Birte war auch dabei. Als mir das wieder einfiel, habe ich sofort Herrn Lanner angerufen, aber der hatte gerade wenig Zeit, stand an einer Pforte oder so. Hat sich nur schnell bedankt.»

Breissings Augen funkelten vor Wut. «Dass Sie diese vertraulichen Dinge hier in mittelgroßer Öffentlichkeit ausbreiten, wird Ihnen und dem Herrn Lanner noch mal ziemlich übel aufgestoßen sein. Das versprech ich Ihnen. Diese ganzen Dinge gehen nur mich und meine Frau etwas an.»

Lanner tat, als hätte er den Ausbruch seines höchsten Vorgesetzten gar nicht bemerkt. Er konnte selbst kaum fassen, wie wenig Angst er verspürte, obwohl er gerade mit seiner Karriere auf einer Rasierklinge surfte. «Ich habe mich immer gefragt», Lanner baute sich jetzt direkt vor Breissing auf, «warum Sie die Ermittlungen so schnell und hastig abschließen wollten. Wen Sie schützen wollten. Wer Sie derart unter Druck setzen konnte oder wem Sie als Polizeipräsident noch einen so gewaltigen Gefallen schuldeten. Es gibt da ja verschiedene Möglichkeiten.»

Lanner sah kurz zu Carola Markowitz. Fraglos dachte sie an ihren verschwundenen Vater. Dann wandte er sich wieder an Breissing. «Vor wenigen Stunden wurde es mir schlagartig klar. Niemand setzt Sie unter Druck. Sie schützen sich selbst – oder Ihre Frau. In dem Fall wäre die Mörderin doch nicht hier in diesem Raum. Ich denke, wenn ich nur eine Stunde allein mit Ihrer Frau im Verhörraum hätte, ließe sich so manches herausfinden.»

Breissing schnellte vor und rammte ihm den Unterarm gegen die Brust. «Was fällt Ihnen ein? Unterstehen Sie sich!»

Lanner wankte, hielt sich aber gerade. «Wollen Sie Ihrer Frau und Ihren Kindern das nicht lieber ersparen?» Breissing schaute zur Tür, wäre wohl gern einfach gegangen, aber angesichts der Aussichtslosigkeit dieses Verlangens holte er aus und schlug mit der Faust auf die Sofalehne. Direkt neben Kolbe krachte sie mit voller Wucht auf das Holzgerüst unter dem Polster. Der Spurensicherer blickte stumm vor Schreck in den Raum, als wäre er gerade mit knapper Not dem Tode entronnen. Auf Breissing selbst wirkte sein Ausbruch ganz anders: Der Schlag löste mit einem Mal seine extreme Körperspannung. Traurig, plötzlich wie um Jahrzehnte gealtert, sank er auf die Lehne neben den sich sichtlich unwohl fühlenden Kolbe.

«Birte hatte es mir schon vor Jahren erzählt. Ich wusste alles. Zwischen uns war die Sache geklärt. Bernhard ist mein Sohn, und damit basta. Ich liebe den Jungen und er mich auch. Ihm kam nie der geringste Zweifel. Alles war gut. Wen interessiert schon irgendein Körpersaft, der irgendwann, irgendwo, irgendwie geflossen ist. Vater wird man nicht in einer Nacht. Vaterwerden, das dauert Jahre. Ich hatte diese Jahre mit Bernhard, und nichts stand zwischen uns. Und dann kommt dieser Schwachkopf Machallik plötzlich zu Birte und sagt, er will mit seinem Sohn reden. Es sei wichtig, er wolle ihm alles erklären. Birte ist durchgedreht. Auf der Party hat sie ihn zur Rede gestellt. Ihn angefleht, er solle unser Kind in Ruhe lassen. Er hat nur gelacht. Da ist wohl etwas bei ihr ausgeklinkt. Kurz darauf wollte sie unbedingt nach Hause. Erst am nächsten Morgen, als die Meldung von

Machalliks Tod kam, hat sie es mir gestanden. Sie hat ihm das Gift in seinen Wodka geschüttet.»

Breissing hielt sich die Hände vor die Augen. Lanner versuchte, hindurchzusehen. «Hat sie wirklich gesagt: Wodka?»

«Ja, natürlich, warum? In den Wodka, sagte sie, den trank er gern, das wusste sie doch.»

«Und deshalb wollten Sie die Akte um jeden Preis so schnell wie möglich schließen? Deshalb wurde alles als Unfall ausgegeben? Deshalb haben Sie die Ermittlungen verhindert und dann sogar untersagt?»

Breissing schlug noch mal, jetzt mit der flachen Hand, auf die Lehne. «Was hätte ich denn anderes machen sollen? Sie ist meine Frau.»

Lanner sah ihm tief in die nun unbedeckten Augen. «Die Ermittlungen seriös und ordentlich zu Ende führen lassen. Sich dann in Ruhe die Ergebnisse ansehen – und feststellen, dass Ihre Birte unschuldig ist. So gut wie unschuldig. Zumindest am Tod von Machallik.»

Nicht nur Breissing, auch alle anderen blickten verwundert auf Lanner. Und Rimschow sah, wie Kolbe noch etwas tiefer im Polster versank.

«Wenn irgendwer mal ein bisschen genauer hingesehen hätte, wäre demjenigen aufgefallen, dass Machallik völlig nüchtern war. Kein Quentchen Alkohol hatte er im Blut. Dieser Befund stand zunächst gar nicht und dann lediglich sehr versteckt in den Ermittlungsakten. Warum? Weil dadurch ein Unfall beziehungsweise ein Versehen noch unwahrscheinlicher geworden wäre? Weil dann klar gewesen wäre: All die Kandidaten, die Machallik Gift in diverse alkoholische Getränke geschüttet haben, wären höchstens wegen versuchten Mordes zu belangen gewesen? Weil dann nicht mehr so viele einflussreiche Persönlichkeiten Interesse am Vertuschen gehabt hätten und der wirkliche Mörder ins Visier gekommen wäre? Herr Kolbe!»

Lanner fuhr herum und sah den Spurensicherer an, der im Sofa am liebsten unsichtbar wie ein Chamäleon geworden wäre. Sein signalroter Kopf vor dem schwarzen Leder vereitelte das. Aber Lanner hatte ihn nun so oder so am Schlafittchen. «Ich habe mich auch gefragt, warum ausgerechnet Sie, Herr Kolbe, der Sie doch sonst immer so gern und so laut und so viel über alles reden, warum Sie so gar kein Aufhebens um den Obduktionsbericht gemacht haben. Ja, ihn zuerst sogar noch an der Grenze zum Dienstvergehen unvollständig ließen und unter Verschluss hielten. Womöglich, weil Sie wussten, dass Ihr Freund Walter Rimschow Erwin Machallik nicht erst am nächsten Tag, wie geplant, sondern noch in derselben Nacht besucht hat?»

Wie versteinert saß Kolbe da. Carola Markowitz blickte ihn erschüttert an. Rimschows eben noch entspanntes und freundliches Gesicht zeigte sich nun wachsam, auch wenn der Ex-Kommissar sich bemühte, gelassen zu wirken. «Teufel noch eins. Sie können einen echt erschrecken. Wie haben Sie das denn rausbekommen?»

Lanner sah Rimschow tief in die Augen. «Bis eben wusste ich es noch gar nicht. Ich habe einfach mal einen Stein ins Wasser geworfen und geguckt, ob er springt.»

Rimschow grinste. «Ihre Metapher ist schief.»

«Damit kann ich leben. Ich habe mich nur gefragt, warum Kolbe so etwas macht, so viel riskiert. Doch nur, um einen Freund zu schützen. Einen Freund, dem er etwas schuldig war, der auch für ihn einmal ein Opfer gebracht hat. Im Ziegler-Fall.»

«Es reicht.» Rimschow konnte seinen Ärger nicht mehr überspielen. Schroff wechselte seine Tonlage. «Fragen Sie doch einfach, was Sie wissen wollen.»

«Ich will wissen, was passiert ist. Warum sind Sie noch in der Nacht zu Machalliks Villa im Grunewald gefahren?»

«Er war nicht allein.» Carola Markowitz' Stimme schnitt scharf und klar durch den Raum.

Rimschow wurde noch wütender. «Carola!»

Doch Markowitz ließ sich nicht mehr bremsen. «Ich hatte ihn gebeten. Ich hoffte, etwas über meinen Vater und meine Mutter zu erfahren. Es hatte sich noch in der Nacht herumgesprochen, dass Machallik in Redelaune war. Wenn er mal erzählte, hieß es, wäre er nicht mehr zu bremsen. Ich wäre in jedem Fall hingefahren. Weil er mich nicht allein gehen lassen wollte, ist Walter mitgefahren. Er passt gerne auf andere auf.»

Lanner grinste. «O ja, davon hörte ich schon. Was hat Machallik erzählt?»

Carola schaute zu Rimschow, der keine Miene verzog. Nach kurzem Überlegen antwortete sie: «Nichts. Er hat uns überhaupt nichts gesagt. Ich habe ihn gebeten, angebettelt, aber er meinte, er sei zu müde, wir sollten am nächsten Tag wiederkommen.»

Lanner gab sich keine Mühe, seine Enttäuschung zu verbergen. «Ganz sicher? Bist du ganz sicher, dass du mir diese Antwort geben möchtest?»

Carola blickte noch mal zu Rimschow. «Ja, ganz sicher. Als mir klar wurde, dass es sinnlos ist, sind wir wieder gegangen.»

«Einfach so?»

«Ja, einfach so.»

Lanner und Markowitz sahen sich an. Beiden schien es

leidzutun. Erst Rimschows donnernde Stimme löste die Lähmung. «Herr Lanner, ich versichere Ihnen, weder Frau Markowitz noch ich haben etwas mit dem Gifttod von Erwin Machallik zu tun. Und für alles andere ist dies hier nun wirklich nicht der richtige Ort.»

Lanner ging zwei Schritte Richtung Tür, dann wieder zurück in die Mitte des Raums. «Ich glaube Ihnen. Die Frage ist, glaubt Ihnen auch Herr Kolbe, der immerhin Kopf und Kragen riskiert hat, um Sie zu schützen?»

Kolbe räusperte sich, er fühlte sich spürbar unkommod. «Wir haben diesen Empfang, diese Präsentation doch observiert, einschließlich der Heimwege. Mussten wir. Immerhin waren der Bürgermeister, Herr Breissing, Maschmann und solche Leute da, und es ging um ein neues, gefährliches Gift. Deshalb haben die Kollegen ja gewusst, dass die beiden spätnachts noch bei Machallik aufgelaufen sind. Ich meine, ich wollte nur helfen. Also habe ich meinen Leuten gesagt, das sei eine interne, verdeckte Ermittlung. Die sollten sie gar nicht erwähnen.»

Lanner schürzte die Lippen. «Und das haben die dann einfach so gemacht?»

Kolbe lächelte verlegen. «Einfach so? Na ja, ich hab die da schon um einen Gefallen gebeten, aber Sie wissen ja, wie das dann so läuft, eher so informell.»

Rimschow schlug sich mit der flachen Hand gegen die Stirn. «Meine Fresse, Manfred, warum hast du mir denn kein Wort gesagt?»

Kolbe schoss aus dem Sofa und stand da wie weiland das HB-Männchen. «Ich wusste doch nichts! Ich wusste nur, dass ihr euch gehasst habt, du und Machallik. Und dann kommst du wütend mit deinem ‹best girl› angerauscht und rauschst kurz danach noch wütender wieder ab, und plötzlich ist Machallik tot. Was soll ich da denken? Ich wollte nur helfen! Hätte ich was gesagt, hättest du dir doch niemals helfen lassen! Du hättest außerdem alles auf dich genommen, ohne auch nur zu fragen, ob uns das überhaupt recht ist, wenn du für uns alle den Kopf hinhältst und wir ewig in deiner Schuld stehen!» Wütend stampfte Kolbe zur Tür, musste wie zuvor Breissing einsehen, wie unglaublich geschlossen diese Tür war, schritt weiter zur Wand, lehnte sich mit dem Rücken daran, verschränkte die Arme und starrte wie ein beleidigtes Kind auf den Boden.

Diesmal ließ Rimschow seine Hände auf die Oberschenkel klatschen und rief nochmals: «Meine Fresse!»

«Freunde fürs Leben!» Dem Polizeipräsidenten hatte dieser Ausbruch seines Elitepersonals immerhin wieder ein wenig Farbe ins Gesicht zurückgebracht. «Stellt sich nur noch die Frage, was wir mit Kollegen machen, die Observierungsberichte gefälscht und unterdrückt haben.»

Lanner schnaufte aus. Dann setzte er sich auf die Lehne, auf der eben Breissing gesessen hatte. «Ich denke, auf ein Dienstverfahren mehr oder weniger kommt es jetzt auch nicht mehr an. In diesem Fall scheint mir vielleicht mal eins weniger angebracht. Oder findet hier im Raum jemand, er habe sich während dieser Affäre so vorbildlich verhalten, dass er guten Gewissens zwei Kollegen wegen eines gewiss nicht bös gemeinten Gefälligkeitsvergehens ohne eigene Vorteilsnahme die Zukunft versauen dürfte?»

Kolbe schaute interessiert auf, und Lanner begriff sofort, dass dieser Satz sein Leben auf seiner Dienststelle in nächster Zeit erheblich angenehmer machen würde. Er wusste zwar nicht, wie Kolbe ihn unter die Leute bringen würde, ohne dass ihm selbst ein Zacken aus der Krone brach. Aber er würde es tun, den Anstand hatte er.

Lanner, jetzt doch sichtlich erschöpft, nahm einen letzten großen Anlauf: «Also gut, da nun etliche Verdächtige mehr oder weniger ausgeschieden sind, sollte ich vielleicht noch einmal die wichtigste, die eigentlich allererste Frage in jeder Ermittlung stellen: Cui bono? Wer profitiert eigentlich von Erwin Machalliks Tod?» Er schaute geradewegs zu Toni Karhan.

«Machen Sie sich nicht lächerlich!» Laut, selbstbewusst und heftig tadelnd hatte Claire Matthes den Satz Lanner entgegengeschleudert. In der Vergangenheit war es von vielen übersehen worden, doch nun bemerkte jeder, zumindest jeder im Bunker, wer hier eigentlich die Hausherrin war. In ihrem geschmackssicheren, klassischen, aber durchaus pfiffigen blassrosa Tweedkostüm stand sie stolz und furchtlos da. «Toni hätte nie im Leben Erwin Machallik vergiftet.»

Lanner musterte die ebenso zarte wie energiegeladene Frau. «Es ist auch gar nicht Toni Karhan, den ich verdächtige. Zumal wir im Körper des Toten auch Reste von Kamillentee und Schnittchen gefunden haben. Schnittchen, die er vermutlich von einem Teller genommen hat, auf dem sie in Schneckenform lagen.» Respektvoll erhob er sich von der Sofalehne. «Entschuldigen Sie, Frau Matthes, der gestrige Tag, die letzte Nacht und auch der heutige Tag waren sehr, sehr anstrengend. Jetzt auch noch dieses Verhör hier. Daher verzeihen Sie mir bitte, wenn ich Sie ganz direkt frage: Haben Sie Erwin Machallik vergiftet?»

Frau Matthes' Blick signalisierte dem Kommissar, dass weder er noch sonst irgendjemand ihr etwas anhaben konnte. «Erstens: Man merkt auch ohne Ihren Hinweis, dass Sie eine sehr anstrengende Zeit hatten. Man riecht es sozusagen. Ich würde Ihnen dringend raten, bald die Wäsche zu wechseln, vielleicht sogar zu duschen, vor allem aber die Zähne zu putzen. Sie sind Hauptkommissar und repräsentieren auch irgendwie die Stadt Berlin. Ihr Auftreten ist nicht angemessen. Und zweitens: Ja, natürlich habe ich Erwin Machallik vergiftet, aber es ist nicht so, wie Sie denken.»

Mit einem Nicken bedankte sich Lanner höflich und fragte: «Wie ist es denn dann?»

Regelrecht trotzig machte sich Claire Matthes noch etwas gerader, als sie ohnehin schon stand. «Erwin hat mich darum gebeten. Es war sein letzter Wunsch.»

«Sie meinen, es war Beihilfe zum Selbstmord?»

«Wenn Sie so wollen.»

«Warum hätte sich Erwin Machallik umbringen wollen?»

Schweigend ging die Chefsekretärin zum Regal und nahm die große, in Schweinsleder gebundene Ausgabe von Thomas Manns «Zauberberg» heraus. «Er hat das immer für den sichersten Tresor gehalten. Meinte, hier drin wären die Sachen besser bewacht als hinter jedem Stahlschloss, hier würde nie jemand reingucken. Stimmte ja auch. Überall haben seine Söhne gesucht. Nur nicht im ‹Zauberberg›. Dabei kann man da so viel drin finden.» Sie klappte ihn auf. Das Innere der Seiten war sorgsam herausgeschnitten, sodass das Buch eine Art Schachtel war. Frau Matthes entnahm ihr einen Umschlag und gab ihn Carola Markowitz. Mit einer Geste bedeutete sie der Polizistin, ihn zu öffnen. Dann drehte sie sich zu Hauptkommissar Lanner: «Erwin war krank. Schwer krank.»

«Was hatte er denn?»

«Hier steht, er war dement.» Markowitz hatte einen ärztlichen Befund hervorgezogen und mit einem Blick überflogen. «Schnell fortschreitend. Er war wohl kurz vor dem zweiten Stadium, hätte wahrscheinlich schon in ein paar Monaten das dritte erreicht. Dann wäre sein Kontrollverlust unübersehbar geworden. Die Drogen, der viele Alkohol, das hat wohl sein Hirn angegriffen.»

Claire Matthes drückte den «Zauberberg» fest an ihre Brust. «Auch mit Medikamenten wäre dann nichts mehr zu machen gewesen. Er hätte es nicht ertragen können, wenn man ihn so erlebt hätte. Er, der König von Berlin, plötzlich so hilflos, so klein. So wollte er nicht in Erinnerung bleiben. Da war es ihm lieber zu gehen.»

Lanner schaute zu Kolbe. «Hat man denn bei der Obduktion nichts davon gemerkt?» Der Spurensicherer zuckte die Schultern. «Danach wurde ja nicht gesucht. Außerdem war die Krankheit ja wohl noch im Anfangsstadium.»

Markowitz bemühte sich, den ärztlichen Befund zu entziffern. «Wie heißt denn sein Arzt? Das ist ja kaum zu …»

«Herr Professor Sung-Kim.» Frau Matthes schmunzelte. «Ein Spezialist aus Südkorea. Hat er extra einfliegen lassen. Er traute hier niemandem über den Weg, und als er die erste Verdachtsdiagnose erhielt, hat er gleich den Arzt gewechselt und sich eine Koryphäe aus Korea empfehlen lassen. Keine Sorge, die Ärzte dort sind exzellent. Sung-Kim hat die Sache bestätigt. Der Befund ist tipptopp.»

«Und warum haben Sie das dann nicht früher erzählt?», fragte Rimschow misstrauisch. «Warum haben Sie diese Mordermittlungen und all die Verdächtigungen und kleinen Dramen stillschweigend mitangesehen, obwohl Sie die ganze Zeit die Wahrheit wussten?»

Claire Matthes gab ein kleines, verdrucktes Brummen von sich. «Aber genau das hat Erwin doch gewollt. Das war sein Plan, sein letzter Wunsch. Er wollte seinen Tod nutzen, um ein paar Dinge in Gang zu bringen. Das hier war sein Lebenswerk. Die Firma. Seinen Söhnen hat er das Geschäft aber nicht zugetraut. Das war nicht böse gemeint, ihm war einfach klar, die beiden würden hier nicht glücklich werden, und ich denke, da hatte er auch recht. Aber er wollte sie nicht einfach rauswerfen, aus Respekt und Liebe. Sie sollten selbst die Initiative ergreifen. Deshalb hat er sie immer schlimmer gedemütigt, damit sie entweder abhauen oder ihn umbringen. Eins von beidem, das war ihm egal, Hauptsache, die Jungs machen überhaupt irgendwas, nehmen ihr Schicksal selbst in die Hand. Das war ihm wichtig. Wichtig für die Jungs! Als seinen Nachfolger hatte er schon lange Toni auserkoren.»

Sie nahm einen weiteren Umschlag aus der Buchschachtel. «Hier ist sein Testament, in dem er sich auch zur Vaterschaft von Toni bekennt.» Sie gab auch diese Unterlagen Carola Markowitz.

Lanner schaute zu Toni Karhan. Aufmerksam, aber ohne sichtbare Regung ergänzte der: «Frau Matthes hat mir schon heute Vormittag davon erzählt. Ist gut.»

Der Kommissar drehte sich wieder zur Sekretärin: «Wissen Sie, wo Max und Helmut Machallik sich befinden? Sie sind ja jetzt quasi unschuldig.»

«Es ist ohne Frage das Beste für die beiden, wenn sie weiterhin glauben, sie hätten ihren Vater ermordet. Und wenn sie weit weg von Berlin sind.» Claire Matthes wartete einen Moment, und als niemand widersprach, fuhr sie fort: «Natürlich wollte Erwin auch den Ratten etwas hinterlassen.

Seinen geliebten Ratten. Aber was kann man denen schon schenken? Deshalb ließ er das neue Rattengift entwickeln: Die Tiere sollten durch Halluzinogene mit einem großen Glücksgefühl dahinscheiden. Und als Krönung seines Lebens sollte dieses neue Gift auch sein eigenes Schicksal besiegeln. Allerdings ließ sich in der kurzen verbleibenden Zeit nicht eindeutig ermitteln, wie es in Verbindung mit Alkohol wirken würde. Elvira, also meine Freundin Elvira Adler, die dieses Gift entwickelte, hatte große Bedenken, dass es in Verbindung mit Alkohol einen furchtbaren Horrortrip auslösen könnte. Also musste Erwin vierundzwanzig Stunden vor der Einnahme auf jeglichen Alkohol verzichten. Er entschied sich deshalb für Kamillentee und Schnittchen zum Gift.»

Polizeipräsident Breissing schnaufte. «Das ist ja alles schön und gut, Frau Matthes. Oder auch nicht gut. Ich hoffe ja, Ihnen wird das alles irgendwann noch mal leidgetan haben. Und wenn nicht – ach, wird auch egal gewesen sein. Aber warum in aller Herren Namen hat er dann noch dieses Fest gegeben und halb Berlin in helle Panik versetzt? Was sollte dieser ganze Quatsch?»

Frau Matthes legte den Kopf ein wenig schief und lächelte ihn spöttisch an. «Dieses Fest, lieber Herr Breissing, war doch das Herzstück seines Vermächtnisses. Er wollte, wie er es ausdrückte, den ganzen Arschlöchern noch einen richtigen Koffer hinstellen. Deshalb hat er in den Tagen vor der Feier möglichst vielen Leuten einen Grund gegeben, ihn umzubringen. Er hatte ja sowieso viele Feinde, viele hassten ihn von Herzen, auch wenn sie es verbargen. Die alle hat er noch mal angestachelt. Er hat den gehörnten Ehemännern und verflossenen Geliebten noch extra Bescheid gegeben, Salz in die Wunden gestreut, Leuten wie Maschmann oder Dr. Kersting Angst gemacht, er würde Geheimnisse ausplaudern. Er hat Politikern mit Enthüllungen gedroht, Kammerjägerkollegen mit Geschäftskriegen. Und dann hat er dieses Fest veranstaltet und Gratisproben des neuen Giftes verteilt. Jeder konnte sich ein paar nehmen. Er hatte inständig gehofft, viele seiner Freunde und Feinde würden ihn vergiften – und dann würde die Polizei nachforschen und etliche Sauereien ans Licht bringen. Gegen die feinen Herren ermitteln und manche davon in Bedrängnis bringen, überführen, ruinieren. Erwin war ganz begeistert von der Idee, dass sein Tod zu einer Art Zeitbombe in der Berliner Gesellschaft werden könnte, einer Bombe, wie er sich ausdrückte, die dann möglichst viele Arschlöcher wegblasen würde. Er war so begeistert von seinem Plan. Aber dann haben diese einflussreichen Persönlichkeiten alle Ermittlungen im Keim erstickt, und die Akte wurde mit dem absurden Ergebnis ‹Unfall› geschlossen. Wie dilettantisch das vertuscht wurde. Ich habe dauernd zu allen gesagt, ich sei überzeugt, es sei Mord gewesen, aber niemand wollte nachhaken und dem Offensichtlichen, Wahrscheinlichen nachgehen. Auch Sie, das muss ich mal loswerden, waren eine große Enttäuschung, Herr Rimschow. Sogar die Söhne sind ohne Zögern in der Firma geblieben. Die wollten einfach nicht die Sessel räumen. Also musste ich abwarten, bis der letzte Schachzug in Erwins Testament, die Rache der Ratten, vorbereitet war. Ich hatte gehofft, der öffentliche Druck durch die Rattenplage würde die Brüder irgendwann zum Aufgeben zwingen. Und ich könnte endlich Toni an die Spitze bringen und zum Retter der Stadt machen. Dann lief die Sache aus dem Ruder, fast wäre es zu spät gewesen. Aber schließlich hat sich gezeigt, dass Toni noch viel begabter und fähiger ist, als Erwin und ich immer dachten.» Sie lächelte

Toni Karhan an, dann drehte sie den Kopf zu Lanner. «Dass dadurch noch einmal frischer Wind in die Mordermittlungen gekommen ist, war nur eine willkommene Zugabe.»

Stolz, aufrecht, mit sich und der Welt im Reinen, stand die alte Frau in der Mitte des Raums. Sie wäre nun wahrscheinlich auch bereit gewesen, vom Henker zum Schafott geführt zu werden.

Lanner stand auf, trat vor sie und faltete seine Hände im Rücken. «Frau Matthes, haben Sie Erwin Machallik das Gift eingeflößt?»

Sie blickte ihn verblüfft an. «Nein, selbstverständlich nicht. Er hat es selbst, zusammen mit dem Kamillentee und den Schnittchen, nach der Party zu sich genommen.»

Der Hauptkommissar nickte bedächtig und ließ seinen Blick langsam über die Versammelten wandern. «Wenn das alles so ist, denke ich, handelt es sich im Fall Erwin Machallik eindeutig um Selbstmord. Vielleicht sollte man die Ermittlungsakte auch einfach geschlossen halten. Weil es ein ‹Unfall› war.» Er machte eine Pause. «Ja, ich denke, das wäre das Beste. Carola Markowitz und ich werden uns in Kürze an den abschließenden Bericht setzen.»

Niemand sprach ein Wort. Lanner war klar, es würde keiner Seele helfen, diesen Fall weiterzuverfolgen. Im Gegenteil. Und ihm selbst würde die Sache so, wie er sie jetzt aufgeklärt hatte, sicher mehr nutzen als schaden. In Kürze würden sicher auch andere erfahren, wie klug und diskret er die Angelegenheit gehandhabt hatte. Dies konnte für ihn in Zukunft fraglos wertvoller sein als die Verurteilung von irgendjemand. Er würde die Verbrecher jagen, die er auch kriegen konnte, und womöglich würde er sogar Leute kriegen können, die damit nie und nimmer rechneten.

Toni erhob sich als Erster. «Wenn wir hier so weit fertig sind – zehn Millionen Ratten warten auf mich.»

Lanner wandte sich an Georg Wolters: «Natürlich. Georg, du kannst dann die Bunkertür wieder öffnen.»

«Klar.» Georg quälte sich aus der tiefen Sitzmulde des Sofas hoch. «Gib mir doch noch mal die Bedienungsanleitung.»

Lanners Gesichtszüge entgleisten. Sein alter Schulfeind erwiderte den Blick nicht minder verängstigt. «Willst du damit sagen, du hast die Anleitung für die Öffnungsprozedur draußen liegenlassen?»

«Ich dachte, du würdest sie mitnehmen!»

«Warum sollte ich?»

«Damit wir hier wieder rauskommen!?»

Alle Blicke richteten sich jetzt auf Frau Matthes. Die wehrte sofort ab. «Gucken Sie mich nicht so an. Ich habe diese Tür noch nie geöffnet.»

Zwei oder drei Minuten herrschte völlige Stille im Raum. Entsetzen und Ratlosigkeit machten sich breit. Manfred Kolbe war es, der das lähmende Schweigen schließlich brach. «Na, falls nicht einer der Anwesenden zufällig Koreanisch kann, muss jetzt wohl doch noch Otto Stark, der weiche Keks, ran. Ich hoffe mal nur, die haben den Fernsehturm schon fertig beschriftet.»

Epilog

Zwei Tage später

Georg Wolters war ein wenig überrascht gewesen, als sich Lanner zum Wahlabend angekündigt hatte. Er wusste eigentlich, dass Georg um halb acht mit Sabine Kreutzer verabredet war. Schon bei den ersten Hochrechnungen zeichnete sich ein klarer Sieg für Koppelberg ab, womöglich würde seine Partei sogar allein regieren können. Georg erhob das Glas. «Das verdankt der praktisch Toni Karhan und uns.»

Lanner nickte, sagte aber nichts.

Georg versuchte, ihn zu trösten. «Tut mir leid, mit dem Machallik-Fall.»

«Warum?»

«Na, du wolltest damit doch reüssieren. Dein großer Fall. Und jetzt hast du ihn gelöst, und kaum jemand nimmt Notiz davon, weil alle nur vom Alexa, der U2, dem russischen Staatspräsidenten, der Berliner Wahl und dem Verkehrschaos reden. Und vor allem, weil es dann ja doch quasi ein Unfall war. Also jedenfalls pro forma.»

Lanner lächelte. «Ach, das ist schon okay, zumindest im Revier hab ich einen anderen Stand. Und du?»

Georg strahlte. «Alles super! Toni hat mir eine ziemlich gute Stelle in der Firma angeboten, das Kochen für Frau Adler und Ralf fällt sowieso demnächst weg. Ich hab tatsächlich Angebote von Verlagen für meine Geschichte bekommen – und das Allerbeste: Ich hatte schon zweimal Sex an diesem Wochenende! Und das ist noch nicht mal vorbei.»

«Glückwunsch. Und, nimmst du Tonis Angebot an?»

«Weiß noch nicht. Vielleicht mach ich mich auch als Privatdetektiv selbständig. Ich glaube, ich hab da echt Talent. Und außerdem ziemlich gute Connections zur Berliner Polizei.» Georg lachte. «Aber du bist doch nicht gekommen, weil du über meine Zukunft reden willst?»

«Nein.» Lanner zog einen Umschlag aus der Jacketttasche. «Wir hatten einen Deal, schon vergessen? Du hast gute Arbeit geleistet.» Er warf den Umschlag auf den Tisch.

Georg staunte. «Du zahlst mir wirklich die restlichen neuntausendfünfhundert Euro?»

«Es sind sogar zwölftausend, in unterschiedlichen, nicht nummerierten Scheinen. Der Rest ist Vorschuss für irgendwann mal.»

«Warum das denn?»

«Ach, sagen wir mal, ich bin froh, wenn ich das Geld aus dem Haus habe.»

Ungläubig griff Georg nach dem Umschlag. «Mit Vorschuss, cool.» Dann verfinsterte sich seine Miene. «Das ist doch ein Trick. Wenn ich das Geld nehme, bin ich dir verpflichtet, dann muss ich für dich irgendeinen Scheiß machen. Worum geht es? Was ist der neue Fall, in den du mich da reinziehen willst?»

Lanner lachte, stellte die Bierflasche auf den Tisch. «Heiliges Hühner-Ehrenwort, da ist kein Hintergedanke dabei. Bei uns ist eh grad nichts los. Nur der Fall eines verschwundenen Anwalts, ein Dr. Kersting. Uninteressant. Wahrscheinlich hat der sich Schwarzgeld gekrallt und sich dann vom Acker gemacht, irgendwohin, an ein sonniges Plätzchen am Wasser. Ich nehme an, die Ermittlungen werden im Sand verlaufen.» Dann hob er die Hand zum Abschied.

Georg brachte ihn zur Tür, doch bevor Lanner ins Treppenhaus trat, kratzte sich Georg noch mal den Hinterkopf. «Irgendwie komisch, nun wird Toni Karhan der neue Machallik, der König von Berlin ist jetzt quasi ein Pole.»

Lanner grinste. «Na ja, ob er wirklich die Geschicke der Stadt leiten wird wie sein Vorgänger? Ich glaube ja, dass eher Frau Matthes und Frau Adler die Strippen ziehen.»

«Das ist auch nicht schlecht. Der König von Berlin – das sind zwei alte Frauen. Und ein Pole. Ich würde mal sagen, angemessener hätte man das Amt kaum besetzen können.» Georg reichte Lanner förmlich die Hand zum Abschied. «Noch mal danke, nicht nur für das Geld, sondern auch …»

«Da nicht für.»

Ein Stockwerk tiefer traf Lanner auf eine bestens gelaunte Elvira Adler. «Stellen Sie sich vor, Frau Markowitz hat es wirklich geschafft, Ralf zum Kinobesuch zu überreden. ‹Krieg der Sterne›, in 3-D. Claire ist auch mit, aus Sentimentalität, hat sie gesagt. Später wollen sie noch am Fernsehturm vorbei und sich die Aufschrift anschauen.»

«‹Otto Stark ist die coolste Sau von Berlin›?»

«Ja, wie es aussieht, hat man es wohl immer noch nicht geschafft, das wieder zu entfernen.»

«Wissen Sie schon», Lanner räusperte sich, «wann die drei wiederkommen?»

Elvira Adler lachte. «Keine Angst, Frau Markowitz hat schon gesagt, dass Sie noch verabredet sind. Die hat Sie nicht vergessen. Hat gemeint, Sie würden vielleicht sogar gemeinsam nach Polen fahren.»

«Ja, sie wollte sich da mal ein wenig umsehen, nach etwas suchen. Aber sie weiß nicht so recht, wo.»

«Ach, niemand weiß doch, wo er suchen soll. Und schon gar nicht, was es ihm nutzt, wenn er was findet. Vielleicht ist es manchmal besser, nichts zu finden. Manche Suche hat sich dann erst so richtig gelohnt.»

«Ja, vielleicht.»

«Jedenfalls ist es besser, wenn das Mädchen nicht allein auf diese Reise geht. Aber das können Sie ja alles in Ruhe besprechen.»

Allerdings, dachte Lanner, und vielleicht würden sie schon heute Abend damit beginnen. Ganz sicher aber würden sie nach Wilhelmsfelde fahren und dort richtig gute Pommes essen. Das hatte ihm Carola versprochen. Zur Feier des Tages würde es jede Menge Kohlenhydrate nach 18 Uhr geben. Darauf freute er sich schon das ganze Wochenende.

✳✳✳

Mehrere Monate später, sehr weit von Berlin

Hastig klickte er durch die Seiten des «Tagesspiegels», der «BZ», der «Berliner Zeitung», der «Morgenpost», der «Bild», des «Kuriers», der «taz» und der «Welt». Als Helmut auf die Terrasse kam und über Max' Schulter auf den Laptop lugte, schüttelte er den Kopf. «Jetzt sag nicht, du hast schon wieder Heimweh nach Berlin.»

Max sah seinen Bruder gelangweilt an. Obwohl er ihm Respekt abnötigte: In diesem Surfanzug sah man erst, wie viel Helmut in den letzten Monaten abgenommen hatte. Er hätte wirklich mal für ein paar Tage nach Berlin fahren können. Dieser Körper war eine perfekte Tarnung, dazu die Brille und der Bart. Niemand würde ihn erkennen. Aber Helmut wollte um keinen Preis zurück nach Berlin. Max allerdings genauso wenig. Beide hatten sie erst hier begriffen, wie anders das Leben zu einem sein konnte.

Natürlich war das Offshore-Konto sehr hilfreich für den Start gewesen. Max hatte sich zwar gewundert, warum ihr Vater überhaupt Geld auf ein Inselkonto geschafft hatte, wo er doch Berlin wegen seiner Paranoia und des sicheren Bunkers niemals verlassen hätte. Aber letztlich war das egal. Jedenfalls hatte Claire Matthes davon gewusst und ihnen Zugang zu diesem Konto verschafft. Mittlerweile konnten sie ohnehin einigermaßen von der Agentur leben. Das Werbebüro für die Läden der Insel machte sie zwar nicht reich, aber für das Leben hier genügte es allemal. Außerdem hatten sie dadurch schnell Anschluss gefunden, und jede Menge Freizeit hatten sie auch noch. So viel, dass Helmut in kurzer Zeit zum leidenschaftlichen Surfer geworden war. Wenn die in Berlin wüssten. Aber sie würden es sowieso nicht glauben …

Julia trat aus der Küche. «Wenn Marlene aus der Schule kommt, gibt es Couscous mit Huhn.»

Richtig braun war sie geworden, und Marlene war, seit sie hier lebten, nicht ein einziges Mal krank gewesen. Julia Jäger wirkte sehr entspannt.

Helmut winkte ab. «Nee, keine Zeit zum Essen, bin verabredet und möchte noch zum Riff fahren. Kümmer dich mal lieber um deinen Mann. Der hat schon wieder Sehnsucht nach der großen, dreckigen Stadt.» Er wies anklagend auf den Bildschirm.

Max brummte ärgerlich vor sich hin. «Ich hab doch schon gesagt, ich hab kein Heimweh. Aber es ist etwas passiert. Koppelberg ist tot.»

Entsetzt beugte sich jetzt auch Julia zum Bildschirm. «Der Bürgermeister? Warum?»

Max lehnte sich zurück und verschränkte die Arme. «Was weiß denn ich? Sie schreiben, er habe sich versehentlich selbst in der Sauna eingeschlossen und sei dehydriert. Man geht von einem Unfall aus. Aber die Berliner Polizei hat im Moment auch sonst reichlich Probleme, weil wohl gerade zwei ihrer Kommissare in Polen vermisst werden oder so.»

Helmut schien einen Moment lang betroffen, fing sich aber gleich wieder. «Ach, was bin ich froh, dass mich das alles nichts mehr angeht. Tschüs!» Er marschierte schnurstracks zum Geländewagen.

Julia strich Max über den Kopf. «Ich finde es auch traurig, aber du solltest dir davon nicht den schönen Tag vermiesen lassen.» Max nickte, sie ging zurück ins Haus.

Schon häufiger hatte Max Machallik darüber nachgedacht, warum Frau Matthes eigentlich so viele Sekretärinnen abgelehnt hatte – aber Julia Jäger nicht. Ob sie vielleicht gar niemanden für sich gesucht hatte, sondern jemanden, mit dem er oder vielleicht Helmut gut auskäme, und zwar über das Büro hinaus? Das würde einiges erklären.

Helmut stoppte den Wagen direkt vor der Terrasse und rief hinauf: «Mir ist grad was in den Sinn gekommen: Falls es mich mal erwischt, dann will ich genau das, was ich gerade gesagt habe, auf meinem Grabstein haben: ‹Ach, was bin ich froh, dass mich das alles nichts mehr angeht. Tschüs!›» Dann lachte er und brauste davon.

Max schmunzelte. Was könnten seine letzten Worte sein? Er hatte keine Ahnung. Letzte Worte sind immer schwierig. Rhythmisch sollen sie sein, vielleicht gereimt in sanfter Fröhlichkeit, mit langen, offenen Vokalen, die noch ein wenig nachklingen. Nicht einfach. Er schüttelte den Kopf und grinste. Wozu brauchte er schon letzte Worte, ihm ging es gut, den Menschen, die ihm wichtig waren, ging es gut. Das sollte doch wirklich reichen. Es war nun einmal gekommen, wie es gekommen war. Und so, wie es war, war es wahr und wunderbar.